唐五代傳奇集

第六册

李劍國 輯校

中華書局

唐五代傳奇集第五編卷一

豐尊師

杜光庭　撰

杜光庭（八五〇—九三三），字賓聖，號東瀛子。京兆杜陵（今陝西西安市東南）人。博學工文，曾寓居處州，方干譽爲「宗廟中寶玉大圭」。懿宗咸通中設萬言科（一作九經科、百篇科）選士，兩試不中，遂隱天台山學道。僖宗即位，鄭畋薦之，居上都太清宫，賜號弘教大師内供奉，賜紫服象簡，充麟德殿文章應制。約自乾符四年（八七七）遊蜀多年。廣明元年（八八〇）十二月黄巢入潼關，僖宗出奔，次年七月至成都，時光庭猶在蜀，奉詔在青城山設周天大醮。光啓元年（八八五）正月扈從僖宗還京。是年十二月沙陀逼京師，僖宗出奔鳳翔、興元，光庭從駕，上表匄遊成都。居青城山白雲溪。昭宗天復三年（九〇三）王建立爲蜀王，賜號廣德先生，九召入仕皆不從。永平三年（九一三）授金紫光禄大夫、左諫議大夫，封蔡國公，進號廣成先生。天漢元年（九一七）遷户部侍郎，加上柱國。乾德三年（九二一）八月，後主王衍尊爲傳真天師、特進、檢校太傅、太子賓客、兼崇真觀大學士。未幾解官，歸隱青城山。咸康元年（九二五）前蜀亡，後唐長興四年光庭卒，年八十四（一説八十五），葬青城山清都觀。光庭著述極豐，有《歷代崇道記》一卷、《洞天福地嶽瀆名山記》一卷、《道教靈驗記》二十卷、《青城山記》一卷、《廣成集》一百卷(今存十七卷)、《壺中集》三卷等三十餘種。(據杜光庭《廣成集》、《歷代崇道記》、《道教靈驗記》、《神仙感遇傳》、《録異記》,五代何光遠《鑑誡録》卷五,宋陶岳《五代史補》卷一,張唐英《蜀檮杌》卷上,文瑩《湘山野録》卷下,《宣和書譜》卷五,李石《續博物志》卷二,陳耆卿《嘉定赤城志》卷三五,元趙道一《歷世真仙體道通鑑》卷四〇,陶宗儀《書史會要》卷五,清吴任臣《十國春秋》卷四七,彭洵《青城山記》卷下等)

豐尊師者,不知何許人也。初爲行者,至處州松陽縣卯西山葉天師舊宅觀中,居累月,乃白其師,求度爲道士,願於卯酉山居住,許之。師去而獨居山中,貨衣裝市,茅木結舍。既成,野火焚之。復歷告鄉里,乞竹木,依前葺舍。既成,又焚之。乃棲止巖下數月,頻有異物試難而退志。天師降焉,與其白丹,如豌豆大,謂曰:「今歲大疫,可將此丹救人,一丸可止一家之疾。」由是以丹一斗,救疾保全者極多。衆率財帛瓦木功煦,爲於山頂創殿宇鍾樓,齋壇廊廡,一年而所制畢備。

衢州陳儒僕射有疾,召而攻之,不往,所施極厚,亦乃不受,陳果不起。其弟主郡,廣助金帛,以修功德焉。因中元,請衆道流二十餘人,修黄籙道場。十五夜,明月如晝,天無纖雲。忽涼風暴至,雷聲一震,壇中法事次,失豐所在。異香滿山,人皆驚異。逡巡豐至,曰:「適天師與三天張天師並降,賜我神劍,令且於山中修道。續有旨命,即出人間,用此劍扶持社稷。」視功德前，果有劍長三尺餘，有紙一幅，長四五尺，廣三尺，與人間稍同，但長闊頓異，非工所制作。

刺史盧司空，聞神劍之事，於大廳開黄籙壇，請豐及道衆，以綵輿盛劍，迎請入州。去州門三二百步，劍飛躍如電，徑入壇心。歎翫殊久，欲送節度使奏聞。豐曰：「天師云：『佐國之時，自當有太上之命。』今非其時，不可遽出。」盧然其言。至今在卯酉山爾。昔葉天師嘗謂人曰：「百六十年後，有術過我者，當居此山。」今豐果符其言矣。（據明正統《道藏》本《神仙感遇傳》卷一校録）

按：《神仙感遇傳》十卷，著録於《宋史·藝文志》道家神仙類。今只存五卷，載明正統《道藏》，共七十七人，題廣成先生杜光庭纂。《雲笈七籤》卷一一二載有前五卷之節本（無撰人），三十人。卷一一三上又有《任生》等十四人，《道藏》本只題「傳」字，《四部叢刊》景印明清真館本乃題「《神仙感遇傳》下」，當取自後五卷。《太平廣記》引二十餘條。加上他書所引，五卷本之外佚文凡三十餘條。

據本書題署，似作於前蜀王建永平三年（九一三）之後，永平三年杜光庭進號廣平先生也。然《道藏》本所題或非原題，蓋後人所加耳。觀本書卷一《王從圯》、《楊初》稱王建爲蜀王，卷四《成生》稱昭宗廟號，而王建天復三年八月封蜀王，天祐四年（九〇七）九月稱帝，然則此書似作於唐哀帝天祐間，與其《道教靈驗記》二十卷約略同時也。

白椿夫

杜光庭　撰

白椿夫，字永年，湖南衡嶽人也。少有高趣，習神仙之道，三元八節以詣嶽中諸觀，助焚修朝謁之禮，問玄經參真之義，頗爲高尚所歎異。至於負薪汲水，勤苦尋師，不以爲替。因得丹書飛步檄〔一〕邪之術，修之二十年。由是濟俗救民，懲妖祛疾，賴其力者衆矣。

巢寇犯闕，大駕西巡，海内干戈，紀綱淩紊。酋豪獷暴者，所在自樹置，不遵法度。師〔二〕必約正道以戒之，從教者多矣。時境内有豪帥，亡其姓名，嘗爲其子娶婦。吉日之前一晨，忽有一少年，騎從十餘輩，不知所從來，徑造其廳事，箕踞詬之曰：「我先欲娉〔三〕某氏女，汝何爲奪之？」衆雖驚駭，莫敢酬對。因使其徒取纁〔四〕絳羔雁青錢束帛備物之數以還之，而欲迫其女。衆疑其鬼物也。豪帥無以拒之，選迅足者走百餘里召師。詰明師將至，年少初無懼色。良久自謂曰：「白尊師果來矣。」乃泫然流涕，跳躍上屋，號呼數聲而滅。所致之物皆在，師散之，以遺貧病者。師顯以逆順之理諭豪帥，豪帥知非，乃散釋堡聚，祛解兵衛，復爲編民。廉使、州將嘉其事，湘、衡間賢不肖者，皆美師之德，仰師之教焉。

一日，有樵人扣户曰：「西峰巖中有仙人會話，師可造之。」師疑其山木〔五〕之妖也，熟睨其目睛，以辨邪正。方攝衣將行，樵者曰：「師功行已著，係籍仙簡，何邪之敢干？然毫釐之差，勿爲恨也。」言畢，由他徑去。師策杖尋之，至即暝矣，但見崖壁有光，因熟視之，有詩焉，翰墨猶濕。其詞曰：「清秋無所事，乘霧〔六〕出遥天。憑仗樵人語，相期白永年。」讀訖，即空壁無字，光亦止矣。（據明正統《道藏》本《神仙感遇傳》卷二校録，又《雲笈七籤》卷九九《仙人貽白永年詩并序》）

〔一〕敫　《七籤》作「覈」。

〔二〕師　《七籤》作「永年」，下同。按：師即指永年。

〔三〕娉　《七籤》作「聘」。娉，通「聘」。

〔四〕纁　《七籤》作「纏」，疑誤。纁，淺紅色。

〔五〕木　《七籤》作「水」。

〔六〕霧　《全唐詩》卷八六二樵夫《貽白永年詩》作「露」。

曹橋潘尊師

杜光庭　撰

杭州曹橋福業觀，有潘尊師者，其家贍足。虚襟大度，延接賓客，功行濟人。一旦，有少年容狀疏俊，異於常人，詣觀告潘曰：「某遠聆尊師德義，拯人急難，甚欲求託師院後竹徑中茅齋内，寄止兩月，以避戹難，可乎？或垂見許，勿以負累爲憂，勿以食饌爲慮，只請酒二斗〔一〕，可支六十日矣。」潘雖不測其來，聞欲逃難，欣然許之。少年遂匿於茅齋中，亦無人追訪之，亦不飲不食。

六十日既滿，再拜致謝焉。從容問潘曰：「尊師曾佩授符籙乎？」潘云：「所受已及《洞玄中盟》矣，但未敢參進上法耳。」少年曰：「師之所受，品位已高。然某曾受《正一九州社令籙》一階，以冒奉傳，以申報答耳。」即焚香於天尊前，傳社令名字及靈官將吏，隨所呼召，兵士騎乘，應時皆至。既畢，令之曰：「傳授之後，隨逐尊師，營衛召命，與今無異。」由是兵士方隱。又謂潘曰：「可於中堂壘牀爲壇，設案几，焚香恭坐。九州内外吉凶之事，靡不知也。但勿以葷血爲犯，苟或違之，冥必有譴。若精潔守慎，可致長生神仙矣。」言訖隱去，不知所之。

潘即設榻，隱几坐於中堂。須臾，四海之内，事無巨細，一一知之。如是旬日，爲靈官傳報，頗甚諠聒。潘勃然曰：「我閑人也，四遠之事，何須知之！」嚴約靈官，不使傳報。答曰：「職司不宜曠闕。」所報益多，約之不已。潘乃食肉啗蒜以却之。三五日，所報之聲漸遠，靈官不復至以亡。

一夕，少年來曰：「吾輕傳真訣，以罹譴責，師犯污真靈，罪當冥考。念以前來相容之恩，不可坐觀淪陷。別受〔二〕一術，廣行陰功，救人疾苦，用贖前過。不爾，當墮於幽獄矣。」潘自啗葷食之後，自知己失，及聞斯説，憂懼異常。少年乃取米屑和之，爲人形，長四五寸，置於壁竇中。又授《玉子符》兩道，戒潘曰：「民有疾苦戹難來求救者，當問粉人，以知災祟源本。然以吾符救之，勿取緡錢，務在積功贖過耳。勤行不替，十年後，我當復來。」

自是潘以朱篆救人祛災蠲疾，赴之者如市。十餘年，年少復至，淹留逾月，多話諸天方外之事，然後別去。歲餘，潘乃無疾而終，疑其得尸解之道也。（據明正統《道藏》本《神仙感遇傳》卷三校録，又《雲笈七籤》卷一一二《神仙感遇傳》）

〔一〕斗　《七籤》作「升」。

〔二〕受　《七籤》作「授」。受，通「授」。

相國盧鈞

杜光庭 撰

相國盧鈞，進士射策，爲尚書郎，以疾求出爲均州[一]刺史。到郡疾稍加，羸瘠而不[二]耐見人，常於郡後山齋養性獨處，左右接侍，亦皆遠去，非公召莫敢前也。忽有一人，衣飾故弊，踰垣而入。公詰之，云姓王。問其所[三]自，云山中來。公笑而謂之曰：「即王山人也，此來何以相教[四]？」王曰：「公之高貴，位極人臣，而壽不永，災運方染，由是有沉綿之疾，故相救耳。」山齋無水，公欲召人力，取湯茶之屬。王止之，以腰巾蘸於井中，解丹一[五]粒，捩腰巾之水，以咽丹。與約曰：「此後五日，疾當已，康愈倍常。復二年[六]，當有大戹，勤立陰功，救人憫物爲意。此時當再來，相遇在夏之初也。」自是盧公疾愈，旬日平復。

明年[七]，解印還京，署鹽鐵判官。夏四月，於本務東門道左，忽見山人，尋至盧宅，喜[八]而言曰：「君今年第二限，終爲災極重，以君在郡去年雪冤獄，活三人之命，災已息矣。只此月内三五日小[九]不康，已[一〇]固無憂也。」翌日，山人使二僕持錢十千，於狗脊坡分施貧病而已，自後[一一]復去，云：「二十三年五月五日午時，可令一道士，於萬山頂相候。

此時君節制漢上，當有丹華〔一二〕相授，勿愆期也。」

自是公歷任清切〔一三〕，便蕃貴重〔一四〕，而後出鎮漢南之明年，已二十三年矣。及期，命道士牛知微，五日午時，登萬山之頂，山人在焉。以金丹二粒，使知微吞之，謂曰：「子有道氣，而無陰功，未契道品，勤更宜修〔一五〕也。」以金丹十粒，授於公〔一六〕，曰：「當享上壽，無怠修鍊。世限既畢，佇還蓬宫〔一七〕矣。」與知微相揖別，忽不復見。其後知微年八十餘，狀貌常如三十許。盧公年僅九十，耳目聰明，氣力不衰。既終之後，異香盈室也。（據明正統《道藏》本《神仙感遇傳》卷三校録，又《雲笈七籤》卷一一二《神仙感遇傳》，《太平廣記》卷五四引《神仙感遇傳》）

〔一〕均州　北宋馬永易《實賓録》卷九《王山人》作「筠州」。按：筠州原稱靖州、米州，治高安縣（今江西高安市），唐武德七年（六二四）改筠州，次年廢，見北宋樂史《太平寰宇記》卷一〇六《江南西道四》。作「筠州」誤。均州，隋置，治武當縣（今湖北丹江口市西北）。唐貞觀元年（六二七）廢，八年復置，見《新唐書·地理志四》。

〔二〕不　此字原脱，據《廣記》、《七籤》、《勸善書》卷一二、《真仙通鑑》卷二二《盧均》補。

〔三〕所　此字原無，據《廣記》、《七籤》、《真仙通鑑》補。

〔四〕此來何以相教　《勸善書》上有「曰」字，《真仙通鑑》作「公曰」。

〔五〕一 《歲時廣記》卷二三引《神仙感異(遇)傳》作「十」。

〔六〕復二年 原作「復三年」,《廣記》作「後二年」。按:下云明年災息,合首尾計之乃二年,據《廣記》改。

〔七〕明年 《勸善書》作「三年」。

〔八〕喜 《七籤》、《真仙通鑑》作「會」。《勸善書》作「喜」。

〔九〕小 此字原無,據《廣記》、《七籤》、《勸善書》、《真仙通鑑》補。

〔一〇〕已 《廣記》、《勸善書》作「而已」,連上讀。

〔一一〕自後 《廣記》作「自此」,《真仙通鑑》作「而後」。

〔一二〕丹華 《廣記》、《歲時廣記》作「月華」,《廣記》孫校本作「丹華」,《勸善書》作「丹藥」。

〔一三〕歷任清切 《廣記》「歷任」作「揚歷」,《真仙通鑑》「切」作「顯」。《七籤》作「揚歷任清切」,衍「揚」字或「任」字。

〔一四〕重 《廣記》、《七籤》、《真仙通鑑》作「盛」。

〔一五〕勤更宜修 《廣記》、《勸善書》、《真仙通鑑》作「更宜勤修」。

〔一六〕授於公 《廣記》、《歲時廣記》、《勸善書》前有「令」字。

〔一七〕蓬宮 《勸善書》作「蓬萊宮」。按:蓬即蓬萊。

王子芝

杜光庭 撰

王子芝，字仙苗〔一〕。自云河南緱氏人，常遊京洛。聞耆老云，五十年來見之，狀貌恒如四十許，莫知其甲子也。好養氣而嗜酒，故蒲帥瑯琊公重盈作鎮之初年，仙苗届于〔二〕紫極宫，王令待之甚厚。又聞其嗜酒，日以二〔三〕榼餉之。

間日〔四〕仙苗因出，遇一樵者，荷檐於宫門，貌非常也，意甚異焉。因市其薪，厚償厥價。樵者得金，亦不讓而去。子芝令人躡其後以伺〔五〕之，樵者徑趨酒肆，盡飲酒以歸。他日復來，謂子芝曰：「是酒佳即佳矣，然殊不及解縣石氏之醖也。余適自彼來，恨向者無侶，不果盡於斟酌。」子芝因降階執手，與之擁鑪，祈於樵者曰：「石氏芳醪可致不？」樵者頷〔六〕之。因丹筆書符一，置於火上。烟未絶，有小豎立于所〔七〕，樵者勑之：「爾領尊師之僕，挈此二榼，第往石家取酒，吾待與尊師一醉。」時既昏夜，門已扃禁，小豎謂子芝僕曰：「可閉目。」因搭其頭，人與酒壺偕出自門隟，已及解縣，買酒而還。因與子芝共傾焉，其甘醇郁烈，非世所儔。

中宵，樵者謂子芝曰：「子已醉矣，余召一客伴子飲，可乎？」子芝曰：「可。」復書一朱符，置火上。瞬息間，聞異香滿室。有一人甚〔八〕堂堂，美鬚〔九〕眉，紫袍〔一〇〕秉簡，揖樵者而坐〔一一〕。引滿而〔一二〕巡，二壺且褫〔一三〕。樵者燒一鐵筯，以焌〔一四〕紫衣者，云：「子可去。」時東方明矣，遂各執〔一五〕别。樵者因謂子芝曰：「識向來人否？少頃可造河瀆廟睹之。」

子芝送樵者訖，因過廟所，覩夜來共飲者，廼神耳，鐵筯之驗宛然。趙均郎中時在幕府，自〔一六〕驗此事。弘文館校書郎蘇棁〔一七〕，亦寓於中條，甚熟蹤跡。其後子芝再遇樵仙，别傳修鍊之訣，且爲地仙矣。（據明正統《道藏》本《神仙感遇傳》卷三校録，又《雲笈七籤》卷一一二《神仙感遇傳》，《太平廣記》卷四六引《神仙感遇録》）

〔一〕苗　《廣記》明鈔本作「茵」，當誤。

〔二〕屆于　《廣記》、《三洞群仙録》卷九引《神仙感遇傳》作「居於」，《真仙通鑑》卷二一《王子芝》作「廨宇」。屆，止也，居也。

〔三〕二　《廣記》作「三」。按：下文作「二」，作「三」誤。

〔四〕問日　原譌作「問曰」，據《廣記》、《七籤》改。

〔五〕伺　原作「問」，據《廣記》改。《真仙通鑑》作「闚」。

〔六〕頷　原作「歠」。歠，飲也，疑譌，據《廣記》改。《真仙通鑑》作「許」。

〔七〕立于所　《廣記》「所」作「前」。《真仙通鑑》作「立侍」。

〔八〕甚　《廣記》作「來」，連上讀，明鈔本、孫校本作「甚」。《真仙通鑑》作「貌」。

〔九〕鬢　《廣記》、《真仙通鑑》作「鬚」。

〔一〇〕紫袍　《廣記》作「拖紫」。

〔一一〕揖樵者而坐　原作「揖坐樵曰而坐」，據《廣記》改。《七籤》作「揖坐樵曰坐」。

〔一二〕而　《廣記》作「兩」。

〔一三〕褫　《廣記》作「竭」。按：褫，脱衣，引申爲光。

〔一四〕焌　《廣記》作「授」，明鈔本作「焌」。按：焌，燒也。

〔一五〕執　《真仙通鑑》作「起」。

〔一六〕自　《廣記》作「目」。

〔一七〕棁　《廣記》作「悦」，《七籤》作「稅」。

楊大夫

杜光庭　撰

楊大夫者，宦官也，亡其名。年十八歲，爲冥官所攝，無疾而死。經宿乃蘇，云既到陰冥間，有廨署官屬，與世無異。陰官案牘示之，見其名字歷歷然，云年壽十八歲，而亦無言請託。旁有一人，爲其請乞，願許再生，詞意極切。久之，而冥官見許，即令還。其人亦送楊數百步，將别，楊媿謝之，知再生之恩〔一〕，何以爲報？問其所欲，其人曰：「或遺鳴砂弓，即相報也。」因以大銅錢一百餘與楊。俄然而覺，平復無苦。

自是求訪鳴砂弓，亦莫能致。或作小宮闕屋宇，焚而報之，如是者數矣。楊頗留心鑪鼎，志在丹石，能製反魂丹，有疰忤暴死者〔二〕，研丹一粒，拗開其口灌之即活。嘗救數人。有閹官夏侯者，楊與丹五粒，戒云：「有急即吞一丸。」夏侯一旦得疾，狀甚危篤，取一粒〔三〕以服之。既而以爲冥官追去，責問之次，白云：「曾服楊大夫丹一粒耳。」冥官即遣還。夏侯得丹之效，既蘇，盡服四粒。歲餘，又見黄衣者追捕之，云非是冥曹，乃太山追之耳。夏侯隨去，至高山之下，有宮闕焉。及其門，見二道士，問其平生所履，一一對答，徐啓曰：「某曾服楊大夫丹五粒矣。」道士遽令却迴，夏侯拜謝曰：「某是得神丹之力，延續年命，願改名延年〔四〕，可乎？」道士許之，後即〔五〕因改名延年矣。

楊自審丹之靈效，常以救人。其子暄因自畿邑歸京，未明行二十餘里，歇於大莊之上。忽聞莊中有驚喧哭泣之聲，問其故，主人之子暴亡。暄解衣帶，中取丹一粒，令研而灌之，良久亦活。楊物産贍足，早解所任，縱意閑放，唯以金石爲務。未嘗有疾，年九十七而終。晚年遇人攜一弓，問其名，云鳴砂弓也，於角面之内，中有走砂。楊買而焚之，以報見救之者。其反魂丹方，云是救者授之。自密修製，故無能得其術者。（據明正統《道藏》本

《神仙感遇傳》卷五校録，又《雲笈七籤》卷一一二《神仙感遇傳》，《太平廣記》卷三七八引《神仙感遇録》）

〔一〕知再生之恩　《廣記》作「不知即今再生之恩」。

〔二〕疰悞暴死者　《廣記》作「疾疫暴病死者」。

〔三〕戒云有急即吞一丸夏侯一旦得疾狀甚危篤取一粒　此二十一字原脱，《七籤》同，據《廣記》補。

〔四〕延年　《廣記》無「年」字。下同。

〔五〕後即　《廣記》作「復活」。

僧悟玄

杜光庭　撰

僧悟玄，不知何許人也。雖寓跡緇褐，而潛心求道，自三江五嶺，黔、楚諸名山，無不遊歷。每遇洞府，必造之焉。入峨眉山，聞有七十二洞，自雷洞之外，諸崖石室邃穴之所，無所遺焉。偶歇於巨木之下，久之，有老叟自下而上，相揖而坐。問其所詣，悟玄具述尋訪名山靈洞之事。叟曰：「名山大川，皆有洞穴，不知名字，不可輒入訪。須得《洞庭記》、《嶽瀆經》，審其所屬，定其名字，的其里數，必是神仙所居，與經記相合，然後可遊耳。不然，有風雷洞、鬼神洞、地獄洞、龍蛇洞，誤入其中，害及性命，求益反損，深可戒也。」悟玄驚駭久之，謝其所教。因問曰：「今峨眉洞天，定可遊否？」叟曰：「神仙之事，吾不敢多言。但謁洞主，自可問耳。」悟玄又問：「洞主爲誰？」叟曰：「洞主姓張，今在嘉州市門，屠肉爲事，中年而肥者是也。」語訖，別去。

悟玄復至市門求之，張生在焉。以前事告之，張曰：「無多言也。」命其妻烹肉，與悟玄爲饌，以肉三器與之。悟玄辭以不食肉久矣，張曰：「遊山須得氣力，不至飢乏，然後可行。若不食此，無由得到矣。」勉之再三。悟玄亦心自計度，恐是神仙所試，不敢違命，食盡二器，厭飫〔一〕彌甚。張亦勸之，固不能食矣。食訖求去，張俯地拾一瓦子以授之，曰：「入山至某峰下，值某洞，門有長松，下有洄〔二〕溪，上有峭壁，此天真皇人所居之洞也。以此瓦扣之三二十聲，門開則入。每遇門則叩之，則神仙之境可到矣。」

依其教入山，果得洞，與所指無異。以瓦叩之，良久，峭壁中開，洞内高廣平穩，可通車馬。兩面皆青石瑩潔，時有懸泉流渠，夾路左右。凡行十餘里，又值一門，叩之復開，大而平闊，往往見天花夾道，所窺見花卉之異，人物往來之盛，多是名姝麗人、仙童玉女。時有仙官道士，部仵〔三〕車騎，憧憧不絕。又值一門，叩之彌切，瓦片碎盡，門竟不開。久之，聞震霆之音，疑是山石摧陷，惶懼而出，奔走三五十步，已在洞門之外，無復來時景趣矣。

復訪洞主，已經月餘，屠肆宛然，而張生已死十許日矣。自此志栖名山，誓求度世，復入峨眉，不知所之矣。（據明正統《道藏》本《神仙感遇傳》卷五校録，又《雲笈七籤》卷一一二《神仙感遇傳》）

〔一〕飫　原譌作「飲」，據《七籤》、明曹學佺《蜀中廣記》卷七四《神仙記四·川南道》引《神仙感遇傳》改。

〔二〕迴　《七籤》、《蜀中廣記》作「廻」。

〔三〕仵　《七籤》、《蜀中廣記》作「伍」。仵，通「伍」。

費冠卿

杜光庭　撰

費冠卿者，池州人也。進士擢第，將歸故鄉，別相國鄭餘慶。公素與秋浦劉令友善，喜費之行，託以寓書焉。手札盈幅，緘授費，戒之曰：「劉令久在名場，所以不登甲乙之選者，以其褊率，不拘於時。捨高科而就此官〔一〕，可善遇之也。」費因請公略批行止於書末，貴其因所慰薦，稍垂青眼。公然之，發函批數行，復緘之如初。

費至秋浦，先投刺於劉。劉閱刺，委諸案上，略不顧眄。費悚立俟命，久之而無報，疑其不可干也，即以相國書授閽者。劉發緘覽畢，慢罵曰：「鄭某老漢，用此書何〔二〕爲？」襞〔三〕而棄之。費愈懼，排闥而入，趨拜於前。劉忽憪然顧之，揖坐與語。日已暮矣，劉促令投〔四〕店，費曰：「日已昏黑，或得逆旅之舍，已不及矣。乞於廳廡之下，席地一宵，明日却〔五〕詣店所。」即自解囊裝，舒氈席於地。劉即拂衣而入，良久出曰：「此非延賓之所，有一閤子，可以憩息，僕乘於外可也。」即令左右引僕夫衛子，分給下處。劉引費挈氈席入廳後對堂小閤子中，既而閉門，鎖繫甚嚴。費莫知所以，據榻而息。

是夕月明，於門竅中窺其外，悄然無聲，見劉令自執篲畚，掃除堂之内外，庭廡階壁，靡不周悉。費異其事，危坐屏息，不寐而伺焉。將及二〔六〕更，忽有異香之氣非常〔七〕，非人世所有。良久，劉執版恭立於庭，似有所候。香氣彌甚，即見雲冠紫衣仙人，長八九尺，數十人擁從而至。劉再拜稽首，此仙人直詣堂中，劉立侍其側。俄有筵席羅列，餚饌奇果，香溢〔八〕閤中。費聞之，已覺神清氣爽。須臾，奏樂飲酒，命劉令布席於地，亦侍飲焉。樂之音調，亦非世間之曲。仙人忽問曰：「得鄭某信否？」對曰：「得信甚安。」頃之又問：「得鄭書否？」對曰：「費冠卿先輩在〔九〕長安中來，得書。」笑曰：「費冠卿且喜及第也。今在此耶？」對曰：「在。」仙人曰：「吾未合與之相見，且與一杯酒。但向道早修行，即得相見矣。」即命劉酌一杯酒，送閤子中。費窺見劉自呷酒半盃〔一〇〕，即於堦下取盆中水投之〔一一〕，費疑而未飲。仙人忽下階，與徒從乘雲而去。劉拜辭嗚咽，仙人戒曰：「爾見鄭某，但令修行，即得相見也。」

既去也，劉令即詣閤中，見酒猶在，驚曰：「此酒萬劫不可一遇，何不飲也？」引而飲之〔一二〕，費力争，得一兩呷。劉即與冠卿爲修道之友，卜居九華山。以左拾遺徵，竟不起。鄭相國尋以〔一三〕去世。劉、費頗祕其事，不知所降是何仙也。（據明正統《道藏》本《神仙感遇傳》卷五校録，又《雲笈七籤》卷一一二《神仙感遇傳》，《太平廣記》卷五四引《神仙感遇傳》）

〔一〕捨高科而就此官　《廣記》作「捨科甲而就卑宦」。

〔二〕何　原作「可」，據《廣記》、《七籤》改。

〔三〕襞　《廣記》作「劈」，《七籤》作「擘」。襞，折疊。

〔四〕投　《廣記》、《七籤》作「排」。排，排備，安排。

〔五〕却　《廣記》作「徐」。

〔六〕二　《廣記》作「一」。

〔七〕非常　《廣記》作「郁烈殊常」。

〔八〕溢　此字原脱，據《七籤》補，《廣記》作「聞」。

〔九〕在　《廣記》作「自」。按：王鍈《唐宋筆記語辭匯釋》（修訂本）：「在，本、自、此，指示代詞，非『存在』義。」

〔一〇〕半盃　原作「了」，《七籤》同。按：與下文不合，據《廣記》改。

〔一一〕即於堦下取盆中水投之　「取」字原脱，據《七籤》補。《廣記》作「即以階上盆中水投杯中」。

〔一二〕引而飲之　此四字原脱，據《廣記》補。

〔一三〕以　《廣記》作「亦」。以，義同「亦」。

唐五代傳奇集第五編卷二

吴善經

杜光庭 撰

吴善經，嵩山學道十餘年，博尋洞府，周歷幽勝。忽值一洞門，廣丈餘，高五六尺。徐行而入，漸覺博寬。燭滅路遠，無復計，捫拊稍進。又二三里，即覺似濃煙霧中。如此數里，豁然明朗，山川洞開，四顧極遠。視一巖窟之下，有道士五六人，奔往禮謁，比至，唯一人在焉。善經拜禮修謁，自陳遭遇之幸，乞以延生度世之要。仙者欣然授之，曰：「子之勤志，頗爲難偕，今得值我，已是積善所鍾矣。度世之道，須青籙著名，天挺仙骨，未易言也。然子慕道之志，亦可憫焉。第還人間，後當重會耳。」因指石牀上有書數軸，令取一軸來。依教取之，仙者笑曰：「未可教以出世之道，且讀此，可以於人間整敘經文，辯識天文玉字，以佐王者，增爾善功耳。」因使讀之，善經一無識者。即授以指訣，丁寧再三。善經了然頓悟，一一詳識。即令出山，指以他徑，頃之，已在洛下矣。

自此經中玉篆赤書寶章真訣，展讀詳熟，與隸書無異。憲宗皇帝修内殿，於斗拱内得符一函，中外無有識者。或言善經有天篆之鑒，召入殿内，示之。披讀周悉，輒無凝滯。賜以金帛，即令注解以進。命太清宫别勑供給。

興唐觀道士瓊執，執弟子之禮，備得其訣。瓊以天書玉字，寫《道德》二經、《黄庭内外篇》、《生神度人消災》諸經几十卷。又注解《三洞籙符篆》，以爲正音。咸通中，召於大内三宫，授夷希先生、萬羽客等七百人法籙。所寫《玉篆經》未果上進，瓊以没，故詔謚爲昭玄先生。

善經在洛下九十餘，貌若嬰孩，齒髮不衰。言遊五嶺，不知所在。昭玄去世，已九十餘矣。昭玄所書《玉篆經》，上饒道士吴方夷得之，將往華山中。方避黄巢之亂，因散失焉。（據明正統《道藏》本《神仙感遇傳》卷五校録）

道士王纂

杜光庭　撰

道士王纂者，金壇人也，居馬跡山。常以陰功救物，仁逮蠢類〔一〕。值西晉〔二〕之末，中原亂離，饑饉既臻，疫癘乃〔三〕作。時有毒瘴，殞〔四〕斃者多。閭里凋荒，死亡枕藉。纂於静室，飛章告玄，三夕之中，繼之以泣。至第三夜，有光如晝，照其家庭，即有瑞風景雲，紛郁空際。俄而異香天樂，下集庭中，介金執鋭之士三千〔五〕餘人，羅列若有所候。頃之，珠幢寶幡〔六〕，蜺旆羽節，紅旂錦旆，各二人〔七〕相對前引，幢居其前，節最居後。又四青童執花捧香，二侍女捧案，地舒錦席，前立巨屏。左右龍虎將軍、侍從官將，各二十許人，立屏兩面〔八〕，若有備衛焉。復有金甲大將軍二十六人，神王〔九〕十人，次龍虎二君之外，班列肅如也。

須臾，笙簧駭空，自西北而至〔一〇〕，五色奇光，灼爍豔逸。一人佩劍持版而前，告纂曰：「太上道君至矣。」於是百寶大座，自空而下。太上大道君據座〔一一〕，侍二真人、二天帝，在座之左右〔一二〕。道君坐〔一三〕五色蓮花，二真、二帝立侍焉。纂拜手迎謁〔一四〕，跪伏於地。道君曰：「子愍念生民，形于章奏〔一五〕，刳心拉〔一六〕血，感動幽冥。地司列言〔一七〕，吾得以鑒躬〔一八〕於子矣。」纂匍匐禮謝竟，道君告曰：「夫一陰一陽，化育萬物，而五行爲之用〔一九〕。五行互有相勝，各有盛衰，代謝推遷，間不容息。是以生生不停，氣氣相續，億劫已來，未始暫輟也。得其生者，合於純〔二〇〕陽，升於天而仙；得其死者，淪于至陰，在地而爲鬼。鬼物之中，自有優劣强弱，剛柔善惡，與人世無異。玉皇天尊慮鬼神之肆横害於人也，常命五帝三官，檢制部御之，律令刑章，罔不明備。然而季世之民，澆僞者衆，淳源〔二一〕既散，妖詐萌生。不忠於君，不孝於親〔二二〕，違〔二三〕三綱五常之教，自投死地。由是〔二四〕六天故氣，魔鬼之徒，與歷代已來敗軍死將〔二五〕，聚結爲黨，亦戕害生民。駕雨乘風，因衰伺隙，爲種種病，中傷極多。亦有不終天年，罹其夭枉者。昔〔二六〕於杜陽宮出《神呪經》，授真人唐平，使其流布，以救於物，民間有之。世人見王翦、白起之名，謂爲虛誕。此蓋從來將領者，生爲兵統，死爲鬼帥。有功者遷爲陰官，殘害者猶居魔〔二七〕屬，乘五行敗氣，爲瘵爲瘥。然以陽威憚之〔二八〕，以《神呪》服之，自當弭戢矣。今以《神化》、《神呪》二經，復授於子，按而行之，以拯護萬民〔二九〕也。」即命侍童披九光之韞，以二經〔三〇〕及《三五大齋》之訣，授之於纂，曰：「勉而勤之，陰功克成，真階可冀也。」言訖，千乘萬騎，西北而舉，昇還上清矣。

纂按經品齋科，行於江表，疫毒銷〔三一〕弭，生靈乂康。自晉及兹，蒙〔三二〕其福者，不可勝紀焉。（據中華書局版汪紹楹點校本《太平廣記》卷一五引《神仙感遇傳》校録，又《雲笈七籤》卷三七《齋戒·齋科》）

〔一〕類　《七籤》、《齋戒録·齋科》（《道藏》）作「動」。

〔二〕西晉　《七籤》、《齋戒録》作「晉」。

〔三〕乃　《七籤》、《齋戒録》作「仍」。

〔四〕殞　《七籤》、《齋戒録》作「損」。

〔五〕千　《七籤》、《齋戒籙》、《真仙通鑑》卷二八《王纂》作「十」。

〔六〕幡　《七籤》、《齋戒籙》作「蓋」。

〔七〕人　此字原無，據《七籤》、《齋戒籙》補。

〔八〕兩面　《真仙通鑑》作「左右」。

〔九〕王　原作「五」，據陳校本、杜光庭《太上洞淵神呪經序》（《道藏》）、《七籤》、《齋戒籙》、《真仙通鑑》改。

〔一〇〕西北　原作「北」，據陳校本、《神呪經序》、《七籤》、《齋戒籙》、《真仙通鑑》改。

〔一一〕太上大道君據座　《七籤》、《齋戒籙》無「大」字。按：太上大道君即太上道君，一人也。「據座」二字原無，據《真仙通鑑》補。「座」原作「坐」，同「座」，承上改。

〔一二〕左右　原作「上」，據《七籤》、《齋戒籙》改。

〔一三〕坐　此字原脱，據《七籤》、《齋戒籙》補。

〔一四〕拜手迎謁　《七籤》、《齋戒籙》、宋呂太古《道門通教必用集》卷一《矜式篇·王纂》「手」作「首」。明鈔本、孫校本「迎謁」作「兢惕」。

〔一五〕奏　原譌作「真」，據明鈔本、孫校本、《神呪經序》、《道門通教必用集》、《真仙通鑑》改。《七籤》、《齋戒籙》作「醮」。

〔一六〕抆　原譌作「投」，據明鈔本、孫校本、《七籤》、《道門通教必用集》、《真仙通鑑》改。抆，擦，拭。《齋戒籙》作「瀝」。

〔一七〕言　《七籤》、《齋戒籙》作「名」。

〔一八〕躬　《神呪經序》、《真仙通鑑》作「眇」。

〔一九〕用　《真仙通鑑》作「君」。

〔二〇〕純　《真仙通鑑》作「至」。

〔二一〕源　孫校本作「厚」。

〔二二〕親　《七籤》、《齋戒籙》作「家」。

〔二三〕違　《七籤》、《齋戒籙》作「廢」。

〔二四〕是　汪校本譌作「於」，談本原作「是」，今改。

〔二五〕敗軍死將　原作「將敗軍死」，據《神呪經序》、《七籤》、《齋戒籙》、《道門通教必用集》、《真仙通鑑》改。

〔二六〕昔　《七籤》、《齋戒籙》作「尋」。

〔二七〕魔　陳校本作「厲」。

〔二八〕然以陽威憚之　原作「然以陽爲憚」，據陳校本、《七籤》、《齋戒籙》、《真仙通鑑》改。《真仙通鑑》「然」下有「吾」字。

〔二九〕萬民　《七籤》、《齋戒籙》下有「兆庶」二字。

〔三〇〕二經　原作「神化經」，據《真仙通鑑》改。

〔三一〕銷　原作「鎮」，據明鈔本、孫校本、陳校本、《齋戒籙》改。《神呪經序》作「消」。

〔三二〕蒙　《七籤》、《齋戒籙》上有「普」字。

文廣通

杜光庭 撰

文廣通者，辰溪縣滕〔一〕村人也。縣屬辰州。泝州一〔二〕百里，北岸次有滕村，廣通居焉。本漢辰陽縣〔三〕。《武陵記》云：廣通以宋元嘉二十六年，見有野猪食其稼，因舉弩射中之。流血而走，尋血蹤，越十餘里，入一穴中。行三百許步，豁然明曉，忽見數百家居止，莫測其由來，視所射猪，已歸村人圈中。俄有一叟出門云：「汝非射吾猪者乎？」文曰：「猪來犯僕，非僕犯猪。」翁曰：「牽牛蹊人之田，信有罪矣。而奪之牛者，罪又重矣。」文因稽首謝過。翁云：「過而知改，是無過矣。此猪前緣，應有其報，君無謝焉。」

翁呼文進〔四〕廳上，見十數〔五〕書生，皆冠章甫之冠，服縫掖之衣。有博士，獨一榻面南，談《老子》。又見西齋有十人相對，彈一絃琴，而五聲自韻。有童子酌酒，呼令設客。文飲半酣，四體怡然，因爾辭退。覩其墟陌人事，不異外間，覺其清虛獨遠，自是勝地。徘徊欲住，翁乃遣小兒送之，令堅關大〔六〕門，勿復令外人來也。

文與小兒行，問其始末，答曰：「彼諸賢避夏桀難來此，因學道得仙。獨榻座談《老子》者，昔河上公也。僕漢時山陽王輔嗣，至此請問《老子》滯義。僕自掃門已來，於兹十紀，始蒙召進，得預門人，猶未深受要訣，只令守門。」至洞口，分別慇懃，自言相見未期。

文自所入處〔七〕，見所用弩皆已朽斷，初謂少頃，已十二〔八〕年矣。文家喪訖〔九〕，聞其歸，乃舉村驚疑。明日，與村人尋其穴口，唯見巨石塞之，燒鑿不可爲攻焉。（據中華書局版汪紹楹點校本《太平廣記》卷一八引《神仙感遇傳》校録）

〔一〕滕　《永樂琴書集成》卷一七引《神仙感遇傳》作「勝」。

〔二〕一　《太平廣記詳節》卷二作「二」。

〔三〕辰陽縣　「陽」原譌作「陵」。按：辰陽縣，西漢置，以在辰水之陽得名，屬武陵郡。治今湖南懷化市辰溪縣西南，梁、陳間移治今辰溪縣。隋改名辰溪縣。

〔四〕進　原作「通至」，據孫校本及《廣記詳節》删改。

〔五〕十數　《琴書集成》作「數十」。

〔六〕大　此字原無，據《廣記詳節》補。

〔七〕文自所入處　「文」字原作「文通」，據《廣記詳節》删「通」字。《廣記詳節》作「文過所入口」，《廣記》明鈔本、孫校本「處」亦作「口」。

〔八〕十二　《廣記詳節》作「二十」。

〔九〕文家喪訖　原作「文通家已成喪訖」，據明鈔本、孫校本及《廣記詳節》删去三字。

按：明吴大震《廣豔異編》卷四《文廣通》，輯自《廣記》，首有删節。

韓滉

杜光庭　撰

宰相韓滉〔一〕廉問浙西，頗强悍自負，常有不軌之志。一旦，有商客李順，泊船於京口堰下。夜深矸斷，漂船不知所止。及明，泊一山下。風波稍定，上岸尋求，微有鳥徑。行五六里，見一人烏巾岸幘古服，與常有異。相引登山，詣一宫闕，臺閣華麗，迨非人間。入門數重，庭除甚廣，望殿遥拜，有人自簾中出，語之曰：「欲寓金陵韓公一書，無訝〔二〕相勞也。」則出〔三〕書一函，拜而受之。贊者引出門，送至舟所，因問贊者曰：「此爲何處也？恐韓公詰問，又是何人致書？」答曰：「此東海廣桑山也，是魯國宣父仲尼，得道爲真官，理於此山。韓公即仲由也，性彊自恃，夫子恐其掇刑綱，致書以諭之。」言訖别去。

李順却還舟中，有一使者戒舟中人曰：「安坐，勿驚懼，不得顧船外，逡巡則達舊所。若違此戒，必致傾覆。」舟中人皆如其言，不敢顧視。舟行如飛，頃之，復在京口堰下，不知所行幾千萬里也。既而詣衙，投所得之書。韓公發函視之，古文九字，皆科斗之書，了不可識。詰問其由，深以爲異。拘縶李順，以爲妖妄，欲加嚴刑。

復博訪能篆籀之人數輩，皆不能辨。有一客龐〔四〕眉古服，自詣賓位，言善識古文。韓公見，以書示之，客捧書於頂，再拜賀曰：「此孔宣父之書，乃夏禹科斗文也。文曰：『告韓滉，謹臣節，勿妄動。』」公異禮加敬。客出門，不知所止。韓慘然默坐，良久了然，自憶廣桑之事，以爲非遠。厚禮遣謝李順。自是恭默〔五〕謙謹，克保終始焉。（據中華書局版汪紹楹點校本《太平廣記》卷一九引《神仙感遇傳》校録）

〔一〕宰相韓滉　前原有「唐」字，當爲《廣記》所加，今删。

〔二〕訝　孫校本作「辭」，張國風《太平廣記會校》據改。

〔三〕出　明鈔本、孫校本作「得」，《會校》據改。

〔四〕龐　原譌作「疣」，據明鈔本、孫校本、《四庫》本、《錦繡萬花谷》前集卷二六引《神仙感遇集》、南宋盧憲《嘉定鎮江志》卷二一引《神仙感遇傳》改。

〔五〕默　原譌作「黜」，據孫校本、清黄晟校刊本、《四庫》本、《筆記小説大觀》本、《鎮江志》改。

于濤

杜光庭　撰

于濤者，宰相〔一〕琮之姪也。琮南遷，途經平望驛，維舟方食。有一叟自門而進，直抵廳側小閣子，以詣濤焉。叟之來也，驛吏疑從相國而行，不之問。相國疑是驛中人，又不之詰。既及濤所憩，濤問叟：「何人也？」對曰：「曹老兒〔二〕。」問其所來，對曰：「郎君極有好官職，此行不用憂。」濤方將遠陟，深抱憂慮，聞其言，欣然迎待，揖之即席。濤與表弟前秘書省薛校書，俱與之語，問其所能，云：「老叟無解，但見郎君此後官職高顯，不可一一叙之，請濡毫執筆〔三〕，隨語記録之也。」如是濤隨叟所授數章，詞多隱密，迨若謡讖，亦叙相國牽復之事。因問薛校書如何，叟曰：「千里之外，遇西則止。其有官職，雖非真刺史，亦作假郡守。」濤又問：「某京中宅内事，可以知否？」叟俛首良久曰：「京宅甚安。」今日堂前有某夫人、某尼，賓客名字，一一審識。又云〔四〕：「某廊下有小童某，牽一銅龜子馳戲。」濤亦審其諦實，皆書於編上。荏苒〔五〕所載，已是數幅。相顧笑語，即將昏瞑〔六〕。濤因指薛芸香姬者謂叟曰：「此人如何？」對曰：「極好，三千里外亦得好官。」濤初隨語書事，心志鋭信，及聞此姬亦有好官，訝其疏誕〔七〕，意亦中怠矣。

時濤表弟杜孺休給事刺湖州，寄箬下酒一壺，可五斗。因問叟：「頗好酒否？」叟忻然爲請，即以銀盂授之，令自酌飲。頃之酒盡，已昏晦矣，遂以銀盂枕首而睡。時蚊蚋極〔八〕盛，無有近叟者。及旦失叟，唯銀盂在焉。方驚問訪求，莫知所止。人或云，此即曹的休〔九〕博士也。曹的休，魏之宗室，仕晉爲史官。齊、梁間或處朝列，得神仙之道，多遊江湖間，往來賈販。常拯救人，以陰功及物，人多有見之，受其遺者。

濤自後授泗州防禦使、歙州刺史，佐淮南吴王楊公行密爲副使〔一〇〕。相國尋亦北歸。薛校書佐江西賓幕，知袁州軍務。值用軍之際，挈家之閩，至一小邑，姬者俄以疾終。山中無求闕器〔一一〕之所，托一村翁，輟其壽棺而瘞。斯棺裝漆金彩，頗甚珍華。既瘞之後，方驗得好棺之言。及〔一二〕京宅是日賓客，小童牽銅龜遊戲之事，無不驗者。（據中華書局版汪紹楹點校本《太平廣記》卷四三引《神仙感應傳》校録，明鈔本、孫校本作《神仙感遇傳》）

〔一〕宰相　前原有「唐」字，乃《廣記》所加。南宋范成大《吴郡志》卷四〇《仙事》引《神仙感遇傳》無，據删。

〔二〕兒　明鈔本、孫校本、《吴郡志》、南宋羅願《新安志》卷一〇《禨説·定數》引《神仙感遇傳》作「耳」，乃句末語氣詞。

〔三〕筆　明鈔本、孫校本作「幅」。

〔四〕又云　此二字原無，據《吴郡志》補。

〔五〕荏苒　明鈔本、孫校本作「繕染」，《會校》據改。

〔六〕瞑　《四庫》本作「暝」。瞑，通「暝」。

〔七〕誕　《吴郡志》作「脱」。

〔八〕極　此字原無，據孫校本、《新安志》補。

〔九〕曹的休　原脱「的」字，據《吴郡志》、《新安志》補，下同。按：曹休乃曹操族子，《三國志》卷九《魏書九》有傳。《歷世真仙體道通鑑》卷三一有《曹德休》，末注：「《王元之傳》云曹德休晉太史官，後梁尚書郎，得不死之道。」卷三三《王元芝傳》云：「王元芝，鍾陵人也。……嘗於江右識仙人曹德休。德休西晉太史官，後梁尚書郎，即得不死之道。」則「的」又作「德」。

〔一〇〕副使　《吴郡志》作「副車」。按：副車即指副使。楊行密時爲淮南節度使。

〔一一〕閟器　《吴郡志》作「秘器」。

〔一二〕及　《吴郡志》作「訪問」。

維楊十友

杜光庭　撰

維楊十友者，皆家産粗豐，守分知足，不干禄位，不貪貨財，慕玄知道者也。相約爲友，若兄弟焉。時海内大安，民人胥悦，遽以酒食爲娱，自樂其志。始於一家，周於十室，率以爲常。

忽有一老叟，衣服滓弊，氣貌羸弱，似貧窶不足之士也。亦着麻衣，預十人末，以造其會，衆既適〔一〕情，亦皆憫之，不加斥逐，醉飽自去，莫知所之。一旦，言於衆曰：「余力困之士也，幸衆人許陪坐末，不以爲責。今十人置宴，皆得預之，席既周畢，亦願力爲一會，以答厚恩。約以他日，願得同往。」

至期，十友如其言，相率以待。凌晨，貧叟果至，相引徐步，詣東塘郊外，不覺爲遠。草莽中茆屋兩三間，傾側欲摧。引入其下，有丐者數輩在焉，皆是蓬髮鶉衣，形狀穢陋。叟至，丐者相顧而起，牆立以俟其命。叟令掃除舍下，陳列蘧篨，布以菅席，相邀環坐。日既旰矣，咸有饑色。久之，各以醯鹽竹筯，置於客前。逡巡，數輩共舉一巨板如案，長四五尺，設於席中，以油帊幕之。十友相顧，謂必濟饑，甚以爲喜。既撤〔二〕油帊，氣熿熿然，尚未可辨，久而視之，乃是蒸一童兒，可十數歲，已糜爛矣，耳目手足，半已墮落。

叟揖讓勸勉，使衆就食。衆深嫌之，多託以飫飽，亦有忿恚逃去，都無肯食者。叟縱意飡啖，似有盈味，食之不盡，即命諸丐〔三〕擎去，令盡食之。因謂諸人曰：「此所食者，千歲人參也，頗甚難求，不可一遇。吾得此物，感諸公延遇之恩，聊欲相報。且食之者，白日昇天，身爲上仙。衆既不食，其命也夫！」衆驚異，悔謝未及。叟促問諸丐，令食訖即來。俄而丐者化爲青童玉女，幡蓋導從，與叟一時昇天。十友刳心追求，更莫能見。（據中華書局版汪紹楹點校本《太平廣記》卷五三引《神仙感遇傳》校録）

〔一〕適　明鈔本、孫校本作「道」。

〔二〕撤　原作「撒」，據《廣豔異編》卷三《維楊十友》改。

〔三〕丐　明鈔本、孫校本作「小」，下同。

按：《廣豔異編》卷三據《廣記》輯入，題同。

釋玄照

杜光庭　撰

釋玄照，修道於嵩山白鵲谷，操行精慤，冠於緇流。常願講《法華經》千遍，以利於人。既講於山中，雖沍寒酷熱，山林險邃，而來者恒滿講席焉。時有三叟，眉鬚皓白，容狀瓌異，虔心諦聽，如此累日，玄照異之。忽一旦，晨謁玄照曰：「弟子龍也，各有所任，亦頗勞苦，已歷數千百年矣。得聞法力，無以爲報，或長老指使，願效微力。」玄照曰：「今愆陽經時，國内荒饉，可致甘澤，以救生靈，即貧道所願也。」三叟曰：「召雲致雨，固是細事，但雨禁絶重，不奉命擅行，誅責非細，身首爲憂也。試説一計，庶幾可矣，長老能行之乎？」玄照曰：「願聞其説。」三叟曰：「少室山孫思邈處士道高德重，必能脱弟子之禍，則雨可立致矣。」玄照曰：「貧道知孫處士之在山也，而不知其所行，又何若此邪？」三叟曰：「孫公之仁，不可診度。著〔一〕《千金翼方》，惠利濟於萬代，名已籍於帝宫，誠爲貴真也。如一言救庇，當保無恙。但長老先與之約，如其許諾，即便奉依。」即以拯護之方，授於玄照。

玄照詣思邈所居，懇誠祇謁，情禮甚謹。坐定，久之乃曰：「處士以賢哲之度，濟拔爲心。今者亢陽，寸苗不植，嗷嗷百姓，焦枯若此，仁哲之用，固在於今。幸一開恩，以救危歉。」思邈曰：「僕之無堪，遁棄山野，以何功力濟於人也？苟有可施，固無所悋。」玄照曰：「貧道昨遇三龍〔二〕，令其致雨，皆云不奉上帝之命，擅行雨者，誅罪非輕。唯處士德尊功大，救之則免，特布腹心，仰希裁度。」思邈曰：「但可施設，僕無所惜。」玄照曰：「既雨之後，三龍避罪，投處士後沼中以隱，當有異人捕之。處士喻而遣之，必得釋罪矣。」思邈許之。

玄照歸，見三叟於道左，玄照以思邈之旨示之。三叟約一日一夜，千里雨足。於是如期汎灑，澤甚廣被〔三〕。翌日，玄照來謁思邈。對語之際，有一人骨狀殊異，徑往後沼之畔，喑啞叱咤。斯須，水結爲冰，俄有三獺，二蒼一白，自池而出。此人以赤索繫之，將欲挈去。思邈召而謂曰：「三物之罪，死無以贖。然昨者擅命，是鄙夫之意也，幸望脱之。兼以此誠上達，恕其重責也。」此人受教，登時便解而釋之，攜索而去。

有頃，三叟致謝思邈，願有所酬。孫曰：「吾山谷之中，無所用者，不須爲報。」回詣玄照，願陳力致效。玄照曰：「山中一食一衲，此外無闕，不須酧也。」三叟再爲請，玄照因言：「前山當路，不便往來，却之可否？」三叟曰：「固是小事耳，但勿以風雷爲責，即可爲之。」是夕，雷霆震擊，及曉開霽，寺前豁然，數里如掌。三叟復來，告謝而去。思邈至道，不求其報，尤爲奇特矣。（據中華書局版汪紹楹點校本《太平廣記》卷四二〇引《神仙感遇傳》校録）

〔一〕著　原作「着」，據明鈔本、《四庫》本改。

〔二〕龍　孫校本作「龍女」，誤。

〔三〕澤甚廣被　明鈔本、孫校本作「澤潤甚廣」，《會校》據改。

唐五代傳奇集第五編卷三

薛肇

杜光庭 撰

薛肇，不知何許人也。與進士崔宇於廬山讀書。同志四人，二人業未成而去，崔宇勤苦，尋已擢第，唯肇獨以修道爲務，不知師匠何人。數年之間，已得神仙之道。

廬山下有患風勞者，積年醫藥不效，尸居候時而已。肇過其門，憩樹陰下，因語及〔一〕疾者，肇欲視之。既見，曰：「此甚易耳，可以愈也。」留丹一粒，小於粒米，謂疾者所親曰：「明晨掐半粒，水吞之，自當有應。未愈，三日外更服半粒也。」其家自以久疾求醫，所費鉅萬，尚未致愈，疾者柴立，僅存余〔二〕喘，豈此半粟而能救耶？明日試服之，疾者已起，洎午能飲食，策杖而行。如此三日，充盛康壯。又服半粒，即神氣邁逸，肌膚如玉，髭髮青鬒，壯可二十歲許人。月餘，肇復來曰：「子有骨籙，值吾此藥〔三〕，不唯愈疾，兼可得道矣。」乃授其所修之要，此人遂登五老峰〔四〕訪洞府而去。

崔宇既及第，尋授東畿尉。赴任過三鄉驛，忽逢薛肇，下馬敘舊。見肇顏貌風塵，頗有哀嗟之色。宇自以擢第拜官，揚揚矜負。會話久之，日已晡矣，薛謂崔曰：「貧居不遠，難於相逢，過所居宵話，可乎？」崔許之，隨薛而行，僕乘皆留店中。初入一小逕，甚荒梗，行一二里間，田疇花木，皆異凡境。良久已及，高樓大門，殿閣森沉，若王者所理，崔心驚異之。薛先入，有數十人擁接昇殿，然後召崔昇階，與坐款話。久之，謂崔曰：「子有好官，未可此住，但一宵話舊可爾。」促令召樂開筵。頃刻，即於別殿宴樂，更無諸客，唯崔、薛二人，女樂四十餘輩。拜坐奏樂，選女妓十輩同飲。有一箜篌妓，最爲姝穎，崔與並坐。崔見箜篌上有十字云：「天際識歸舟，雲間辨江樹。」崔默記之。席散，薛問崔坐中所悦，以箜篌者對。薛曰：「他日與君，今且未可。」及明，與崔送別，遺金三十斤，送至官路，慘別而去。

崔至官月餘，求婚得柳氏，常疑曾識而不記其處。暇日，命取箜篌理曲，崔見十字詩〔五〕在焉。問其故，云：「某時患熱疾，夢中見使人追云：『西城大仙陳溪薛君有客，五百里内解音聲處女盡追，可四十餘人。』因隨去，與薛及客崔少府同飲一夕，覺來疾已愈。薛君即神仙也。崔少府風貌，與君無異。」各話其事，大爲驚駭，方知薛已得道爾〔六〕。（據中華書局版汪紹楹點校本《太平廣記》卷一七引《仙傳拾遺》校録）

〔一〕及　孫校本作「久」。

〔二〕余　孫校本、黄本、《四庫》本、《筆記小説大觀》本作「餘」，《會校》據孫校本改。按：余，通「餘」。

〔三〕子有骨籙值吾此藥　黄本作「子有骨籙仙，吾此藥」，乃譌「值」爲「仙」，《四庫》本改作「子有名仙籙，吾此藥」。按：骨籙謂有仙骨而名登仙籙。本書《龐女》（《廣記》卷六一引）：「汝有骨籙，當爲上真。」《雲笈七籤》卷一〇五《清靈真人裴君傳》：「有仙名骨録者，乃得見此二書。見之者仙，爲之者真。」四庫館臣不明骨籙之義而妄改。

〔四〕五老峰　明鈔本、孫校本無「老」字。按：《太平寰宇記》卷一一一《江南西道·江州·德化縣》：「五老峰在山（廬山）東，懸崖突出，如五人相逐羅列之狀。」

〔五〕詩　原作「書」，據明鈔本、孫校本改。

〔六〕按：汪校：「明鈔本此處有『與《盧李二公》事相類，故附焉』十一字。」此爲《廣記》編者語。

按：杜光庭《仙傳拾遺》原書四十卷，著録於《崇文總目》道書類、《通志·藝文略》道家類、《中興館閣書目》神仙家、《宋史·藝文志》道家神仙類。《中興書目》云「凡四百二十九事」。原書亡，今存佚文尚夥，有一百二三十條，以《太平廣記》、《三洞群仙録》引用最多。臺灣嚴一萍輯佚文五卷，載《道教研究資料》第一輯（藝文印書館，一九七五），凡九十九人，殊未稱備。

馬周

杜光庭 撰

馬周者，華山素靈宫仙官也。唐氏將受命，太上敕之下佐於國。而沈湎於酒，汩没風塵間二十年，棲旅困餒，所向拘礙，幾爲磕仆〔一〕。聞袁天綱〔二〕自蜀入秦，善於相術，因詣之，以決〔三〕休咎。天綱目之良久，曰：「五神奔散，尸居旦夕耳，何相之有邪？」周大驚，問以禳制之術，天綱曰：「可自此東直而行，當有老叟騎牛者，不得迫而與語，但隨其行，此災可除矣。」

周如言而行，未出都門，果有老叟騎牛出城，默隨其後。繚繞村徑，登一大山，周隨至山頂。叟顧見之，下牛，坐於樹下，與語曰：「太上命汝輔佐聖孫，創業拯世，何爲昏沉於酒，自掇困餓？五神已散，正氣凋淪，旦夕將死，而不修省邪？」周亦懵然未曉。叟曰：「汝本素靈宫仙官，今太華仙王〔四〕使人召汝。」即引入宫闕，經歷宫門數重，至大殿之前，羽衛森肅，若帝王所居〔五〕。趨至簾前，有宣言責之者，以其受命不恭，墮廢所委，使還其舊署，自責省愆。叟與所司〔六〕數人，送於東廡之外别院中，室宇宏麗，視其門，則姓名存焉。啓鑰而入，鑪火鼎器，牀榻茵席，宛如近所棲止。沉吟思之，未能了悟。忽有五人，服五方之衣，長大奇偉，立於前曰：「我皆先生五臟之神也。先生酣酒流蕩，濁辱於身，我等久歸此矣。但閉目，將復於神室也。」周瞑目，頃之，忽覺心智明悟，併憶前事，二十餘年，若旬日之間耳。復扃鐍所居，出仙王之庭，稽首謝過，再禀其命，來詣長安。

明日，復謁天綱，天綱驚曰：「子何所遇邪？已有瘳矣。六十日當一日九遷，百日位至丞相，勉自愛也，如是。」貞觀中，敕文武官各貢理國之策，周之所貢，意出人表，是日拜拾遺、監察御史裏行。自此累居大任，入相中書令數年。一旦，群仙降其室曰：「佐國功成，可以退矣，太乙〔七〕徵命，無復留也。」翌日，無疾而終，謚曰忠公。其所著功業，匡贊國政，揚歷品秩，國史有傳，此不備書。周因郎將常何奏策，太宗擢用，事具《貞觀實録》中〔八〕。（據中華書局版汪紹楹點校本《太平廣記》卷一九引《神仙拾遺》校録，明陳耀文《天中記》卷八作《仙傳拾遺》）

〔一〕幾爲磕仆　《太平廣記詳節》卷三「磕」作「殭」。明仁孝皇后《勸善書》卷一二作「幾於僵仆」。

〔二〕袁天綱　《廣記詳節》「綱」作「罡」，下同。按：《舊唐書》卷一九一、《新唐書》卷二〇四有《袁天綱傳》。《册府元龜》卷八九五《總録部・知亡日》作「袁天罡」。

〔三〕決　《廣記詳節》作「訣」。訣，通「決」。

〔四〕王　明鈔本、孫校本作「伯」。

〔五〕居　《廣記詳節》作「理」。

〔六〕司　原作「使」，據明鈔本、孫校本、《廣記詳節》、《勸善書》改。

〔七〕乙　孫校本、《廣記詳節》作「一」。

〔八〕周因郎將常何奏策太宗擢用事具貞觀實録中　此十九字原無，據明鈔本、孫校本、《廣記詳節》補。明鈔本「郎」謌作「即」，「具」謌作「真」。孫校本「實」謌作「寶」。

張殖

杜光庭　撰

張殖，彭州導江人也。遇道士姜玄辨〔一〕，以六丁驅役之術授之。大曆中，西川節度使崔寧〔二〕，嘗有密切之事，差人走馬入奏。發已三日，忽於案上文籍之中，見所奏表淨本猶在，其函中所封，乃表草耳。計人馬之力，不可復追，憂惶不已，莫知其計。知殖術，召而語之。殖曰：「此易耳，不足憂也。」乃炷香一爐，以所寫淨表置香烟上，忽然飛去。食頃，得所封表草墜於殖前。及使回問之，並不覺。進表之時，封題印署如故。崔公深異之，禮敬殊常。問其所受道之由，云：「某師姜玄辨，至德中，於九龍觀〔三〕

捨力焚香數歲，因拾得殘缺經四五紙，是《太上役使六丁法》，呪術備足。乃選深山幽谷無人跡處，依法作壇持呪，晝夜精勤。本經云一十四日，玄辨爲九日而應。忽有黑風暴雨，驚駭於人，視之雨下，而壇場不濕。又有雷電霹靂，亦不爲驚懼。良久，見奇形異狀鬼神繞之，亦不爲畏。須臾，有鐵甲兵士數千，金甲兵士數千，噭〔四〕噪而下，亦不驚怖。久之，神兵行列，如有所候。即有天女，著繡履繡衣，大冠佩劍立，問玄辨曰：『既有呼召，有何所求？』玄辨以術數爲請，六丁兵仗，一時隱去。自此，每日有一丁侍之，凡所徵求，無不立應。以術授殖，謂曰：『術之與道，相須而行。道非術無以自致，術非道無以延長，若得術而不得道，亦如欲適萬里而足不行也。術者雖萬端隱見，未除死籙，固當棲心妙域，注念丹華，立功以助其外，鍊魄以存其内，内外齊一，然後可適〔五〕道，可以長存也。峨眉山中神仙萬餘人，自皇人統領，置宫府，分曹屬，以度於人。吾與汝觀道之纖芥，未造其玄微。龍蛇之交，與汝入洞府，朝真師，庶可以講長生之旨也。』師玄辨隱去二十餘歲，此年龍蛇之交，當隨師登峨眉，入洞天，不久往〔六〕矣。」是年大曆十二年丁巳，殖與玄辨隱去，不復見。（據中華書局版汪紹楹點校本《太平廣記》卷二一四引《仙傳拾遺》校録）

〔一〕姜玄辨　《三洞群仙録》卷一四引《廣記》「玄」作「真」，《五色線集》卷上引《神仙傳》「辨」作「辦」。

〔二〕崔寧　《群仙録》作「崔宓」，誤。按：《舊唐書·代宗紀》：大曆二年七月，「以劍南西川節度行軍司馬崔旰爲劍南西川節度觀察等使」。五月，「以劍南西川節度使崔旰檢校工部尚書，改名寧」。

〔三〕九龍觀　《五色線集》作「九隴伏龍觀」。按：九隴，彭州屬縣，今四川彭州市西北。

〔四〕噉　汪校本譌作「瞰」，談本原作「噉」，今改。孫校本作「嗷」，《會校》據改。按：噉，音義同「喊」。嗷，音義同「叫」。

〔五〕適　明鈔本、孫校本作「趣」。趣，趨也。

〔六〕往　明鈔本、孫校本作「住」。

葉法善

杜光庭　撰

葉法善，字道元，本出南陽葉邑，今居處州松陽縣。四代修道，皆以陰功密行及劾召之術救物濟人。母劉因晝寐，夢流星入口，吞之乃孕，十五月而生。年七歲，溺於江中〔一〕，三年而〔二〕還，父母問其故，曰：「青童引我，飲以雲漿，故少留耳。」亦言青童引朝太上，太上頷而留之。弱冠身長九尺，額有二午。性淳和潔白，不茹葷辛，常獨處幽室，或遊林澤，或訪雲泉。自仙府歸還，已有役使之術矣，遂卜〔三〕居卯西山。其門近山，巨石當路，每環迴爲徑以避之。師投符起石，須臾飛去，路乃平坦，衆共驚異。

常遊括蒼白馬山，石室内遇三神人，皆錦衣寶冠，謂師曰：「我奉太上命，以密旨告子，子本太極紫微左仙卿，以校録不勤，謫於人世。速宜立功濟人佐國，功滿三千〔四〕，當復舊任。以正一三五之法，令授於子。勤行助化〔五〕，宜勉之焉。」言訖而去。自是誅蕩精怪，掃馘凶祆，所在經行，以救人爲志。

叔祖靖能，頗有神術，高宗時入直翰林，爲國子祭酒。武后〔六〕監國，南遷而終。初，高宗〔七〕徵師至京，拜上卿，不就，請度爲道士，出入禁内。及欲告成中岳，扈從者多疾，凡噀呪，病皆愈。二京受道籙者，文武中外男女子弟〔八〕千餘人。所得金帛，並修宮觀，卹孤貧，無愛惜。久之辭歸松陽，經過之地，救人無數。

蜀川張尉之妻，死而再生〔九〕，復爲夫婦，師識之曰：「尸媚之疾也，不速除之，張死矣。」師投符而化爲黑氣焉。相國姚崇已終之女，鍾念彌深，投符起之。錢塘江常有巨蜃，時爲人害，淪溺舟檝，行旅苦之。投符江中，使神人斬之。除害殄凶，玄功遐被，各具本傳。

於四海六合，名山洞天，咸所周歷。師年十五，中毒殆死，見青童曰：「天台苗君，飛印相救。」於是獲蘇。又師青城山趙元陽，受遁甲。嵩陽韋善俊〔一〇〕，傳八史。東入蒙山，神人授書。詣嵩山，神仙授劍。常〔一一〕行涉大水，忽沉波中，謂已溺死，七日復出，衣履不濡，云暫與河伯遊蓬萊。

則天徵至神都，請於諸名岳投奠龍璧。中宗復位，武三思尚秉國權，師以頻察祆祥，保護中宗、相王及玄宗，爲三思所忌，竄於南海。廣州人庶，夙仰其名，北向候之，師乘白鹿，自海上而至，止於龍興新觀。遠近禮敬，捨施豐多，盡修觀宇焉。歲餘，入洪州西山，養神修道。

景龍四年辛亥三月九日，括蒼三神人又降，傳太上之命：「汝當輔我睿宗及開元聖帝，未可隱跡山巖，以曠委任。」言訖而去。時二帝未立，而廟號、年號皆以〔一二〕先知。其年八月，果有詔徵入京。迨後平韋后，立相王睿宗，玄宗承祚繼統，師於上京佐佑聖主，凡吉凶動静，必預奏聞。會吐蕃遣使進寶函，封〔一三〕曰：「請陛下自開，無令他人知機密。」朝廷默然，唯法善曰：「此是凶函，請陛下勿開，宜令蕃使自開。」玄宗從之。及令蕃使自開，函中弩發，中番使死，果如法善言。俄授銀青光禄大夫、鴻臚卿、越國公、景龍觀主。祖重〔一四〕，精於術數，明於考召，有功於江湖間，謚有道先生，自有傳。父慧〔一五〕明，贈歙州刺史。師請以松陽宅爲觀，賜號淳和，御製碑書額，以榮鄉里。

明年正月二十七日，忽有雲鶴數百，行列北來，翔集故山，徘徊三日。瑞雲五色，覆其所居。是歲庚申六月三日甲申，告化於上都景龍觀。弟子既〔一六〕齊物、尹愔，覩真仙下降之事，秘而不言。二十一日，詔贈金紫光禄大夫、越州都督，春秋百有七歲。所居院異香芬郁，仙樂繽紛〔一七〕，有青煙直上屬〔一八〕天，竟日方滅。師請歸葬故鄉，敕度其姪潤州司馬仲容爲道士，與中使監護，葬于松陽，詔衢、婺、括三州助葬，供給所須。發引日，敕官縞衣祖送於國門之外。

開元初，正月望夜，玄宗移仗于上陽宫以觀燈。尚方匠毛順心，結搆綵樓三十餘間，金翠珠玉，間厠其内。樓高百五十尺，微風所觸，鏘然成韻。以燈爲龍鳳螭〔一九〕豹騰躑之狀，似非人力。玄宗見之〔二〇〕大悦，促〔二一〕召師觀于樓下，人莫知之。師曰：「影燈〔二二〕之盛，固無比矣，然西涼府今夕之燈，亦〔二三〕亞於此。」玄宗曰：「師頃嘗遊乎？」曰：「適自彼來，便蒙急召。」玄宗異其言，曰：「今欲一往，得乎？」曰：「此易耳。」於是令玄宗閉目，約曰：「必不得妄視，若誤有所視，必有非常驚駭。」如其言，閉目距躍，已在霄漢。俄而足已及地，曰：「可以觀矣。」既覩影燈，連亘數十里，車馬駢闐，士女紛委，玄宗稱其盛者久之。乃請回，復閉目騰空而上，頃之已在樓下，而歌舞之曲未終。玄宗於涼州，以鏤鐵如意質酒，翌日命中使，託以他事，使於涼州，因求如意以還，驗之非謬。

又嘗因八月望夜，師與玄宗遊月宫，聆月中天樂。問其曲名，曰《紫雲曲》。宗素曉音律，默記其聲，歸傳其音，名之曰《霓裳羽衣》。自月宫還，過潞州城上，俯視城郭悄然，而月光如晝，師因請玄宗以玉笛奏曲。時玉笛在寢殿中，師命人取，頃之而至。奏曲既，投金錢於城中而還。旬日，潞州奏，八月望夜有天樂臨城，兼獲金錢以進。玄宗累與近臣試師道術，不可殫盡，而所驗顯然，皆非幻妄，故特加禮敬。其餘追岳神，致風雨，烹龍肉，祛妖僞，靈效之事，具在本傳，此不備録。

又燕國公張説，嘗詣觀謁，師命酒，彌日〔二四〕既無他客。師曰：「此有麴處士者，久隱山林，性謹而訥，頗耽於酒鍾，召之〔二五〕可也。」説請召之，斯須而至，其形不及三尺，而腰帶數圍。使坐于下，拜揖之禮，頗亦魯朴〔二六〕。酒至，杯盂皆盡，而神色不動。燕公將去，師忽奮劍叱麴生曰：「曾無高談廣〔二七〕論，唯沉湎〔二八〕於酒，亦何用哉！」因斬之，乃巨榼而已。

嘗謂門人曰：「百六十年後，當有術過我者，來居卯酉山矣。」初，師居四明之下，在天台之東。數年，忽於五月一日，有老叟詣門，號泣求救。門人謂其有疾也，白于〔二九〕師，引而問之，曰：「某東海龍也，天帝所敕，主八海之寶，一千年一更其任，無過者超〔三〇〕證仙品。某已九百七十年矣，微績垂成。有婆羅門，逞其幻法，住於海峰〔三一〕，晝夜禁呪，積三十年矣。其法將成，海水如雲，卷在天半，五月五日，海將竭矣。統天鎮海之寶，上帝制靈之物，必爲幻僧所取。五日午時，乞賜丹符垂救。」至期，師敕丹符，飛往救之，海水復舊，其僧愧恨，赴海而死。明日，龍輦寶貨珍奇以來報，師拒曰：「林野之中，棲神之所，不以珠璣寶貨爲用。」一無所受。因謂龍曰：「此厓石之上，去水且遠，但致一清泉，即爲惠也。」是夕，聞風雨之聲。及明，繞山齋〔一二〕四面，成一道石渠，泉水流注，經冬不竭，至今謂之天師渠。（據中華書局版汪紹楹點校本《太平廣記》卷二六引《集異記》及《仙傳拾遺》校録）

〔一〕溺於江中　《真仙通鑑》卷三九《葉法善》作「溺大江」。

〔二〕而　原作「不」，誤，據《真仙通鑑》改。

〔三〕卜　原作「入」，據明鈔本、孫校本、清陳鱣校本、《真仙通鑑》改。

〔四〕三千　此二字原無，據孫校本、《五色線集》卷下引《仙傳拾遺》補。明鈔本作「功滿日」。

〔五〕勤行助化　前原有「又」字，據孫校本删。

〔六〕武后　孫校本作「韋后」，誤。

〔七〕高宗　孫校本下有「大帝」二字。

〔八〕子弟　明鈔本、陳校本作「弟子」，《會校》據改。

〔九〕再生　明鈔本、孫校本作「再化」，《永樂大典》卷二〇三一一引《太平廣記》作「化生」。

〔一〇〕嵩陽韋善俊　前原有「與」字，據明鈔本、孫校本删。

〔一一〕常　明鈔本作「嘗」，《會校》據改。常，通「嘗」。

〔一二〕以　《真仙通鑑》作「已」。以，通「已」。

〔一三〕封 《真仙通鑑》下有「題」字。

〔一四〕重 《真仙通鑑》作「國重」。

〔一五〕慧 《真仙通鑑》作「惠」。

〔一六〕既 《真仙通鑑》作「暨」。按：既、暨，皆爲姓氏。

〔一七〕繽紛 孫校本作「駐空」。

〔一八〕屬 原作「燭」，據明鈔本、陳校本改。

〔一九〕螭 孫校本作「虎」。

〔二〇〕之 此字原無，據明鈔本補。

〔二一〕促 明鈔本、孫校本作「使」。

〔二二〕影燈 原作「燈影」，下文作「影燈」，據明鈔本、孫校本、陳校本、《群仙録》卷一〇引《仙傳拾遺》改。《四庫》本作「燈火」，下同，誤。按：西涼觀燈事採自《廣德神異録》，《廣記》卷七七引《廣德神異録》作「影燈」。舊題唐馮贄《雲仙雜記》卷四《上元影燈》：「《影燈記》曰：洛陽人家，上元以影燈多者爲上，其相勝之辭曰『千影萬影』。」《全唐詩》卷五六一有薛能《影燈夜二首》，一作《上元詩》。

〔二三〕亦 《四庫》本改作「不」。按：《真仙通鑑》云：「西涼府今夕之燈亦可亞。」《廣記》卷七七引《廣德神異録》云：「惟涼州信爲亞。」《四庫》本妄改。

〔二四〕彌日 原作「説曰」，據《永樂大典》卷一三四五二引《太平廣記》、《東坡先生詩集注》卷九《泗州除夜雪中黄寔送酥酒二首》其二程縯注引「一説」改。

〔二五〕召之　原譌作「石」，據《大典》改。

〔二六〕頗亦魯朴　孫校本作「亦習諳」，《真仙通鑑》作「頗樸拙」。

〔二七〕廣　明鈔本作「雄」，孫校本、《東坡詩集注》、《大典》作「虚」，《真仙通鑑》作「雅」。

〔二八〕沉湎　明鈔本、孫校本作「耽求」，《東坡詩集注》作「耽」，《大典》作「耽湎」。

〔二九〕白于　此二字原無，據《真仙通鑑》補。

〔三〇〕超　孫校本作「起」。

〔三一〕峰　《真仙通鑑》作「岸」。

〔三二〕齋　原作「麄」，據《歲時廣記》卷二三引《仙傳拾遺》、《真仙通鑑》改。

按：《廣記》所引乃組合《集異記》與《仙傳拾遺》而成。末節「又一説云」爲除魚精事，與前文顯非同一文。杜光庭《仙傳拾遺》多採前人書，本篇内容龐雜，即雜採諸記組織而成，非如《集異記》之記一事者，是則末節當出《集異記》也。《歲時廣記》卷三一引《奏玉笛》，《三洞群仙録》卷一一引《法善寶函》，《古今事文類聚》前集卷一一及《群書類編故事》卷一引《月宫奏樂》，《古今合璧事類備要》前集卷一七引《奏玉笛曲》，《東坡先生詩集注》卷九《泗州除夜雪中黄寔送酥酒二首》其二程縯注引，俱作《集異記》（按：《東坡詩集注》所引《集異記》，乃麯秀才事，實出

《開天傳信記》，而下文「一説」云云，乃出本篇），蓋皆據《廣記》轉引（文句與《廣記》皆合）而只舉《集異記》耳。

兹將末節録左：

又一説云：顯慶中，法善奉命修黄籙齋于天台山。道由廣陵，明晨將濟瓜州。是日，江干（孫校本作「剛午」）渡人，艤舟而候。時方春暮，浦溆晴暖，忽有黄白二叟，相謂曰：「乘間可以圍碁爲適乎？」即嚮空召冥兒。俄有丱童擘波而出，衣無沾濕。一叟曰：「挈碁局與席偕來。」須臾，丱童如命，設席沙上對坐，約曰：「賭勝者食明日北來道士。」因大笑而下子。良久，白衣叟曰：「卿北矣，幸無以味美見侵也。」曠望逡巡，徐步凌波，遠遠而没。舟人知其將害法善也，惶惑不寧。及旦，則有内官馳馬前至，督備舟檝，舟人則以昨日之所見具列焉。内官驚駭不悦。法善尋續而來，内官復以舟人之辭以啓法善，法善微哂曰：「有是乎？幸無掛意。」時法善符術神驗，賢愚共知，然内官洎舟人從行之輩，憂軫靡遑。法善知之，而促解纜。發岸咫尺，而暴風狂浪，天日昏晦，舟中之人相顧失色。法善徐謂侍者曰：「取我黑符，投之鷁首。」既投而波流静謐。有頃既濟，法善顧舟人曰：「爾可廣召宗侣，沿流十里之間，或蘆洲葭渚，有巨鱗在焉，爾可取之，當大獲其資矣。」舟人承教，不數里，果有白魚長百尺許，周三十餘圍，殭暴沙上。就而視，腦有穴嵌然流膏。舟人因臠割載歸，左近村閭，食魚累月。

《合刻三志》志幻類、《雪窗談異》卷六、《唐人説薈》第十五集（同治八年刊本卷一八）、《龍威秘書》四集《晉唐小説暢觀》、《晉唐小説六十種》有託名唐蔣防撰之《幻戲志》，中有《葉法善》，删削《廣記》而成，止於「兼獲金錢以進」。末附玄宗夢仙子傳授《紫雲曲》事，即《廣記》卷二九《十仙子》，出《神仙感遇傳》。

唐若山

杜光庭 撰

唐若山，魯郡〔一〕人也。先天中〔二〕，歷官尚書郎，連典劇郡。開元中，出爲〔三〕潤州，頗有惠政，遠近稱之。若山嘗〔四〕好長生之道。弟若水，爲衡岳道士，得胎元谷神之要。嘗徵入内殿，尋懇求歸山，詔許之。若山素好方術，所至之處，必會鑪鼎之客，雖術用無取者，皆禮而接之。家財迨盡，俸禄所入，未嘗有餘，金石所〔五〕費，不知紀極，晚歲尤篤志焉。潤〔六〕之府庫官錢，亦以市藥。賓佐骨肉，每加切諫，若山俱不聽納。

一日，有老叟，形容羸瘠，狀貌枯槁，詣門款謁〔七〕，自言有長生之道。見者皆笑其衰邁，若山見之，盡禮加敬。留止月餘，所論皆非丹石之要。若山博採方〔八〕訣，諷誦圖記，無不研究，問叟所長〔九〕，皆蔑如也。復好肥鮮美酒，珍饌品膳，雖瘦削老叟〔一〇〕，而所食敵三四人。若山敬奉承事，曾無倦色。

一夕，從容謂若山曰：「君家百口，所給常若不足，貴爲方伯，力尚多闕，一旦居閑，何以爲贍？況帑藏錢帛，頗有侵用，誠爲君憂之。」若山驚曰：「某理此且久〔一一〕，將有交代，亦常爲憂，而計無所出。若緣此受譴，固所甘心，但慮一家有凍餒之苦耳。」叟曰：「無多慮也。」促命酒，連舉數盃〔一二〕。若山飲酒素少，是日亦挹三四爵，殊不覺醉，心甚異之。

是夜月甚明朗，撤觴〔一三〕徐步庭下，良久謂若山曰：「可命一僕，運鐺釜鐵器輩數〔一四〕事於藥室間，使僕布炭壘鑪，臼鼎鐺之屬爲一聚〔一五〕，熾炭加之，烘然如窑，不可向視。叟於腰間解小瓠，出二丹丸，各投其一〔一六〕。闔扉而出，謂若山曰：「子有道骨，法當度世，加以篤尚正直，性無忿恚，仙家尤重此行。吾太上真人也，遊觀人間，以度有心之士。憫子勤志，故來相度耳。吾所化黄白之物，一以留遺子孫，旁濟貧乏，一以支納帑藏，無貽後憂，便可命棹遊江，爲去世之計，翌日相待〔一七〕於中流也。」言訖，失其所在。

若山凌晨開閱，所化之物，爛然照屋。復扃閉之，即與僚吏〔一八〕賓客三五人，整棹浮江，將遊金山寺。既及中流，江霧晦冥，咫尺不辨。若山獨見老叟棹漁舟，直抵舫側，揖若山入漁舟中，超然而去。久之，風波稍定，昏霧開霽，已失若山矣。郡中几案間，得若山訣别之書，指揮家事。又得遺表，因以奏聞。其大旨：「以世禄暫榮，浮生難保，惟登真脱屣，可以後天爲期。昔范丞相泛舟五湖，是知其主不堪同樂也；張留侯去師四皓〔一九〕，是畏其主〔二〇〕不可久存也。二子之去〔二一〕，與臣不同。臣運屬休明，累叨榮爵，早悟昇沉之理，深知止足之規〔二二〕，棲心玄關，偶得丹訣。黄金可作，信淮王〔二三〕之昔言；白日可延，察真經之妙用。既得之矣，餘復何求！是用揮手紅塵，騰神碧海，扶桑在望〔二四〕，蓬島非遥。遐瞻帝闕，不勝犬馬戀主〔二五〕之至。」唐玄宗省表異之，遽命優恤其家，促召唐若水與内臣齎詔，於江表海濱尋訪，杳無音塵矣。

其後二十年，有若山舊吏自浙西奉使淮南，於魚市中見若山鬻魚於肆，混同〔二六〕常人。睨其吏，而延之入陋巷中，縈迴數百步，乃及華第，止吏與食。哀其久貧，命市鐵二十梃〔二七〕，明〔二八〕日復與相遇，已化金矣，盡以遺之。吏姓劉，今劉子孫世居金陵，亦有修道者〔二九〕。

又相國李紳，字公垂，常習業於華山。山齋糧盡，徒步出谷，求糧于遠方。迨暮方還，忽暴雨至，避於巨巖之下，雨之所沾若浼〔三〇〕焉。既及巖下，見一道士，艤舟於石上，一村童擁檝而立。與之揖，道士笑曰：「公垂在此耶？」言語若深交，而素未相識。因問紳曰：「頗知唐若山乎？」對曰：「常覽國史，見若山得道之事，每景仰焉。」道士曰：「余即若山也，將遊蓬萊，偶值江〔三一〕霧，維舟於此。與公垂曩昔之分，得暫相遇，詎忘之耶？」乃攜紳登舟。江霧已霽，山峰如畫，月光皎然，其舟凌空泛泛而行。俄頃已達蓬島，金樓玉堂，森列天表，神仙數人，皆舊友也。將留連之，中有一人曰：「公垂方欲佐國理務，數畢乃還耳。」紳亦務經濟之志，未欲棲止，衆仙復命若山送歸華山。後果入相，連秉旌鉞。去世之後，亦將復登仙品矣。（據中華書局版汪紹楹點校本《太平廣記》卷二七引《仙傳拾遺》校録）

〔一〕魯郡　明胡文焕《稗家粹編》卷五《太上真人度唐若山》作「魯國」。按：漢代魯國魏改魯郡，即唐之兖州。

〔二〕先天中　前原有「唐」字，今删。《真仙通鑑》作「唐睿宗先天中」，《稗家粹編》作「唐睿宗景太中」。按：先天乃唐玄宗年號。「景太」乃「景雲」之誤，景雲，唐睿宗年號。

〔三〕爲　《真仙通鑑》、《稗家粹編》作「守」。爲，治也。

〔四〕嘗　明鈔本、孫校本、《真仙通鑑》作「常」。嘗，通「常」。《稗家粹編》無此字。

〔五〕所　《稗家粹編》作「靡」。

〔六〕潤　孫校本作「甚」。

〔七〕詣門款謁　「門」字原脱，據明鈔本、《真仙通鑑》、《稗家粹編》補。明鈔本「款」作「致」。

〔八〕方　《真仙通鑑》作「萬」。

〔九〕長　《稗家粹編》作「見」。

〔一〇〕老叟　明鈔本作「衰老」，孫校本作「老弱」，《真仙通鑑》、《稗家粹編》、明施顯卿《古今奇聞類紀》卷九引《仙傳拾遺》作「老劣」。

〔一一〕理此且久　《稗家粹編》作「菈任已久」。

〔一二〕盃　《真仙通鑑》作「日」，當譌。

〔一三〕撤觴　此二字原無，據《真仙通鑑》、《奇聞類紀》補。《稗家粹編》作「撤解」。

〔一四〕數　明鈔本、《真仙通鑑》、《稗家粹編》、《奇聞類紀》作「十數」，孫校本作「數十」。

〔一五〕布炭壘鑪臼鼎鐺之屬爲二聚　「炭」原作「席」，「臼」原譌作「曰」，據《真仙通鑑》、《稗家粹編》、《奇聞類紀》改。「二」《真仙通鑑》作「一」。明鈔本作「布火鑪鼎鐺之屬爲二聚」，孫校本作「巾壘鑪鼎之屬爲二聚」

〔一六〕各投其一　《真仙通鑑》作「投於火中」。按：《真仙通鑑》前文作「一聚」（即聚鐵器於一爐），故此不言二聚各投一丸。

〔一七〕待　明鈔本、孫校本作「停」。

〔一八〕僚吏　此二字原無，據孫校本、《真仙通鑑》、《稗家粹編》、《奇聞類紀》補。明鈔本作「寮吏」，「寮」同「僚」。《群仙録》卷三引《廣記》作「僚友」。

〔一九〕四皓　《真仙通鑑》作「赤松」。按：四皓見《史記》卷五五《留侯世家》，又載：「留侯乃稱曰：『……願棄人間事，欲從赤松子游耳。』乃學辟穀道引輕身。」

〔二〇〕主　明鈔本、孫校本、《真仙通鑑》作「生」，疑誤。

〔二一〕去　明鈔本、《真仙通鑑》作「志」。

〔二二〕規　孫校本作「機」，《會校》據改。

〔二三〕淮王　《群仙録》、《真仙通鑑》作「淮南」。按：淮王、淮南指淮南王劉安。

〔二四〕望　明鈔本作「邇」，孫校本作「近」。

〔二五〕主　《群仙録》作「軒」。

〔二六〕同　《稗家粹編》作「間」。

〔二七〕梃　孫校本作「鋌」，義同。

〔二八〕明　明鈔本、孫校本作「即」。

〔二九〕按：《真仙通鑑》下云：「《南嶽總勝集》云其弟若水尸解於南嶽。」《稗家粹編》、《奇聞類紀》作「其弟若水亦屍解於南嶽」。《真仙通鑑》終於此處，《稗家粹編》、《奇聞類紀》亦然，顯然據《真仙通鑑》而作改動。

〔三〇〕浼　孫校本作「泥」。浼，污也。

〔三一〕江　明鈔本作「土」，下同。

按：本篇爲《稗家粹編》卷五採入，題《太上真人度唐若山》。

司命君

杜光庭 撰

司命君者，常生[一]於民間，幼小之時，與唐元環[二]同學。元環云：「君家世奉道，晨夕香燭，持《高上消災經》、《老君枕中經》，累有祥異，奇香瑞雲，生於庭宇。母因夢天人滿空，皆長丈餘，麾旆旌蓋，蔭其居宅，有黄光照其身，身[三]若金色，因孕之而生。生即張目開口，若笑之容。幼而穎悟，誦習詩書，元環所不及。十五六歲，忽不知所之，蓋遊天下尋師訪道矣。不知師何人，得神仙之訣。」

寶應二年，元環爲御史，充河南道採訪使。至鄭州郊外，忽與君相見，君衣服藍縷，容貌憔悴，元環深憫之。與語叙舊，問其所學，曰：「相別之後，但修真而已。」邀元環過其家，留騎從於旅次相候。君與元環同往，引入市側，門巷低小，從者一兩人，纔入，外門便閉，從者不得入。第二門稍寬廣。又入一門，屋宇甚大，揖元環於門下，先入爲席。良久出迎，元環見其容狀偉[四]爍，可年二十許，雲冠霞衣，左右玉童侍女三五十[五]輩，皆非世所有。元環莫之測。相引升堂，所設饌食珍美，器皿瑰異，雖王者宴賜，亦所不及。徹饌命酒，君與妻同坐，乃曰：「不可令侍御獨坐。」即召一人，坐於元環之側，元環視之，乃其不謬。

妻也。奏樂酣飲，既醉各散，終不及相問言情。遲明告别，君贈元環金尺玉鞭。出門行數里，因使人訪其處，無復踪跡矣。及還京，問其妻：「曾有異事乎？」具言：「某日昏然思睡，有黑衣人來，稱司命君召，某便隨去。既至司命宫中，見與君同飲。」所見歷然皆同，不謬。

後十年，元環奉使江嶺，又於江西泊舟，見君在岸上。邀入一草堂，又到仙境，留連飲饌，但音樂侍衛，稍多於前，皆非舊人矣。及散，贈元環一飲器，如玉非玉，不言其名。自此叙别，不復再見，亦不知司命所主何事，所修何道，品位仙秩，定何高卑，復何姓字耳。

一日，有胡商詣東都所居，謂元環曰：「宅中有奇寶之氣，願得一見。」元環以家〔六〕物示之，皆非也。乃出司命所贈飲器與商，起敬而後跪接之，捧而頓首曰：「此天帝流華寶爵耳。致於日中，則白氣連天，承以玉盤，則紅光照室。」即與元環就日試之，白氣如雲，欝勃徑上，與天相連。曰〔七〕：「夜更試之，此不謬矣。此寶太上西北庫中鎮中華二十四寶也，頃年已旋降，今此第二十二寶，亦不久留於人間，即當飛去。得此寶者，受福七世，敬之哉！」元環以玉盤承之，夜視，紅光滿室。（據中華書局版汪紹楹點校本《太平廣記》卷二七引《仙傳拾遺》校録）

〔一〕常生　明鈔本、孫校本「常」作「嘗」，《會校》據改。常，通「嘗」。《三洞群仙録》卷六引《仙傳拾遺》「生」作「在」。

〔二〕唐元環　《群仙録》「唐」作「康」，孫校本「環」作「環」，下同。按：《文獻通考》卷三三《選舉考六》：「（神龍）三年，材堪經邦科張九齡、康元環及第。」下文云寶應二年（七六三）元環爲御史，自神龍三年（七〇七）至寶應二年五十餘年，當非一人。

〔三〕身　此字原無，據明鈔本補。孫校本作「穿」。

〔四〕偉　孫校本作「煒」。

〔五〕十　孫校本無此字。

〔六〕家　孫校本作「他」，《會校》據改。明鈔本作「仙」，誤。

〔七〕曰　原譌作「日」，據明鈔本、《廣豔異編》卷五《司命君傳》改。

按：《廣豔異編》卷五據《廣記》輯録，題《司命君傳》，有所删削。

凡八兄

杜光庭　撰

凡八兄者，不知仙籍之中何品位也。隋太子勇之孫，名德祖，仕唐爲尚輦奉御。性頗好道，以金丹延生爲務，鑪鼎所費，家無餘財。官散俸薄，往往闕於饘粥。稍有百金，即輸於炭藥之直矣。凡八兄忽詣其家，談玄虚，論方術，以爲金丹〔一〕之制，不足爲勞，黄白變化，咳唾可致，德祖愈加尊敬。而凡之剛躁喧雜，嗜酒貪饕，殊不可耐，晝出夜還，不畏街禁，肥鮮醇酎，非時即須。德祖了諳其性，委曲預備，必副所求，由是淹留數月。

一日，令德祖取鼎釜鎗鏉輩陳於藥房中，凡自擊碎之，壘鐵加炭，烈火以煅焉，投散藥方寸匕〔二〕于其上，反扃其室，背燈壁隅，乃與德祖庭中步月。中夜，謂德祖曰：「我太極仙人也，以子棲心至道，抗節不回，故來相教耳。明月良夜，能遠遊乎？」德祖諾〔三〕，遂相與出門，及反顧，扃鑰如舊。徐行若三二十里，路頗平，憩一山頂。德祖覺倦，八兄曰：「此去長安千里矣，當甚勞乎？」德祖驚其且遠，亦以行倦爲對。八兄長嘯〔四〕一聲，逡巡，有白獸至焉，命德祖乘之，其行迅疾，漸覺彌遠。因問長安里數，八兄曰：「此八萬里矣。」德祖悄然，忽念未别家小〔五〕，白獸屹然不行。八兄笑曰：「果有塵俗之念，去世未得如術。」遽命白獸送德祖詣雲宫，謁解空法師。俄頃已至，法師延坐，使青童以金丹飼之。德祖捧接，但見毒螫之物，不可取食。又以玉液飲之，復聞其臭，亦不可飲。法師令白獸送德祖還其家，凡八兄不復見矣。

至其家，燈燭宛然，夜未央矣。明晨視其所化，黄白燦然。雖資貨有餘，而八兄仙儀，杳不可覩。一日，忽見凡八兄之僕，攜〔六〕筐筥而過其門，問凡君所止，「在仙府矣。使我暫至人寰，若見奉御，亦令同來可也。」自是德祖隨凡君仙僕而去，不復還矣。（據中華書局版汪紹楹點校本《太平廣記》卷三〇引《仙傳拾遺》校録）

〔一〕金丹　明鈔本作「九丹」，孫校本作「丸丹」。

〔二〕方寸匕　汪校本誤作「十匕」，談本原作「寸匕」。明鈔本、孫校本作「寸寸匕」，《會校》據改。按：東漢張仲景《傷寒論·辨太陽病脉證并治中》：「上五味搗爲散，以白飲和服方寸匕，日三服。」唐孫思邈《備急千金要方》卷一《合和第七》：「凡散藥有云刀圭者，十分方寸匕之一，準如梧桐子大也。方寸匕者，作匕正方一寸。」分寸匕是中藥散末取量用具，今改。

〔三〕諾　明鈔本、孫校本作「許諾」，《會校》據補「許」字。

〔四〕嘯　原作「笑」，據明鈔本、孫校本、陳校本、《四庫》本改。

〔五〕家小　明鈔本、孫校本作「小女」。

〔六〕攜　孫校本作「揭」。

許老翁

杜光庭　撰

許老翁者，不知何許人也。隱於峨眉山，不知年代。天寶中〔一〕，益州士曹柳某妻李氏，容色絶代。時節度使章仇兼瓊，新得吐番安戎城，差柳送物至城所，三歲不復命。李在官舍，重門未啓，忽有裴兵曹詣門，云是李之中表丈人。李云無裴家親，門不令〔二〕啓。裴因言李小名，兼説其中外氏族，李方令開門致拜。因欲飡，裴人質甚雅，因問：「柳郎去幾時？」答云：「已三載矣。」裴云：「三載義絶，古人所言，今欲如何？且丈人與子，業因合爲伉儷，願無拒此〔三〕。」而竟爲裴丈所迷〔四〕，似不由人可否也。

裴兵曹者，亦既娶矣。而章仇公聞李姿美，欲窺覘之，乃令夫人特設筵會，屈府縣之妻，罔不畢集，唯李以夫壻在遠辭焉。章仇妻以須必見，乃云：「但來，無苦推辭。」李懼責遂行，着黄羅銀泥裙、五暈羅銀泥衫子、單絲羅紅地銀泥帔子，蓋益都之盛服也。裴顧衣而歎曰：「世間之服，華麗止此耳。」迴謂小僕：「可歸開箱，取第三衣來。」李云：「不與第一，而與第三，何也？」裴曰：「第三已非人世所有矣。」須臾衣至，異香滿室。裴再眎，笑謂小僕曰：「衣服當須爾耶？若〔五〕章仇何知，但恐許老翁知耳。」乃登車詣節度家。

既入，夫人並座客，悉皆降階致禮。李既服天衣，貌更殊異，觀者愛之。坐定，夫人令白章仇曰：「士曹之妻，容飾絶代。」章仇徑來入院，戒衆勿起，見李服色，歎息數四，乃借帔觀之，則知非人間物。試之水火，亦不焚污。因留詰之，李具陳本末。使人至裴居處，則不見矣。

兼瓊乃易其衣而進，并奏許老翁之事，勑令以計須求許老。章仇意疑仙者往來，必在藥肆，因令藥師候其出處，居四日得之。初，有小童詣肆市藥，藥師意是其徒，乃以惡藥與之。小童往而復來，且囑云：「大人怒藥不佳，欲見捶撻。」因問大人爲誰，童子云：「許老翁也。」藥師甚喜，引童白府，章仇令勁健百人，卒吏五十人，隨童詣山，且申勑令。山峰巉絶，衆莫能上，童乃自下大呼。須臾，老翁出石壁上，問：「何故領爾許人來？」童具白其事。老翁問：「童曷不來[六]？」童遂冉冉躡虛而上。諸吏叩頭求哀，云：「大夫[七]之暴，翁所知也。」老翁乃許行，謂諸吏曰：「君但返府，我隨至。」及吏卒至府未久[八]，而翁亦至焉。

章仇見之，再拜俯伏，翁無敬色。因問娶李者是誰，翁曰：「此是上元夫人衣庫之官，俗情未盡耳。」章仇求老翁詣帝，許云：「往亦不難。」乃與奏事者尅期至長安。先期而至，有詔引見，玄宗致禮甚恭。既坐，問云：「庫官有罪，天上知否？」翁云：「已被流作人間一國主矣。」又問：「衣竟何如？」許云：「設席施衣於清浄之所，當有天人〔九〕來取。」上勑人如其言。初不見人，但有旋風捲衣入雲，顧盼之間，亦失許翁所在矣。（據中華書局版汪紹楹點校本《太平廣記》卷三一引《仙傳拾遺》校録）

〔一〕天寶中　前原有「唐」字，今删。

〔二〕令　孫校本作「合」。

〔三〕願無拒此　明鈔本、孫校本下有「禮也」二字，《會校》據補。

〔四〕迷　明鈔本、孫校本作「妻」。

〔五〕若　明鈔本、孫校本作「老」。

〔六〕童曷不來　此四字原重，明鈔本不重，據删。

〔七〕夫　明鈔本作「人」。

〔八〕及吏卒至府未久　孫校本作「久之」。

〔九〕天人　原無「天」字，據孫校本補。

唐五代傳奇集第五編卷四

劉無名

杜光庭 撰

劉無名，成都人也，本蜀先主之後，居於蜀焉。生而聰悟，八九歲，道士過其家，見而嘆曰：「此兒若學道，當長生神仙矣。」自是好道探玄，不樂名利。弱冠閱道經〔一〕，學咽氣朝拜、存真内修之術，常以庚申日守三尸，存神默呪，服黄精白朮，志希延生。或見古方，言草木之藥，但愈疾微效，見火輒爲灰燼，自不能固，豈有延年之力哉！乃涉歷山川，訪師求道。數年，入霧中山，嘗遇異人〔二〕教其服餌雄黄，凡〔三〕三十餘年。

一旦，有二人〔四〕赤巾朱服，徑詣其室。劉問其〔五〕何人也，何以及此，對曰：「我泰山直符，追攝子耳。不知子以何術，頂有黄光。我〔六〕至三日矣，冥期迫促，而無計近子。將恐陰符譴責，以稽延獲罪，故見形相問耳。」劉曰：「余無他術，但冥心至道，不視〔七〕聲利，静處幽山，志希度世而已。」二使曰：「子之黄光，照灼於頂，迢高數丈〔八〕，得非雄黄之功？然吾聞一陰一陽之謂道，一金一石之謂丹。子但服其石，未餌其金，但得其陽，未知其陰，將何以超生死之難，期昇騰之道乎〔九〕？其次廣施陰功，救人濟物，柔和雌〔一〇〕靜，無欲無爲，至孝至忠，内修密行，功滿三千，然後黑籍落名，青華定籙，制御神鬼，驅駕雲龍，而上補仙官，永除地簡，九祖超鍊，七玄生天，如此則不爲冥官所追捕耳。今子雖三尸已去，而積功未著，大限既盡，將及死期，豈可苟免也？」劉聞其語，心魂喪越，憂迫震懼，不知所爲。二使徐謂之曰：「岷、峨、青城，神仙之府，可以求詣真師，訪尋道要。我聞鉛汞朱髓，可致沖天，此非此高真上仙，莫得修煉之旨。我爲子求姓名同、年壽盡者，以代於子。子勉而勤修，無至中怠也。」劉致謝二使，二使乃隱。

劉如其言，入峨眉、岷山，登陟峭險，探求洞穴，歷年不遇。復入青城山，北崖之下得一洞。行數里，忽覺平博，殆非人世。遇神仙居其間，云青城真人。劉祈叩不已，具述所值鬼使追攝之由，願示道要，以拯拔沉淪，賜〔一一〕度生死之苦。真人指一巖室，使棲止其中，復令齋心七日，乃示其陽鑪陰鼎柔金鍊化水玉之方，伏汞鍊鉛朱髓〔一二〕之訣，謂之曰：「胡剛子、陰長生，皆得此道，亦名《金液九變神丹》〔一三〕之經。丹分三品，以鉛爲君，以汞爲臣，八石爲使，黄芽爲苗〔一四〕。君臣相得，運火功全。七日爲輕水〔一五〕，二七日變紫鋒〔一六〕，三七日五彩具，内赤外〔一七〕黄，狀如窗塵。復運火一年，日周六百，再經四時，重履長至，初則十月離其胞胎，已成初品，即能乾汞成銀。丸而服之，可以袪疾。二〔一八〕年之外，服者延年益算，髮白反黑。三年之後，服之[一九]刀圭，遊散名山，周遊四海，爲[二〇]初品地仙。服之半劑，變化萬端，坐在立亡，駕馭飛龍，白日昇天。大都此藥經十六節，已爲中品，便能使人長生。藥成之日，五金、八石、黄芽諸物，與君臣二藥，不相雜亂矣。千日功畢，名上品還丹，謹而藏之，勿示非人。世有其人，視彼形氣功行合道者[二一]，依法[二二]傳之。」

劉授[二三]丹訣，還於霧中山，築室修鍊，三年乃成。開成二年，猶駐於蜀，自述《無名傳》，以示後人。入青城去，不知所終。（據中華書局版汪紹楹點校本《太平廣記》卷四一引《仙傳拾遺》校録）

〔一〕道經 《真仙通鑑》卷四四《劉無名》作「道德經」。

〔二〕異人 原無「異」字，據《真仙通鑑》補。

〔三〕凡 此字原無，據明鈔本、孫校本、《真仙通鑑》、《蜀中廣記》卷七三引《仙傳拾遺》補。

〔四〕二人 《類説》卷七《原化記·庚申日守三尸》云「一鬼使」，乃一人。

〔五〕其 《蜀中廣記》作「君」。

〔六〕我 此字原無，據孫校本、《蜀中廣記》補。

〔七〕視 孫校本作「親」。

〔八〕迢高數丈 「迢」《蜀中廣記》作「超」。「丈」明鈔本、孫校本、《類説》、《蜀中廣記》作「尺」。

〔九〕期昇騰之道乎　《蜀中廣記》作「詣昇騰之期乎」。

〔一〇〕雎　原作「雅」，據明鈔本、孫校本、《蜀中廣記》改。

〔一一〕賜　《蜀中廣記》作「得」。

〔一二〕伏汞鍊鉛朱髓　《真仙通鑑》作「伏水煉鉛成汞髓」。

〔一三〕金液九變神丹　原無「變神」二字，據《真仙通鑑》補。

〔一四〕黄芽爲苗　明鈔本、孫校本、《蜀中廣記》「苗」作「田」，《真仙通鑑》作「用」。《類説》此句作「黄牙爲佐」。按：《雲笈七籤》卷七二《内丹》引《三景訣》：「若要長生，須服五色。鉛汞丹砂黄芽之藥，包含五色、五味、五行者，乃是内明，始無而真有也。」牙，通「芽」。

〔一五〕水　原作「汞」，據明鈔本、孫校本、《真仙通鑑》、《蜀中廣記》改。

〔一六〕鋒　《真仙通鑑》作「粉」。

〔一七〕外　明鈔本、《蜀中廣記》作「上」。

〔一八〕二　原作「三」，據《真仙通鑑》、《蜀中廣記》改。

〔一九〕之　《蜀中廣記》作「少」。

〔二〇〕爲　此字原無，據明鈔本、孫校本、《蜀中廣記》補。

〔二一〕者　此字原無，據《真仙通鑑》補。

〔二二〕法　孫校本、《蜀中廣記》作「而」。

〔三〕授　《真仙通鑑》作「受」。授，通「受」。

按：《類説》卷七《原化記》摘録《庚申日守三尸》一段，見於本篇，知皇甫氏亦採入己書，所據蓋亦劉無名自述。杜光庭《仙傳拾遺》多採前人書，此篇當取《原化記》。唯《原化記》全文不存，故輯爲光庭之作。

田先生

杜光庭　撰

田先生者，九華洞中大仙也。元和中，隱於饒州鄱亭村，作小學以教村童十數人，人不知其神仙矣。饒州牧齊推，嫁女與進士李生，數月而孕。李生赴舉長安，其孕婦將産於州之後堂。夢鬼神責其腥穢，斥逐之。推常不信鬼神，不敢言，未暇移居。既産，爲鬼所惡害，耳鼻流血而卒，殯於官道側，以俟罷郡，遷之北歸。

明年，李生下第歸饒。日晚，於野中見其妻，訴以鬼神所害之事，乃曰：「可詣鄱亭村學中，告田先生，求其神力，或可再生耳。」李如其言，詣村學見先生，膝行而前，首體投地，哀告其事，願大仙哀而救之。先生初亦堅拒，李叩告不已，涕泗滂沱，自早及夜，終不就坐。學徒既散，先生曰：「誠懇如此，吾亦何所隱耶？但不早相告，屋舍已壞矣，誠爲作一處置。」即從舍出百餘步桑林中，夜已昏瞑，忽光明如晝，化爲大府崇門，儀衛森列。先生寶冠紫帔，據案而坐，擬於王者。乃傳聲呼地界，俄有十餘隊，各擁百餘騎，奔走而至，皆長丈餘。謁者呼名通入曰：「廬山、江瀆、彭蠡等神到。」先生曰：「刺史女因産爲暴鬼所殺事，聞之何不申理？」對曰：「獄訟無主，未果發擿。今賊是鄱陽王吴芮，刺史宅是其所居，怒其生産腥穢，遂肆兇暴。」尋又擒吴芮，牒天曹而誅戮之，勘云：「李氏妻算命，尚有三十二年，合生二男三女。」先生曰：「屋舍已壞，如何？」有一老吏曰：「昔東晉鄴下，有一人誤死，屋宅已壞，又合還生，與此事同。其時葛仙君斷令具魂爲身，與本無異，但壽盡之日無形爾。」先生許之，即時〔一〕追李妻魂魄，合爲一體，以神膠塗之，大王發遣却生，即便生矣。見有七八女人，與李妻相似，吏引而至，推而合之。有藥如稀餳，以塗其身。頃刻官吏皆散，李生及妻、田先生在桑林間。李生夫妻懇謝之，先生曰：「但云自得再生，勿多言也。」遂失先生所在。李與妻還家，其後年壽所生男女，皆如所言。（據中華書局版汪紹楹點校本《太平廣記》卷四四引《仙傳拾遺》校録）

〔一〕時　原作「只」，據孫校本改。

按：本篇所叙之事，與《廣記》卷三五八引《玄怪録》（按：出處誤，詳前文《齊推女》按語）全同，第原文詳贍曲折，此存起大概耳。然視原作並非縮寫節略，乃爲改寫，故亦録存焉。

李球

杜光庭 撰

李球〔一〕者，燕人也。寶曆二年〔二〕，與其友劉生遊五臺山。山有風穴，遊人稍或喧呼，及投物擊觸，即大風震發，揭屋拔木，必爲物害故。登山之時，互相戒勑，不敢觸。球至穴口，戲投巨石於穴中，良久，石聲方絶，果有奔風迅發。有一木如柱，隨風飛出。球性輕〔三〕悍，無所顧忌，遂力扳〔四〕其木，却墜入穴中。球爲木所載，亦不得出。良久至地，見一人，形如獅子而人語。引球入洞中齋内，見二道士奕碁。道士見球喜，問球所修之道。球素不知通〔五〕修行之事，默然無以爲對。二仙責引者曰：「吾至道之要，當授有骨相之士，習道之人。汝何妄引凡庸，入吾仙府耶？速引去之。」因以一杯水遺球〔六〕令飲，謂之曰：「汝雖凡流，得覩〔七〕吾洞府，踐吾真境，將亦有少道分矣。所恨素不習道，不可語汝修行之要耳。但去，苟有希生之心，出世之志，今暫歸〔八〕，他日可復來也。飲此神漿，亦延年壽矣。」

球飲水拜謝訖，引者將球至向來洞側，示以别路，曰：「此山道家紫府洞也。五峰之上，皆籍四海奇寶以鎮峰頂。亦如茅山洞，鎮以安息金墉城之寶，春山雜玉，環水香瓊，以固上真之宅。此山東峰有離岳火球，西峰有麗農瑶室，南峰有洞光珠樹，北峰有玉澗瓊芝，中峰有自明之金，環光之璧。每積陰將散，久暑將雨，即衆寶交光，照灼巖嶺。春曉〔九〕秋旦，則九色之氣屬天，光輝爍乎雲表。太帝命韓司少卿、東方君與紫府先生，統六年仙寮神王力士，以鎮於此，故謂神仙之府也。洞有三門，一徑西通崑崙，一徑出北巖〔一〇〕之下，一向來風穴，是洞之端門也，皆有龍蛇守之。先生有勑曰：『有巨石投於洞門，中吾柱者，是世間將有得道之人，受事于此。』即使我引進。我亦久遠學道，當證仙品，而積功之外，口業不除，以宿功所廕，得守此洞穴之口。後三百年，亦當超昇矣。以口業之故，假此形耳。我守先生之命，適聞〔一一〕投石中柱，依教引子，誠不知子戲投石耳。然數百年來，投石者少，亦未嘗中柱。神仙之宫，不易一至，子亦將有所得於玄妙之津矣。此有北巖之徑，可使子得速還人間。」因衣帶解藥三丸，貫一槁枝之末，謂球曰：「路側如見異物，以藥指之，不爲害。此藥食之，可以無病。」球持此藥，行於洞中黑處，藥有光如火。數有〔一二〕巨蛇，張口向球，以藥指之，伏不敢動。因出洞門，門外古樹半朽，洞欲堙塞。球摧壤土朽樹，久方得出，已在寺門之外矣。

先是，劉生既失球，子方執誣劉生，疑害其父，欲訟於官。寺有大齋，未得便去。既見球還，衆皆忻喜。具話所見之異，因以三丸藥，與劉及子各餌一丸。乾符中，進士司徒鐵與球相别三十餘年。别時球年六十，鬢已垂白。於河東見球，年九十餘，容狀如三十許人。話所遇之事，云服藥至今，老而復壯。性不食，其子亦如三〔一三〕十歲許。鋭志修道，與其子入王屋山去。（據中華書局版汪紹楹點校本《太平廣記》卷四七引《仙傳拾遺》校録）

〔一〕球　《三洞群仙録》卷七引《仙傳拾遺》作「琳」，下同。

〔二〕二年　《群仙録》作「中」，《天中記》卷八引《仙傳拾遺》作「初」。

〔三〕輕　原作「軒」，據孫校本改。

〔四〕扳　孫校本作「拔」，《會校》據改。

〔五〕通　明鈔本、孫校本作「道」。

〔六〕球　此字原無，據明鈔本、孫校本補。

〔七〕覩　《群仙録》作「入」。

〔八〕今暫歸　此三字原無，據《群仙録》補。

〔九〕曉　明鈔本、孫校本作「晚」。

〔一〇〕北巖　「北」原作「此」，《四庫》本改作「北」，是也。按：下文作「北巖」。

〔二〕聞 原作「門」，據孫校本、《四庫》本改。
〔三〕數有 《四庫》本改作「有數」。
〔三〕三 明鈔本、孫校本作「二」。

陳惠虚

杜光庭 撰

陳惠虚者，江東人也。爲僧，居天台國清寺。曾與同侶遊山，戲過石橋，水峻苔滑，懸流萬仞，下不見底。衆皆股慄不行，惠虚獨超然而過，徑上石壁，至夕不迴，群侶皆舍去。惠虚至石壁外，微有小徑，稍稍平闊，遂及宫闕，花卉萬叢，不可目識。臺閣連雲十里許，見其門題額曰「會真府」，左門額曰「金庭宫」，右門額曰「桐柏宫〔一〕」，三門相向鼎峙，皆有金樓玉窗，高百丈。入其右内之西，又一高樓，黄門，題曰「右弼宫」，周顧數千間，屈曲相通，瑶階玉陛，流渠激水，處處華麗，殆欲忘歸，而了無人跡。又入一院，見青童五六人，相顧笑語而去，再三問之，應曰：「汝問張老。」須臾迴顧，見一叟挾杖持花而來，訝曰：「汝凡俗人，何忽至此？」惠虚曰：「常聞過石橋即有羅漢寺，人世時聞鐘聲，故來尋訪。千生〔二〕幸會，得至此境，不知羅漢何在？」張老曰：「此真仙之福庭，天帝之下府，號曰『金庭不死之鄉』，養真之靈境。週迴百六十里，神仙右弼桐柏上真王君主之，列仙三千人，上真三百人〔三〕，仙王力士、金〔四〕童玉女各萬人，爲小都會之所。太上一年三降此宫，校定天下學道之人功行品第。神仙所都，非羅漢之所也。王君者周靈王之子，瑶丘先生之弟子，位爲上真矣。」惠虚曰：「神仙可學之否？」張老曰：「積功累德，肉身昇天，在於立志堅久耳。汝得見此福庭，亦是有可學之望也。」又問曰：「學仙以何門而入？」張老曰：「内以保神鍊氣，外以服餌丹華，變化爲仙，神丹之力也。汝不可久住，上真適遊東海，騎衛若還，恐有訾〔五〕責。」因引之使出門，行十餘步，已在國清矣。

惠虚自此慕道。好丹石，雖衣敝履穿，不以爲陋。聞有鑪火方術之士，不遠而詣之。丹石所費，固亦多矣。晚居終南山捧日寺，年漸衰老，其心愈切。寢疾月餘，羸憊且甚。一旦暴雨後，有老叟負藥囊入寺，大呼曰：「賣大還丹。」繞廊數迴〔六〕，衆僧皆笑之，乃指病僧惠虚之門，謂老叟曰：「此叟頗好還丹，售之可也。」老叟欣然詣之，惠虚曰：「還丹知是靈藥，一劑幾錢？」叟曰：「隨力可致耳。」惠虚曰：「老病沉困床枕餘月，昨僧次到，自行不得，托鄰僧代齋，得䞋錢少許，可致藥否？」叟取其錢，而留藥數丸，教其所服之法。惠虚便吞之，老叟乃去。衆僧相率來問，言已買得還丹，吞服之矣。頃間，久疾都愈，遥止衆僧曰：「勿前，覺有臭，吾疾愈矣。但要新衣一兩事耳。」跳身起床，勢若飛躍，衆驚歎之。有取〔七〕新衣與之者，取而着焉。忽飛殿上，從容久之，揮手相别，冉冉昇天而去。時大中十二年戊寅歲。是年歸桐柏觀，與道流話得道之由，云：「今在桐柏宫中，賣藥老叟，將是張老耳。」言訖隱去。（據中華書局版汪紹楹點校本《太平廣記》卷四九引《仙傳拾遺》校録）

〔一〕右門額曰桐柏宫　「門」字原脱，據明鈔本補。「宫」字原脱，據孫校本補。

〔二〕千生　談本原作「千僧」，汪校本「千」譌作「干」，據孫校本改。按：千生，佛教語。《大般若波羅蜜多經》卷四六九《第二分衆德相品第七十六之二》：「若諸如來應正等覺，於諸有情過去無量諸宿住事，或一生，或十生，或百生，或千生，或無量生，或一劫，或十劫，或百劫，或千劫，或無量劫，所有諸行諸説諸相，皆如實知。」

〔三〕上真三百人　此五字原無，據孫校本補。

〔四〕金　原作「天」，據孫校本改。

〔五〕眥　原作「咨」，據孫校本改。

〔六〕迴　明鈔本作「巡」，孫校本作「遍」，《會校》據孫校本改。按：迴、巡、遍，一義也。

〔七〕取　此字原脱，據明鈔本、孫校本補。

陳休復

杜光庭　撰

陳休復〔一〕者，號陳七子。貞元中〔二〕，來居褒城，耕農樵採，與常無異。如五十許人，多變化之術。褒人有好事少年承奉之者五六人，常爲設酒食，以求學其術，勤勤不已。休復約之曰：「我出西郊，行及我者，授以術。」休復徐行，群少年奔走追之，終不能及，遂止，無得其術者。後入市，衆復奉之不已。休復與出郊外，坐大樹下，語道未竟，忽然暴卒。須臾臭敗，衆皆驚走，莫敢迴視，自此諸少年不敢干之。

常狂醉市中，褒帥李當〔三〕，怒而繫於南鄭〔四〕獄中，欲加其罪，桎梏甚嚴。忽不食而死，尋即臭爛，虫蛆流出，棄於〔五〕郊外。旋亦還家，復在市中。當始〔六〕加禮異，爲築室於褒城江之南岸，遺與甚多，略無受者。河東柳公仲郢、相國周墀、燕國公高駢，擁旄三川〔七〕，皆威望嚴重，而深加禮敬，書幣相屬，休復亦無所受，唯鶴氅布裘，受而貯之，亦未嘗衣着也。

昌明令胡倣，常師事之，將赴任，留錢五千，爲休復市酒，笑而不取，曰：「吾金玉甚多，恨不能用耳。」以鋤授倣，使之劚地，不一二三寸，金玉錢貨隨劚而出，曰：「人間之物，固若是矣，但世人賦分有定，不合多取，若吾用之，豈有限約乎？」倣之昌明，休復祖之於仙流江上，指砂中，令倣取酒器。倣攫砂數寸，得器皿五六事。飲酒畢，復埋砂中。又戲曰：「吾於砂中嘗藏菓子，今亦應在。」又令取之，皆得。

蜀相燕公〔八〕，使人致書至褒城所居延召，休復同日離褒城，使人經旬方達，休復當日已至成都。而又有一休復與使者偕行，未嘗相捨。燕公詰於使者，益奇待之。常於巴南太守筵中，爲酒妓所侮，休復笑視其面，須臾妓者髯長數尺。泣訴於守，守〔九〕爲祈謝，休復呪酒一盃，使飲之，良久如舊。又有藥一丸，投水中，沉浮旋轉，任人指呼，變化隱顯。其類極多，不可備載。

中和五年〔一〇〕，大駕還京，休復亦至闕下。田晉公軍容，問至京國幾年安寧〔一一〕，曰：「二十。」果自問後二十日，再幸陳倉。後於道中寄詩與田晉公曰：「夜坐空庭月色微，一樹寒梅發兩枝。」及駕至梁、洋，邠帥朱玫立襄王監國，寒梅兩枝驗矣。自是衛駕諸郡〔一二〕，多在西縣、三泉、褒斜以來屯駐。

休復之術，素爲人所傳。俄爲人釘其手於柱上，尋有人救而拔之，竟亦無患。歲餘，卒於家。葬於江南山下。數月，好事者掘其墓，無復所有。見休復在長安，駕駐華州，休復亦至興德府矣。（據中華書局版汪紹楹點校本《太平廣記》卷五二引《仙傳拾遺》校録）

〔一〕陳休復　原作「陳復休」，據孫校本、《三洞群仙録》卷八引《仙傳拾遺》、又卷四引《神仙傳》改。下同。按：五代孫光憲《北夢瑣言》卷四「楊蔚使君三典洋源」條、卷八「李當尚書亡女魂」條均亦作「陳休復」。

〔二〕貞元中　按：紀時疑誤。下文云「褒帥李當」，褒帥即山南西道節度使，又稱興元節度使。李當鎮山南，在咸通九年至十一年（八六八—八七〇）（見郁賢皓《唐刺史考全編》）。又云「河東柳公仲郢、相國周墀、燕國公高駢，擁旄三川」，「蜀相燕公，使人致書至褒城所居延召」。據《唐刺史考全編》，周墀大中三年至五年（八四九—八五一）爲劍南東川節度使，柳仲郢繼之，九年徵爲吏部侍郎。蜀相燕公指燕國公、劍南西川節度使高駢，據《資治通鑑》卷二五二，乾符二年（八七五）正月，「以高駢爲西川節度使」。下文又及僖宗中和五年（八八五）。末又云「駕駐華州」，此指昭宗，《舊唐書·昭宗紀》：乾寧三年（八九六）七月，「車駕將幸太原，癸巳，次渭北華州」。而自貞元（七八五—八〇五）至此至少百年左右。道教雖喜爲誇大之語，然涉及史實不宜乖違如此也。

〔三〕李當　原作「李讜」，明鈔本、孫校本作「孝當」，并譌。按：《八瓊室金石補正》卷六〇《李當等詩并魏深書事》：「尋出尹河南，移宣歙，鎮褒斜，徵拜天官氏。」褒斜指梁州，爲山南西道節度使治所。《北夢瑣言》卷三云「唐李當尚書鎮南梁日」，又卷八云「唐李當尚書鎮興元」。據改，下同。南梁亦指梁州，德宗興元元年（七八四）升爲興元府。

〔四〕南鄭　此二字原無，據明鈔本、孫校本、陳校本補。按：南鄭，縣名，唐爲梁州、褒州、興元府治所，即今陝西漢中市。

〔五〕棄於　此二字原脱，汪校本據明鈔本補「棄之」二字，《會校》謂誤，補作「棄於」，今據《會校》改。

〔六〕當始　「當」明鈔本、孫校本譌作「嘗」。「始」原作「時」，據《合刻三志》志幻類、《雪窗談異》卷六、《唐人説薈》第十五集、《龍威秘書》四集、《晉唐小説六十種》之《幻戲志·陳復休》改。陳校本作「特」。

〔七〕三川　「川」原作「州」，誤，據明鈔本、陳校本改。按：三川，指蜀地。《蜀中廣記》卷五一《四川布政司》：「或稱三川者，非三川伊洛之地，司馬錯勸秦伐蜀曰『周自知失九鼎，韓自知亡三川』是也。」《全唐詩》卷六六二羅隱《中元甲子以辛丑駕幸蜀四首》其三：「李令三川悲憶恨，張儀可憐一曲還。」《蜀中廣記》卷一七引胡密《永昌寨碑》：「自黄巢侵陷京闕，鑾輿出幸成都，四海波騰，三川鼎沸。」

〔八〕燕公　《幻戲志》下有「高駢」二字。按：高駢封燕國公，見《舊唐書》卷一八二《高駢傳》。

〔九〕守　此字原無，據《群仙録》補。

〔一〇〕中和五年　黄本、《四庫》本、《筆記小説大觀》本作「光啓元年」。按：《舊唐書·僖宗紀》：「光啓元年春正月丁巳朔，車駕在成都府。己卯，僖宗自蜀還京。二月丁亥朔，丙申，車駕次鳳翔。三月丙辰朔，丁卯，車駕至京師。己巳，御宣政殿，大赦，改元光啓。」作「中和五年」爲確。

〔一一〕問至京國幾年安寧　「至」明鈔本、孫校本作「其」，「安寧」孫校本作「太平」，《會校》并據改。

〔一二〕諸郡　汪校本原作「詣都」，「詣」字譌，談本原作「諸」，今改。「郡」字據孫校本改。按：《舊唐書·僖宗紀》載，光啓元年三月僖宗還京後，是年十二月出幸鳳翔，此後又至寶雞、邠州、興元，光啓四年二月方還京。

按:《合刻三志》志幻類、《雪窗談異》卷六、《唐人説薈》第十五集(同治八年刊本卷一八)、《龍威秘書》四集《晉唐小説暢觀》、《晉唐小説六十種》駕名唐蔣防撰之《幻戲志》輯入此篇,題《陳復休》,多有删節。馮夢龍《古今譚概》靈蹟部採入戲酒妓一節,題《陳七子》,譌作「陳復林」。

韓愈外甥

杜光庭 撰

吏部侍郎韓愈外甥〔一〕,忘其名姓。幼而落拓,不讀書,好飲酒。弱冠,往洛下省骨肉,乃慕雲水不歸。僅二十年,杳絶音信。元和中,忽歸長安,知識闒茸,衣服滓弊,行止乖角。吏部以久不相見,容而恕之。一見之後,令於學〔二〕院中與諸表話論。不近詩書,殊若土偶,唯與小臧賭博。或廄中醉卧三日五日,或出宿于外。吏部懼其犯禁陷法,時或勗之。暇日偶見,問其所長,云:「善卓錢鍋子。」試令爲之,植一鐵條尺餘,百步内,卓三百六十錢,一一穿之,無差失者。書亦旋有詞句,以資笑樂。又於五十步内,雙鈎草「天下太平」字,點畫極工。又能於鑪中累三十斤炭,支三日火,火勢常熾,日滿乃消。

吏部甚奇之，問其修道，則玄機清話，該博真理，神仙中事，無不詳究。因說小伎，云能染花，紅者可使碧，或一朵具五色，皆可致之。是年秋，與吏部後堂前染白牡丹一叢，云：「來春必作金含稜碧色〔三〕，内合有金含稜紅間暈者，四面各合有一朵五色者。」自劚其根，下置藥，而後栽培之，俟春爲驗。無何潛去，不知所之。

是歲，上迎佛骨於鳳翔，御樓觀之，一城之人，忘業廢食。吏部上表直諫，忤旨，出爲潮州刺史。至商山，泥滑雪深，頗懷鬱鬱。忽見是甥迎馬首而立，拜起勞問，扶鐙接轡，意甚慇懃〔四〕。至翌日雪霽，送至鄧州。乃白吏部曰：「某師在此山〔五〕，不得遠去，將入玄扈倚帝峰矣。」吏部驚異其言，問其師，「即洪崖先生也。東園公方使柔金水玉，作九華丹，火候精微，難於暫捨。」吏部加敬曰：「神仙可致乎？至道可求乎？」曰：「得之在心，失之亦心。校功銓善，黜陟之嚴，倣王禁也。某他日復當起居，請從此逝。」吏部爲五十六字詩以別之，曰：「一封朝奏九重天，夕貶潮陽路八千。本爲聖朝除弊事〔六〕，豈〔七〕將衰朽惜殘年。雲横〔八〕秦嶺家何在？雪擁藍關馬不前。知汝遠來應有意，好收吾骨瘴江邊。」與詩訖，揮涕而别，行入林谷，其速如飛。

明年春，牡丹花開，數朵花色，一如其説。但每一蕚〔九〕花中，有楷書十四字曰：「雲横秦嶺家何在〔一〇〕，雪擁藍關馬不前。」書勢精能，人工所不及。非神仙得道，立見先知，何以及於此也？或云，其後吏部復見之，亦得其月華度世之道，而迹未顯爾。（據中華書局版汪紹楹點校本《太平廣記》卷五四引《仙傳拾遺》校録）

〔一〕吏部侍郎韓愈外甥　前原有「唐」字，今删。「甥」孫校本、《五色線集》卷下《染花》（無出處）作「生」，下同，按：外生即外甥。

〔二〕學　《五色線集》作「書」。

〔三〕金含稜碧色　「金」字原無，據《五色線集》卷下《染花》（無出處）補。按：金含稜碧色，即花朵碧緑色，花瓣邊緣金黄色。含稜，指花朵、花葉邊緣。「含」爲顯現、帶著之意。北宋王觀《揚州芍藥譜·銀含稜》云：「銀緣也，葉端一稜白色。」

〔四〕意甚慇懃　孫校本作「甚知勤」。

〔五〕山　此字原無，據明鈔本、孫校本、《五色線集》補。

〔六〕事　孫校本作「政」，《會校》據改。按：錢仲聯《韓昌黎詩繫年集釋》卷一一《左遷至藍關示姪孫湘》作「事」，錢釋：「《詩話總龜》引《青瑣集》，事作政。」北宋劉斧《青瑣高議》前集卷九《韓湘子》、南宋謝維新《古今合璧事類備要》前集卷四二（無出處）亦作「政」。

〔七〕豈　孫校本作「敢」，《會校》據改。按：朱熹《韓集考異》卷三作「肯」，云：「肯將，或作豈將，方作豈於。」《韓昌黎詩繫年集釋》：「寥本、王本作肯，祝本、魏本、《太平廣記》引《仙傳拾遺》、《詩話總龜》引《青瑣集》作豈。」《青瑣高議》、《事類備要》亦作「敢」。

〔八〕横　明鈔本、《王荆公詩箋注》卷三一《次韻樂道送花》李壁注引《仙傳拾遺》作「埋」。

〔九〕萼　原作「葉」，據《五色線集》改。按：萼，花萼，此用作花之單位，猶言「朵」。崔道融《梅花》：「數萼初含雪，孤標畫本難。」白居易《裴常侍以題薔薇架十八韻見示因廣爲三十韻以和之》：「剪碧排千萼，研朱染萬房。」《酉陽雜俎》前集卷一九《草篇》云「每朵有一聯詩」，正作「朵」。

〔一〇〕在　原作「處」，據明鈔本、孫校本、《五色線集》改。

張定

杜光庭　撰

張定者，廣陵人也。童幼入學，天寒月曉，起早，街中無人。獨行百餘步，有一道士行甚急，顧見之，立而言曰：「此可教也。」因問：「汝何所好？」答曰：「好長命耳。」道流曰：「此〔一〕不難致，汝有仙骨，求道必成。且教汝變化之術，勿泄於人。十年外，吾自迎汝。」因以口訣教之。

定謹訥小心，於家甚孝，亦曾私爲此術，召鬼神，化人物，無不能者。與父母往漣水〔二〕省親，至縣，有音樂戲劇，衆皆觀之，定獨不往。父母曰：「此戲甚盛，親表皆去，汝何獨不看邪？」對曰：「恐尊長上〔三〕要看，兒不得去。」父母欲往，定曰：「此有青州大設，可亦看也。」即提一水瓶，可受二斗以來，空中無物，置於庭中，禹步遶三二匝，乃傾於庭院内，見人無數，皆長六七寸，官寮將吏、士女看人，喧闐滿庭。即見排比設廳戲場〔四〕，局筵隊仗，音樂百戲，樓閣車棚，無不精審。如此宴設一日，父母與定〔五〕看之。至夕，復側瓶於庭，人物車馬，千群萬隊，邐迤俱入瓶内。父母取瓶視之，亦復無一物。又能自以刀劍剪割手足，刳剔五藏，分掛四壁，良久，自復其身，晏然無苦。每見圖障屏風有人物音樂者，以手指之，皆能飛走歌舞，言笑趨動，與真無異。

父母問其從何學之，曰：「我師姓藥，海陵山神仙也，已錫昇天之道。約在十年，今七年矣。」辭家入天柱潛山，臨去白父母曰：「若有意念，兒自歸來，無深慮也。」如是父母念之，即便還家，尋復飛去。一日，謂父母曰：「十六年後，廣陵爲瓦礫矣，可移家海州，以就福地。」留丹二粒與父母，曰：「服一丸〔六〕百餘年無疾。」自此不復歸。父母服丹，神氣輕爽，飲食嗜好，倍於少壯者。遂移居海州。乾符中，父母猶在。（據中華書局版汪紹楹點校本《太平廣記》卷七四引《仙傳拾遺》校録）

〔一〕此　此字原無，據孫校本補。

〔二〕漣水　原作「連水」，據孫校本改。按：漣水縣，唐屬泗州，今屬江蘇淮安市。

〔三〕上　此字原無，據孫校本補。
〔四〕排比設廳戲場　「排」原譌作「無」，據孫校本改。排比，安排。「廳」孫校本作「庭」。
〔五〕定　此字原無，據孫校本補。
〔六〕一丸　原作「之」，據明鈔本、孫校本、《永樂大典》卷一〇八一四引《太平廣記》改。

進士崔生

杜光庭　撰

進士崔生，自關東赴舉。早行潼關外十餘里，夜方五鼓，路無人行，惟一僕一檐一驢而已。忽遇列炬呵殿，旗幟戈甲，二百許人，若節使行李〔一〕，生映槐樹以自匿。既過，乃行不三二里，前之隊仗〔二〕復回，又避之，然後徐行隨之。有一步健押茶檐子〔三〕，其行甚遲，生因問爲誰，曰：「岳神迎天官也。天官姓崔，呼侍御。秀才方入關應舉，何不一謁，以卜身〔四〕事？」生謝以無由自達，步健許偵之。

既及廟門，天猶未曙，步健約生伺之於門側，押茶檐先入。良久出曰：「侍御請矣〔五〕。」遽引相見，欣喜異常，即留於下處。逡巡嶽神至，立語，便邀崔侍御入廟中，陳設帳幄筵席妓樂極盛。頃之，張樂飲酒。崔臨赴宴，約敕侍者，祇待於生，供以湯茶所須，情旨敦厚。

飲且移時，生倦，徐行周覽，不覺出門。忽見其表丈人，握手話舊，顔色憔悴，衣服繿縷，泣而相問。生因曰：「丈人恰似久辭人間，何得於此相遇？」答曰：「僕離人世十五年矣，未有所詣。近作敷水〔六〕橋神，倦於送迎，而窘於衣食，窮困之狀，迨不可濟。知姪與天官侍御相善，又宗姓之分，必可相薦，故來投誠，願爲述姓字。若得南山觜神，即粗免飢窮。此後遷轉，得居天秩，去離幽苦矣。」生辭以乍相識，不知果可相薦否，然試爲道之。言罷，復下處。

侍御尋亦罷宴而歸，顧問久之，曰：「後年方及第，今年不就試亦得。余少頃公事亦畢，即當歸去，程期甚迫，不可久留。」生因以表丈人所求告之，侍御曰：「觜神似人間遺補〔七〕，極是清資。敷水橋神，其位卑雜，豈可便得？然試爲言之，嶽神必不相阻。」即復詣嶽神迎奉。生潛近〔八〕伺之，歷歷聞所託，嶽神果許之。即命出牒補署，俄爾受牒入謝，迎官將吏一二百人，侍從甚整。生因出門相賀，觜神沾灑相感曰：「非吾姪之力，不可得此位也。佗後一轉，便入天司矣。今年地神所申，渭水泛溢，姪莊當飄壞，上下鄰里一道，所損三五百家。已令爲姪護之，五六月必免此禍，更有五百縑相酬。」須臾觜神驅殿而去，侍御亦發，嶽神出送。

生獨在廟中，欻如夢覺。出門訪僕使，只在店中，一無所覩。於是不復入關，却回止别墅。其夏渭水泛溢，飄損甚多，惟崔生莊獨得免。莊前泊一空船，水涸之後，船有絹五百匹。生益信不虛，復明年果擢第矣。宗正王大卿鄑說。（據明正統《道藏》本《録異記》卷四《鬼神》校録，又《太平廣記》卷三一一引《録異記》）

〔一〕節使行李　《廣記》作「方鎮者」。按：節使，即方鎮節度使。行李，官員出行之導從人員。

〔二〕隊仗　《廣記》作「導從」。

〔三〕有一步健押茶檜子　《廣記》作「有健步押茶器」。

〔四〕身　《説庫》本作「生」。

〔五〕侍御請矣　《廣記》作「白侍御矣」。

〔六〕敷水　「敷」原譌作「敦」，據《津逮祕書》本、《説庫》本、《廣記》改，下同。下文《津逮》本亦譌作「敦」。按：《水經注・渭水》：「渭水又東，敷水注之，水南出石山之敷谷，北逕告平城東。……敷水又北逕集靈宫西，《地理志》曰：『華陰縣有集靈宫，武帝起。』」

〔七〕遺補　《廣記》作「選補」。按：遺補指拾遺、補闕，屬中書、門下二省，爲清望之官。選補乃指銓選補官，誤。

〔八〕近　《廣記》明鈔本作「往」，《會校》據改。按：近，靠近。

按：《崇文總目》、《宋史·藝文志》小説類著録《録異記》十卷，杜光庭撰。《遂初堂書目》入道家類，無撰人卷數。今存八卷，載於明正統《道藏》、《津逮祕書》、《祕册彙函》、《説庫》、《道藏舉要》，皆有自序。又有一卷本，載《重編説郛》卷一一八、《龍威秘書》四集《晉唐小説暢觀》、《晉唐小説六十種》，無序，凡十六條，乃摘自八卷本。《類説》卷八摘六條，中有三條不見今本，而《太平廣記》引本書佚文尤多，他書亦偶有徵引。佚文可得二十八條。王斌、崔凱、朱懷清校注《録異記輯校》（巴蜀書社，二〇一三），以《津逮》本爲底本，輯佚文二十八條，編爲卷九。

《道藏》本題「光禄大夫尚書户部侍郎廣成先生上柱國蔡國公臣杜光庭纂」，《津逮》、《説庫》本題蜀杜光庭撰，而序題「蜀光禄大夫尚書户部侍郎廣成先生上柱國蔡國公杜光庭撰」。光庭於王建永平三年（九一三）授金紫光禄大夫，封蔡國公，進號廣成先生，天漢元年（九一七）遷户部侍郎，加上柱國，則本書作於天漢後。又卷五稱蜀皇帝乾德元年（九一九），卷六記乾德三年正月事，而此年八月光庭封傳真天師、特進、檢校太傅、太子賓客、兼崇真觀大學士，是則本書必成於乾德三年正月至八月間。

本書各條原無標目，《廣記》題《進士崔生》，今從。

唐五代傳奇集第五編卷五

雲華夫人

杜光庭 撰

雲華夫人者，王母第二十三女，太真王夫人之妹也，名瑶姬，受徊風混合萬景練神飛化之道。嘗遊東海還，過江之上，有巫山焉。峰巖挺拔，林壑幽麗，巨石如壇，平博可翫，留連久之。時大禹理水，駐其山下，大風卒至，振崖谷隕，力不可制。因與夫人相值，拜而求助。即勑侍女授禹策召百〔一〕神之書，因命其神狂章、虞余、黄魔〔二〕、大翳、庚辰、童律等，助禹斬石疏波，決塞導阨，以循其流，禹拜而謝焉。

禹嘗詣之於崇巘之巔，顧盼之際，化而爲石，或倏然飛騰，散爲輕雲；或油然而止〔三〕，聚爲夕雨。或化遊龍，或爲翔鶴，千態萬狀，不可視〔四〕也，不知其常也。禹疑其狡怪獪誕〔五〕，非真仙也，問諸童律，童律曰：「天地之本者，道也。運道之用者，聖也。聖之品次，真人、仙人矣。其有禀氣成真，不修而得道者，木公、金母是也。蓋二氣之祖宗，陰陽之原本，仙真之主宰，造化之元先〔六〕。雲華夫人，金母之女也。昔師三元道君，受《上清寶經》，受書於紫清闕下，爲雲華上宫夫人，主領教童真之士，理在玉映〔七〕之臺，隱見變化，蓋其常也。亦由凝炁成真，與道合體，非寓胎禀化之形，是西華少陰之氣也。且氣之〔八〕彌綸天地，經營動植，大包造化，細入毫髮，在人爲人，在物爲物，豈止於雲雨龍鶴、飛鴻騰鳳哉！」禹然之。

復往詣焉，忽見雲樓玉臺、瑶宫瓊闕森然，暨天靈官侍衛，不可名識。師子抱關〔九〕，天馬啓塗，毒龍電獸，八威備軒。夫人宴坐于瑶臺之上，禹稽首問道。召禹使坐而言曰：「夫聖匠肇興，剖太混之一樸，判〔一〇〕爲億萬之體；發大藴之一包〔一一〕，散爲〔一二〕無窮之物。故步三光而立乎晷景，封九域而制乎邦國。刻漏以分晝夜，寒暑以成〔一三〕歲紀，《兑》、《離》以正方面〔一四〕，山川以分險易〔一五〕，城郭以聚民，兵械以衛衆，輿服以表貴賤，禾黍以備凶歉。凡此之制，上禀乎星辰，而取法乎神真，下以養於有形之物也。是故日月有幽明，生殺有寒暑，雷霆有出入之期，風雨有動静之常。清炁〔一六〕浮乎上，而濁氣流于下〔一七〕，廢興之數，治亂之運，賢愚之質，善惡之性，剛柔之氣，壽夭之命，貴賤之位，尊卑之序，吉凶之感，窮達之期，此皆〔一八〕禀之於道，懸之於天，而聖人之爲紀也。性發乎天，而命成乎人，立之者天，行之者道，道存則有，道去則無。非道而物不可存也〔一九〕，非修而道不可致也。玄老有言：『致虚極，守静篤，萬物將自復。』復謂歸於道而常存也。道之用也，變化萬端，而不失〔二〇〕其一，是故天參玄玄，地參混黄，人參道德，去此之外，何一物不止於道也哉〔二一〕！長久之要者，乃天寶〔二二〕其玄，地保〔二三〕其物，人養其氣。所以全也，則我命在我，非天地殺之，鬼神害之，失道而自逝也。志乎哉！勤乎哉！子之功及於〔二四〕物矣，勤逮於民矣，善格乎天矣，而未聞至道之要也。吾昔於紫清之闕，受書寶而勤之，我三元道君曰：『《上真内經》，天真所寶，封之金臺，佩入太微，則雲輪上征，神武〔二五〕抱關。振衣瑶房，遨〔二六〕宴希林，左招仙公，右棲白山〔二七〕。而下眄太空，汎乎天津，則乘雲騁龍，遊此名山。則真人詣房，萬神奉衛，山精伺〔二八〕迎。動有八景玉輪，静則宴處金堂。』亦謂之太上玉珮金璫之妙文也。汝將欲越巨海而無飆輪，渡飛沙而無雲軒，陟阨塗而無所釁〔二九〕，涉泥波而無所乘，陸則困於遠絶，水則懼於漂淪，將何以導百谷而濬萬川也？危乎悠哉！太上愍汝之志，亦將授以《靈寶真文》，陸策虎豹，水制蛟龍，斬馘千〔三〇〕邪，檢馭群兇，以成汝之功也。其在乎陽明之天耶？吾所受〔三一〕寶書，亦可以出入水火，嘯吒幽冥，收束虎豹，呼召六丁，隱淪八地〔三二〕，顛倒五星，九祖〔三三〕存身，與天〔三四〕相傾也。」因令侍女陵〔三五〕容華，出丹玉之笈〔三六〕，開《上清寶文》，以授禹焉，禹拜授而去。又得庚辰、虞余之助，遂能導波決川，成其功，奠〔三七〕五嶽，別九州，而天錫玄珪，以爲紫庭真人也。

其後楚大夫宋玉，以其事言於襄王。王不能訪以道要，以求長生，築臺于高唐之館，作陽臺之宫以祀之。宋玉作《神女〔三八〕賦》以寓情，荒淫託詞，穢蕪高真，上仙豈可誣而降之也！有祠在山下，世謂之大仙。隔峰〔三九〕有神女之石，即所化之身也。復有石天尊、神女壇。壇側有竹，垂之若篲，有槁葉飛物著壇上者，竹則因風而掃之，終歲瑩潔，不爲之污。楚世世祀焉。（據明正統《道藏》本《墉城集仙録》卷三校録，又《太平廣記》卷五六引《集仙録》）

〔一〕百　《蜀中廣記》卷七五《神仙記五·川中道》引《集仙傳》、《真仙通鑑》後集卷二《雲華夫人》作「鬼」。

〔二〕魔　《真仙通鑑》作「麾」。

〔三〕或油然而止　「或」字原無，據《三洞群仙録》卷八引《集仙録》、《蜀中廣記》補。《群仙録》「油」作「悠」。

〔四〕視　《廣記》、《群仙録》、《真仙通鑑》、《蜀中廣記》、《雪窗談異》卷四《女仙傳·雲華夫人》作「親」。

〔五〕狡怪獪誕　《廣記》、《真仙通鑑》、《蜀中廣記》、《雪窗談異》作「狡獪怪誕」。

〔六〕先　《廣記》作「光」，明鈔本、孫校本作「先」。

〔七〕玉映　「玉」原作「王」，據《廣記》、《永樂大典》卷二六〇四引《太平廣記》、《真仙通鑑》、《蜀中廣記》、《雪窗談異》改。《廣記》、《雪窗談異》「映」作「英」，明鈔本、孫校本、《大典》作「映」。

〔八〕之　《真仙通鑑》作「能」。

〔九〕抱關　「關」原作「闕」，據《廣記》、《真仙通鑑》、《蜀中廣記》、《雪窗談異》改。按：《荀子·榮辱》：「故或禄天下而不自以爲多，或監門御旅，抱關擊柝，而不以爲寡。」唐楊倞注：「抱關，門卒也。擊柝，擊木所以警夜者。」

〔一〇〕判　此字原無，據《真仙通鑑》補。《廣記》、《雪窗談異》作「發」，《蜀中廣記》作「散」。

〔一一〕包　《廣記》、《真仙通鑑》、《蜀中廣記》、《雪窗談異》作「苞」。按：包，通「苞」，叢也。

〔一二〕爲　原作「之以」，據《廣記》、《真仙通鑑》、《蜀中廣記》、《雪窗談異》改。

〔一三〕成　《真仙通鑑》作「定」。

〔一四〕兑離以正方面　「兑」《真仙通鑑》作「坎」，「面」《廣記》、《雪窗談異》作「位」。

〔一五〕險易　《廣記》、《真仙通鑑》、《蜀中廣記》、《雪窗談異》作「陰陽」。

〔一六〕清炁　《廣記》明鈔本、孫校本、《真仙通鑑》、《蜀中廣記》作「類氣」。類，衆也。

〔一七〕濁氣流于下　《真仙通鑑》、《蜀中廣記》作「衆精散於下」。《廣記》、《雪窗談異》作「濁衆散于下」，明鈔本、孫校本「衆」下有「精」字。

〔一八〕皆　原作「者」，據《廣記》、《真仙通鑑》、《雪窗談異》改。

〔一九〕非道而物不可存也　《廣記》、《雪窗談異》作「道無物不可存也」，孫校本作「道而無物不可存也」，誤，《會校》據補「而」字。按：「而」當在「無」下。

〔二〇〕失　《廣記》、《真仙通鑑》、《雪窗談異》作「足」。

〔二一〕何一物不止於道也哉　《廣記》、《真仙通鑑》、《蜀中廣記》、《雪窗談異》作「非道也哉」。

〔二二〕寶　《廣記》、《真仙通鑑》、《蜀中廣記》、《雪窗談異》作「保」。

〔二三〕保　《廣記》、《真仙通鑑》、《蜀中廣記》、《雪窗談異》作「守」。

〔二四〕於　此字原無，據《廣記》、《真仙通鑑》、《雪窗談異》補。

〔二五〕武　《真仙通鑑》作「虎」。按：唐人曾避李淵祖父李虎諱，改「虎」爲「武」。

〔二六〕遨　孫校本作「邀」。

〔二七〕左招仙公右棲白山　原作「長招仙公，在西白山」，有誤，據《廣記》、《雪窗談異》改。《真仙通鑑》、《蜀中廣記》作「長招仙公，右棲白山」。

〔二八〕伺　原作「司」，據《廣記》、《真仙通鑑》、《蜀中廣記》、《雪窗談異》改。

〔二九〕轝　原譌作「舉」，據《廣記》、《真仙通鑑》、《蜀中廣記》、《雪窗談異》改。

〔三〇〕千　《真仙通鑑》作「萬」。

〔三一〕受　《廣記》、《真仙通鑑》、《雪窗談異》作「授」。受，通「授」。

〔三二〕八地　「八」原作「行」，據《廣記》、《真仙通鑑》、《蜀中廣記》、《雪窗談異》改。按：《雲笈七籤》卷一〇五鄧雲子《清靈真人裴君傳》：「秋分之日，乃會九天八地衆真仙神上皇至尊。」

〔三三〕九祖　《廣記》、《真仙通鑑》、《蜀中廣記》、《雪窗談異》作「久視」。按：九祖，歷代祖先。杜光庭《廣成集》卷六《又馬尚書南斗醮詞》：「七玄九祖，超度幽扃。」《雲笈七籤》卷四八《帝君明燈内觀求仙上法》：「若能常於三處明燈不滅，七玄九祖即得去離十苦，上昇南極。」

〔三四〕天　《真仙通鑑》作「天地」。

〔三五〕陵　《廣記》孫校本作「淩」，《會校》據改。按：《真仙通鑑》、《蜀中廣記》皆作「陵」。有陵姓，見《萬姓統譜》卷五七。

〔三六〕出丹玉之笈　前原有「命」字，據《廣記》、《真仙通鑑》、《蜀中廣記》、《雪窗談異》删。

〔三七〕奠　原作「尊」，據《廣記》、南宋羅泌《路史·餘論》卷九《無支祁》引《集仙録》、《蜀中廣記》、《雪窗談異》改。按：《尚書·禹貢》：「禹敷土，隨山刊木，奠高山大川。」僞孔傳：「奠，定也。」

〔三八〕女　《廣記》譌作「仙」。

〔三九〕峰　《廣記》、《大典》卷三三五八五引《太平廣記》、《蜀中廣記》、《雪窗談異》作「岸」。

按：杜光庭《墉城集仙録》見於《崇文總目》道書類、《通志·藝文略》道家類、《宋史·藝文志》道家類著録，十卷。《通志略》注云：「集古今女子成仙者百九人。」《祕書省續編到四庫闕書目》道書類載《集仙録》一卷、杜光庭《集仙傳》二卷，當係殘本。

《道藏》洞神部譜録類收《墉城集仙録》六卷，乃殘本，凡三十七人。明白雲霽《道藏目録詳注》卷三稱三十二位，或計數不確，或其本有闕。《雲笈七籤》卷一一四至卷一一六節録二十七人，除《西王母傳》（《道藏》本題《金母元君》）與《九天玄女傳》，皆出《道藏》本外。《七籤》本有

《墉城集仙録叙》，頗長。序署廣成先生杜光庭撰。《道藏》本闕序。題唐廣成先生杜光庭集，朝代誤，必非原署。

《道藏》本、《七籤》本共六十二人，檢《太平廣記》、《太平御覽》、《三洞群仙録》等，尚可得二十二人。總計八十四人，較原書之百九人尚差二十五人，其大較亦堪覩矣。

本書當作於前蜀王衍乾德、咸康間。王衍好仙，后妃亦惑之，光庭此書專叙女仙者，實緣此故也。

《雪窗談異》卷四有僞書《女仙傳》，託名唐高駢，中有《雲華夫人》，輯自《廣記》。

王法進

杜光庭 撰

王法進者，劍州臨津縣人也。孩孺之時，自然好道。家近古觀，雖無道士居之，其嬉戲未嘗輕侮於尊像，見必斂手致敬，若有凜懼焉。十餘歲，有女官〔一〕自劍州歷外邑過其家，父母以其慕道，託女官以保護之。與授《正一延生籙〔二〕》，名曰法進。而專勤香火，護持齋戒，亦茹柏絶粒，時有感降。

是歲，三川饑歉，斛蚪翔貴，死者十有五六，多採山芋野葛充饑。忽有二青童降於其庭，宣上帝之命曰：「以汝宿禀仙骨，歸心精誠，不忘於道，今以青童召汝受事於玉京也〔三〕。」法進即隨青童騰身凌虚，徑達太〔四〕帝之所。命以玉盃霞漿賜之，飲訖，帝謂之曰〔五〕：「人稟五行之大體，天地之和氣〔六〕，得爲人形，復生中土，甚不易也。而天運四時之氣，地稟五行之秀，生五穀百果，以養於人。而人不知天地養育之恩，輕棄五穀，厭捨絲麻，使耕農之夫、紡織之婦，身勤而不得飽，力竭而不免寒，徒施其勞，曾不愛惜，斯固神明所責，天地不祐也。近者地司嶽瀆日有奏，言人厭賤米麥〔七〕，不貴衣食之本。我已勑太華之府，收五穀之神，令所種不成，下民饑餓，因示責罰，以懲其心。世愚悠悠，曾未覺悟。旋奉太上所勑〔八〕，以大道好生，不可因彼惡民，以害衆善〔九〕。雖天地神明罪之，愚民亦不知過之所起，因〔一〇〕無懺請首原之路，虚受其苦耳。汝當爲無上〔一一〕侍童，入侍天府。今且令汝下於世，告諭下民，使其悔罪，寶愛桑蠶，貴敬農事，惜五穀百果，知大道之養人，厚地之育物，宗奉正道，崇事神明。至於水火之用，不可厭棄，衣食之養，儉己約身。皆能行此明戒，天地愛之，神明護之，風雨順調，家國安泰，此乃增益汝之陰功也。」即命侍女披琅笈珠韞，出《靈寶清齋告謝天地法〔一二〕》一卷付之，傳行於世，曰：「世人可相率幽山高静〔一三〕之處，置齋悔謝。一年之内，春秋兩爲。春則祈於年豐，秋則謝於道力。如此則宿罪可除，穀父蠶母之神，爲置豐衍也。龍虎之年，復當召汝矣。」命青童送還其家，已三箇月也。

所受之書，即今《靈寶清齋告謝天地之法》〔一四〕是也。其法簡易，與《靈寶自然齋》大率相類。但人間行之，立成徵效。苟或几席器物，小有輕慢濁污者，營奉之人少有不公心者，即飄風驟雨壞其壇筵，迅霆吼雷毁其器用。自是三川、梁、漢之人，歲皆崇事。雖愚朴之士、狂暴之夫，罔不戰慄兢戒，肅恭擎跽，知奉其法焉。或螟蝗旱潦，害稼傷農之處，衆誠有率，勉於修奉之處，炷香告玄〔一五〕，旦夕響應，必臻其祐，與不虔不信之徒，立可較其徵驗矣。巴南謂之清齋，蜀土謂之天功齋，蓋一揆矣。法進以天寶十一年壬辰歲，雲鶴迎之而昇天。此乃亦符龍虎之運，神人之言矣。（據中華書局版李永晟點校本《雲笈七籤》卷一一五《墉城集仙録》校録，又《太平廣記》卷五三引《仙傳拾遺》）

〔一〕女官　《廣記》作「女冠」，下同。按：女官即女冠，女道士。《雲笈七籤》卷四一《七籤雜法·解穢》：「道士女官受法已後，持忌殗穢。」卷四五《祕要訣法·明二人同奉第十八》：「入靖之日，男官立左，女官立右。」疑《廣記》改。

〔二〕籙　《廣記》作「小籙」。

〔三〕今以青童召汝受事於玉京也　《廣記》作「敕我迎汝受事於上京也」，《三洞群仙録》卷四引《王氏神仙傳》作「上帝敕我來迎汝授事於天上」。

〔四〕太　《真仙通鑑》後集卷四《王法進》作「天」。

〔五〕飲訖帝謂之曰　《廣記》作「徐謂曰」。

〔六〕人禀五行之大體天地之和氣　《廣記》作「人處三才之大，體天地之和」，《群仙録》、《真仙通鑑》亦作「三才」。

〔七〕米麥　《廣記》、《真仙通鑑》作「五穀」。

〔八〕所勑　《廣記》作「慈旨」。

〔九〕不可因彼惡民以害衆善　《廣記》作「務先救物」。

〔一〇〕因　《廣記》作「固」。《真仙通鑑》「因」在上句「起」字上。

〔一一〕無上　《廣記》作「上宫」。

〔一二〕靈寶清齋告謝天地法　《廣記》「法」作「儀」。《群仙録》作「謝罪科」。

〔一三〕幽山高静　《真仙通鑑》作「清静」。

〔一四〕靈寶清齋告謝天地之法　《廣記》作「清齋天公告謝之法」。

〔一五〕衆誠有率勉於修奉之處炷香告玄　《真仙通鑑》作「有率衆誠，勉於修奉，炷香告天」。

按：王法進事杜光庭又載入《仙傳拾遺》及《王氏神仙傳》，分别見引於《廣記》卷五三、《三洞群仙録》卷四，後者摘引片斷，前者文字亦不及《墉城集仙録》爲詳，故據以校録。

邊洞玄

杜光庭　撰

邊洞玄者，范陽人女也。幼而高潔敏慧，仁慈好善，見微物之命有危急者，必俯而救之。救未獲之間，忘其飢渴。每霜雪凝沍，鳥雀飢棲，必求米穀粒食以散餵之。歲月既深，鳥雀望而識之，或飛鳴前導，或翔舞後隨。年十五，白其父母，願得入道修身，絶粒養氣。父母憐其仁慈且孝，未許之也。既笄，誓以不嫁，奉養甘旨。

數年，丁父母憂，毀瘠不食，幾至滅性。服闋，詣郡中女官〔一〕，請爲道士。終鮮兄弟，子〔二〕無近親，性巧慧，能機杼，衆女官憐而敬之。紡織勤勤，晝夜不懈，每有所得，市胡麻、茯苓、人參、香火之外，多貯五穀之類。人或問之：「既不食累年，而貯米麥，何也？豈非永夜凌晨有飢渴之念耶？」笑而不答。然每朝於後庭散米穀以餇禽鳥，於宇内以餇鼠，積歲如之，曾無怠色。一觀之内，女官之家，機織爲務，自洞玄居後，未嘗有鼠害於物。人皆傳之，以爲陰德及物之應也。

性亦好服餌，或有投以丹藥，授以丸散，必於天尊堂中焚香供養訖，而後服之。往往爲藥所苦，嘔逆吐痢，至於疲劇，亦無所怨嘆。疾纔已，則吞服如常。其同道惜之，委曲指喻，丁寧揮解〔三〕，而至信之心，確不移也。苟遇歲饑，分所貯米麥以濟於人者亦多矣。一旦，有老叟負布囊入觀賣藥，衆因問之：「所賣者何藥也？」叟曰：「大還丹，餌服之者長生神仙，白日昇天。」聞之皆以爲笑。叟面目黚黑，形容枯槁，行步傴僂，聲纔出口，衆笑謂之曰：「既還丹可致不死，長生昇天，何憔悴若此而不自恤邪？」叟曰：「吾此丹初熟，合度人立功。度人未滿，求仙者難得，吾不能自服，服之〔四〕便飛昇沖天耳。」衆問曰：「舉世之人，皆願長生不死，延年益壽，人盡有心，何言求仙者難得也？」叟曰：「人皆有心好道而不能修行，能好道復能修行，精神不退，勤久其事，不被聲色所誘，名利所惑，奢華所亂，是非所牽，初心不變，如金如石者難也。百千萬人無一人矣，何謂好道也？」問曰：「貴爲天子，富有四海，有金丹之藥，何不獻之，令得長生永壽也？」叟曰：「天上大聖真人高真上仙，與北斗七元君，輪降人間，以爲天子，期滿之日，歸昇上天，何假服丹而得道也？」又問曰：「既盡知之，今天子是何仙也？」曰：「朱陽太一南宮真人耳。」問答之敏，事異於人，發言如流，人不可測。

逡巡，暴風雷雨，遞相顧視，驚悸異常，衆人稍稍散去。叟問衆曰：「此有女道士，好行陰德，絶粒多年者何在？」因指其院以示之。叟入院不扣問〔五〕，徑至洞玄之前曰：「此有還丹大藥，遠來相救，能服之邪？」洞玄驚喜延坐，問藥須幾錢。叟曰：「所直不多，五十萬金耳。」洞玄曰：「此窮窘多年，殊無此錢，何以致藥耶？」叟曰：「勿憂，子自幼及今，四十年矣。三十年積聚五穀，餇飼禽蟲，以此計之，不啻藥價也。」即開囊示之，藥丸青黑色，大如梧桐子者二三斗。令於藥囊中自探之，洞玄以意於藥囊中取得三丸。叟曰：「此丹服之，易腸換血，十五日後，方得昇天。此乃中品之藥也。」又於衣裾内解一合子，大如錢，出少許藥，如桃膠狀，亦似桃香。叟自於井中汲水，調此桃膠，令吞丸藥。叟喜曰：「汝之至誠，感激太上，有命使我召汝。既服二藥，無復易腸換血之事。即宜處臺閣之上，接真會仙，勿復居臭濁之室。七日即可以昇天，當有天衣天樂自來迎矣。」須臾雨霽，叟不知所之。衆女官奔詣洞玄之房，問其得藥否，具以告之。或嗤其怪誕，或歎其遭遇，相顧驚駭。

由是郡中〔六〕之人有知者，亦先馳往觀之。於是洞玄告人曰：「我不欲居此，願登於門樓之上。」顧眄之際，樓猶扃鎖，洞玄告人曰：「我不於此。」語猶未終，已騰身在樓上矣。異香流溢，奇雲散漫，一郡之内，觀者如堵。太守僚吏，遠近之人，皆禮謁焉。洞玄告衆曰：「中元日早必昇天，可來相别也。」衆乃致齋大會，七月十五日辰時，天樂滿空，紫雲蓊鬱，縈繞觀樓，衆人見洞玄昇天，音樂導從，幡旌羅列，直南而去，午時雲物方散矣。太守衆官，具以奏聞。是日辰巳間，大唐明皇居便殿，忽聞異香紛郁，紫炁〔七〕充庭，有青童四人，導一女道士，年可十六七，進曰：「妾是幽州女道士邊洞玄也，今日得道昇天來，以辭陛下。」言訖，冉冉而去。乃詔問所部，奏函亦馹騎馳〔八〕至，與此符合。勑其觀爲登仙觀，樓曰紫雲樓，以旌其事。是歲，皇妹玉真公主咸請入道，進其封邑及實封。由是上好神仙之事，彌更勤篤焉。仍勑校書郎王端敬之爲碑，以紀其神仙之盛事者也。（據中華書局版李永晟點校本《雲笈七籤》卷一一六《墉城集仙録》校録）

〔一〕女官　明仁孝皇后《勸善書》卷一作「女冠」，下同。

〔二〕孑　原譌作「孑」，據《勸善書》改。

〔三〕解　《四庫》本作「除」。

〔四〕服之　此二字原無，據《勸善書》補。

〔五〕問　《勸善書》作「門」。

〔六〕中　原作「衆」，據《勸善書》改。

〔七〕炁　《勸善書》作「雲」。

〔八〕馳　《勸善書》作「傳」。

陽平治

杜光庭　撰

陽平治〔一〕謫仙妻，不知其名〔二〕。九隴居人張守珪，家甚富，有茶園在陽平化仙居山〔三〕內，每歲召採茶人力百餘輩，男女傭工者雜之園中。有一少年，賃爲摘茶，自言無親族。性甚了慧勤願，守珪憐之，以爲義兒。又一女，年二十餘，亦無親族，願爲義兒之婦。孝義端恪，守珪甚善之。

一旦，山水汎溢，市井路絶，鹽酪既闕，守珪甚憂。新婦曰：「此可買耳。」取錢出門十數步，置錢樹下，以杖扣樹，得鹽酪而歸。後或有所要，但令扣樹取之，無不得者。其夫術亦如此。因與鄰婦十數人，於堋口市相遇，爲買酒一盤，與衆婦飲之皆醉，而盤中酒不減。遠近傳説，人皆異之。

守珪請問其術受於何人，少年曰：「我陽平洞中仙人耳，因有小過，謫於人間，不久當去。」守珪曰：「洞府大小，與人間城闕相類否？」答曰：「二十四化，各有一大洞，或方千里、五百里〔四〕、三百里。其中皆有日月飛精，謂之伏神〔五〕之根，下照洞中，與世間無異。其中皆有仙王仙卿仙官輔相佐之，如世之職司。有得道之人及積功遷神反生之者，皆居其中，以爲民庶。每年三元大節，諸天各有上真下遊洞天，以觀其所理善惡，人世死生興廢，水旱風雨，預關於〔六〕洞中焉。其龍神祠廟，血食之司，皆爲洞府所統也。二十四化之外，其青城、峨嵋、益登、慈母、繁陽、嶓冢，皆亦有洞，不在十大洞天、三十六小洞天之數。洞之仙曹，如人間郡縣聚落耳，不可一一詳記之也。」旬日之間，忽夫婦俱去。（據中華書局版李永晟點校本《雲笈七籤》卷一一六《墉城集仙録》校録，又《七籤》卷二八《二十八治》，《太平廣記》卷三七引《仙傳拾遺》）

〔一〕陽平治　《廣記》明鈔本、孫校本「陽」作「楊」。《太平御覽》卷六六三引《集仙籙》作「楊平」。按：陽平乃地名。《雲笈七籤》卷二八《二十八治》：「第一陽平治，治在蜀郡彭州九隴縣，去成都一百八十里。」

〔二〕不知其名　《七籤》卷二八「名」作「姓名」。《廣記》作「不言姓氏」。

〔三〕仙居山　《廣記》「居」作「君」，孫校本作「居」。按：《蜀中廣記》卷七二引《先天傳》作「仙居山」。

〔四〕里　此字原無，據《廣記》補。

〔五〕神　《廣記》作「晨」。

〔六〕於　《御覽》作「報」。

按：《仙傳拾遺》亦載之，《廣記》卷三七引，題《陽平謫仙》，文大同。今據《墉城集仙録》校録。

王奉仙

杜光庭　撰

王奉仙者，宣州當塗縣民家之女也。家貧，父母以紡績自給〔一〕。而奉仙年十三四，因田中餉飯，忽見少年女十餘人，與之嬉戲，久之散去。他日復見如初，自是每到田中餉飯，即聚戲爲常矣。月餘，諸女夜會其家，竟夕言笑，達曉方散。或攜奇果，或設珍饌，非世所有。其房宇湫陋，來衆雖多，不以爲窄。父母聞其言笑疑焉，伺而察之，復無所見。又疑祆魅所惑，詰之甚切，必託他詞以對。自是諸女不復夜降，常晝日往來。或引其遠遊，凌空泛迴〔二〕，無所不到，至暮乃返。仍不飲不食，日加殊異。

一日將夕，母氏見其自庭際竹杪墜身於地，母益爲憂，懇問其故，遂以所遇之事言之，父母竟未諭其本末〔三〕。諸女剪奉仙之髮，前露〔四〕眉，後垂至肩。自此數年，髮竟不長。不食歲餘，肌膚豐瑩，潔若冰雪，螓首蠐領，皓質明眸，貌若天人，智辯明晤，江左之人謂之觀音焉。

咸通末，相國杜公審權鎮金陵，令狐公綯鎮維揚，延請供養，聲溢江表。其後秦彦請留於江都，展師敬之禮。高士主父懷杲正直倜儻，疑以爲邪，詣而問之。奉仙欣然加敬，話道累日。主父問：「所論之理，頗合玄要，何復有觀音之目耶？」奉仙曰：「某所遇者道也，所得者仙也。嗤俗之徒，加我以觀音之號耳。然頃歲杜公搜於蓬茅之下，欲貢於宫掖之内，適以斷髮免，未容歸侍膝下，遂霅〔五〕留寺中。閭巷不知，騰口虚譽，至有擎香捧燭，施寶投金，囂然經年，莫知竄免。而今日遂其修養，不拘閉於後庭者，亦是真仙冥祐，斷髮齊領之明效也，得不自以爲慰喜耳。且名之與道，兩者無滯。莊生云：『人以我爲牛，而我爲牛；人以我爲馬，而我爲馬。』忘形體真者，不以名爲累也，故亦不鄙人爾。且某所見之女，年可十八九，容貌異常，著雲霞錦繡大袖之衣，執持者仙花靈草，吟詠者仙經洞章，所話乃神仙長生度世之事。隨其所行，逍遥迅速，不知其倦。所到天宫仙闕，金樓玉堂，脩廊廣庭，芝田雲圃，神禽天獸，珍木靈芳，非世間所覩。過星漢之上，不知幾千萬里，朝謁天尊。天尊處廣殿之中，羽衛森列，告奉仙曰：『汝寄生人世，五十年後當還此。』勑左右以玉漿一盃見賜。飲畢，戒曰：『百穀之實，草木之果，食之殺人，夭汝年壽，特宜絶之。』是以不食二十年矣。

「夫天尊行化天上，教人以道，延人以生，主宰萬物，覆育周徧，如世人之父也。釋迦行化世上，勸人止惡，誘人求福，如世人之母也。仲尼儒典行於人間，示以五常，訓以百行，如世人之兄也。世之嬰兒〔六〕，但識其母，不知有兄父之尊，故常常之徒，知道者稀，尊儒者寡，不足怪也。且所見天上之人，男子則雲冠羽服，或丱髻青襟；女子則金翹翠寶，或三鬟雙角。手執玉笏，項負圓光，飛行乘空，變化莫測。亦有龍麟鸞鶴之騎，羽幢虹節之仗，如人間帝王耳，了不見有菩薩佛僧之像也。」因出其所供養圖繪甚多，率是天人帝王道君飛仙之狀，亦無僧佛之容焉。

自咸通迄光啓四十年間，遊淮、浙，之宛陵，所至之處，觀者雲集。其警俗也，常以忠孝貞正之道，清浄儉約之言，修身密行之要，故遠近瞻敬。凡金寶貨，委之於前，所施億萬，皆棄之去，而未嘗顧也。雖三淮沸浪，四野騰煙，棲止自若，曾不爲患。其有擁衆威悍，如孫儒、趙宏、畢師鐸，欲以不正逼之，白刃脅之，及覩其神貌，不覺折腰屈膝，伸弟子之禮。後與二女弟俱入道，居洞庭山。光啓初，遷餘杭界千頃山。山下之人，爲棟華宇以居之。歲餘，無疾而化，年四十八〔七〕，有雲鶴異香之瑞，果符五十年之言矣。況其不食三十年，童顏雪肌，常若處子，非金丹玉液之效，豈能與於此哉！又往往神遊天界，端坐逾月，或下察地府冥關之事，坐見八極，多與有道者言之，世人不知，以爲坐忘耳。乃南極元君及東陵聖母之儔侶者乎？（據中華書局版李永晟點校本《雲笈七籤》卷一一六《墉城

〔一〕以紡績自給　《歷世真仙體道通鑑》後集卷三《王奉仙》作「耕織爲業」。

〔二〕迴　《七籤》《四庫》本作「逝」。

〔三〕遂以所遇之事言之父母竟未諭其本末　《真仙通鑑》作「方乃言所遇皆是仙女，每周遊天上，自此竹竿上昇」。

〔四〕露　《真仙通鑑》作「齊」。

〔五〕雽　《四庫》本作「虐」。雽，同「虐」。

〔六〕世之嬰兒　《真仙通鑑》作「舉世人如嬰兒焉」。

〔七〕年四十八　按：年歲有誤。

按：杜光庭《王氏神仙傳》亦載王奉仙，《三洞群仙録》引云：「王奉仙，宣民女也。幼時遇青衣童子十餘人，與之遊戲言笑，自夜達旦。父母疑爲妖，詰之，奉仙曰：『女所遇者道也，所見者上仙也。初到天上，見天人羅列。一仙人云：「汝有仙骨，五十年後當復來此。然百穀之實，傷人真氣。」』奉仙自後絶食，嘗謂人曰：『所見天上神仙，與道家之流無異。』遂畫天人朝會圖，號《混天圖》。」《歷世真仙體道通鑑》後集卷三《王奉仙》，與《墉城集仙録》文字頗不同，頗疑所據爲《王氏神仙傳》。《群仙録》所引極爲簡略，删節過甚，或但憑記憶而記，故與《真仙通鑑》僅粗合耳，《群仙録》引文大率如此，不足怪也。今將《真仙通鑑》所記附載如左：

女仙王奉仙，宣州人也。家貧，父母耕織爲業。奉仙年十四，於田中忽見青衣童少女十許人，與之嬉戲，良久散去。他日往田，所見之如舊。月餘，諸女夜集其家，終夕言笑，達旦方去。或攜珍果殽饌而來，非世所有。其房甚狹，來衆雖多，不覺其隘。父母疑而伺之，終無所見。又疑妖物所惑，詰責甚切，每託他辭以對。自是諸女晝（按：原譌作「書」）日往來，與之遠遊，無所不屆，及暮乃返。奉仙自此不飲不食，漸覺其異。一日近（按：下脱「夕」字），父母見在庭竹之杪，墜身投地，因問其故，方乃言所遇皆是仙女，每周遊天上，自此竹竿上昇往來。諸女又剪奉仙之髮，前齊眉目，後垂到肩，積年不復長。而肌膚豐潔若冰玉，明眸異貌，天人之相也。又智辯明悟，人所不及，言論之理，契合要妙。嘗與高達之人言曰：「某所遇者道也，所得者仙也，所見之女皆女仙也。每到天宫，見上仙所居，仙人多被服文繡，雲冠霜簡，執仙花靈草，詠吟洞章。或登雲門芝田，瑶宫瓊闕，話長生度世之事。行於星漢之上，不知其幾千萬里也。初到天上，曰大有宫，天尊處廣殿之中，萬真侍衛，天人無數也。奉仙謁見天尊，命左右以玉漿一杯賜之，謂奉仙曰：『汝有仙骨，法當上仙。由世運未滿，五十年方復還此。百穀之實，食之傷人真氣，草木之果，食之損人年壽，汝宜辟穀養真。』自此不食二十年矣。夫天尊化於天上，主宰萬物，若世人之父也。世尊化於世上，勸人以善，若世人之母也。儒典行於世間，若世人之兄長也。舉世人如嬰兒焉，但識其母，不知其父兄之尊，故知道者少，重儒者寡，不足怪也。奉仙所見天上事，與今道無異，了無菩薩佛僧之像也。」奉仙所圖畫功德，多作天人帝王道君朝服之儀，題云《朝天圖》。遊於淮浙間，所至之處，觀者雲集。奉仙唯以忠孝正直之道，清浄儉約之言，修身密行之要，以教於士女，故遠近欽仰。金玉寶貨，填委其前，所施萬計，皆委而不受。奉仙與二女弟居洞庭山，後居錢塘頊山。二女弟子奉香火，建殿宇華盛，力未嘗闕。一旦而終，年十八（按：年歲有誤），果符五十年之説也。其平日宴坐居室，則覩千里之事，凝思遊神，則朝九天之上。將終，雲鶴屢降，異香盈室。化後，尸形柔澤，肌膚如生，識者以爲尸解。

薛玄同

杜光庭 撰

薛氏者，河中少尹馮徽之妻也，道號玄同[一]。適馮徽二十年，乃言素志，託疾獨處，誓焚香念道，持《黄庭經》，日三兩遍。又十三年，夜有青衣玉女二人降其室内。將至，有光如月，照其庭廡，香風颯然。時當初秋，殘暑方甚，而清凉虚爽，颯若洞中。二女告曰：「紫虚元君主領南方下教之籍[二]，命諸真大仙，於四海之外，六合之内，名山大川，有志慕長生、心冥真道者，必降而教之。玄同善功，爲地司累奏，簡在紫虚之府。況聞女子立志，元君尤嘉其用心，即日將親降於此。」如是凡五夕，焚香嚴盛，以候元君。

咸通十五年甲午七月十四日，元君與侍女群真二十七人，降於其室，玄同拜迎于門。元君憩坐良久，示以黄庭填〔三〕神存修之旨，賜九華之丹一粒，使八年後吞之，曰：「服此〔四〕，當遣玉女飆車，迎汝於〔五〕嵩嶽矣。」言訖散去。玄同自是冥心静神，往往不食。雖真仙降眄，光景燭空，靈風異香，雲璈鈞樂，奏於其室，馮徽亦不知也。徽以玄同别室修道，邈不可親，愚姢〔六〕之懷，常加毁笑，每獲東陵之疑矣。

洎廣明庚子之歲，大寇犯闕，衣纓奔竄，所在偷安。馮與玄同寓跡於常州晉陵，存注不輟，益用虔恭。中和元年十月，舟行至直瀆口〔七〕，欲抵别墅。親鄰女伴數人乘流之際，忽見河濱有朱紫官吏及戈甲武士，立而序列〔八〕，若候玄同舟檝之至也。四境多虞，所在寇盜，舟人見之，驚駭不進。玄同曰：「無懼也。」即移舟及之，官吏皆拜。玄同指揮曰：「未也，猶在春中，私第〔九〕去，無速也。」其官吏遂各散去。而同舟者雖見，莫究其由。

明年壬寅二月，玄同沐浴，餌紫虚所賜之丹。二仙女密降其室，促嵩高之行。是月十四日，示以有疾，一夕終于私第，有仙鶴〔一〇〕三十六隻，翔集室宇之上。玄同形質柔煖，狀若生人，額中炅然白光一點，良久化爲紫氣。沐浴之際，玄髪重生，立長數尺。十五日夜，雲彩滿空〔一一〕，忽聞雷電震霹之聲，棺蓋飛起在庭中，失尸所在，空衣衾而已。異香雲鶴，浹旬不去〔一二〕。

浙西節度使相國周寶奏曰：「伏聞趙夫人登遐之日，玉貌如生；陶先生猒世之時，異香不絶。同其羽化，録在仙經。豈謂明時，復覩斯事。伏以馮徽妻薛氏，早抛塵俗，久息玄門。神仙祕密之書，能採奥旨；女子鉛華之事，不撓沖襟。非絶粒茹芝，守真見素，履聖世無爲之化，窮玄元守一之規，不然者，安得方念鼓盆，靈禽疊降，正悲鸞鏡，玄髪重生，雷電顯祥，雲霞表異？天迥而但聞絲竹，棺空而唯有衣衾，謫來暫住人間，仙去却歸天上。事傳千古，美稱一時，雖屬郡之休禎，乃國朝之盛事。臣忝分優寄，輒具奏聞，干冒天廷，無任戰越喜賀之至。」是歲二月十五日，奏於成都行在。勑曰：「惟天法道，著在仙經。上德勤修，玄功是致。覽兹申奏，頗叶殊祥。同魏氏之登仙，比花姑之降世。光乎郡縣，焕我國朝，宜付史官，編於簡册。仍委本道以上供錢，於其住處修金籙道場，以答上玄，用伸虔感者。」時駐蹕成都之三年也。（據中華書局版李永晟點校本《雲笈七籤》卷一一六《墉城集仙録》校録，又《太平廣記》卷七〇引《墉城集仙録》）

〔一〕玄同　《三洞群仙録》卷五引《集仙録》作「玄同子」。

〔二〕下教之籍　《廣記》作「下校文籍」。

〔三〕填　《廣記》作「澄」。

〔四〕曰服此　此三字原無，據《群仙録》補。

〔五〕於　《群仙録》作「歸」。

〔六〕媢　《四庫》本作「嫉」。媢，同「嫉」。

〔七〕直瀆口　《廣記》作「瀆口」。

〔八〕立而序列　《廣記》孫校本「而」作「西」，《會校》據改。

〔九〕私第　《廣記》作「但」。

〔一〇〕鶴　原作「鸖」，據《四庫》本、《廣記》改。下文作「鶴」。鸖，長尾野雞。

〔一一〕空　原作「室」，據《廣記》改。

〔一二〕不去　《廣記》作「不休」，明鈔本、孫校本作「而去」。

王妙想

杜光庭　撰

王妙想，蒼梧女道士也。辟穀服氣，住黄庭觀邊水之傍〔一〕，朝謁精誠，想念丹府，由是感通。每至月旦，常有光景雲物之異，重嶂幽壑〔二〕，人所罕到，妙想未嘗言之於人。如是歲餘，朔旦，忽有音樂遥在半空，虚徐不下〔三〕，稍久散去。又歲餘，忽有靈香郁烈，祥雲滿庭，天樂之音，震動林壑，光燭壇殿，如十日之明。空中作金碧之色，烜爚亂眼，不可相視。

須臾，千乘萬騎，懸空而下，皆乘麒麟鳳凰，龍鶴天馬，人物儀衛數千。人皆長丈餘，持戈戟兵杖，旌旛幢蓋。良久，乃鶴蓋鳳車，導九龍之輦，下降壇前。有一人羽衣寶冠，佩劍曳履，昇殿而坐，身有五色光赫然，群仙擁從，亦數百人。

妙想即往視謁，大仙謂妙想曰：「吾乃帝舜耳。昔勞厭萬國，養道此山，每欲誘教後進，使世人知道，無可教授者[四]。且大道在于內，不在於外，道在爾[五]身，不在他人。《玄經》所謂『修之於身，其德乃真[六]』，此蓋修之自己，證仙成真，非他人所能致也。吾覩[七]地司奏，汝於此山三十餘歲，始終如一，守道不邪，存念貞神[八]，遵禀玄戒，汝亦至矣。若[九]無所成證此，乃道之棄人也。《玄經》云：『常善救物，故[一〇]無棄物。』道之布惠周普，物物皆欲成之[一一]，人人皆欲度之。但是世人福果單微，道氣浮淺，不能精專於道。既有所修，又不勤久，道氣未應，而已中怠，是人自棄道，非道之棄人也。汝精誠一志[一二]，將以百生千生，望於所證[一三]，不怠不退，深可悲愍。

「吾昔遇太上老君，示以《道德真經》，理國理身，度人行教，此亦可以亘[一四]天地，塞乾坤，通九天，貫萬物，爲行化之要，修證[一五]之本，不可譬論而言也。吾常銘之於心，布之於物，弘化濟俗，不敢斯須輒有怠替，至今禀奉師匠，終劫之寶也。但世俗浮詐迷妄者多。嗤謙光之人，以爲懦怯；輕退身之道，以爲迂劣。笑絕聖棄智之旨，以爲荒唐；鄙絕仁棄義之詞，以爲勁捷〔一六〕：此蓋迷俗之不知也。玄聖之意，將欲還淳復朴，崇道黜邪。斜徑既除，至道自顯；淳朴已立，澆競自祛。此則裁制之義無所施，兼愛之慈無所措，昭灼之聖無所用，機譎之智無所行，天下混然，歸乎大順，此玄聖之大旨也。奈何世俗浮僞，人奔奢巧。帝王不得以静理，則萬緒交馳矣；道化不得以坦行，則百家紛競矣。故曰：人之自迷，其日固久，若洗心潔己，獨善其身，能以至道爲師資，長生爲歸趣，亦難得其人也。

「吾以汝修學勤篤，暫來省視，爾天骨宿禀，復何疑乎？汝必得之也。吾昔于民間，年尚沖幼，忽感太上大道君降於曲室之中，教以修身之道，理國之要。使吾暝目安坐，冉冉乘空，至南方之國，曰揚州，上直牛斗，下瞰淮澤，入十龍之門，泛昭回之河，瓠瓜之津，得水源，號方山。四面各闊千里，中有玉城瑶闕，云九疑之山〔一七〕。山有九峰，峰有一水，九江分流其下，以注六合，周而復始，泝上於此，以灌天河，故九水源皆〔一八〕出此山也。上下流注，周于四海，使我導九州，開八域，而歸功此山。山有三宫，一名天帝宫，二名紫微宫，三名清源宫。吾以曆數既往，歸理此山，上居紫微，下鎮于此，常以久視無爲之道，分命仙官，下教於人。夫諸天上聖，高真大仙，愍劫曆不常，代運流轉，陰陽倚伏，生死推遷，俄爾之間，又〔一九〕及陽九百六之會，孜孜下教，以救於人，愈切於世人之求道也。世人求道，若存若亡，繫念存心，百萬中無一人勤久者。天真憫俗，常在人間隱景化形，隨方開悟，而千萬人中，無一人可教者。古有言曰：『修道如初，得道有餘，多是初勤中惰〔二〇〕，前功併棄耳。』道豈負於人哉！汝布宣我意，廣令開曉也。

「此山九峰者，皆有宫室，命真官主之。其下有寶玉五金，靈芝神草。三天所鎮之藥，太上所藏之經，或在石室洞臺，雲崖嵌谷，故亦有靈司主掌，巨虬猛獸，螣蛇毒龍，以爲備衛。一曰長安峰，二曰萬年峰，三曰宗正峰，四曰大理峰，五曰天寶峰，六曰廣得峰，七曰宜春峰，八曰宜城峰，九曰行化峰。下有宫闕，各爲理所。九水者，一曰銀花水，二曰復淑水，三曰巢水，四曰許泉，五曰歸水，六曰沙水，七曰金花水，八曰永安水，九曰晉水。此九水支流四海，周灌無窮。山中異獸珍禽，無所不有，無毒螫鷙玃〔二一〕之物，可以度世，可以養生，可以修道，可以登真也。汝居山以來，未嘗遊覽四表，拂衣塵外，遐眺空碧，俯睇岑巒，固不可得而知也。吾爲汝導之，得不勉之修之，佇駕景策空，然後倒景而研其本末也。」

於是命侍臣以《道德》二經及駐景靈丸〔二二〕授之而去。如是一年或三五，降于黄庭觀。十〔二三〕年後，妙想白日升天。兹山以舜修道之所，故曰道州營道縣。（據中華書局版汪紹楹點校本《太平廣記》卷六一引《集仙録》校録）

〔一〕住黄庭觀邊水之傍　「邊水之傍」原作「邊之水傍」，據明鈔本、孫校本、《真仙通鑑》後集卷三《王妙想》改。《真仙通鑑》作「結宇臨選水之傍」。按：選水不詳。

〔二〕　邃　明鈔本、孫校本作「山」。

〔三〕遥在半空虚徐不下　孫校本作「遥在半虚空，徐不下」，《會校》據改，誤。按：虚徐，徐緩也。本《詩經·邶風·北風》：「其虚其邪，既亟只且。」鄭玄箋：「邪，讀如『徐』。」《爾雅·釋訓》作「其虚其徐」。《張説之文集》卷五《崔禮部園亭》：「窈窕留清館，虚徐步晚陰。」薛用弱《集異記·蔡少霞》：「天籟虚徐，風簫冷澈。」

〔四〕無可教授者　「無」下原有「不」字，據孫校本、《三洞群仙録》卷一引《集仙録》删。按：《真仙通鑑》作「而世無可教授者」，亦無「不」字。

〔五〕爾　此字原無，據明鈔本、孫校本、《群仙録》、《真仙通鑑》補。

〔六〕真　原譌作「具」，據黄本、《四庫》本、《筆記小説大觀》本、《真仙通鑑》改。《群仙録》作「貞」。按：《老子》原文作「真」。

〔七〕吾覩　《真仙通鑑》作「頃者」。

〔八〕貞神　《真仙通鑑》作「精誠」。

〔九〕若　《四庫》本改作「苦」，誤。

〔一〇〕故　原作「而」，據《真仙通鑑》改。按：《老子》作「故」。

〔一一〕物物皆欲成之　前原有「念」字，據《真仙通鑑》删。

〔一二〕志　原作「至」，據《真仙通鑑》改。

〔一三〕證　原作「誠」，據《真仙通鑑》改。

〔一四〕亘　《真仙通鑑》作「通」。

〔一五〕證　《真仙通鑑》作「政」。

〔一六〕勁捷　《真仙通鑑》作「逕庭」。

〔一七〕山　明鈔本、孫校本作「都」。

〔一八〕皆　此字原無，據明鈔本、孫校本補。

〔一九〕又　原譌作「人」，據《真仙通鑑》改。

〔二〇〕惰　明鈔本、孫校本作「墮」。按：北宋黄休復《茅亭客話》卷三《淘沙子》：「淘沙子曰：『修道如初，得道有餘，皆是初勤而中惰，前功將棄之矣。』」

〔二一〕玃　《真仙通鑑》作「攫」。玃，通「攫」。

〔二二〕丸　《真仙通鑑》作「文」。

〔二三〕十　《群仙録》、《真仙通鑑》作「數」。

魯妙典

杜光庭　撰

魯妙典者，九嶷山女官也。生即敏慧高潔，不食葷飲酒。十餘歲，即謂其母曰：「旦夕聞食物臭濁，往往鼻腦疼痛，願求不食。」舉家憐之。復知服氣餌藥之法。居十年，常悒悒不樂，因謂母曰：「人之上壽，不過百二十年，哀樂日以相害，況女子之身，豈可復埋没貞〔一〕性，混於凡俗乎？」

有麓床〔二〕道士過之，授以《大洞黄庭經》，謂曰：「《黄庭經》，扶桑大帝君宫中金書，誦詠萬遍者，得爲神仙。但在勞心不倦耳。《經》云：『詠之萬徧昇三天，千災已消百病痊，不憚虎狼之凶殘，亦已却老年永延。』居山獨處，詠之一遍，如與十人爲侣，輒無怖畏。何者？此經召集身中諸神，澄正神氣，神氣正則外邪不能干，諸神集則怖畏不能及。若形全神集，氣正心清，則徹見千里之外，纖毫無隱矣。所患人不能知，知之而不能修，修之而不能精，精之而不能久。中道而喪，自棄前功，不惟有玄科之責，亦將流蕩生死，苦報無窮也。」

妙典奉戒受經，入九嶷山，岩棲静默，累有魔試，而貞介不撓。積十餘年，有神人語之曰：「此山大舜所理，天地之總司，九州之宗主也。古有高道之士，作三處麓床〔三〕，可以棲庇風雨，宅形念貞。歲月既久，旋皆朽敗。今爲制之，可以遂性宴息也。」又十年，真仙下降，授以靈藥，白日昇天。

初，妙典居山，峰上無水。神人化一石盆，大〔四〕三尺，長四尺，盆中常自然有水，用之不竭。又有大鐵臼，亦神人所送，不知何用，今並在上仙壇石上〔五〕，宛然有仙人履迹。及古鏡一面，大〔六〕三尺，鐘〔七〕一口，形如偃月。皆神人送來，並妙典昇天所留之物，今在無爲觀。（據中華書局版汪紹楹點校本《太平廣記》卷六二引《集仙録》校録）

〔一〕貞　黄本、《四庫》本、《筆記小説大觀》本、《太平御覽》卷六六二引《三洞珠囊》作「真」。

〔二〕麓床　孫校本「床」作「林」。按：《御覽》無此二字。

〔三〕麓床　明鈔本、孫校本作「麓林」，誤。按：《雲笈七籤》卷一二二《道教靈驗記·九嶷山女仙魯妙典石盆鐵臼驗》：「妙典居山修道，自山門漸遷就高深岑寂之地，每居作一麓牀，蹤跡皆在。妙典初居山北無爲觀中，去何侯宅舜壇三二里。後居第一麓牀，已在山上，去舜壇五里。……次作第二麓牀。」《湖廣通志》卷七九《古蹟志·道州·寧遠縣》：「麓牀三級，在縣南九疑山簫韶峰東北。《九疑志》：宋乾道間，汪、秦二道人修煉於此。第一麓牀有石，長一尺六寸，人跡髣髴。第二有二石鑑，寒光清瑩。第三有巨石，在路旁，號述術石。」

〔四〕大　明鈔本作「闊」，《會校》據改。《七籤》作「廣」。

〔五〕上仙壇石上　《御覽》作「山中石壇上」。

〔六〕大　《御覽》作「廣」。

〔七〕鐘　《御覽》作「古鍾」。

驪山姥

杜光庭　撰

驪山姥，不知何代人也。李筌號達觀子〔一〕，好神仙之道，常歷名山，博採方術。至嵩山虎口巖石室中，得《黃帝陰符經》本〔二〕，絹素書〔三〕，緘之甚密〔四〕，題云：「大魏真君二年七月七日，上清〔五〕道士寇謙之，藏之名山，用傳同好。」本以糜爛〔六〕，筌抄讀數千徧，竟不曉其義理。

因入秦，至驪山下，逢一老母，髽髻〔七〕當頂，餘髮半垂，弊衣扶杖，神狀甚異。路旁見遺火燒樹，因自言曰：「火生於木，禍發必尅。」筌聞之驚，前問曰：「此《黃帝陰符》祕〔八〕文，母何得而言之？」母曰：「吾受此符，已三元六周甲子矣。三元一周，計一百八十年，六周共計一千八十年〔九〕。少年從何而知？」筌稽首載拜，具告得符之所〔一〇〕。因請問玄義。使筌正立，向明視之，曰：「受此符者，當須名列仙籍，骨相應仙，而後可以語至道之幽妙，啓玄關之鎖鑰耳。不然者，反受其咎也。少年顴骨貫於生門，命輪齊於月角，血脉〔一一〕未減，心影不偏，性賢而好法，神勇而樂智〔一二〕，真吾弟子也。然四十五歲，當有大厄。」因出丹書符一通〔一三〕，貫於杖端，令筌跪而吞之。曰：「天地相保。」於是命坐〔一四〕，爲説《陰符》之義。

曰：「《陰符》者，上清所秘，玄臺所尊。理國則太平，理身則得道，非獨機權制勝之用，乃至道之要樞，豈人間之常典耶？昔蚩尤〔一五〕暴横，黄帝舉賢用能，誅彊伐叛，以佐神農之理。三年百戰，而功用未成，齋心告天，罪己請命。九靈金母命蒙狐〔一六〕之使授以玉符。然後能通天達誠，感動天帝，命玄女教其兵機，賜帝《九天六甲兵信之符》，此書乃行於世。凡三百餘言，一百言演道，一百言演法，一百言演術。上有神仙抱一之道，中有富國安民之法，下有彊兵戰勝之術，皆出自天機，合乎神智〔一七〕。觀其精妙〔一八〕，則《黄庭八景》〔一九〕，不足以爲玄；察其至要，則經傳子史，不足以爲文；較〔二〇〕其巧智，則孫、吴、韓、白，不足以爲奇。一名《黄帝天機之書》，非奇人不可妄傳。九竅四肢不具，慳貪愚癡，驕奢淫佚者，必不可使聞之〔二一〕。凡傳同好，當齋而傳之〔二二〕。有本者爲師，受書者爲弟子，不得以富貴爲重，貧賤爲輕，違之者奪紀二十。每年七月七日，寫一本，藏名山石巖中，得加算。本命日誦七徧，益心機，加年壽，出三尸，下九蟲。秘而重之，當傳同好耳。此書至人學〔二三〕之得其道，賢人學之得其法〔二四〕，凡人學之得其殃〔二五〕：識〔二六〕分不同也。《經》言：『君子得之固躬〔二七〕，小人得之輕命。』蓋泄天機也。泄天機者沉三劫，得不戒哉！」

言訖，謂筌曰〔二八〕：「日已晡矣，觀子若有飢色〔二九〕，吾有麥飯，相與爲食。」袖中出一瓠，令筌於谷中取水。既滿，瓠忽重百餘斤，力不能制而沉泉中。却至樹下，失姥所在，惟於石上留麥飯數升。悵望至夕，不復見姥。筌食麥飯，自此不食，因絶粒求道。注《陰符》，述《二十四機》，著《太白陰經》，述《中台志》、《閫外春秋》，以行於世。仕爲荆南節度副使、仙州刺史〔三〇〕。（據中華書局版汪紹楹點校本《太平廣記》卷六三引《集仙傳》校録，又《歲時廣記》卷二八引《集仙録》，《道藏》本《神仙感遇傳》卷一《李筌》，《雲笈七籤》卷一一二《神仙感遇傳·李筌》，《太平廣記》卷一四引《神仙感遇傳》）

〔一〕號達觀子　此四字原無，據《歲時廣記》補。按：《神仙感遇傳》首云：「李筌，號達觀子，居少室山。」

〔二〕黄帝陰符經本　「經」字原無，據《廣記》引《神仙感遇傳》、《太平御覽》卷六七八引《集仙録》、《歲時廣記》補。《七籤》、《真仙通鑑》卷二二《李筌》作「本經」。

〔三〕緝素書　《感遇傳》下有「朱漆軸」三字。

〔四〕緘之甚密　《感遇傳》作「緘以玉匣」。

〔五〕上清　此二字原無，據《歲時廣記》補。按：《感遇傳》亦有此二字。

〔六〕本以糜爛　「本」字原無，據明鈔本、孫校本、陳校本補。《感遇傳》作「其本糜爛」。

〔七〕髽髻　「髽」原作「鬌」，據陳校本、《御覽》、《感遇傳》改。按：髽髻，梳在頭頂兩旁之髮髻。明鈔本作「髮」，《會校》據改。

〔八〕祕　《歲時廣記》作「上」。

〔九〕三元一周計一百八十年六周共計一千八十年　原爲正文，末有「矣」字，據《歲時廣記》删「矣」字，改作注文。

〔一〇〕所　《歲時廣記》作「由」。

〔一一〕血脉　《道藏》本及《七籤》本《感遇傳》作「血腦」，《廣記》本作「血脉」。按：《七籤》卷八八谷神子裴鉶《道生旨》：「若無所主，但任呼吸喉中，主通理藏腑，消化穀氣而已，終不能還陰返陽，填補血腦。」

〔一二〕智　《廣記》本《感遇傳》作「至」，明鈔本、孫校本作「智」。

〔一三〕通　《七籤》、《真仙通鑑》作「道」。

〔一四〕命坐　《感遇傳》作「坐於石上」。

〔一五〕蚩尤　原譌作「雖有」，據明鈔本、孫校本、陳校本改。

〔一六〕蒙狐　《四庫》本改作「玄狐」。

〔一七〕出自天機合乎神智　《感遇傳》作「内出心機，外合人事」。

〔一八〕妙　《歲時廣記》作「智」，《感遇傳》作「微」。

〔一九〕黄庭八景　《廣記》本《感遇傳》「八」作「内」。上海圖書館藏明謝少南晁藏《太平廣記》殘卷卷一四「内」作「入」（見王國良《上海圖書館明有嘉堂鈔本〈太平廣記〉殘卷考》，臺灣《書目季刊》二〇一一年第四期)，陳校本作「八」。按：《黄帝陰符經疏》卷上《神仙抱一演道章》作「八」。八景本道教術語，梁陶弘景《真誥》卷三《運象篇》：「北登玄真闕，攜手結高羅。香煙散八景，玄風鼓絳波。」卷五《甄命授》：「仙道有八景之輿，以遊行上清。」據《上清金真玉光八景飛經》載，八景爲元景、始景、玄景、虛景(按：《七籤》卷五三《太上隱書八景飛經八法》作「靈景」)、元景(按：此重，疑誤)、明景、洞景、清景。

〔二〇〕較　《感遇傳》作「任」。

〔二一〕九竅四肢不具慳貪愚癡驕奢淫佚者必不可使聞之　《感遇傳》作「非有道之士，不可使聞之」。

〔二二〕當齋而傳之　《感遇傳》作「必清齋而授之」。

〔二三〕學　《感遇傳》作「用」，下同。

〔二四〕賢人學之得其法　《感遇傳》作「君子用之得其術」，《真仙通鑑》作「賢人用之得其法」。

〔二五〕凡人學之得其殃　《感遇傳》「凡」作「常」。《真仙通鑑》作「正人用之得其術」。

〔二六〕識　原作「職」，據明鈔本、陳校本、《歲時廣記》、《感遇傳》改。

〔二七〕躬　明鈔本、陳校本作「窮」，誤，《會校》據改。按：《黄帝陰符經疏》卷中：「君子得之固躬，小人得之輕命。」躬，身體。

〔二八〕言訖謂筌曰　《感遇傳》作「久之母曰」。

〔二九〕觀子若有飢色　此句原無，據《歲時廣記》補。

〔三〇〕仕爲荆南節度副使仙州刺史 《歲時廣記》作「筌後官至節度，入山訪道，不知所終」。按：李筌未曾爲節度使，脱「副使」二字。又按：《神仙感遇傳》於「自此絶粒」下作：「開元中，爲江陵節度副使、御史中丞。筌有將略，作《太白陰經》十卷。有相乘，著《中台志》十卷。時爲李林甫所排，位不大顯，竟入名山訪道，後不知所之也。」

按：《新唐書·藝文志》道家類著録李筌《驪山母傳陰符玄義》一卷，注云：「筌號少室山達觀子，於嵩山虎口巖石壁得《黄帝陰符》本，題云『魏道士寇謙之傳諸名山』。筌至驪山，老母傳其説。」是則光庭此記乃本李筌《驪山母傳陰符玄義》。《神仙感遇傳》亦載此事，二者文句大同，而《集仙録》較詳，故據以校録。

楊正見

杜光庭 撰

楊正見者，眉州通義縣民楊寵女也。幼而聰悟仁憫，雅尚清虚。既笄，父母娉同郡王生。王亦鉅富，好賓客。一旦，舅姑會親故，市魚，使正見爲膾。賓客博戲於廳中，日昃而盤食未備。正見憐魚之生，盆中戲弄之，竟不忍殺。既晡矣，舅姑促責食遲，正見懼，竄於鄰里。但行野徑中，已數十里，不覺疲倦。見夾道花木，異於人世。至一山舍，有女冠在焉，具以其由白之。女冠曰：「子有慜人好生之心，可以教也。」因留止焉。

山舍在蒲江縣主簿化側，其居無水，常使正見汲澗泉。女冠素不食，爲正見故，時出山外求糧，以贍之。如此數年。正見恭慎勤恪，執弟子之禮，未嘗虧怠。忽於汲泉之所，有一小兒〔一〕，潔白可愛，纔及年餘，見人喜且笑。正見抱而撫憐之，以爲常矣。由此汲水歸遲者數四，女冠疑怪而問之，正見以事〔二〕白。女冠曰：「若復見，必抱兒徑來，吾欲一見耳。」自是月餘，正見汲泉，此兒復出，因抱之而歸。漸近家，兒已殭矣，視之尤如草樹之根，重數斤。女冠見而識之，乃茯苓也，命潔甑以蒸之。會山中糧盡，女冠出山求糧，給正見一日食，柴三小束，諭之曰：「甑中之物，但盡此三束柴，止火可也，勿輒視之。」女冠出山，期一夕而回。此夕大風雨，山水溢，道阻，十日不歸。正見食盡飢甚，聞甑中物香，因竊食之，數日俱盡。女冠方歸，聞之歎曰：「神仙固當有定分，向不遇雨水壞道，汝豈得盡食靈藥乎？吾師嘗云，此山有人形茯苓，得食之者白日昇天。吾伺之二十年矣，汝今遇而食之，真得道者也。」

自此正見容狀益異，光彩射人，常有衆仙降其室，與之論真宫天府之事。歲餘，白日昇天，即開元二十一年壬申十一月三日也。常謂其師曰：「得食靈藥，即日便合登仙。所以遲迴者，幼年之時，見父母揀稅錢輸官，有明淨圓好者，竊藏二錢翫之。以此爲隱藏官錢過，罰居人間更一年耳。」其升天處，即今邛州蒲江縣主簿化也，有汲水之處存焉。昔廣漢主簿王興上昇於此。（據中華書局版汪紹楹點校本《太平廣記》卷六四引《集仙録》校録）

〔一〕小兒　《蜀中廣記》卷七四引《集仙録》作「嬰兒」。

〔二〕事　孫校本作「是」。

謝自然

杜光庭　撰

謝自然者，其先兖州人。父寰，居果州南充，舉孝廉，鄉里器重。建中初，刺史李端以試秘書省校書表爲從事。母胥氏，亦邑中右族。自然性穎異，不食葷血。年七歲，母令隨尼越惠，經年以疾歸。又令隨尼日朗，十月求還。常所言多道家事，詞氣高異。其家在大方山下，頂有古像老君，自然因拜禮，不願却下。母從之，乃徙居山頂。自此常誦《道德經》、《黄庭内篇》。年十四，其年九月，因食新稻米飯，云盡是蛆蟲。自此絶粒，數取皂莢煎湯服之，即吐痢困劇，腹中諸蟲悉出，體輕目明。其蟲大小赤白，狀類頗多。自此猶食柏葉，日進一枝。七年之後，柏亦不食。九年之外，仍不飲水。

貞元三年三月，於開元觀詣絶粒道士程太虚，受《五千文紫靈寶籙》。六年四月，刺史韓佾至郡，疑其妄，延入州北堂東閤，閉之累月，方率長幼，開鑰出之。膚體宛然，聲氣朗暢，佾即使女自明師事焉。先是父寰旅遊多年，及歸，見自然修道不食，以爲妖妄，曰：「我家世儒風，五常之外，非先王之法，何得有此妖惑？」因鎖閉堂中四十餘日，益加爽秀，寰方驚駭焉。七年九月，韓佾轝於大方山，置壇，請程太虚具《三洞籙》。十一月，徙自然居於州郭。

貞元九年，刺史李堅至，自然告云：「居城郭非便，願依泉石。」堅即築室于金泉山，移自然居之。山有石嵌竇，水灌其口中，可澡飾形神，揮斥氛澤。自然初駐方山〔一〕，有一人年可四十，自稱頭陀，衣服形貌，不類緇流，云：「速〔二〕訪真人。」合門皆拒之，云：「此無真人。」頭陀但笑耳。舉家拜之，獨不受自然拜。施錢二百，竟亦不受。乃施手巾一條，受之，云：「後會日當以此相示。」須臾出門，不知所在。

久之，當午有一大蛇，圍三尺，長丈餘，有兩小〔三〕白角，以頭枕房門，吐氣滿室。斯須雲霧四合，及霧散，蛇亦不見。自然所居室，唯容一牀，四邊絶〔四〕通人行。白蛇去後，常有十餘小蛇，或大如臂，或大如股，旦夕在牀左右，或黑或白，或吐氣，或有聲，各各盤結，不相毒螫。又有兩虎，出入必從，人至則隱伏不見。家犬吠虎，凡八年。自遷居郭中，犬留方山，上昇之後，犬不知所在。自然之室，父母亦不敢同坐其牀。或輒詣其中，必有變異，自是呼爲仙女之室。常晝夜獨居，深山窮谷，無所畏怖。亦云，誤踏蛇背，其冷如冰，虎在前後，異常腥臭。兼言常有天使八人侍側，二童子青衣戴冠，八使衣黄。又二天神衛其門屏，如今壁畫諸神，手執鎗〔五〕鉅，每行止，則諸使及神，驅斥侍衛。又云，果山〔六〕神姓陳名壽，魏晉時人。並説真人位高，仙人位卑，言己將授東極真人之任。

貞元十年三月三日，移入金泉道場。其日雲物明媚，異於常景。自然云：「此日天真群仙皆會。」金泉林中長有鹿，未嘗避人，士女雖衆，亦馴擾。明日，上仙送白鞍一具，縷以寶鈿，上仙曰：「以此遺之，其地可安居也。」五月八日，金母元君命盧使降之，從午至亥。六月二十日聞使，從午至戌。七月一日，崔、張二使，從寅至午。多説神仙官府之事，言上界好弈棊，多音樂，語笑率論至道玄妙之理。又云：「此山千百蛇蟲〔七〕，悉驅向西矣，盡以龍鎮其山。」道場中常有二虎、五麒麟、兩青鸞，或前或後，或飛或鳴。麟如馬形，五色有角，紫麟騣尾白者常在前，舉尾苕帚。七月十一日，上仙杜使降石壇上，以符一道，丸如藥丸，使自然服之。「十五日，可焚香五爐於壇上，五爐於室中，至時真人每來。」

十五日五更，有青衣七人，内一人稱中華，云食時上真至。良久，盧使至，云金母來。須臾，金母降於庭，自然拜禮，母曰：「别汝兩劫矣。」自將几案陳設，珍奇溢目，命自然坐。初盧使侍立久，亦令坐。盧云：「暫詣紫極宫，看中元道場，官吏士庶咸在。」逡巡盧使來云：「此一時全勝以前齋。」問其故，云：「此度不燒乳頭香，乳頭香天真惡之，唯可燒和香耳。」七日，崔、張二使至，問自然：「能就長林居否？」答云不能，二使色似不悦。二十二日午前，金母復降云：「爲不肯居長林，被貶一階，長林仙宫也。」戌時，金母去，崔使方云：「上界最尊金母。」賜樂一器，色黄白，味甘，自然餌不盡，却將去。又將衣一副，亦却將去。二十九日，金母又降。先見火氣炎赫，如赤黄色。又將衣一副〔八〕，朱〔九〕碧緑色相間，外素，内有文。其衣縹緲，執之不着手。「且却將去，已後即取汝來。」又將桃一枝，大於臂〔一〇〕，上有三十桃，碧色，大如椀，云此猶是小者。是日金母乘鸞，侍者悉乘龍及鶴，五色雲霧，浮泛其下。金母云：「便向州中過。」群仙後去，望之皆在雲中。其日，州中馬坊廚戟門皆報云長虹入州。翌日李堅問於自然，方驗之。紫極宫亦報虹入，遠近共見。

八月九日、十日、十一日，群仙日來，傳金母勑，速令披髮四十日，金母當自來。所降使，或言姓崔名某，將一板，闊二尺，長五尺，其上有九色。每群仙欲至，牆壁間悉熒煌似鏡。群仙亦各自有几案隨從。自然每被髮，則黄雲繚繞其身。又有七人，黄衣戴冠，侍於左右。自八月十九日已後，日誦《黄庭經》十偏。誦時有二童子侍立，每〔一一〕一遍即抄録，至十遍，童子一人便將向上界去。

九月一日，群仙又至，將桃一枝，大如斗，半赤半黄半紅，云鄉里甚足此果，割一鸞食，余〔二三〕則侍者却收。九月五日，金母又至，持三道符，令吞之，不令着水，服之覺身心殊勝。金母云：「更一來則不來矣。」又指旁側一仙云：「此即汝同類也。」十五日平明，一仙使至，不言姓名，將三道符，傳金母勑，盡令服之。又將桃六欒令食，食三欒，又將去。其使至暮方還。十月十一日，入静室之際，有仙人來召，即乘麒麟昇天，將天衣來迎，自然所着衣，留在繩牀上。却回，着舊衣，置天衣於鶴背將去，云去時乘麟，回時乘鶴也。十九日，盧仙使來，自辰至未方去。每天使降時，鸞鶴千萬。衆仙畢集，位高者乘鸞，次乘麒麟，次乘龍。鸞鶴每翅各大丈餘。近有大鳥下長安，鸞之大小，幾欲相類，但毛彩異耳。言下長安者名曰天雀，亦曰神雀，每降則國家當有大福。

二十五日，滿身毛髮孔中出血，沾漬衣裳，皆作通帔山水横紋。就溪洗濯，轉更分明。向日看，似金色，手觸之，如金聲。二十六日、二十七日，東嶽夫人併來，勸令沐浴，兼用香湯，不得令有乳頭香。又云，天上自有神，非鬼神之神。上界無削髮之人，若得道後，悉皆戴冠。功德則一，凡齋食切忌嘗之，尤宜潔凈，器皿亦爾。上天諸神，每齋即降而視之，深惡不精潔，不唯無福，亦當獲罪。

李堅常與夫人于几上誦經，先讀外篇，次讀内篇，内即《魏夫人傳》中本也，大都精思講讀者得福，麄行者招罪立驗。自然絶粒凡一十三年，晝夜寐，兩膝上忽有印形，小於人間官印，四壖若有古篆六字，粲如白玉。今年正月，其印移在兩膝内，並膝則兩印相合，分毫無差。又有神力，日行二千里，或至千里，人莫知之。冥夜深室，纖微無不洞鑒。又不衣綿纊，寒不近火，暑不摇扇，人問吉凶善惡，無不知者。性嚴重深密，事不出口，雖父母亦不得知。以李堅崇尚至道，稍稍言及，云天上亦欲遣世間奉道人知之，俾其尊明道教。又言凡禮尊像，四拜爲重，三拜爲輕。又居金泉道場，每静坐則群鹿必至。又云，凡人能清浄一室，焚香諷《黄庭》、《道德經》，或一徧，或七徧，全勝布施修齋。凡誦經在精心，不在徧數。多事之人，中路而退，所損尤多，不如元不會者。慎之！慎之！人命至重，多殺人則損年夭壽，來往之報，永無休止矣。又每行常聞天樂，皆先唱《步虚詞》，多止三首，第一篇、第五篇、第八篇。《步虚》訖，即奏樂，先撫雲璈，雲璈形圓似鏡，有絃。凡傳道法，必須至信之人，《魏夫人傳》中〔一三〕，切約不許傳教，但令秘密，亦恐乖於折中。夫藥力只可益壽，若昇天駕景，全在修道服藥。修道事頗不同，服柏便可絶粒。若山谷難求側柏，只尋常柏葉，但不近丘墓，便可服之。石上者尤好，曝乾者難將息，旋採旋食，尚有津潤，易清益人。大都柏葉、茯苓、枸杞、胡麻，俱能長〔一四〕年久視，可試驗。修道要〔一五〕山林静居，不宜俯近村栅，若城郭不可，以其葷腥，靈仙不降，與道背矣。煉藥飲水，宜用泉水，尤惡井水。仍須遠家及血屬，慮有恩情忽起，即非修持之行。凡食米體重，食麥體輕。辟穀入山，須依衆方，除三蟲伏尸。凡服氣，先調氣，次閉氣，出入不由口鼻，令滿身自由，則生死不能侵矣。

是年九月，霖雨甚，自然自金泉往南山省程君，凌晨到山，衣履不濕。詰之，云：「旦離金泉耳。」程君甚異之。十一月九日，詣州與李堅别，云：「中旬的去矣。」亦不更入静室。二十日辰時，於金泉道場白日昇天，士女數千人，咸共瞻仰。祖母周氏，母胥氏，妹自柔，弟子李生，聞其訣别之語曰：「勤修至道。」須臾，五色雲遮亘一川，天樂異香，散漫彌久。所着衣冠簪帔一十事，脱留小繩牀上，結繫如舊。刺史李堅表聞，詔褒美之。李堅述《金泉道場碑》，立本末爲傳，云天上有白玉堂，老君居之，殿壁上高列真仙之名，如人間壁記，時有朱書注其下，云降世爲帝王，或爲宰輔者。又自然當昇天時，有堂内東壁上書記五十二字，云：「寄語主人及諸眷屬，但當全身，莫生悲苦，自可勤修功德，併諸善心，修立福田，清齋念道。百劫之後，冀有善緣，早會清原之鄉，即與相見。」其書迹存焉。（據中華書局版汪紹楹點校本《太平廣記》卷六六引《集仙録》校録）

〔一〕方山　「方」字原無，據明鈔本、孫校本補。按：謝自然先居大方山，復居金泉山，覼下文，此所居爲大方山。

〔二〕速　明鈔本、孫校本作「故遠」。

〔三〕小　孫校本無此字。

〔四〕絶　原作「纔」，據明鈔本改。

〔五〕鎗　孫校本作「鋒」。

〔六〕果山　原作「某山」，據明鈔本、孫校本改。按：《太平寰宇記》卷八六《劍南東道五·果州·南充縣》：「果山，在州西八里。層峰秀起，松柏生焉。郡因山爲名。」

〔七〕蟲　明鈔本、孫校本無此字。

〔八〕亦却將去二十九日金母又降先見火氣炎赫如赤黄色又將衣一副　此二十七字原脱，據孫校本補。

〔九〕朱　黄本、《四庫》本、《筆記小説大觀》本作「珠」。

〔一〇〕大於臂　《五色線集》卷下引《集仙録》作「懸臂上」。

〔一一〕每　原譌作「丹」，據明鈔本、孫校本、《四庫》本改。

〔一二〕余　明鈔本、孫校本、黄本、《四庫》本、《筆記小説大觀》本作「餘」，《會校》據明鈔本、孫校本改。余，通「餘」。

〔一三〕魏夫人傳中　按：此處疑有脱文。

〔一四〕長　原作「常」，據明鈔本、孫校本改。

〔一五〕要　明鈔本、孫校本作「先選」。

唐五代傳奇集第五編卷六

田布神傳

李琪撰

李琪（八七一—九三〇），字台秀。河西敦煌（今甘肅敦煌市西南）人。少以詩賦知名，舉進士第。天復初中博學宏詞科四等，授武功縣尉。累遷殿中侍御史。唐亡，事梁太祖爲翰林學士。末帝朱友貞時拜相。後事後唐莊宗、明宗，官終太子少傅。有《金門集》十卷，佚。（據《舊五代史》卷五八、《新五代史》卷五四本傳，《舊五代史》卷四一《唐書·明宗紀七》，《太平廣記》卷一七五引《李琪集序》）

唐通義相國崔魏公鉉之鎮淮揚也，盧丞相耽罷浙西，張郎中鐸〔一〕罷常州，俱過維揚，謁魏公。公以暇日，與二客私款。方弈，有持狀〔二〕報女巫與田布尚書偕至，泊逆旅某亭者。公以神之至也，甚異之。俄而復曰：「顯驗與他巫異，請改舍於都候之廨署。」公乃趣召巫者至，至乃與神遇〔三〕，拜曰：「謝相公。」公曰：「何謝？」神曰：「布有不肖子，黷貨無厭，郡事不治，當犯大辟，賴相公陰德免焉。使布之家廟血食不絕者，公之恩也。」公矍然曰：「異哉！某之爲相也，未嘗以機密損益於家人。忽一日，夏州節度使奏，銀州刺史田鐬犯贓罪，私造鎧甲，以易市邊馬布帛。帝赫然怒曰：『贓罪自別議，且委以邊州，所宜防盜，以甲資敵，非反而何？』命中書以法論，將盡赤其族。翌日，從容謂上曰：『鐬贓罪自有憲章，然是弘正之孫，田布之子。弘正首以河朔請〔四〕朝覲，奉吏員，布亦繼父之款〔五〕。布會征淮西，繼以忠孝，伏劍而死。今若行法論罪，以固〔六〕邊圉，未若因事弘貸，激勸忠烈。』上意乃解，止黜授遠郡司馬。而某未嘗一出口於親戚私昵，已將忘之。今神之言，正是其事。」

乃命廊下表〔七〕而見焉，公謂之曰：「君以義烈而死，奈何區區爲愚婦人所使乎？」神憮然曰：「某常負此嫗八十萬錢，今方忍恥而償之，乃宿債爾。」公與二客及監軍使、幕下，共償其未足。代付之日，神乃辭去，自後言事不驗。

嗟乎！英特之士，負一女子之債，死且如是，而況於負國之大債乎？竊君之禄而不報，盜君之柄而不忠，豈其未得聞於斯論耶？而崔相國出入將相殆三十年也，宜哉！（據上海古籍出版社版林艾園校點本《北夢瑣言》卷六校録，又《太平廣記》卷三一一引）

〔一〕鐸　《廣記》談愷刻本原空闕，明沈與文野竹齋鈔本作「澤」，汪紹楹點校本誤作「擇」。按：《舊唐書·懿宗紀》：咸通十三年五月辛巳，「給事中張鐸藤州刺史」。南宋陳思《寶刻叢編》卷八：「唐振武節度使高弘碑，唐河東節度使鄭從讜撰，右諫議大夫張鐸書。……碑以咸通十一年立。」南宋佚名《寶刻類編》卷六亦載此碑。

〔二〕有持狀　《廣記》作「吏」。

〔三〕遇　《廣記》作「迭」，與下「拜」字連讀。

〔四〕請　原校：「一作『詣』。」

〔五〕繼父之款　《廣記》作「成父之命」。

〔六〕固　《廣記》明鈔本作「警」。

〔七〕表　《廣記》作「素服」，明鈔本「素」作「索」。

按：五代孫光憲《北夢瑣言》「自後言事不驗」下云：「梁相國李公琪傳其事，且曰……」，下爲「嗟乎」云云，乃原傳論贊。《廣記》末注：「梁楫李琪作傳。」「楫」乃「相」字之譌。《廣記》之文，疑實據《北夢瑣言》引用而有刪略，全刪贊語，此爲著者。《北夢瑣言》乃據原傳引録，雖亦可能有所删削，猶可視作原傳，非自述大意耳。《北夢瑣言》各本或有標目，《雅雨堂叢書》本目録作《田布尚書事》，《四庫全書》本作《田布尚書神》，皆爲後人所加。《廣記》則題《田布》，因人標目也。原傳題目不可知，姑擬如題。

李琪居相作此傳，據《舊五代史·梁末帝紀》，琪貞明六年（九二〇）四月自尚書左丞爲中書侍郎、平章事。後爲宰相蕭頃所陷，罷爲太子少保，時在龍德中（九二一—九二三）。

張靈官記

沈彬撰

沈彬（八七三—九六一），字子文。洪州高安（今屬江西）人，一説袁州宜春（今屬江西）人。光化二年至四年（八九九—九〇一）三舉不第，南遊湖湘嶺表。隱鎮江雲陽山十餘年，與僧虚中、齊己爲詩侣。亦曾遊蜀，與韋莊、杜光庭唱和。吴大和三年（九三一），李昪鎮金陵，召爲祕書郎（一説校書郎），輔吴世子楊璉。未幾乞罷，授吏部郎中致仕，歸高安。建隆二年（九六一），南唐元宗李璟遷南都（南昌府），彬往謁，厚賜之，署其子元爲祕書省正字。尋卒，年八十九。彬能詩，有《沈彬集》一卷、《閑居集》十卷，佚。（據《稽神録》卷五、陶岳《五代史補》卷四、龍衮《江南野史》卷六、鄭文寶《南唐近事》、《説郛》卷六五宋汴《采異記》、《詩話總龜》前集卷三五引《雅言雜載》、《三洞群仙録》卷一五引《郡閣雅談》、馬令《南唐書》卷一五、陸游《南唐書》卷四、《唐詩紀事》卷七一、《輿地紀勝》卷二八、《嘉定鎮江志》卷一八、《至順鎮江志》卷一九、《唐才子傳校箋》卷一〇、《十國春秋》卷九、《郡齋讀書志》别集類、《宋史·藝文志》别集類）

南平王鍾傳[一]鎮江西，遣道士沈太虚禱廬山九天使者廟。太虚醮罷，夜坐廊廡間，忽然〔二〕若夢，見壁畫一人前揖太虚曰：「身張懷武也，嘗爲軍將。上帝以微有陰功及物，令〔三〕配此廟爲靈官。」既寤，起視壁畫，署曰「五百靈官」。訪懷武之名，無能知者〔四〕。太虚歸，以語進士沈彬。彬後二十年遊醴陵，縣令陸生客之。方食，有軍吏許生後至，語及張懷武。彬因問之，許曰：「懷武者，蔡之裨將，某之長吏〔五〕也。頃甲辰年大饑，聞豫章獨稔，即與一他將各帥其屬奔豫章。既即路，兩軍稍不相能〔六〕。比〔七〕至武昌，釁隙大構〔八〕。尅日將決戰，禁之不可。懷武乃攜劍上戍樓，去梯〔九〕，謂其徒曰：「吾與汝今日之行，非有他圖，直救性命耳。奈何不忍小忿而相攻戰？夫戰，必强者傷而弱者亡，如是則何爲去父母之國，而死於道路耶？凡兩軍所以致争者，以有懷武故也。今爲汝等死，兩軍爲一，無構〔一〇〕難矣。」遂自刎。於是兩軍之士，皆伏樓下慟哭，遂相與和親。比及豫章，無人逃亡者。」許但懷其舊恩，亦不知靈官之事。彬因〔一一〕述記，以申明之。豈天意將感發死義之士，故以肹蠁告人乎？（據清張海鵬《學津討原》本南唐徐鉉《稽神録》卷五校録，又《太平廣記》卷三一三引《稽神録》）

〔一〕鍾傳　「傳」原譌作「傳」。按：《新唐書》卷一九〇《鍾傳傳》：「鍾傳，洪州高安人。……中和二年，逐江西觀察使高茂卿，遂有洪州。……僖宗擢傳江西團練使，俄拜鎮南節度使、檢校太保、中書令，爵潁川郡王，又徙南平。……天祐三年卒。」《稽神録》卷三《鍾傳》：「尚（南）平王鍾傳在江西……」據改。

〔二〕忽然　《廣記》作「怳然」，《全唐文》卷八八三徐鉉《廬山九天使者廟張靈官記》作「恍然」。按：忽然、怳然、恍然義同，怳忽也。

〔三〕令　原作「今」，據《廣記》明沈與文野竹齋鈔本改。

〔四〕訪懷武之名無能知者　此二句原無，據徐記補。

〔五〕長吏　《廣記》作「長史」，誤。按：徐記作「長吏」。

〔六〕能　徐記作「見」。

〔七〕比　徐記作「進」。

〔八〕構　原作「作」，據《廣記》、徐記改。

〔九〕去梯　原作「雲梯」，《廣記》作「去其梯」，明鈔本、清孫潛校本及徐記作「去梯」，據改。

〔一〇〕構　原作「徒召」，據《廣記》、徐記改。

〔一一〕彬因　《宋人小説》本作「樞密」，誤。按：《津逮祕書》本、《廣記》均作「彬因」。

按：《稽神録》取自沈彬所作記，非鈔原文，節録耳。開寶六年癸酉歲（九七三），徐鉉作《廬山九天使者廟張靈官記》，亦記張懷武事，與《稽神録》大同。末云：「沈君好道者也，常以此語人。鉉始在膠庠，預聞斯論。辛酉歲，扈從南幸，獲謁祠宫。道士童處明，出沈君所述傳，求潤色之，以刊貞石。」辛酉歲即建隆二年（九六一，按：宋建，南唐中主李璟奉宋正朔）。據《十國春秋》卷一六《元宗本紀》載，建隆二年春二月，李璟遷於南都（南昌府），「南幸」當指此。途經江州廬山，得沈彬此作，後據以記入《稽神録》。及開寶六年（即李煜十三年，九七三），始應道士童處明請，作《廬山九天使者廟張靈官記》，刻石立碑。碑文據《稽神録》而記懷武事。宋人書多著録此碑。南宋陳舜俞《廬山記》卷二《叙山北篇》：「復有《張靈官記》。靈官名懷武，蔡之裨將，嘗有陰功及物，帝命爲靈官。廟壁之像五百人，張其一人焉。事詳本記。癸酉歲開寶六年上元日，御史大夫徐鉉撰，右内史舍人、集賢學士徐鍇書。辭多不載。」陳思《寶刻叢編》卷一五《江州》：「南唐《張靈官記》，徐鉉撰，徐鍇書并篆額。歲次癸酉上元立。」闕名《寶刻類編》卷七《南唐·徐鍇》亦著録《張靈官記》，注：「徐鉉撰。書并篆額。癸酉上元立。江。」王象之《輿地紀勝》卷三〇《江州·碑記》：「《張靈官記》，在太平觀，南唐徐鉉撰。」

甲辰年張懷武武昌自刎，乃唐中和四年（八八四）。鍾傳鎮江西，在中和二年（八八二）至天祐三年（九〇六），凡二十餘年。其遣道士沈太虛禱廬山九天使者廟，據徐鉉《廬山九天使者廟張靈官記》，在天祐初（九〇四），此時沈太虛以夢張靈官事語與沈彬。二十年後彬遊醴陵，聞懷武事於許生而述記，時蓋當後梁龍德三年（九二三），於吴則當楊溥順義三年，此亦作記之時也。彬時未仕吴，《五代史補》卷四云：「沈彬，宜春人。能爲歌詩，格高逸。應進士不第，遂遊長沙。……彬由是往來衡湘間，自稱進士。」原題失考，今姑據徐記，擬作《張靈官記》。

侯道華

沈　汾　撰

沈汾，字里不詳。由唐入楊吴，吴主楊溥時（九二〇—九三七在位），任溧水縣令、兼監察御史，後退居。著《元類》一卷，佚。（據《續仙傳》、五代劉崇遠《金華子雜編》卷下、北宋吴淑《江淮異人録·沈汾》、《宋史·藝文志》别史類）

侯道華，自言峨嵋山來，泊於河中永樂觀，若風狂人〔一〕，衆道士皆輕易之。而道華能斤斧，觀舍有所損，悉自修葺。登危歷險，人所難及處皆到。又爲事賤劣，有客到，不問道俗凡庶，悉爲提汲湯水〔二〕，濯足浣衣。又陶〔三〕溷灌園，辛苦備歷，以資於衆。衆益賤之，驅叱比〔四〕於傭隸，而道華愈欣然。又常好子史，手不釋卷，一覽必誦之於口。衆或問之，要此何爲，答曰：「天上無愚懵仙人。」咸大笑之。

經十餘年，殿梁上忽有異光〔五〕，人每見之。相傳言，開元中劉天師嘗鍊丹成，試犬死，人不敢服，藏之於殿梁，皆謂爲妄言。忽暴風雨，殿微損，道華乃登梁，復見光於梁上陷中，鑿起木，得一合，三重内小金合中有丹，遂吞之，擲下其合。吞丹遽無變動，謂之虚誑〔六〕。

忽一日，入市醉歸，及〔七〕觀前，素有松樹偃蓋，甚爲勝景。道華〔八〕乃著木屐上樹，悉斫去松枝。衆道士屢止之不可，但斫曰：「他日礙我上昇〔九〕。」衆人常謂風狂，怒之且甚。適永樂縣官入觀，其公人觀〔一〇〕見斫松，深訝之。衆具白於縣官，縣官於是責辱之，道華亦欣然。

後七日，道華晨起，沐浴裝飾，焚香曰：「我當有仙使來迎。」但望空拜不已。衆猶未信。須臾，人言觀前松上有雲鶴盤旋，簫笙響亮。道華忽飛在松頂坐，久之。衆甚驚忙。永樂縣官吏道俗，奔馳瞻禮，其責辱道華縣官，叩磕〔一一〕流血。道華揮手以謝道俗，云〔一二〕：「我授〔一三〕玉皇詔，授仙臺郎，知上清宮善信院，今去矣。」俄頃，雲中仙衆作樂，幡幢隱隱，凌空而去。（據明正統《道藏》本《續仙傳》卷上校録，又《雲笈七籤》卷一一三下《續仙傳》）

〔一〕若風狂人　原作「中風狂」，「中」字屬上讀，據《七籤》、元趙道一《歷世真仙體道通鑑》卷三六《侯道華》改補。

〔二〕提汲湯水　《七籤》、《真仙通鑑》作「擔水汲湯」。

〔三〕陶　《四庫全書》本作「除」，《七籤》、《真仙通鑑》作「淘」。按：《廣雅·釋詁三》：「陶，除也。」

〔四〕比　《七籤》、《真仙通鑑》作「甚」。

〔五〕忽有異光　《七籤》、《真仙通鑑》作「或有神光」。

〔六〕謂之虚誑　《四庫》本前有「衆」字，疑爲館臣妄補。

〔七〕及　《七籤》、《真仙通鑑》作「其」。

〔八〕道華　此二字原無，據《七籤》、《真仙通鑑》補。

〔九〕上昇　《七籤》、《真仙通鑑》下有「處」字。

〔一〇〕其公人觀　此四字原無，據《七籤》補。《真仙通鑑》「公」作「吏」。

〔一一〕磕　《七籤》作「搕」。搕，通「磕」。

〔一二〕云　此字原無，據《七籤》、《真仙通鑑》補。

〔一三〕授　《四庫》本、《七籤》、《真仙通鑑》作「受」。授，通「受」。

按：沈汾《續仙傳》三卷，著録於《崇文總目》道書類、《新唐書·藝文志》道家類、《通志·藝文略》道家類、《中興館閣書目》神仙家類、《直齋書録解題》神仙類、《宋史·藝文志》道家神仙類，《新唐志》、《通志略》作《續神仙傳》。《遂初堂書目》道家類無卷數、撰人。明清書目亦多有著録。

書今存，有《道藏》、《四庫全書》等本，皆三卷。《道藏》本有自序，題「朝請郎前行溧水縣令沈汾撰」。卷上題「飛昇一十六人」，小字注「内女真三人」；卷中題「隱化一十二人」；卷下題「隱化八人」。共三十六傳。《四庫》本亦有自序，分卷、卷題亦同，然書題唐沈汾撰，《提要》云「舊本題唐溧水令沈汾撰」。北宋張君房《雲笈七籤》卷一一三下節録《續仙傳》二十五人，前有自序，序文比《道藏》本多若干字句，序末署作「朝請郎、前行溧水縣令、兼監察御史、賜緋魚袋沈汾撰」，傳文亦多有異同，蓋所據爲古本也。

《紺珠集》卷二摘録《續仙傳》（注沈汾）二十三條，《類説》卷三摘録二十二條，乃據《紺珠集》本合併增補。《類説》天啓刊本不著撰人，嘉靖伯玉翁舊鈔本題沈汾撰。《紺珠集》、《類説》有九事溢出今本，而四事見於《仙傳拾遺》佚文，故疑此九事皆爲杜光庭《仙傳拾遺》之闌入。《説郛》卷七《諸傳摘玄》摘三條，蓋據《類説》。又卷四三《續仙傳》，題下注三卷，署唐沈汾，注「朝請郎、前行溧水縣令」。前有序，正文分「飛昇一十六人」（注「内女真三人」）、「隱化二十人」，次第全同今本，然各傳全無事實，僅具姓名字里而已。此本後爲《夷門廣牘》、《重編説郛》卷五八取入，皆題《續神仙傳》，署唐沈份，名譌。《重編説郛》本文字次第多有舛譌錯亂。

沈汾經唐末喪亂，著此書時唐已亡，非唐人也。《四庫全書總目》卷一四六《續仙傳》提要云：「書中記及譚峭，而稱楊行密曰吴太祖，則所謂唐者南唐也。」説誤。卷下《聶師道》云：「其後吴太祖霸有江淮，聞師道名跡，冀其道德，護於軍庶，繼發徵召。及至廣陵，建玄元宫以居之。……居廣陵三十年（按：疑應作二十年），有弟子五百餘人。……一旦告弟子……爽然言別而化。……狀列群情，罄以上聞，乃降詔曰……」吴淑《江淮異人録·聶師道》亦云：「吴太祖聞其名，召之廣陵，建紫極宫以居之。……後卒於廣陵。」吴太祖即楊行密，唐昭宗景福元年（八九二）據揚州，爲淮南節度使，召師道至揚州，殆在此時。師道卒於楊隆演天祐八年（九一一），楊溥順義七年（九二七），東海王徐温奉師道靈還新安（《歷世真仙體道通鑑》卷四一）。此年楊溥稱帝，改元乾貞（《新五代史》本傳），故得有降詔之事。然則「上」者指吴帝楊溥，本書當作於楊溥乾貞、大和間也。沈汾仕吴爲溧水縣令，溧水縣屬吴。題銜曰「前」者，乃時已去職。吴淑《江淮異人録·沈汾》云「唐末沈汾侍御，退居樂道」，乃退居之作也。吴淑稱唐末而不言吴者，蓋大略言之，汾本唐、吴間人耳。

馬自然

沈　汾　撰

馬湘，字自然，杭州鹽官縣人也。世爲縣之小吏，而湘獨好經史，攻〔一〕文學。一日，縣宰令湘往西川。湘方以爲憂，行至縣北一十二里，忽遇一道人，與同入一石井中，移時已到西川。取訖回書，不覺又從石井出矣。至縣投落回書，莫不驚異，人因號爲「石井仙」〔二〕。

乃隨道士，天下遍遊〔三〕。後歸江南，而嘗醉於湖州，墮霅溪，經日而出，衣〔四〕不濕，坐於水上而來，言適爲項羽相召，飲酒欲醉，方返溪濱。觀者如堵〔五〕，酒氣衝人，狀若風狂，路人多隨看之。又時復以拳入鼻，及出，鼻如故。又指溪水令逆流，良久〔六〕，指柳樹令隨溪水走來去，指橋令斷復續。

後遊常州，適值馬植出相，任常州刺史〔七〕，素聞湘名，乃邀相見，延湘〔八〕甚異之。植問：「道兄幸同姓〔九〕，欲爲兄弟，冀師道術，可乎？」湘曰：「相公何望？」植曰：「扶風。」湘戲曰：「相公扶風馬，湘則馬風牛，但且相知，無徵同姓。」意言與植風馬牛不相及也。然植留之郡齋，益異〔一〇〕之。或飲會次，相〔一一〕請見小術。乃於席上以瓷器〔一二〕盛土種瓜，須臾引蔓，生花結實，取食衆賓，皆稱香美，異於常瓜。又於徧身及襪上摸錢，所出錢不知多少，擲之皆青〔一三〕銅錢。撮投井中，呼之一一飛出。人有收取者，須臾復失。又植言此城中鼠極多，湘書符〔一四〕，令人貼於南壁下，以筯擊盤長嘯，鼠成群而來，走就符下俯伏。湘乃呼鼠，有大者〔一五〕近堦前，湘曰：「汝天生〔一六〕微物，天與粒食，何得穿穴屋室，晝夜擾〔一七〕於相公？且以慈憫爲心，未能〔一八〕盡殺，汝宜便相率離此。」大鼠乃迴群鼠前，皆若叩磕謝罪〔一九〕，遂作群〔二〇〕，莫知其數，出城門去，自後城内鼠便絶迹。

後南遊越州，經洞巖禪院。僧三百〔二一〕方齋，而湘與婺州永康縣牧馬巖道士王知微及弟子王延叟同行。僧見湘、知微到，踞而食〔二二〕，略無揖者，但資以飯。湘不食，促知微、延叟速食而去，僧齋未畢。及出門，又促速行。到諸暨縣南店中，約去禪院七十餘里。深夜，聞尋道士聲。主人遽應：「此有三人。」外面〔二三〕極喜，請於主人，願見道士。及入，乃二僧，但禮拜哀鳴，曰〔二四〕：「衆〔二五〕僧不識道者，昨失迎奉，致貽責怒，三百僧〔二六〕到今下床不得。某二僧主事不坐〔二七〕，所以得〔二八〕來，固乞捨之。」湘唯睡而不對，知微、延叟但笑。僧愈哀乞，湘乃曰：「此後無以輕慢爲意。迴去入門，坐僧必能下床。」僧迴，果如其言。

湘翌日又南行。時方春，見一家好菘菜〔二九〕，求之不得，仍聞惡言。命延叟取紙筆，知微遂言：「求菜見阻，誠無訟理，況在道門，詎宜施〔三〇〕之？」湘笑曰：「我非訟者也，作小戲耳。」於是延叟捧〔三一〕紙筆，湘畫一白鷺，以水噴之〔三二〕，飛入菜畦中啄菜。其主趁〔三三〕起，又飛下再三。湘又畫一猧子，走趁捉白鷺，共踐其菜，碎盡不已。其主見道士戲〔三四〕笑，曾求菜致此，慮復爲他術，遂哀求。湘曰：「非求菜也，故相戲耳。」於是呼鷺及犬，皆飛走，投入湘懷中。視菜如故〔三五〕，悉無所損。

又南遊霍桐山〔三六〕，入〔三七〕長溪縣界，夜投旅店宿，舍少〔三八〕而行旅已多，主人戲曰：「無宿處，道士能壁上睡即相容。」已逼日暮，知微、延叟切於宿止〔三九〕，湘曰：「汝但於俗旅中睡，我坐可到明。」衆皆睡，湘躍身梁上，以一脚挂梁倒睡。適主人夜起，燭火照見，大驚異。湘曰：「梁上猶能，壁上何難。」俄又入壁，久之不出。主人祈謝，移知微、延叟入家內净處〔四〇〕，方出〔四一〕。及旦，主人留連，忽失所在。知微、延叟前行數里尋求，已在路傍〔四二〕。

自霍桐迴永康縣東天寶觀安泊。觀〔四三〕有大枯松，湘指之曰：「此松已三千餘年，即化爲石。」自後松果化爲石。忽大風雷震，石倒山側〔四四〕，作數截。會楊發自廣州節度責授婺州刺史〔四五〕，發性尚奇異，乃徙兩截就郡齋，兩截致之龍興寺九松院，各高六七尺，徑三尺餘。其石松皮鱗皴〔四六〕，今猶存焉。

或人有告疾者，湘無藥，但以竹拄杖打痛〔四七〕處，取〔四八〕腹内及身上百病，以竹杖指之，口吹杖頭，如雷鳴，便愈。其〔四九〕患脚膝腰背傴曲拄杖而來者，亦以竹杖打之，令放拄杖，應手便伸展。時有以財帛與湘者，再三阻讓不得，遂即留之，復散與貧人。

所遊行之處，或宫觀洞巖，多題詩句。其《登秦望山〔五〇〕》詩曰：「太一初分何處尋，空留歷數變人心。九天日月移朝暮〔五一〕，萬里山河换古今〔五二〕。風動水光吞遠徼〔五三〕，雨添嵐氣没高林。秦皇謾作驅山計，滄海茫茫轉更深。」

後歸故鄉省兄，適兄遠出，嫂姪喜歸。湘告曰：「我與兄共此宅，歸來要分〔五四〕，此地我唯愛東園耳。」嫂姪異之，曰〔五五〕：「小叔久離家歸來，兄猶未見面，何言分地？骨肉之情，必不忍如此。」駐留三日，嫂姪訝不食，但飲酒而已。待兄不歸，及夜遽卒。明日兄歸，兄問妻子其故，具以實對。兄感慟，乃曰：「我弟學道多年，非歸要分宅，是歸託化於我，以絶思望耳。」乃棺斂。其夕，棺訇然有聲，一家驚異，乃窆於園中。時大中十年也。明年，東川奏劍州梓潼縣〔五六〕道士馬自然白日上昇。湘於東川謂人曰：「湘鹽官人也〔五七〕，新羽化於浙西，今又爲玉皇所詔，於此〔五八〕上昇。」以其事奏之，帝遂勅浙西道杭州覆之，發塚視棺，果一竹杖而已。（據明正統《道藏》本《續仙傳》卷上校録，又《雲笈七籤》卷一一三下《續仙傳》，《太平廣記》卷三三引《續仙傳》）

〔一〕攻　此字原無，據《七籤》、《廣記》、《真仙通鑑》卷三六《馬湘》、明陸楫《古今説海》説淵部別傳五十三《馬自然傳》、施顯卿《新編古今奇聞類紀》卷九引《續仙傳》補。南宋潛説友《咸淳臨安志》卷六九《人物十・方外》引《續仙傳》作「工」。

〔二〕「一日」至「人因號爲石井仙」　此節原無，《七籤》、《廣記》同，《真仙通鑑》有此節，據補。「石井仙」下有注：「井見存焉。」蓋趙道一所注。按：《真仙通鑑》此卷自《張志和》至《賀自真》十傳，皆見今本《續仙傳》及《七籤》，次第亦同，唯《續仙傳》第二傳《藍采和》置於卷三七第一傳《鄧去奢》（亦見《續仙傳》）下，可知皆據《續仙傳》採録。事迹或據他書有所增補（如《張志和》、《侯道華》），然此節未見於他書，且下句「乃隨道士，天下遍遊」正與此相接，故知必爲原文所有。《真仙通鑑》所録《續仙傳》，乃據《七籤》，文字多合可知。《七籤》今本無之，脱去耳。《奇聞類紀》亦有此節，無「行至縣北一十二里」、「落回」十字，「驚」作「駭」。《奇聞類紀》引《真仙通鑑》甚多，卷七《禁鼠》馬湘爲馬植禁鼠一事，注《真仙通鑑》，知此節實據《真仙通鑑》補入，非據《續仙傳》本文也。

〔三〕乃隨道士天下遍遊　《廣記》作「治道術，遍遊天下」，《説海》作「嘗與道士天下遍遊」。

〔四〕衣　《説海》作「衣履」。

〔五〕堵　《七籤》、《真仙通鑑》作「雲」。

〔六〕良久　《七籤》、《廣記》、《真仙通鑑》、《説海》、《奇聞類紀》及明秦淮寓客《合刻三志》志幻類、舊題楊循吉《雪窗談異》卷六、清蓮塘居士《唐人説薈》第十五集、馬俊良《龍威秘書》四集、民國俞建卿《晉唐小説六十種》之《幻戲志·馬自然》作「食頃」。

〔七〕適值馬植出相任常州刺史　《廣記》、《合刻三志》、《唐人説薈》、《龍威秘書》、《晉唐小説六十種》作「會唐宰相馬植謫官，量移常州刺史」，《廣記》明沈與文野竹齋鈔本、清孫潛校本「謫」作「出」，《説海》無「唐」字，餘同。按：《新唐書》卷一八四《馬植傳》載：「宣宗嗣位……植以刑部侍郎領諸道鹽鐵轉運使，遷户部，俄同中書門下平章事，進中書侍郎。……罷爲天平軍節度使……貶常州刺史。」《資治通鑑》卷二四九大中四年載：「夏四月庚戌，以中書侍郎、同平章事馬植爲天平節度使。……再貶常州刺史。」

〔八〕延湘　《七籤》、《真仙通鑑》作「迎禮」，《廣記》、《説海》作「延禮」。

〔九〕姓　《七籤》、《真仙通鑑》作「宗姓」。

〔一〇〕異　《七籤》、《廣記》、《真仙通鑑》、《幻戲志》作「敬」，《説海》作「敬禮」。

〔一一〕相　《七籤》、《廣記》、《真仙通鑑》、《説海》、《幻戲志》作「植」。

〔一二〕瓷器　《廣記》孫校本作「甆器」。《紺珠集》卷二《續仙傳·種瓜摸錢》、《類説》卷三《續仙傳·種瓜》、孔傳《後六帖》卷一〇〇引《續仙傳》、謝維新《古今合璧事類備要》別集卷四三引《續仙傳》作「酒杯」。

〔一三〕青　原作「稱」，據《七籤》、《廣記》、《紺珠集》、《類説》、《事類備要》外集卷六五引沈玢《續仙傳》、《真仙通鑑》、《説海》改。

〔一四〕符　《七籤》、《廣記》、《真仙通鑑》、《説海》、《幻戲志》作「一符」。

〔一五〕大者　《七籤》、《廣記》、《真仙通鑑》、《説海》、《幻戲志》作「一大者」。

〔一六〕天生　《七籤》、《廣記》、《真仙通鑑》、《説海》作「毛蟲」，《幻戲志》無此二字。

〔一七〕擾　《七籤》、《真仙通鑑》作「撓」。

〔一八〕能　《真仙通鑑》作「欲」。

〔一九〕大鼠乃迴群鼠前皆若叩磕謝罪　《廣記》作「大鼠乃迴，群鼠皆前，若叩搕謝罪」。明鈔本、孫校本乃同此。

〔二〇〕群　《七籤》、《廣記》、《真仙通鑑》、《説海》、《幻戲志》作「隊」。《説海》「隊」下有「行」字。

〔二一〕三百　《七籤》作「三數百人」，《真仙通鑑》作「三四百人」。

〔二二〕僧見湘知微到踞而食　《廣記》、《奇聞類紀》作「僧見湘單僑，箕踞而食」。《廣記》孫校本同此，張國風《太平廣記會校》據改。按：單僑，孤身在外。《神仙傳》卷八《左慈》：「慈在荆州，荆州牧劉表以爲惑衆，復欲殺慈，慈意已知。表出耀兵，乃欲見其道術。乃徐去詣表，説有薄禮，願以餉軍。表曰：『道人單僑，吾軍人衆，非道人所能餉也。』」

〔二三〕外面　《七籤》作「問者」。

〔二四〕曰　此字原無，據《七籤》、《真仙通鑑》補，《廣記》、《説海》、《奇聞類紀》作「云」。

〔二五〕衆　《七籤》、《廣記》、《説海》作「禪」。

〔二六〕三百僧　「三」原譌作「二」，據《四庫》本、《廣記》、《説海》、《奇聞類紀》改。《七籤》、《真仙通鑑》作「三數百僧」。

〔二七〕主事不坐　《七籤》、《真仙通鑑》作「是主事，且不坐」。

〔二八〕得　原作「特」，據《七籤》、《廣記》、《真仙通鑑》、《説海》、《奇聞類紀》改。

〔二九〕菘菜　《七籤》作「松菜」。菘菜，白菜。南宋陳葆光《三洞群仙録》卷二引《續仙傳》作「蘿蔔」。按：《群仙録》所引與原書多不合，疑記憶有誤所致。

〔三〇〕施　原譌作「勉」，據《七籤》、《廣記》、《真仙通鑑》、《説海》改。

〔三一〕捧　《廣記》、《説海》作「授」。

〔三二〕以水噴之　《説海》下有「遂化成真鷺」五字。

〔三三〕趁　《四庫》本、《七籤》、《廣記》、《真仙通鑑》、《幻戲志》作「趕」，《説海》作「逐」。趁，追趕。

〔三四〕戲　《廣記》、《幻戲志》作「嘻」，《廣記》明鈔本、孫校本作「戲」。

〔三五〕如故　此二字原無，據《七籤》、《廣記》、《群仙録》、《真仙通鑑》、《説海》、《幻戲志》補。

〔三六〕霍桐山　《廣記》明鈔本「桐」作「相」，《真仙通鑑》「桐」作「童」，下同。按：《七籤》卷二七《天地宫府圖·三十六小洞天》：「第一霍桐山洞，周迴三千里，名霍林洞天，在福州長溪縣，屬仙人王緯玄治之。」又作「霍童山」。北宋樂史《太平寰宇記》卷一〇〇《江南東道十二·福州·長溪縣》：「霍童山，在縣西二百五十里。……《閩中記》云：鄧元伯、王元甫于此山吞白霞丹景，得上昇之法，内見五藏。山下湧泉，味甘如蜜，云是列仙霍童遊處。天寶六年，敕改爲霍童山，亦曰遊仙山。」

〔三七〕入　此字原無，據《七籤》、《廣記》、《真仙通鑑》、《説海》、《幻戲志》補。

〔三八〕少　《七籤》作「小」，當誤。

〔三九〕切於宿止　《七籤》、《真仙通鑑》作「曰：祇能舍宿，争會壁睡」，《真仙通鑑》作「壁上」。

〔四〇〕主人祈謝移知微延叟入家内净處　《七籤》、《真仙通鑑》作「主人祈謝移時，請知微延叟入家内净處」。

〔四一〕方出　《真仙通鑑》作「睡卧」，《廣記》作「安宿」，明鈔本、孫校本作「方出」，《説海》作「湘方出」，《群仙録》卷四引《續仙傳》作「乃出」。按：作「方出」是，言從壁中出也。

〔四二〕主人留連忽失所在知微延叟前行數里尋求已在路傍　《真仙通鑑》作「主人留連，嘆悔不已。知微、延叟辭行，及數里間，見湘已在路傍候之」。

〔四三〕觀　《七籤》、《真仙通鑑》作「觀前」。

〔四四〕石倒山側　原作「石列側」，據《四庫》本、《七籤》、《廣記》、《真仙通鑑》、《説海》改。

〔四五〕會楊發自廣州節度責授婺州刺史　「會」字原無，據《廣記》、《説海》補。《廣記》、《説海》「楊」作「陽」。按：楊發，楊收之兄。《舊唐書》卷一七七有《楊收傳》附《楊發傳》云：「朝廷以發長於邊事，移授廣州刺史、嶺南節度使。屬前政不率，蠻夏咸怨，發以嚴爲理，軍亂，爲軍人所囚，致於郵舍。坐貶婺州刺史，卒于治所。」姓作「陽」誤。

〔四六〕其石松皮鱗皴　《説海》下有「如故」二字。

〔四七〕痛　《七籤》、《真仙通鑑》作「病」。

〔四八〕取　《七籤》、《廣記》、《真仙通鑑》、《説海》、《幻戲志》無此字。

〔四九〕其　《七籤》、《廣記》、《真仙通鑑》、《説海》、《幻戲志》作「有」。

〔五〇〕秦望山　《七籤》、《廣記》、《真仙通鑑》、《説海》、《幻戲志》、《全唐詩》卷八六一前有「杭州」二字。按：秦望山非一處。《水經注·沔水》：「（鹽官縣）南有秦望山，秦始皇所登以望東海，故山得其名焉。」唐時鹽官縣屬杭州，在錢塘縣（今杭州市）東北。《咸淳臨安志》卷二三《山川二》：「秦望山，《兩朝國史志》：『錢塘有秦望山。』舊志云在錢塘縣舊治之南一十二里一百步，高一百六十丈，周迴一百步。晏元獻公《輿地志》：『秦始皇東遊，登此山，欲度會稽。』」此云在錢塘南，地點不同。北宋贊寧《宋高僧傳》卷一一《唐杭州秦望山圓脩傳》：「釋圓脩，姓潘氏，福州閩人也。……持盃振錫而抵于杭，見秦望山峻極之勢，有長松枝繁結蓋，遂棲止于松巔。」此杭州秦望山不知爲何處者。《太平寰宇記》卷九五《江南東道七·秀州·嘉興縣》:「秦望山,《九州要記》:『始皇登此山望海,因以名。始皇碑,在嘉興縣。』」嘉興縣即今浙江嘉興市,唐屬蘇州。《水經注·漸江水》:「又逕會稽山陰縣……又有秦望山,在州城正南,爲衆峰之傑,陟境便見。《史記》云:『秦始皇登之,以望南海。』」《寰宇記》卷九六《江南東道八·越州·會稽縣》亦云:「秦望山,在縣南二十七里。《史記》云:『始皇登之,以望南海。』孔曄《記》云:『秦望爲衆峰之傑,入境便見,始皇刻石于此。』《輿地志》云:『刻石前有石,廣數丈,云是始皇所坐之石。兩邊有方坐八所,云是丞相已下坐石,故有丞相石之名。』」此秦望山乃在越州會稽(今浙江紹興市)。蓋皆附會始皇事而名山,故地占不同也。

〔五一〕暮 《七籤》、《真仙通鑑》作「夕」。

〔五二〕萬里山河換古今 《七籤》、《廣記》、《真仙通鑑》、《説海》、《幻戲志》、《全唐詩》「河」作「川」。《説海》「換」作「自」,當譌。

〔五三〕徼 《七籤》、《廣記》、《真仙通鑑》、《幻戲志》、《全唐詩》作「嶠」。《廣記》孫校本作「徼」。按:徼,邊際。嶠,山。

〔五四〕分 《廣記》、《説海》作「明」,《廣記》《四庫》本據《續仙傳》改,見《四庫全書考證》卷七二。

〔五五〕曰 此字原無,據《廣記》、《真仙通鑑》補。《説海》作「私計」。

〔五六〕梓潼縣 「潼」原譌作「桐」,據《四庫》本、《臨安志》改。《説海》《四庫》本亦改。按:《新唐書·地理志六》,劍州有梓潼縣。

〔五七〕鹽官人也 此四字原無,據《七籤》、《廣記》、《奇聞類紀》補,《真仙通鑑》作「鹽官縣人也」。《説海》作「仙官也」，誤。

〔五八〕此 原作「此日」，據《七籤》、《臨安志》、《真仙通鑑》、《奇聞類紀》删「日」字。

按：《古今説海》説淵部别傳五十三《馬自然傳》，不著撰人，輯自《廣記》，文字多有譌誤。又《合刻三志》志幻類、《雪窗談異》卷六、《唐人説薈》第十五集（同治八年刊本卷一八）、《龍威秘書》四集《晉唐小説暢觀》、《晉唐小説六十種》之《幻戲志》，中有《馬自然》，删自《廣記》。《幻戲志》，嫁名唐蔣防撰。

鄧去奢

沈汾撰

鄧去奢，衢州龍丘人也，家於九峰山下。少入道，遊學道術，精思忘疲。年三十餘，便居處州松陽縣〔一〕安和觀，即葉静能故鄉學道之所。而觀北五里有卯山〔二〕，高五十餘丈，相傳云漢張天師及葉静能皆居此山修道。去奢慕前事，登其山，遂結菴以居。後觀中道士相率山下居，人爲之構屋及造堂宇，設老君，寫張天師像及葉静能真景〔三〕，朝夕焚修朝禮。山東南有一方石，闊二丈餘，平若砥，蓋天生〔四〕也。去奢常坐其上，拱默静想。一旦感神人，謂之曰：「張天師有斬邪劍二口并瓶盛丹，在此石下，可以取之。」去奢謝神人曰：「此石天設，非人力可加，自惟荒謬，守真而已。託以山棲獲安，久蒙靈祐，劍之與丹，詎敢輒取？」神人曰：「但勤修無怠，劍丹自可立致。」後三年，神人遂以劍丹送於去奢。劍乃張天師七星劍，丹以石匣藏，一瓶盛之，傾藥得斗餘，如麻子，紅色光明。去奢自服，及施人，有疾者皆愈〔五〕。

時麗水縣人華造，承〔六〕中和年荒亂之後，擁土人據巖險。浙東帥具以上，朝廷議欲息兵，授造以爲刺史〔七〕。而造兇險，聞去奢得丹劍，乃以兵圍其山，取去奢并劍丹到州，奪其劍丹〔八〕，而囚鎖去奢於空屋中。時方盛暑，一月不與飲食。造謂去奢已斃矣，及開屋，見神色儼然，顔狀光〔九〕白，愈於來時。造極驚異，却送去奢歸山，劍丹留之。一夜，風雷飛鳴，失所〔一〇〕。去奢聞神仙告，却歸石下。

爾後去奢居山十五年，每言常見龍虎異鳥，行於庭際。安和觀道士，多寄山頂燒奏，見龍虎鳥跡，咸驚異。去奢不食多年，他人忽〔一一〕穢觸其山，春冬則猛獸來驚，夏秋則毒蛇所螫。去奢又言，每見雷雨在山半，龍行雨，及雷公電母，鬼神甚衆〔一二〕。或到此山相見，甚有禮焉。又寄宿道士，夜皆聞去奢居静室内，到曉〔一三〕與人談話。竊窺之，乃聞異香滿室〔一四〕，及環珮聲。去奢儼坐，有戴遠遊冠絳服螺髻垂髮碧綃衣男女四人對坐，侍從皆玉童玉女，光明照身，復有神人遠立〔一五〕於側。而道士皆不敢驚，但虔敬而已〔一六〕。旦歸觀中傳説，以爲異耳。却後十五年〔一七〕，去奢告道士曰：「恐當離此山去，不長相見也。」他日，忽有綵雲鸞鶴，聲樂滿空，徘徊山頂。復有輿軿幢幡，靈官駕龍鹿，皆五色，亦騎鸞鳳，迎去奢上昇而去。山下道俗，觀望甚衆。後野火焚其屋舍，而靈跡尚存，今有道士醮祭焉。（據明正統《道藏》本《續仙傳》卷上校録，又《雲笈七籤》卷一一三下《續仙傳》）

〔一〕松陽縣　《真仙通鑑》卷三七《鄧去奢》作「嵩陽縣」，誤。《新唐書·地理志五》，處州有松陽縣。松陽縣治今浙江遂昌縣東南。

〔二〕卯山　原作「茅山」，誤。據《七籤》、《真仙通鑑》改。按：《浙江通志》卷二一《山川十三·處州府·松陽縣》：「卯山，《名勝志》：在縣西二十里。」茅山，又名句曲山，在今江蘇句容市東南。

〔三〕設老君寫張天師像及葉静能真景　《七籤》、《真仙通鑑》作「設老君、張天師像及葉静能真影」，「景」同「影」。

〔四〕生　《七籤》、《真仙通鑑》作「然」。

〔五〕「劍乃張天師七星劍」至「有疾者皆愈」　此原爲注文，《七籤》、《真仙通鑑》作正文，是也，據改。

〔六〕承　《七籤》、《真仙通鑑》作「因」。

〔七〕「浙東帥具以上」至「授造以爲刺史」　此原爲注文，據《四庫》本、《七籤》、《真仙通鑑》改。《七籤》、《真仙通鑑》「帥」作「連帥」，「上」下有「聞」字。按：連帥、帥，均指節度使。僖宗中和三年

（八八三）升浙江東道觀察使爲爲義勝軍節度使。見《新唐書·方鎮表五》。

〔八〕乃以兵圍其山取去奢并劍丹到州奪其劍丹　此數句原無，據《七籤》、《真仙通鑑》補。

〔九〕光　《七籤》、《真仙通鑑》作「紅」。

〔一〇〕所　《四庫》本、《真仙通鑑》作「所在」。

〔一一〕忽　《七籤》、《真仙通鑑》作「或」。忽，或也。

〔一二〕龍行雨及雷公電母鬼神甚衆　《七籤》、《真仙通鑑》作「常見雲龍、雷公、電姥、神鬼甚衆」。

〔一三〕到曉　《七籤》、《真仙通鑑》作「若」。

〔一四〕室　原作「山」，據《七籤》、《真仙通鑑》改。

〔一五〕立　原作「遊」，據《七籤》、《真仙通鑑》改。

〔一六〕但虔敬而已　此五字原無，據《七籤》、《真仙通鑑》補。

〔一七〕却後十五年　《七籤》、《真仙通鑑》作「一日」。

謝自然

沈　汾　撰

謝自然，蜀華陽女真也。幼而入道，其師以黄老仙經示之，一覽皆如舊讀，再覽誦之不忘。及長，神情清爽，言談迥高，好琴阮〔一〕，善筆札，能屬文。常鄙卓文君之爲人，每焚修，瞻禱王母、麻姑，慕南嶽魏夫人之節操。及年四十，出遠遊，往青城、大面、峨嵋三十六靖廬，二十四治。直犁切。尋離蜀，歷京洛，抵江淮，凡有名山洞府、靈跡之所，無不辛勤歷覽。後聞天台山道士司馬承禎居玉霄峰，有道孤高，遂詣焉。師事承禎三年，別居山野，但〔二〕日採樵，爲承禎執爨而歸。又持香果，專切問道。承禎訝其堅苦，曰：「我無道德，何以勝此？然爾竟何所欲？」自然曰：「萬里之外，嚮師得度世之道，故來求受上法以度耳，非他求也。」承禎以女真罕傳上法，恐泄慢大道，但唯諾而已。

復經逾歲月，自然乃歎曰：「明師未録，無乃命也。每登玉霄峰，即見滄海蓬萊，亦應非遠人間。」恐無可師者，於是告別承禎，言去遊蓬萊。罄捨資裝，布衣絶粒，挈一席，以投於海，泛於波上。適新羅船見之，就載。及登船數日，但見海水碧色，日落則遠浪相蹙，陰火連天，船在火焰中行。逾年，船爲風飄入一色水如墨，又一色水如粉，又一色水如朱〔三〕，又一色水黄，若硫黄氣。忽風轉，船乃投一〔四〕澳中。有山，日照如金色，亦有草樹香霧走獸與禽，皆黄色。船人俱上山，見石無大小，悉是硫黄。賈客遽棄別貨，盡載其石。凡經四色水，每過一水，皆三虔敬。終五晝夜，風帆所適，莫知遠近。

復行月餘，又〔五〕横風所飄，海人〔六〕惶惑，舟人恐懼。遥見水上湧出大山，上列紅旗千餘面，海師言是鯨魚揚鬣。又晴天忽見氣直上，高百餘丈〔七〕，傍若暴風雨，此魚腦有井，噓吸則氣出如此。復見海人、怪獸、鬼神，千態萬狀。自然乃焚香，想蓬萊禱祝。須臾俄到一山，見林木花鳥煙嵐若春。海師登山望，有屋舍人家甚衆。自然謂曰：「豈非仙山也？」而海師言船人可登山歇泊，以候風便。俄而人皆登山散遊，而自然獨遊一處，有道士數人，侍者皆青衣，有樹，風動如金石聲，花草香薰人徹骨，綵鸞、霜鶴、碧雞、五色犬，遊於庭際。中有一人，花冠霞帔，狀貌端美。青衣引自然入，虔懇禮謁。道士問欲何往，自然曰：「蓬萊尋師，求度世去〔八〕。」道士笑曰：「蓬萊隔弱水，此去三十萬里〔九〕，非舟檝可行，非飛仙莫到。天台山司馬承禎，名在丹臺，身居赤城，此乃良師也，可以迴去。」俄頃風起，聞海師促人登船，言風已便。及揚帆，又爲横風飄三日，却到台州岸。自然欣然復往天台，具言其實，以告承禎，并謝前過。承禎曰：「俟擇日昇壇以度。」於是傳授上清法。後却歸蜀止〔一〇〕。貞元年中，白日上昇而去，節度使韋皋奏之。（據明正統《道藏》本《續仙傳》卷上校録）

〔一〕阮　《真仙通鑑》後集卷五《謝自然》作「書」。

〔二〕但　《真仙通鑑》作「終」。

〔三〕朱　《真仙通鑑》作「珠」。

〔四〕一　原譌作「易」，據《真仙通鑑》改。《四庫》本作「入」，疑爲館臣妄改。
〔五〕又　《四庫》本下有「爲」字。按：《真仙通鑑》亦無此字，蓋館臣所增。
〔六〕人　《真仙通鑑》作「師」。
〔七〕丈　原作「里」，據《真仙通鑑》改。
〔八〕去　《真仙通鑑》作「法」。
〔九〕三十萬里　宋佚名《五色線集》卷上（無出處）引作「三千里」，南宋祝穆《古今事文類聚》前集卷三四及謝維新《古今合璧事類備要》前集卷五一引《續神仙傳》、《東坡先生詩集注》卷二《金山妙高臺》注引《神仙傳》、《施注蘇詩》卷三三《次丹元姚先生韻》注引《續仙傳》作「三萬里」。
〔一〇〕止　《四庫》本作「至」，連下讀。

裴玄静

沈　汾　撰

裴氏道名玄静〔一〕，緱氏縣令昇之女，鄠縣尉李言妻也。幼而聰慧，母以詩書示之〔二〕，覽皆誦之不忘。及笄，以婦功容自飾〔三〕，而情迥然好道，請於父母，置於一静室披戴。父母亦崇道，深念許之。日以香火瞻禮道像，以女使伴〔四〕之，必逐於外處獨居，若別有女伴言話〔五〕。父母窺之，復不見人。詰之，堅不言。潔思閑淡，雖骨肉常見〔六〕，而拘之以禮〔七〕，曾〔八〕無慢容。

及年二十，父母欲歸於李言，聞之，深以爲不可，唯願入道修真，以求度世。父母抑之曰：「女生有歸，是爲禮，婦時不可失，禮不可虧。儻入道〔九〕，是畢世無所歸也。南嶽魏夫人亦從人育嗣〔一〇〕，後爲上仙。」遂逼之，以適李言〔一一〕，婦禮臻備。

未一月間，告於李言：「以素修道，神人不許爲君妻，請絶俗〔一二〕。」李言亦早慕道，聞妻之言，甚異〔一三〕。乃獨居静室焚修。夜中聞言笑聲，李言稍疑之，未敢驚，乃壁隙窺之，見光明滿室，聞異香芬馥，有二女子，年可十七八，鳳髻霓裳，姿態宛〔一四〕麗，侍女數人，皆雲鬟綃〔一五〕服，綽約在側，玄静與二女子言談〔一六〕，李言異之而退。及旦問於玄静，曰：「有之，此崑崙仙侶〔一七〕相省。上仙已知君窺，以術止之，而君未覺。更來慎勿窺也，恐君爲靈官所責。然玄静與君宿緣甚薄，非久在人間〔一八〕。道君〔一九〕念君後嗣未立，候上仙來，當爲言之〔二〇〕。」

後一夕，有天女降李言之室。經年復降，送一兒與李言曰：「此君之子〔二一〕也，玄静即當去矣。」後〔二二〕三日，有五雲盤旋，仙女奏樂，白鳳載玄静昇天，向西北而去。時大中八年八月十八日，在温縣供道村李氏别業〔二三〕。（據明正統《道藏》本《續仙傳》卷上校録，又《太平廣記》卷七〇引《續仙傳》）

〔一〕裴氏道名玄静　《夷門廣牘》本「静」譌作「野」，《重編説郛》本「裴」譌作「張」，《三洞群仙録》卷一三引《續仙傳》、《真仙通鑑》後集卷五《裴元静》「玄」作「元」。

〔二〕母以詩書示之　《廣記》作「母教以詩書」。

〔三〕以婦功容自飾　《真仙通鑑》作「不以華豔自飾」。按：此當爲趙道一所改，下文亦時有改動處。

〔四〕伴　《廣記》作「侍」。

〔五〕話　《廣記》作「笑」。

〔六〕見　此字原無，據《四庫》本、《廣記》補。

〔七〕而拘之以禮　《四庫》本、《廣記》作「亦執禮」。按：《四庫》本蓋據《廣記》而改。

〔八〕曾　此字原無，據《四庫》本、《廣記》、《真仙通鑑》補。

〔九〕入道　《廣記》下有「不果」二字，明鈔本無。

〔一〇〕從人育嗣　「育」原作「棄」，當譌，據《廣記》改。此四字《真仙通鑑》作「嘗從夫」。

〔一一〕以適李言　《真仙通鑑》「適」作「事」，下有「及奉箕箒」四字。

〔一二〕俗　《廣記》作「之」，明鈔本、孫校本、清陳鱣校本作「俗」。

〔一三〕聞妻之言甚異　《廣記》作「從而許焉」，明鈔本、孫校本作「聞之甚異」。

〔一四〕宛　《四庫》本、《廣記》作「婉」，孫校本作「宛」。按：宛，通「婉」。五代劉崇遠《金華子雜編》卷上：「陸翺字楚臣，進士擢第，詩不甚高，而才調宛麗，有子弟之標格。」

〔一五〕綃　《五色線集》卷上《鳳髻霓裳》作「絳」，《真仙通鑑》作「綵」。
〔一六〕談　《真仙通鑑》作「笑」。
〔一七〕侶　《真仙通鑑》作「女」。
〔一八〕非久在人間　《真仙通鑑》作「暫會人間爾」。
〔一九〕道君　《廣記》作「之道」，屬上讀。《真仙通鑑》作「仙人」。
〔二〇〕言之　《真仙通鑑》作「祈請」。
〔二一〕子　原譌作「女」，據《廣記》、《真仙通鑑》改。《四庫》本亦改。
〔二二〕後　此字原無，據《廣記》、《真仙通鑑》補。
〔二三〕時大中八年八月十八日在温縣供道村李氏别業　此二十字原無，據《廣記》補。

孫思邈

沈　汾　撰

孫思邈，京兆華原人也。七歲就學，日誦千言。及長，盛〔一〕談莊老百家之説。周宣帝時，以王室多事，隱於太白山學道，鍊氣養形，求度世之術。洞曉天文推步，精究醫藥，審察聲色，迴〔二〕藴仁慈。凡所舉動，務行陰德，用心自固，濟物爲功。偶出路行，見人欲殺小青蛇〔三〕，已傷血出。思邈求其人〔四〕，脱衣贖而救之，以藥封裹，放於草間。

後月餘復出行，見一白衣少年，僕馬甚盛，下馬迎拜思邈，謝言：「小弟蒙道者所救，父母欲相見。」而思邈每以藥救人極廣，聞之不以爲意。少年復懇拜，請以別馬載思邈，偕行如飛。到一城郭，花木正春，景色和媚，門庭焕赫，人物繁盛，儼若王者之居。少年延思邈入，見一人端美，白帢帽，絳衣，侍從甚衆。欣喜相接，謝思邈曰：「深思道者，固〔五〕遣兒子相迎。前者小兒偶〔六〕出，忽爲愚人所傷，賴脱衣贖救，獲全其命。此中血屬非少，共感再生之恩。今面道者，榮幸足矣。」俄頃延思邈入，若宮闈，内見中年女子領一青衣小兒出，再三拜謝思邈言：「此兒癡騃，爲人傷損，賴救免害。」思邈省記嘗救殺青蛇，即訝此何所也。又見左右皆閹人、宮妓，呼帢帽爲君王，呼女子爲妃子〔七〕，思邈心異之，潛問左右，曰：「此涇陽水府也。」帢帽〔八〕乃命賓寮設酒饌妓樂，以宴思邈，辭以辟穀服氣，唯飲酒耳。留連三日，問思邈所欲，對曰：「居山樂道，思真鍊神，目雖所窺，心固無欲。」乃以輕綃珠金贈於思邈，堅辭不受。曰：「道者不以此爲意耶？何以相報？」遂命其子取龍宮所頒藥方三十首〔九〕與思邈，謂曰：「此真道者，可以濟世救人。」俄復命僕馬送思邈歸山。既歸〔一〇〕，深自爲異，歷試諸方，皆若神效。後著《千金方》三十〔一一〕卷，散龍宮之方在其内〔一二〕。又以聲色診人之疾，著《脉經》一卷，皆盛行於世。

隋文帝輔政，徵爲國子博士，不就。嘗謂人曰：「過此五十年，當有聖人出，吾方助之，以濟生人。」唐太宗召詣京師，訝其容貌甚少，歎曰：「故知有道者，誠可尊重，羨門之徒，豈虛言哉！」將授以爵位，固辭不受。高宗初，召拜諫議大夫，復固辭不受。時年九十餘〔一三〕，視聽不衰。范陽盧照鄰，有盛〔一四〕名，而染惡疾，嗟稟受之不同，昧遐夭之殊致，問於思邈曰：「名醫愈疾，其道如何？」對曰：「吾聞善言天者，必質於人；善言人者，必本於天。天有四時五行，寒暑迭代。其轉運也，和而爲雨，怒而爲風，凝而爲霜雪，張而爲虹蜺，此天地之常數也。人有四支五藏，一覺一寐，呼吸吐納，漬而爲往來〔一五〕，流而爲榮衛，彰而爲氣色，發而爲音聲，此人之常數也。陽用其精，陰用其形〔一六〕，天人之所同也。及其失也，蒸則生熱，否則生寒，結而爲疣贅，陷而爲癰疽，奔而爲喘乏〔一七〕，竭而爲焦枯，診〔一八〕發乎面，變動乎形。推此以及天地，則亦如之。故五緯盈縮，星辰失度〔一九〕，日月錯行〔二〇〕，彗孛流飛，此天地之危疹〔二一〕也。寒暑不時，此天地之蒸否也。石立土〔二二〕踊，此天地之疣贅也。山崩地陷，此天地之癰疽也。奔風暴雨，此天地之喘乏也。雨澤不時〔二三〕，川源〔二四〕竭涸，此天地之焦枯也。良醫導〔二五〕之以藥石，救之以針劑；聖人和之以道〔二六〕德，輔之以人〔二七〕事，故體有可愈之疾，天地有可銷之災。」又曰：「膽欲大而心欲小，智欲圓而行欲方。《詩》曰：『如臨深淵，如履薄冰。』謂小心也。『赳赳武夫，公侯干城。』謂大膽也。『不爲利回，不爲義疚。』行之方也。『見機〔二八〕而作，不俟終日。』智之圓也。」其文學也穎出，其義術〔二九〕也不可勝紀。

高宗後無何制授承務郎〔三〇〕，致之尚藥局，不就。永徽三年二月十五日，晨起沐浴，儼其衣冠，端然而坐〔三一〕，謂子孫曰：「我爲世人所逼，隱於洞府修鍊，將昇無何之鄉。臣於金闕，不能應召來往。」俄氣絶，遺令薄葬，不設盟器牲牢之奠。月餘顔色不變，舉屍入棺，如空衣焉，已尸解矣。（據明正統《道藏》本《續仙傳》卷中校録，又《雲笈七籤》卷一一三下《續仙傳》）

〔一〕盛　《七籤》、《真仙通鑑》卷二九《孫思邈》、明仁孝皇后徐氏《勸善書》卷一一作「好」，唐劉肅《大唐新語》卷一〇《隱逸》、《廣記》卷二一引《仙傳拾遺》及《宣室志》、《舊唐書》卷一九一《孫思邈傳》作「善」。

〔二〕迥　《七籤》、《真仙通鑑》、《勸善書》作「常」。

〔三〕見人欲殺小青蛇　《七籤》、《真仙通鑑》、《勸善書》作「見牧牛童子殺小蛇」。

〔四〕人　《七籤》、《真仙通鑑》、《勸善書》作「童」。

〔五〕固　《四庫》本作「因」，《七籤》、《真仙通鑑》、《勸善書》作「故」。固，通「故」。

〔六〕偶　《七籤》、《真仙通鑑》、《勸善書》作「獨」。

〔七〕妃子　《七籤》作「妃后」，《真仙通鑑》、《勸善書》作「后妃」，當誤。

〔八〕帢帽　《七籤》、《真仙通鑑》、《勸善書》作「王者」。

〔九〕三十首　《類説》卷三《續仙傳·龍宫藥方》「首」作「道」。《孔帖》卷九五引《續神仙傳》作「三千道」，《五色線集》卷上引《續仙傳》作「三千首」，「千」字皆譌。

〔一〇〕既歸　此二字原無，據《七籤》、《真仙通鑑》、《勸善書》補。

〔一一〕十　《孔帖》譌作「千」。按：孫思邈撰《千金要方》、《千金翼方》各三十卷，見《新唐書·藝文志》醫術類，今存。

〔一二〕散龍宫之方在其内　《紺珠集》卷二《續仙傳·龍宫藥方》作「每一卷内隱一方耳」，《類説》作「每一卷内秘隱一方」，《孔帖》作「内秘隱方一」。

〔一三〕九十餘　《真仙通鑑》作「九十有九」。

〔一四〕盛　《七籤》、《真仙通鑑》、《勸善書》作「時」。按：《七籤》李永晟點校本據《道藏》本《續仙傳》及《大唐新語》改作「盛」，未妥。

〔一五〕漬而爲往來　《七籤》、《真仙通鑑》、《勸善書》「漬」作「動」，《廣記》作「循」。《大唐新語》、《舊唐書》此句作「精氣往來」，《四庫》本據《舊唐書》改（見《四庫全書考證》卷七三《續仙傳》）。按：「漬而爲往來」等四句排比，與前文「和而爲雨」等四句排比句法對應。漬，浸潤，濡染。西漢陸賈《新語·無爲》：「民不罰而畏罪，不賞而歡悦，漸漬於道德，被服於中和之所致也。」「漬而爲往來」，言四肢五臟之間影響互動。四庫館臣校改失當。

〔一六〕陽用其精陰用其形　《舊唐書》、《新唐書》卷一九六《孫思邈傳》作「陽用其形，陰用其精」。

〔一七〕乏　《七籤》、《真仙通鑑》、《勸善書》作「息」，誤，《七籤》、《真仙通鑑》下文作「乏」。

〔一八〕診　《四庫》本作「證」，《大唐新語》作「沴」。按：診、證，均指症狀。沴，災害。作「沴」誤。

〔一九〕失度　《大唐新語》、《舊唐書》作「錯行」。

〔二〇〕錯行　《大唐新語》、《舊唐書》作「薄蝕」。

〔二一〕危疾　《七籤》、《真仙通鑑》作「疾疹」，《廣記》作「危疹」，《大唐新語》作「危沴」，兩《唐書》作「危診」，《勸善書》作「疾疢」。疢，疾病。

〔二二〕土　原作「木」，當誤，據《大唐新語》、兩《唐書》、《廣記》、《七籤》、《真仙通鑑》、《勸善書》改。

〔二三〕時　《大唐新語》作「降」。

〔二四〕源　原譌作「原」，據《廣記》、《七籤》、《真仙通鑑》、《勸善書》改。《四庫》本、《大唐新語》、兩《唐書》作「瀆」。

〔二五〕導　《七籤》、《真仙通鑑》作「遵」，《勸善書》作「道」。道，通「導」。

〔二六〕道　《大唐新語》、兩《唐書》作「至」。

〔二七〕人　《廣記》作「政」。

〔二八〕機　《四庫》本、《大唐新語》作「幾」。按：《周易·繫辭下》：「君子見幾而作，不俟終日。」幾，迹象，徵兆。機，通「幾」。《舊唐書》、《廣記》、《七籤》均作「機」。

〔二九〕義術　《廣記》、《七籤》、《真仙通鑑》、《勸善書》作「道術」。《四庫》本改作「藝術」。按：《荀子・彊國篇》：「力術止，義術行。」唐楊倞注：「力術，彊兵之術。義術，仁義之術。」

〔三〇〕高宗後無何制授承務郎　「何」原作「可」，據《七籤》、《真仙通鑑》改。《四庫》本作「高宗後又降制授承務郎」，館臣改「無可」爲「又降」，妄也。

〔三一〕端然而坐　《七籤》、《真仙通鑑》、《勸善書》作「端拱以坐」。

張果

沈汾撰

張果隱於常州條山〔一〕，往來汾晉間，時人傳有長年祕術。耆老云，爲兒童時見之，自言數百歲矣。唐太宗、高宗累徵之不起，則天召之出山，佯死於妬女廟前。時方盛暑，須臾臭爛生蟲。聞於則天，信其死矣。後有人於常州山中復見之。開元二十三年，玄宗召通事舍人裴晤馳驛於常州迎果，對晤氣絶而死。晤乃焚香啓請，宣天子求道之意，俄頃漸蘇。晤不敢逼，馳還奏之。乃命中書舍人徐嶠、通事舍人盧重玄，齎璽書迎之。果隨嶠到東都，於集賢院安置。肩輿入宫，備加禮敬。公卿皆往拜謁，或問以方外之事，皆詭對。每云：「余是堯時丙子年人。」時莫能測也。又云堯時爲侍中。善於胎息，累日不食，時進美酒及三黄元〔二〕。

玄宗留之内殿，賜之酒，辭以山〔三〕臣飲不過二升，有一弟子可飲一斗。玄宗聞之喜，令召之。俄一小道士，自殿簷飛下，年可十六七，美姿容，旨趣雅澹，應對〔四〕言詞清爽，禮貌臻謹〔五〕。明皇命坐，果曰：「弟子常〔六〕侍立於側，未宜賜坐。」明皇目之愈喜，遂賜之酒。飲及一斗不醉〔七〕，果辭曰：「不可更賜，過度必有所失，致龍顔一笑耳。」明皇又逼賜之，酒忽從頂湧出，冠子爆〔八〕地，化爲一榼蓋〔九〕。明皇及嬪御皆笑，驚視之，已失道士矣〔一〇〕，但見一金榼在地覆之。榼盛一斗，驗之，乃集賢院中榼也。累試仙術，不可窮紀，遂下詔曰：「常州張果先生，遊方之外者也。跡先高尚〔一一〕，心入杳冥，是〔一二〕混光塵，應召城闕，莫知甲子之數，且謂羲皇上人。問〔一三〕以道樞，盡會玄〔一四〕極。今則將命鶴書之禮，爰旌蟬蜕之流〔一五〕，可銀青光禄大夫，仍賜號通玄先生。」

果累〔一六〕陳老病，乞歸常州。賜絹三百疋，并隨侍弟子二人，兼給驛舁〔一七〕到常州。弟子一人放回〔一八〕，一人相隨入山。天寶初，明皇又遣特詔，果聞之忽卒，弟子葬之。後發棺，空棺而已。（據明正統《道藏》本《續仙傳》卷中校録，又《雲笈七籤》卷一一三下《續仙傳》、《太平廣記》卷三〇引《明皇雜録》、《宣室志》、《續神仙傳》）

〔一〕常州條山　「常」《四庫》本、《廣記》、《七籤》、《大唐新語》卷一〇《隱逸》、《真仙通鑑》卷三七《張果》作「恒」。下同。按：恒州治真定縣（今河北石家莊市正定縣），元和十五年（八二〇）避穆宗諱改鎮州。漢文帝劉恒時避諱改恒山爲常山。疑沈汾避家諱而改。「條山」《大唐新語》作「枝條山」。

〔二〕元　《四庫》本、《大唐新語》、《廣記》、《七籤》作「丸」。按：元，同「圓」。即圓子、丸子。金張元素《醫學啓源》卷上：「通治其熱之氣，三黄元、黄連解毒湯是也。」南宋陳自明《婦人大全良方》卷七《婦人吐血方論》：「療熱甚嘔血者，以犀角地黄湯局方、小三黄元，以白茅根煎濃湯吞之，妙。」

〔三〕山　《七籤》、《真仙通鑑》作「小」。

〔四〕應對　《廣記》、《七籤》、《真仙通鑑》作「謁見上」。

〔五〕謹　《廣記》、《七籤》、《真仙通鑑》作「備」。

〔六〕常　《廣記》明鈔本、孫校本、陳校本作「當」，《會校》據改。

〔七〕醉　《廣記》作「辭」。

〔八〕爆　《廣記》作「落」，《紺珠集》卷二《續仙傳・道士化酒榼》作「墜」，《類説》卷三《續仙傳・集賢院酒榼》作「仆」，《七籤》、《真仙通鑑》作「撲落」。

〔九〕蓋　此字原無，據《廣記》明鈔本、孫校本補。

〔一〇〕已失道士矣　此句原無，據《廣記》、《七籤》、《真仙通鑑》補，《七籤》、《真仙通鑑》無「已」字。

〔一一〕跡先高尚　「先」原作「仙」，據《大唐新語》、《廣記》、《七籤》、《真仙通鑑》改。「尚」《大唐新語》作「上」。

〔一二〕是　《廣記》作「久」。

〔一三〕問　原作「閲」，據《大唐新語》、《廣記》、《七籤》、《真仙通鑑》改。

〔一四〕玄　《大唐新語》、《廣記》、《七籤》、《真仙通鑑》作「宗」。

〔一五〕今則將命鶴書之禮爰旌蟬蜕之流　《大唐新語》作「今將行朝禮，爰申寵命」，《廣記》、《七籤》、《真仙通鑑》「今」下有「則」字，《七籤》、《真仙通鑑》「申」作「升」，餘同。

〔一六〕累　此字原無，據《大唐新語》、《廣記》、《七籤》、《真仙通鑑》補。

〔一七〕舁　《七籤》、《真仙通鑑》作「肩舁」。按：舁，通「輿」。輿即肩輿。

〔一八〕一人放回　此四字原脱，據《大唐新語》、《七籤》、《真仙通鑑》補。

許宣平

沈汾　撰

許宣平，新安歙人也。睿宗景雲中，隱於城陽山南塢，結菴以居。不知其服餌，但見不食，顔若四十許人，行疾奔馬〔一〕。時或負薪以賣，薪擔常掛一花瓢及曲竹杖〔二〕。每醉〔三〕，騰騰〔四〕以歸，獨吟曰：「負薪朝出〔五〕賣，沽酒日西歸。路人莫問歸何處〔六〕，穿白雲行入翠微〔七〕。」爾〔八〕來三十餘年，或濟人艱危〔九〕，或救人疾苦。城市之人多訪之，不見，但覩菴壁題詩云：「隱居三〔一〇〕十載，築〔一一〕室南山巔。静夜翫明月，閑朝飲碧泉。樵人歌隴〔一二〕上，谷鳥戲〔一三〕巖前。樂矣不知老，都忘甲子年。」好事者〔一四〕多詠其詩，有〔一五〕抵長安者，於驛路洛陽、同、華間傳舍，是處題之。

天寶中，李白自翰林出，東遊經傳舍，覽詩吟之，嗟歎：「此仙人詩〔一六〕也。」乃詰之於人，得宣平之實。白於是遊及新安，涉溪登山，累訪之不得，乃題其菴壁曰：「我吟傳舍詩〔一七〕，來訪真〔一八〕人居。煙嶺迷高跡，雲崖〔一九〕隔太虚。窺庭但蕭索，倚杖〔二〇〕空躊躇。應化遼天鶴〔二一〕，歸當千載〔二二〕餘。」宣平歸菴，見壁詩，又吟曰：「一池荷葉衣無盡，兩畝黄精食有餘。又被人來尋討著，移菴不免更深居〔二三〕。」是冬，野火燎其菴，莫知宣平蹤跡。

百餘年後，咸通七年〔二四〕，郡人許明奴家嫗〔二五〕，常逐伴入山採樵。一日〔二六〕，獨於南山中，見一人獨坐石上，方食桃甚大，問嫗曰：「汝許明奴家人也？」嫗曰：「是。」其人曰〔二七〕：「我明奴之祖宣平也。」嫗言：「常聞已得仙多年〔二八〕。」宣平謂嫗曰〔二九〕：「汝歸爲我語明奴，言我在此山中。與汝一桃食之，不可將出。山中虎狼甚多，山神惜此桃。」嫗乃食桃，甚美，頃之而盡。宣平遺嫗隨樵人歸家言之。明奴之族甚異，傳聞於郡人。其後嫗憎〔三〇〕食，日漸童顔，輕健愈常。中和年以來，兵荒相繼，居人不安，明奴從家避難，嫗入山不歸。今人採樵，或有見其嫗，身衣藤葉〔三一〕，行疾如飛，逐之，昇林木而去〔三二〕。（據明正統《道藏》本《續仙傳》卷中校録，又《雲笈七籤》卷一一三下《續仙傳》，《太平廣記》卷二四引《續仙傳》）

〔一〕行疾奔馬　《七籤》、《真仙通鑑》卷三七《許宣平》上有「輕健」二字。

〔二〕薪擔常掛一花瓢及曲竹杖　「薪擔」二字原無，據《七籤》、南宋何汶《竹莊詩話》卷二一《許真君詩》引《續仙傳》、《真仙通鑑》補。《廣記》作「檐」，孫校本及南宋羅願《新安志》卷八《仙釋・許宣平》作「擔」。「瓢」《廣記》、計有功《唐詩紀事》卷七五《許宣平》、《竹莊詩話》作「瓠」，《廣記》孫校本作「匏」。瓠、匏，葫蘆。「竹杖」《竹莊詩話》譌作「行枝」，《詩話總龜》前集卷四七引《古今詩話》、《唐詩紀事》作「竹枝」。

〔三〕醉　《七籤》、《真仙通鑑》下有「行」字。

〔四〕騰騰　《廣記》下有「拄之」二字。

〔五〕出　《詩話總龜》作「去」。

〔六〕路人莫問歸何處　《唐詩紀事》「處」作「地」，《七籤》、《真仙通鑑》作「時人莫問我」，《新安志》作「借問家何處」，《竹莊詩話》作「若問家何處」。

〔七〕穿白雲行入翠微 《廣記》、《全唐詩》卷八六〇許宣平《負薪行》作「穿入白雲行翠微」，《廣記》明鈔本、孫校本及《三洞群仙録》卷五引《廣記》同《續仙傳》。《七籤》、《竹莊詩話》、《新安志》、《真仙通鑑》作「穿雲入翠微」。

〔八〕爾 《七籤》、《真仙通鑑》作「邇」。

〔九〕濟人艱危 《廣記》作「拯人懸危」，《七籤》、《真仙通鑑》作「施人危急」，《竹莊詩話》作「施人財物」，《新安志》作「抍人艱危」。

〔一〇〕三 《全唐詩》卷八六〇許宣平《庵壁題詩》作「二」。

〔一一〕築 《廣記》、《全唐詩》作「石」。

〔一二〕隴 《廣記》、《七籤》、《五色線集》卷上《許宣平》、《竹莊詩話》、《新安志》、《全唐詩》作「壠」。按：隴，通「壠」、「壟」，高丘。

〔一三〕戲 《廣記》明鈔本、孫校本作「語」。

〔一四〕者 此字原脱，據《廣記》、《七籤》、《詩話總龜》、《唐詩紀事》、《竹莊詩話》、《新安志》補。

〔一五〕有 此字原脱，據《廣記》、《七籤》、《竹莊詩話》、《真仙通鑑》補。

〔一六〕仙人詩 《詩話總龜》作「神仙」，《唐詩紀事》作「仙人」，《竹莊詩話》作「仙中詩人」。

〔一七〕詩 《全唐詩》卷一八五李白《題許宣平菴壁》作「詠」。

〔一八〕真 《七籤》、《真仙通鑑》作「仙」。

〔一九〕崖 《廣記》、《七籤》、《新安志》、《真仙通鑑》、《全唐詩》作「林」。

〔二〇〕杖 《廣記》作「柱」，明鈔本、孫校本作「杖」。

〔二一〕遼天鶴 「天」《廣記》明鈔本、孫校本作「東」。按：此用丁令威事，見《新輯搜神記》卷一《丁令威》。

〔二二〕載 《廣記》、《全唐詩》作「歲」。

〔二三〕「宣平歸菴」至「移菴不免更深居」 此節原無，據《七籤》、《真仙通鑑》補。

〔二四〕咸通七年 《七籤》、《真仙通鑑》作「至咸通十二年」，《真仙通鑑》「咸通」前加「懿宗」二字。

〔二五〕郡人許明奴家嫗 《七籤》、《真仙通鑑》「奴」作「恕」，「嫗」作「婢」，下同。《廣記》、《七籤》、《新安志》、《真仙通鑑》「家」下有「有」字。

〔二六〕一日 此二字原無，據《七籤》、《真仙通鑑》補。

〔二七〕嫗曰是其人曰 此六子原無，據《七籤》、《真仙通鑑》補，「嫗」作「婢」。

〔二八〕常聞已得仙多年 《七籤》、《真仙通鑑》作「常聞家内説，祖翁得仙多年，無由尋訪」。

〔二九〕宣平謂嫗曰 此五字原無，據《七籤》、《真仙通鑑》補，「嫗」作「婢」。《廣記》作「曰」，《新安志》作「宣平言」。

〔三〇〕憎 《廣記》作「却」。

〔三一〕葉 此字原脱，據《廣記》、《新安志》補。

〔三二〕「明奴之族甚異」至「昇林木而去」 此節《七籤》、《真仙通鑑》頗異，作：「婢歸，覺檐樵輕健。到家具言入山逢祖翁宣平。其明恕嗔婢將上祖之名牽呼，取杖打（《真仙通鑑》作『扑』）之。其婢隨杖身起，不知所之。後有人入山内逢見婢，童顔輕健（《真仙通鑑》無此字），身衣樹皮，行疾如風，遂入昇林木而去。」

唐五代傳奇集第五編卷七

李珏

沈汾　撰

李珏，廣陵江陽人也。世居城市，販糴自業。而珏性迴端謹，異於常輩。年十五，隨父販糴，父適他行，以珏專其事[一]。人有糴之與糶[二]，珏即授之以升斗，俾令自量。不計時之貴賤，一斗[三]只求兩文利，以資父母。歲月既深，衣物甚豐，父怪而問之，具以實對。父曰：「吾之所業，同流者衆，無不用出入升斗，出輕入重，以規[四]厚利。雖官司以春秋較推[五]，然終莫斷其弊。吾早悟之，但一升斗出入皆用之，自以爲無偏久矣。汝今更出入任之自量，吾不可及也。然衣食豐給，豈非神明之助也？」後父母歿世，及珏年八十餘，不改其業。

適李珏出相，節制淮南[六]。而珏以新節使同姓名，極以自驚，乃改名寬。李珏下車後數月，修道齋次，夜夢入洞府中，見景色正春，煙花爛熳，翔鸞舞鶴，彩雲瑞霞，樓閣連延。珏獨步其下，見石壁光瑩，填金書字，列人姓名，内有李珏，字長二尺餘。珏視之極喜，自謂生於明代，久歷顯官，又昇宰輔，能無功德及於天下？今洞府有名，我仙人也，再三爲喜。方喜之際，有二仙童自石壁左右出。珏問：「此何所也？」曰：「華陽洞天。此姓名非相公也。」珏驚，復問：「非珏，何人也？」仙童曰：「此相公江陽部民也。」珏及曉，歷記前事，益自驚歎。問於道士，無有知者。復思試召江陽官屬詰之，亦莫知也。乃令府城内外，求訪同姓名者。數日經營〔七〕，里巷相推，乃得李寬舊名珏〔八〕。

及聞於珏，乃以車轝迎之入府，致浄〔九〕室，齋沐拜爲道兄，一家敬事，朝夕參禮。李寬情素恬澹〔一〇〕，道貌秀異，鬚長尺餘，皓然可愛。年六十時，曾有道者教其胎息，亦久不食，珏愈敬之。及月餘，乃問：「道兄平生得何道術？服鍊何藥？珏曾夢入洞府，見石壁姓名，仙童所指，是以迎請師事，願以相授。」辭以不知道術服鍊之事。珏復虔拜，以問寬所修如何，寬辭〔一一〕以愚民不知所修，遂具販糴以對。珏再三審問，咨嗟曰：「此常人之難事，陰功不可及也。」復曰：「乃知世之富貴動静有損〔一二〕，雖在貧賤，用心獲祐〔一三〕，名書仙籍，以警塵俗。」又問胎息不食之由，亦以實對，珏日師其胎息〔一四〕。

後李寬一百餘歲，輕健異常。忽告子孫〔一五〕曰：「吾寄世多年，雖然養氣，亦無益汝輩。」一夕而卒。三日棺裂聲〔一六〕，視之，衣帶不解，如蟬蜕焉，已尸解矣。（據明正統《道藏》本《續仙傳》卷中校録，又《太平廣記》卷三一引《續仙傳》）

〔一〕父適他行以珏專其事　《三洞群仙録》卷二引《續仙傳》作「父傳業，而珏受之」，《真仙通鑑》卷三五《李珏》、《勸善書》卷一一作「父年老，珏繼之」。

〔二〕人有糶之與糴　《勸善書》作「人與之糴」。《四庫》本作「人有向之乞糴」，疑爲館臣妄改。按：糶，賣出穀米；糴，買進穀米。

〔三〕斗　《勸善書》作「升」。

〔四〕窺　《廣記》作「覢」，《真仙通鑑》、《勸善書》作「規」，《四庫》本改作「規」。覢，同「規」。按：窺，求取，企求。規，謀求。

〔五〕推　《廣記》、《真仙通鑑》、《勸善書》作「摧」。

〔六〕淮南　《勸善書》作「江南」，誤。按：《舊唐書》卷一七三《李珏傳》載，文宗開成三年（八三八），李珏以户部侍郎同平章事。武宗即位罷相，出爲桂州刺史、桂管觀察使。三年，長流驩州。大中二年（八四八）徵入朝，爲户部尚書，出爲河陽節度使，入爲吏部尚書，累遷金紫光禄大夫、檢校尚書右僕射、揚州大都督府長史、淮南節度使。大中七年卒，贈司空。

〔七〕經營　《廣記》、《真仙通鑑》、《勸善書》作「軍營」。按：《群仙録》但言「遍詢問欲里巷」，無「軍營」。經營，謂往來尋找。《後漢書》卷二八下《馮衍傳下》：「疆理九野，經營五山，眇然有思陵雲之意。」李賢注：「經營，猶往來。」

〔八〕珏　此字原爲空闕，據《廣記》、《真仙通鑑》、《勸善書》補。

〔九〕淨　《廣記》作「静」。
〔一〇〕情素恬澹　《廣記》作「情景恬憺」，《真仙通鑑》、《勸善書》作「情性素澹」。
〔一一〕辭　此字原無，據《廣記》補。
〔一二〕富貴動静有損　《廣記》作「動静食息，莫不有報，苟積德」，明鈔本、孫校本同今本《續仙傳》。《真仙通鑑》「動静」譌作「之盡」。
〔一三〕用心獲祐　《真仙通鑑》「心」作「之」。《廣記》作「神明護祐」，明鈔本、孫校本「神明」作「同心」。
〔一四〕珏日師其胎息　《廣記》下有「亦不食」三字，明鈔本、孫校本無。
〔一五〕子孫　《勸善書》作「童子」。
〔一六〕聲　《四庫》本作「啓」，連下讀。

王可交

沈　汾　撰

王可交，蘇州華亭〔一〕人也。以耕釣自業，居於松江南趙屯村。年三十餘，莫知其〔二〕道。常取大魚，自喜，以槌擊殺煮之，擣蒜虀以食〔三〕，常謂樂無以及。一旦棹漁舟，方鼓枻〔四〕，高歌入江。行數里間，忽見一綵畫花舫，漾於中流。有道士七人，皆少年，玉冠霞帔，服色各異，侍從十餘人，鬟角〔五〕雲鬟。又四人，黄冠〔六〕，乘舫。一人呼可交姓名。方驚異，不覺漁舟已近舫側。一道士令鬟角引可交上舫，見七人面前各有青玉盤、酒器、果子，皆瑩徹有光，可交莫識。有女妓十餘人，悉持樂器。

可交遠立於筵之末，徧拜。七人共視可交，一人曰：「好骨相，合有仙分，生於凡賤間〔七〕，已炙破矣。」一人曰〔八〕：「與酒喫。」侍者瀉酒於樽中，酒再三瀉之不出。侍者具以告，道士曰：「酒之〔九〕靈物，必若得入口，當換其骨。瀉之不出，亦乃命也。」一人曰：「與栗喫。」俄有一人，於筵中取二栗，侍者送與可交，令喫。視之，其栗青赤，光如棗〔一〇〕，長二寸許，齧之，有核〔一一〕，非人間之栗，内脆而甘〔一二〕，久之食方盡。一人曰：「王可交已見之矣，可令去。」命一黄衣送上岸。乃於舫邊覓所乘漁舟，不見，黄衣曰：「不必漁舟，但合眼自到。」於是合眼〔一三〕，若〔一四〕風水林木浩浩之聲。令開眼〔一五〕，已到。及開眼，失黄衣所在。但見峰巒重疊，松柏參天，坐於路〔一六〕中石上，及望見有門樓〔一七〕，人出入。

俄頃，採樵者并僧十餘人到，問可交何人，可交具以前事對。又問：「何日離家？」可交曰：「今日早離家。」又問：「今日是何日？」對〔一八〕是三月三日。樵者與僧驚曰：「今日是九月九日，去三月三日已半年餘。」可交問：「此地是何所？」僧曰：「此是天台山瀑布寺前也。」又問：「此去華亭多少地？」僧曰：「水陸千餘里。」可交自訝不已。爲僧邀歸寺，設食。可交但言飽，不喜聞食氣，唯飲水耳。衆僧審問，極異之，乃以狀白唐興縣，以達台州，聞於廉使王渢。渢素奉道，召見，極以爲非常之事，神仙變化，不可測也。可交身長七尺餘，儀貌殊異，言語清〔一九〕爽，渢歎曰：「此誠真人也。」又以同姓，益敬之，飾以道服。而遣人往蘇州，以詰所貫〔二〇〕，具言可交三月三日乘漁舟入江不歸，家人尋得漁舟，謂恐墮水而死〔二一〕，妻子已招魂葬矣。王渢具以奏聞，詔稱其異。

後可交却歸鄉里，備話歷歷。及與鄉人到江上，指所逢花舫之處，依然。可交食栗之後，已絶穀，動静若有神助。不復耕釣，乃挈妻子往四明山。二〔二二〕十餘年，復出明州賣藥，使人沽酒，得錢但施於人。時〔二三〕言藥則壺公所授，酒則餘杭阿母相傳。藥極祛疾，酒甚醉人，明州里巷，皆言王仙人藥酒，世間不及。道俗多圖其形像，有患痁及邪魅者，圖於其側即愈。後三十餘年，却入四明山，不復出。今人時有見之者〔二四〕。（據明正統《道藏》本《續仙傳》卷中校録，又《太平廣記》卷二〇引《續神仙傳》）

〔一〕蘇州華亭　「華亭」原作「崑山」，據《廣記》孫校本、《三洞群仙録》卷一四引《續仙傳》、南宋陳元靚《歲時廣記》卷一九引《續神仙傳》、朱端常等《雲閒志》卷中《仙梵》引《續仙傳》、元徐碩《至元嘉禾志》卷一四《仙梵·松江府》引《續仙傳》及北宋馬永易《實賓録》卷九《王仙人》、明顧清《正德松江府志》卷三一《人物十二·仙釋》改。下文作「華亭」。按：崑山縣（今江蘇崑山市）、華亭縣（今上海市松江區）唐屬蘇州。唐李吉甫《元和郡縣圖志》卷二五《江南道一·蘇州·華亭縣》：「天寶十年，吴郡太守趙居貞奏割崑山、嘉興、海鹽三縣置。」《廣記》陳校本作「松江華亭」，松江當指代蘇州，因松江（今稱吴淞江）穿過境内，故稱。南宋陳耆卿《嘉定赤城志》卷三五《人物門四·道》引《續仙傳》但作「蘇州」。《群仙録》「蘇州」作「秀州」。按：秀州乃五代吴越國置，治嘉興縣（今浙江嘉興市），宋因之，華亭屬秀州。

〔二〕其　《廣記》、明吴大震《廣豔異編》卷四《王可交傳》作「有真」，《廣記》明鈔本、孫校本作「其」。

〔三〕以食　南宋范成大《吴郡志》卷四一《仙事》引《續神仙傳》作「大嚼」。

〔四〕柮　《廣記》、《雲閒志》、明張昶《吴中人物志》卷一一、《廣豔異編》作「檝」。柮、檝，船槳。

〔五〕鬃角　《廣記》、《吴郡志》、《群仙録》、《廣豔異編》作「總角」，下同。《廣記》孫校本作「鬆角」。

按：鬃角、鬆角、總角義同，束髮爲髻。

〔六〕冠　《廣記》、《吴郡志》、《廣豔異編》、《吴中人物志》作「衣」。

〔七〕間　《廣記》、《廣豔異編》作「眉間」，連下讀。《廣記》孫校本作「閉」，《吴中人物志》作「烘」，均連下讀。

〔八〕人曰　此二字原脱，據《廣記》、《吴郡志》、《群仙録》、明王鏊《姑蘇志》卷五八《人物二十三·釋老》、《吴中人物志》、《廣豔異編》補。

〔九〕之　《廣記》、《廣豔異編》作「是」，《歲時廣記》作「乃」。

〔一〇〕青赤光如棗　《群仙録》無「赤」字，《吴郡志》、《姑蘇志》、《吴中人物志》「青赤」作「色青」，《歲時廣記》「青」作「有」。

〔一一〕核 《廣記》、《五色線》(《津逮祕書》本)卷上《二栗》(無出處)、《吴郡志》、《廣豔異編》作「皮」。

〔一二〕甘 《廣記》、《吴郡志》、《雲閒志》、《嘉禾志》、《姑蘇志》、《松江府志》、《吴中人物志》、《廣豔異編》下有「如飴」二字。

〔一三〕於是合眼 《歲時廣記》下有「似行非行」四字。

〔一四〕若 《吴郡志》作「聞」,《歲時廣記》作「所聞若」,《雲閒志》、《嘉禾志》、《松江府志》作「但覺」。

〔一五〕令開眼 《吴郡志》上有「有頃呼」三字。

〔一六〕路 《廣記》、《吴郡志》、《廣豔異編》作「草」。

〔一七〕門樓 《吴郡志》上有「大」字。

〔一八〕對 此字原無,據《廣記》、《吴郡志》、《歲時廣記》、《姑蘇志》、《廣豔異編》補。

〔一九〕清 《吴中人物志》作「精」。

〔二〇〕以詰所貫 《廣記》、《廣豔異編》「所貫」作「其實」,《吴郡志》、《姑蘇志》、《吴中人物志》作「詰其家」。按:所貫指在之縣。貫,籍貫。

〔二一〕謂恐墮水而死 《廣記》、《廣豔異編》下有「漉之無跡」四字。漉,打撈。《吴郡志》下作「迹其尸,不可得」。

〔二二〕二 《歲時廣記》作「居」。

〔二三〕時　《吴郡志》作「且」。

〔二四〕今人時有見之者　原無「有」、「之」二字，據《廣記》、《吴郡志》、《赤城志》、《歲時廣記》、《雲間志》、《嘉禾志》、《姑蘇志》、《廣豔異編》補。《四庫》本亦據《廣記》補，見《四庫全書考證》卷七三。

按：《廣豔異編》卷四據《廣記》輯入，題《王可交傳》。

葉千韶

沈　汾　撰

葉千韶，字魯聰，洪州建昌人。少師事〔一〕西山道士，學許、吴二真君道術〔二〕，辟穀服氣。嘗獨居山中，忽大風雨雷電。有一白衣人，拜千韶言：「君道德臻備，仙籍褒昇，當在人間役使鬼神，更顯功績。今神人將降，君可以見之，無所畏也。」於是千韶焚香拱默以坐。俄頃，雲中有遠遊朱衣真官一人降，又神將十餘人，皆帶劍，佩龍虎符，部從鬼神甚衆。有二黄衣緑衣吏，各執簿一卷。神將皆列拜千韶，真官謂千韶曰：「天命授君此簿，神將吏兵，幸備役使，以救世人。」千韶拜授天書，捧其簿閲之，若人間兵籍也。吏掌其簿書，請召即應命。

自後長嘯則風生林壑，噀水則雨流原野，捺〔三〕地則雷鳴轆轆，手畫空則電光爍人〔四〕。乃遊行天下，若徉狂，常醉騰騰〔五〕，於城市間忽驅叱，似〔六〕振威。人問之何爲如此，應之曰：「我見某處火災，某處亢旱，使雨救之耳。」人皆覆之，實有其驗。或經過郡縣，逢旱皆請救之。千韶乃備香案啓祝，須臾降雨。人有請致雷者，脚捺地，便鳴從地底發轆轆聲。或苦雨祈晴不應，乃請千韶止之，遂作術便晴霽。冬中或旱祈雪，千韶乃單衣跣足，立於日中嘯詠，俄頃風雲會合，降雪連宵。又以符救人疾苦，不俟人之求請，見疾者無不憫而救之。有邪魅〔七〕者，聞千韶之名自愈，得符者終身不復更發。

咸通十一年，遊及濠州，聞刺史劉昉忽中風垂死，名醫莫療。千韶策杖入州，曰：「感我此來，使君再生矣。」於是書符三道，貼於肩脇腿，曰：「驅風從脚出，三日當愈。」風果颼颼從脚心出，三日平復如故。昉博通文學，素好道術，歷官得郡，善政及人，乃謂賓吏曰〔八〕：「昉平生師道，忽中暴風，遽感聖〔九〕人，以相救療。董奉還杜爕之魂〔一〇〕，庶可侔矣，實道力之所報也。」郡人皆神於千韶，昉乃迎之於郡齋，欲師事，厚以金帛謝之。千韶遽捨昉而去，尋之無蹤。後荆、襄間人，見話濠州事而笑〔一一〕。十餘年，却隱於西山，今人時有見之者。（據明正統《道藏》本《續仙傳》卷中校録）

〔一〕師事　原作「事師」，據《四庫》本、《真仙通鑑》卷三五《葉千韶》乙改。

〔二〕學許吴二真君道術　「學」字原無，據《三洞群仙録》卷九引《續仙傳》補。「許吴」《群仙録》、《真仙通鑑》作「十」。按：初唐道士胡慧超作有《晉洪州西山十二真君内傳》，《廣記》有引。許、吴即許遜、吴猛，十二真君最著名者。

〔三〕捺　《五色線集》卷上《葉千韶》（無出處）、《真仙通鑑》作「擦」。《真仙通鑑》下同。

〔四〕人　《真仙通鑑》作「爍」。

〔五〕若徉狂常醉騰騰　《真仙通鑑》作「每徉狂醉傲」。

〔六〕似　《真仙通鑑》作「以」。

〔七〕魅　《群仙録》作「祟」，《真仙通鑑》作「病」。

〔八〕曰　此字原爲空闕，據《四庫》本及《真仙通鑑》補。

〔九〕聖　《真仙通鑑》作「異」。

〔一〇〕董奉還杜爕之魂　「杜」原譌作「士」，據《真仙通鑑》改。按：事見《神仙傳》（《四庫全書》本）卷一〇《董奉》。

〔一一〕後荆襄間人見話濠州事而笑　《真仙通鑑》作「後有人於荆、湘間，見千韶話濠州事而笑」。

司馬承禎

沈汾 撰

司馬承禎〔一〕，字子微〔二〕，博學能文，攻篆迴爲一體，號曰金剪刀書。隱於天台山玉霄峰，自號白雲子。有服餌之術。唐則天累徵不起。睿宗雅尚道教，屢加尊異，承禎方赴召。睿宗問陰陽術數之事，承禎對曰：「《老子經》〔三〕云：『損之又損，以至於無爲。』且心目所見知，每損之尚未能已，豈復攻乎異端，而增智慮哉？」睿宗曰：「理身無爲，則清高矣，理國無爲，如之何？」對曰：「國猶身也。《莊子》〔四〕云：『留心於澹，合氣〔五〕於漠，順物自然，乃無私焉，而天下理。』《易》曰：『聖人者，與天地合其德。』是知天不言而信，不爲而成，無爲之旨，理國之要也。」睿宗深賞異，留之欲加寵位，固辭。無何告歸山，乃賜賚寶琴、花帔以遣之。公卿多賦詩送之，常侍徐彦伯撮其美者二十餘篇〔六〕，爲製序，名曰《白雲記》，見傳於世。盧藏用早隱終南山，後登朝居要官，見承禎將還天台，藏用指終南謂之曰：「此中大有佳處，何必天台？」承禎徐對曰：「以僕所觀，乃仕宦之捷徑耳。」藏用有慚色。

明皇在宥天下，深好道術，徵詔承禎到京，留於内殿，頗加禮敬。問以延年度世之事，承禎隱而微言，明皇亦傳而祕之，故人莫得知也。由是明皇理國四十五年，雖祿山犯闕，鑾輿狩蜀，及爲上皇迴，又七年，方始晏駕。雖由天數，豈非道力之助延長耶〔七〕？明皇詔於王屋山置壇室，以居之。承禎善篆、隸、金剪刀書，自成一家體。帝命以三體寫《老子》，刊正文句。嘗鑄含象鑑、震景劍進之，命光祿卿韋縚〔八〕至所居，按金籙設祠厚錫。上封泰山回，問承禎：「五嶽何神主之？」對曰：「嶽者山之巨鎮，而能出雲降雨，爲國之望。然靈仙所隱，別有仙官主之〔九〕。」於是詔五嶽別立仙官廟〔一〇〕，自承禎始也〔一一〕。

時女真焦靜真〔一二〕，泛海詣蓬萊求師。至一山，見道者指言曰：「天台山司馬承禎，名在丹臺，身居赤城，真良師也。蓬萊隔弱水三十萬里，非舟楫可行，非飛仙無以到〔一三〕。」靜真既還，詣承禎求度，未幾昇天。嘗降謂薛季昌曰：「先生得道，高於陶都水之任，當爲東華上清真人。」

開元中，文靖天師與承禎，赴長生殿千秋節齋直。中夜行道畢，隔雲屏各就枕。斯須，忽聞小兒誦經聲，玲玲如金玉響。天師乃褰裳躡步而窺之，見承禎額上有小日如錢，光耀一席，逼而聽之，乃承禎腦中之聲也。天師退謂其徒曰：「《黄庭經》云：『泥丸九真皆有房〔一四〕，方圓一寸處此中。』又云：『左神公子發神語。』其〔一五〕先生之謂！」

承禎居山，修行勤苦，年一百餘歲，童顔輕健，若三十許人〔一六〕。有弟子七十餘人。

忽〔一七〕曰：「吾玉霄峰〔一八〕，東望蓬萊，有〔一九〕靈真降駕。今爲東海小〔二〇〕青童君、東華君所召，必須往〔二一〕。」俄頃化去，如蟬脱蜕，弟子葬其衣冠焉。時年八十有九。詔贈銀青光禄大夫，謚貞〔二二〕一先生。帝親文其碑，韋渠牟作傳。嘗撰《修真祕旨》、《天地宫府圖》、《坐忘論》、《登真系》等，行於世。（據明正統《道藏》本《續仙傳》卷下校録，又《雲笈七籤》卷一一三下《續仙傳》，《太平廣記》卷二一引，談本闕出處，《四庫全書》本作《續仙傳》）

〔一〕禎　《七籤》作「貞」，乃宋人避仁宗趙禎諱改。

〔二〕微　《紺珠集》卷二《續仙傳·白雲記》作「美」，《大唐新語》卷一〇《隱逸》作「徵」，並誤。

〔三〕老子經　《七籤》作「老君經」。按：下引二句見《老子》。

〔四〕莊子　原作「老子」，《大唐新語》、《廣記》、《舊唐書》卷一九二《司馬承禎傳》同，並誤，據《七籤》改。按：下引四句見《莊子·應帝王》，原文作「遊心於淡，合氣於漠，順物自然，而無容私焉，而天下治矣」。

〔五〕合氣　原乙作「氣合」，據《廣記》、《七籤》、《舊唐書》本傳、《新唐書》卷一九六《司馬承禎傳》、《嘉定赤城志》卷三五《人物門四·道》、鄧牧《洞霄圖志》卷五《人物門·列仙·司馬天師》、《真仙通鑑》卷二五《司馬承禎》及《莊子》乙改。《四庫》本亦改。

〔六〕二十餘篇　《廣記》、《七籤》、北宋錢易《南部新書》庚卷「二」作「三」。《大唐新語》作「三十一首」。

似以「三」爲是。

〔七〕「明皇在宥天下」至「豈非道力之助延長耶」 此節原無，據《七籤》補。《廣記》亦有此節，文字大同，明鈔本、孫校本「道力」作「先生」。

〔八〕韋縚 「縚」原作「滔」，《真仙通鑑》同，據兩《唐書》本傳改。《四庫》本亦改。按：《新唐書》卷一二二《韋安石傳》附有《韋縚傳》。

〔九〕爲國之望然靈仙所隱别有仙官主之 《七籤》、《廣記》作「灊諸(《廣記》作『儲』)神仙，國之望者爲之。然山林神也，亦有仙官主之」。按：《真仙通鑑》同今本《續仙傳》。

〔一〇〕詔五嶽别立仙官廟 《廣記》、《七籤》「五嶽」下有「於山頂」三字。《七籤》、《廣記》明鈔本及孫校本「别立」作「别置」，談本作「列置」。

〔一一〕自承禎始也 此句原無，據《廣記》、《七籤》補。

〔一二〕焦静真 《廣記》、《七籤》、《群仙録》卷一一引《神仙傳》、《洞霄圖志》作「謝自然」。按：本書卷上《謝自然》記有此事。《四庫全書總目》卷一四六《續仙傳》提要云：「惟泛海遇仙使，歸師司馬承禎事，上卷以爲女真謝自然，下卷又以爲女真焦静真，不應二人同時，均有此異。是其虚搆之詞，偶忘其自相矛盾者矣。」《七籤》卷五隴西李渤述《真系·王屋山貞一司馬先生》記有焦静真事：「先生門徒甚衆，唯李含光、焦静真得其道焉。静真雖禀女質，靈識自然。因精思閒，有人導至方丈山，遇二仙女，謂曰：『子欲爲真官，可謁東華青童道君，受《三皇法》。』請名氏，則貞一也。乃歸而詣先生，亦欣然授之。」《真仙通鑑》後集卷四《焦静真》即據此及本篇而記。然則傳聞中謝、焦均有此事，沈汾記司馬承禎所取資料不同，故有謝、焦之異。頗疑沈汾原文當作「焦静真」，乃本《真系》爲説，後人見前後抵牾，遂改作「謝自然」耳。李渤乃唐人，《新唐書·藝文志》神仙家類著録李渤《真系傳》一卷。

〔一三〕蓬萊隔弱水三十萬里非舟檝可行非飛仙無以到　此三句原無，據《廣記》、《七籤》補。

〔一四〕房　此字原脱，據《真仙通鑑》補。按：《黄庭内景經·至道章第七》：「一面之神宗泥丸，泥丸九真皆有房。方圓一寸處此中，同服紫衣飛羅裳。」

〔一五〕其　此字原無，據《真仙通鑑》補。

〔一六〕「承禎居山」至「若三十許人」　此數句原無，據《廣記》、《七籤》補。

〔一七〕忽　《廣記》、《七籤》作「一旦告弟子」，《洞霄圖志》「告」作「謂」。

〔一八〕吾玉霄峰　《廣記》作「吾自居玉霄峰」，《七籤》作「吾自玉霄峰」，《五色線集》卷下引《續仙傳》作「吾身居玉霄峰」，《群仙録》、《洞霄圖志》作「吾於玉霄峰」。

〔一九〕有　《廣記》、《七籤》、《五色線集》、《群仙録》上有「常」字。

〔二〇〕小　原作「一」，據《真仙通鑑》改。《廣記》、《七籤》、《五色線集》卷下及卷上《玉霄峰》（無出處）、《群仙録》、《洞霄圖志》無此字。

〔二一〕往　《廣記》、《七籤》、《五色線集》卷下作「去人間」。

〔二二〕貞　原作「正」，《群仙録》、《赤城志》、《真仙通鑑》同。《舊唐書》本傳作「真」，《新唐書》本傳、《七籤》卷五、《唐詩紀事》卷一三《司馬承禎》、陳思《書小史》卷九、《洞霄圖志》作「貞」，按：原當作「貞」，宋人傳鈔避仁宗諱改作「真」、「正」，今改。

閭丘方遠

沈汾　撰

閭丘方遠，字大方，舒州宿松人也。幼而辯慧，年十六，通經史〔一〕，學《易》於廬山陳元〔二〕晤，二十九，問大丹於香林左元澤。元澤奇之，謂方遠曰：「子不聞《老子》云『吾有大患，爲吾有身』？蓋身從無爲而生有爲，今却反本，是曰無爲。夫無爲者，言無即著空，言有則成礙，執有無即成滯，但於有無一致，泯然無心，則庶幾乎道。且釋氏以此爲禪宗，顔子以此爲坐忘。《易》云：『無思也，無爲也，寂然不動，感而遂通天下之故。』其歸一揆。又經云：『迎之不見其首，隨之不見其後。』是何物也？子若默契神證，又何求焉？所惜者，子之才器高邁，直可爲真門之標表也。」方遠稽首致謝而去。復詣仙都山隱真巖，事劉處静〔三〕，學修真出世之術。三十四歲，受法籙於天台山玉霄宫葉藏質，真文祕訣，盡蒙付授。而方遠守一行氣之暇，篤好子史群書，每披卷必一覽之，不遺於心。常自言：「葛稚川、陶貞白，吾之師友也。」詮《太平經》爲三十篇，備盡樞要，其聲名愈播於江淮間。

唐昭宗景福二年，錢塘彭城王錢鏐，深慕方遠道德，訪〔四〕於餘杭大滌洞，築室宇以安之，列行業以表之〔五〕。昭宗累徵之，方遠以天文推尋，秦地將欲荆榛，唐祚必當革易，俾之園、綺，不出山林，竟不赴召。乃降詔褒異，就頒命服，俾耀玄風，賜號妙有大師、玄同先生。闡揚聖化，啓發蒙昧，真靈事跡，顯聞吴楚。由是從而學者，無遠不至，若正一真人之在蜀，趙昇、王長亦混於門下〔六〕，弟子二百餘人。會稽夏隱言、譙國戴隱虞、滎陽鄭隱瑶、吴郡凌〔七〕隱周、廣陵盛隱林、武都章隱之〔八〕，皆傳道要而陞堂奥者也。廣平程紫霄，應召於秦宫，新安聶師道，行教於吴國，安定胡謙光、魯國孔宗魯十人，皆受思真鍊神之妙旨。其餘遊於聖迹，藏於名山，不復得而記矣。

天復二年二月十四日〔九〕，沐浴焚香，端拱而坐，俟停午而化，顔色怡暢，屈伸自遂，異香芬馥，三日不散。弟子以從俗葬，舉以就棺，但空衣而尸解矣。葬於大滌洞之傍白鹿山。復〔一〇〕有道俗於仙都山及廬山累見之，自言：「我捨大滌洞，歸隱灊山天柱源〔一一〕也。」

（據明正統《道藏》本《續仙傳》卷下校録，又《雲笈七籤》卷一一三下《續仙傳》）

〔一〕通經史　《七籤》作「精通詩書」。

〔二〕元　《十國春秋》卷八九《閭丘方遠傳》作「玄」。

〔三〕靜　《七籤》作「靖」。

〔四〕訪　《七籤》作「禮謁」。

〔五〕列行業以表之　此句原無，據《七籤》補。

〔六〕若正一真人之在蜀趙昇王長亦混於門下　此十六字原無，據《七籤》補。

〔七〕凌　《七籤》作「陸」，《真仙通鑑》卷四〇《閭丘方遠》作「陵」。

〔八〕之　《七籤》作「芝」。

〔九〕天復二年二月十四日　「日」字原無，據《七籤》、《真仙通鑑》補。《嘉定赤城志》卷三五《人物門四·道》引《續仙傳》「二年」作「六年」，誤。按：天復四年閏四月改元天祐。

〔一〇〕復　《七籤》作「後」。

〔一一〕灊山天柱源　《四庫》本「源」作「山」。按：《七籤》、《洞霄圖志》卷五《閭丘玄同先生》、《真仙通鑑》皆作「源」，蓋館臣妄改。按：灊山，縣名，即今安徽六安市。《太平寰宇記》卷一二九《壽州》：「六安縣……本春秋時楚之灊縣地也，在漢爲盛唐縣，屬廬江郡。……隋改爲霍山縣，唐開元二十七年改爲盛唐，從舊名也。梁改爲灊山縣，後唐同光初復舊。」灊山縣有天柱源，明章潢《圖書編》卷六〇《灊嶽》：「灊嶽在潛山縣西北二十里，一曰天柱山，一曰灊山，一曰皖山。……有峰三十有七，其最奇者在灊山……天柱源，在朝天峰下，乃閭丘方遠棲處。」

聶師道

沈汾　撰

聶師道，字通〔一〕微，新安歙人也。性聰淳，直言行謙，謹養親，以孝聞，深爲鄉里所敬。少師事于方外〔二〕，即德誨之從兄也。德誨自省郎出牧新安之二年，方外從之荆南書記，早捨妻子入道，學養氣修真之術，周遊五嶽名山，到新安。德誨〔三〕乃於郡之東山選勝地，構室宇以居之，目爲問政山房。而師道事之辛勤。年十三，披戴冠裳。十五，傳法籙修真之要。

後出遊績溪山，自言嘗覽内傳，見服松脂法，乃與道侣上百丈山採松脂。崖石迴聳百丈，遂以名之。其四望高千餘仞。夜宿於崖頂松下。天清月朗，忽聞仙樂起自東南紫雲上，遥遥而來，遲緩過於石金山。石金與百丈其高相等，雖平地隔三十餘里，山頂相望咫尺間。乃聞仙樂到彼巘，少時，擊小鼓三通，復通奏金石，笙簫絲匏響亮，擊鼓而拍，莫審其曲調，聲揭而清，特異人間之樂。自三更及雞鳴而止。後問於山下人，是夜皆聞之。其同侣嘆曰：「方採靈藥，遽聞仙樂，豈非有感？此亦君得道之嘉兆矣。」

其後遊行歸南岳，禮玉清及光天碧玉〔四〕二壇。後泊招仙觀，入洞靈源。時當春景，聞蔡真人舊隱處不遠，有花木甚異，採樵者時或見蔡真人在其間。師道喜之，乃辟穀七日，晨起獨往。山中徐〔五〕行，聞花有異香，不覺日晚。忽到大溪傍，見一樵人，臨水坐於沙上。師道驟欲親近，方〔六〕乃負樵將下溪，回顧師道，却駐樵檐問：「獨此何往？」應之曰：「學道尋仙，深心自切。聞蔡真人隱此山，願一禮謁爾。」樵人曰：「蔡君所居極深，人不可到。」師道曰：「攀蘿登崖，已及於此，有山通行，豈憚遠近！」樵人又曰：「日將暮矣，且行過此山東，有人家可宿。」師道欲隨樵人去，樵人遽入溪，水甚淺，及師道入水，極深而急，不敢涉。樵人曰：「汝五十年後，方過得此溪。」目送樵人涉水面而去不見。

師道回山東十餘里，遥望見草舍三間，有籬落雞犬。漸近，見一人青白色，似農人，年可三十，獨居。見師道到，甚訝師道深山自行。忽曰：「家累俱出，何爲〔七〕主人？」又問師道：「此來何之？」應曰：「尋蔡真人居。」主人曰：「路上見樵人否？」曰：「見。」主人曰：「此蔡道者，適過也。」師道聞之，禮祝曰：「凡愚見仙聖不識，亦命也。」已逼夜，山林深黑，投宿無地。又問曰：「從何來？」具以發迹新安尋真之由以對，乃許入其舍。復指師道，令近火爐邊牀上坐，曰：「山中偶食盡，求之未歸。」師道曰：「絶粒多時，却不以食爲念。」見火側有湯鼎，復有數箇黄磁合，主人曰：「合内物可喫，任意取之。」乃揭一合，是茶。主人曰：「以湯潑喫。」及喫，氣味頗異於常茶。久之復思茶，更揭之，合不可開。徧揭諸合，皆不能開。師道心訝不似村人家，而不敢言。主人別屋睡，日高不起，又無火燭，睡中曰：「此孤寂之處，忽病無以相待。前村人家甚多，可以往彼。」師道遂行。數里不見人家，悉是崖險。乃回，已迷向宿之處。

復行約三十餘里，忽逢見一老人，欣喜，邀於石上坐，問入山之意，具以前事對之。老人曰：「蔡君父子俱隱此山，昨夜所宿之處，即其子也。」又曰：「爾道氣甚濃，仙骨未就，入山饑渴，曷能久留此哉〔八〕？」俄折草一莖與師道，形若薑苗，而長尺餘，嚼味甘美。復令取泉水喫次，舉頭，已失老人所在。師道悲嘆不已，而覺食荼草之後，氣力輕健，愈於來時。却欲沿山路尋宿處，其路已爲棘蔓蔽塞，前去不通。

却回招仙觀，衆道士驚異曰：「此觀雖靈岳，側近虫獸甚多，人罕能獨行，何忽去月餘日？實久憂望。」師道曰：「昨日方去，始經一宿。」具言見樵人及宿處，又逢老人。道士皆嘆曰：「吾輩雖同居此觀，徒爲學道，知有蔡真人，無緣一見。吾子夙有仙分，已見蔡君父子。其老人者，昔聞彭真人亦隱此山，豈非彭君乎？子一入山，遽逢三仙人。一日一宿，人間月餘矣。其實積習之命也。」師道深自嘆異。

駐招仙觀修鍊逾〔九〕年，後以親老思歸，却回問政山。每入諸山，拾薪斸藥。或逢虎豹，見師道則垂耳摇尾，俯伏於地。師道以手撫而呼之，乃起隨行，或以薪藥附於背上負之，送歸而去。昔郭文舉居大滌洞伏虎，亦如之。歙之近山頗有猛獸，而不爲人之害者，自師道之感也。其親時問師道遊學所益，具陳其事。親聞之而喜曰：「汝以孝養我，以道資我〔一〇〕，亦幸爲汝母矣。此蓋宿慶之及也。」

後又出遊，復思往南岳九嶷山，早聞梅真人、蕭侍郎皆隱玉笥山，時人多見之。梅即南昌尉〔一一〕梅福也。蕭即梁之公子蕭子雲也〔一二〕，自東陽太守避侯景之亂，全家入山。二人俱得道於此。師道且止玉笥清虛觀，思慕梅、蕭，特遊郁木坑〔一三〕，或冀一見，堅心而去。山行極深，忽見一人布衣烏紗帽，顏若五十許人，師道禮敬問之。初自稱行者，問師道何往，乃以尋梅、蕭爲答。行者曰：「聞爾精勤慕道，徧訪名山，誠〔一四〕亦非易。欲見二君，行者可以相引。爾宿業甚淨，已應玉籍有名，雖未便飛昇，當亦度世爾。」行者又曰：「我謝修通〔一五〕也，恐爾未識，故以自言。本居南嶽，與彭、蔡同隱，已三百年。知爾嘗遊洞靈源，我適爲東華君命主玉笥山林地仙，兼掌清虛觀境土社令〔一六〕。爾與我素有道緣，是得相見。然梅、蕭日中爲小有洞王所召，恐未便還，未可俟也。」師道於是虔拜曰：「凡世肉人，謬探大道，凝神注想，以朝繼夕，未知要妙，若浮于海，詎識其涯？不期今日獲見道君，實曠劫〔一七〕之幸也。」修通曰：「丹心懇苦，深可憫哉！爾世事未了，且當送爾出山路，往我所止。」

隨行數里，忽見草舍兩間，甚新潔，有床席，小鐺然火煎湯，儼若書生所居而無人。修通命師道入，坐於木馬〔一八〕上，修通自坐於白石鹿〔一九〕上。俄有一髽角〔二〇〕童，以湯一盌與師道，呷之，神氣爽〔二一〕然。又指令架上取書一卷，修通曰：「此《素書》也，但習之無怠，當得真旨。」師道意欲求住師學之，未啓言而修通已知，曰：「爾有親老，雖有兄能養，若欲更南遊，此未可言住。我有弟子曰紫芝，在九嶷山，若往彼見之，爲我傳語，兼出《素書》示之，得盡其旨矣。或不見，但投《素書》於毛如溪〔二二〕上洞中，仍題石壁，記我傳語之意，紫芝當自授爾要道。」言訖，乃發遣師道迴。俄不見修通，已在郁木坑外，到清虚觀矣。衆道士皆驚曰：「何一去七日而返〔二三〕？」師道具以對之。有道士二人欣躍，與師道共入郁木坑，到舊處，巖石草樹，歷歷宛然，但失其草舍，竟日悵望而迴。

師道得《素書》，文字可識，皆説龜山王母理化衆仙祕要真訣。地〔二四〕仙習此，當得昇天；世人授之，跡參洞府。其間疑義，不可究也。後南遊到九嶷山湘真觀，月餘，尋問紫芝蹤跡，咸言毛如溪有一隱士，莫知姓名，人或有見者。師道累入山，尋之不見，遂如修通言，投書題石壁〔二五〕。後嘗夢神仙稱紫芝，教之以疑義〔二六〕，意乃醒焉。經歲餘，復還問政，居三〔二七〕十餘年。每焚修〔二八〕，即以二蔡、彭、謝真形像貌〔二九〕瞻禮，仍自以管幅編異，傳於道俗。

其後吴太祖霸有江淮，聞師道名跡，冀其道德，護〔三〇〕於軍庶，繼發徵召。及至廣陵，建玄〔三一〕元宫以居之。每昇壇祈恩禱福，水旱無不應〔三二〕致，天地感動，煙雲呈祥。是以人情咸依道化，境若華胥，俗皆可封，雖古今異時，實大帝之介君也。遂降褒美爲逍遥大〔三三〕師、問政先生，以顯國之師也。弟子鄒德匡、王處訥、楊匡翼〔三四〕、汪用真、程守朴、曾景霄、王可儒、崔繟然、杜崇真、鄧啓遐、吴知古〔三五〕，皆得妙理〔三六〕。傳上清法，散於諸州府，襲真風而行教，朝廷皆命以紫衣，光其玄門。道中有秦、吴、齊、荆、燕、梁、閩、蜀之士，咸來逾紀，勤苦奉事。師道常謂之曰：「我無道術，何以遠來若此？」弟子皆曰：「昔張君居蜀，天下之人悉往事之，隨其所修，各授以道焉。群弟子執奴僕之役，久而不去者，方得成仙。今悉是枯骨子孫，日逼朽腐，思避短景，希度長生，願無却懇切也。」然師道〔三七〕以仁慈接衆，言不阻違，隨其性適〔三八〕，指以道要。若久行霧露，餘潤漬衣，近羅〔三九〕沉檀，輕香襲體。由是居廣陵三十年，有弟子五百餘人。而師道胎息已久，錬丹有成。一旦，告弟子曰：「我適爲黑幘朱衣一符吏告，我爲仙官所召，必須去矣。」頃之，異香滿室，雲鶴近庭，若有真靈所集，爽然言别而化〔四〇〕。弟子斂之，棺忽有聲，視之若蟬蜕，尸解矣。弟子葬其衣冠爾。

後數日〔四一〕，人自豫章來，見之領一丫童〔四二〕行，道俗多識之，咸問：「何爲遠遊？」曰：「離南嶽多年，今暫往耳。」所在多宿泊舊遊宫觀而去。半年後，人自長沙來，亦如豫章所見。復見〔四三〕衡陽路，見歸洞靈源去。樵人言五十年後過溪，適足驗矣。詳其由來，是二蔡、彭、謝之儔侶也，隱化而往，絶世思望，神仙皆然。

其後將二十年，問政山屢有雲鶴呈祥，盤旋竟之〔四四〕。歙之鄉里親族，以爲師道之還故鄉，若令威華表之驗也。弟子范可保數十人，復發所藏衣冠，遷歸于問政山之陽，狀列群情，罄以上聞。乃降詔曰：「詢諸贈典，繫乃彝章，啓有厥由，于何不舉。淮、浙、宣、歙管内道門威儀逍遥大師問政先生，爲國焚修大德賜紫聶師道，早通玄理，夙契真風，野鶴不群，孤雲自在。昔太祖創基之際，已命焚修。及元勳匡國之初，早曾瞻敬。眷言道行，寔冠玄關。雖昇遐屢歷於光陰，而遺懿益隆於寰宇。况教門一請，台輔奏陳，且將啓玄墟，即迴故里。是用加之峻秩，錫以崇階，式表休息，庶昭往行，可贈銀青光禄大夫、鴻臚卿。」問政先生自王畿歸歙，涉江山千有餘里，朝行暮止，皆有雲彩映野，鶴聲響空，若迎引隨覆。及問政山，三日而散。（據明正統《道藏》本《續仙傳》卷下校録，又《雲笈七籤》卷一一三下《續仙傳》）

〔一〕通　南宋陳田夫《南嶽總勝集》卷下、《新安志》卷八《仙釋・聶師道》、羅願《羅鄂州小集》六《聶真人師道傳》、明程敏政《新安文獻志》卷一〇〇上羅願《聶真人師道傳》作「宗」。

〔二〕于方外　《七籤》上有「道士」二字。

〔三〕「之二年」至「德誨」　以上三十五字原無，據《七籤》補。

〔四〕碧玉　《七籤》無此二字。

〔五〕徐　《七籤》、《真仙通鑑》卷四一《聶師道》作「漸」。漸，徐緩。

〔六〕方　《四庫》本、《七籤》作「之」。方，却。

〔七〕忽曰家累俱出何爲　此八字原脱，俱《七籤》、《真仙通鑑》補。

〔八〕久留此哉　《七籤》作「却迴」。

〔九〕逾　原作「餘」，據《七籤》、《真仙通鑑》改。

〔一〇〕我　此字原脱，據《七籤》補。

〔一一〕南昌尉　《七籤》、《新安志》、《羅鄂州小集》、《新安文獻志》上有「漢」字。按：梅福見《漢書》卷六七本傳。

〔一二〕蕭即梁之公子蕭子雲也　《七籤》作「簫即子雲字景喬，梁之公子」，「簫」字譌。

〔一三〕特遊郁木坑　「特」原作「三」，《七籤》、《南嶽總勝集》、《新安志》、《羅鄂州小集》、《新安文獻志》同，據《真仙通鑑》改。「郁」《四庫》本作「都」，下同。按：《七籤》、《南嶽總勝集》、《新安志》、《真仙通鑑》、《新安文獻志》均作「郁」（或鬱）。又《真仙通鑑》卷三三《王元芝》云：「唐懿宗咸通末，元芝遊玉笥山。雲水道士皮元休舊與之友善，忽於郁木坑見元芝與道者數輩遊覽。」亦作「郁」字。

《雲笈七籤》卷二七司馬紫微《天地宫府圖・七十二福地》：「第九郁木洞，在玉笥山南，是蕭子雲侍郎隱處。」《山谷外集詩注》卷九《蕭子雲宅》：「郁木坑頭春鳥呼，雲迷帝子在時居。」史容注引《太平御覽》（按：卷四一）所引《玉笥山記》曰：「蕭子雲來棲止，有人謂曰：『東北有洞，曰都木坑，水自東注，可以久居。』子雲遂徙家居之。後全家隱洞中，不知所之。」以爲「郁木坑」當作「都木坑」。疑《玉笥山記》誤。《玉笥山記》一卷，唐道士令狐見堯撰，見《崇文總目》地理類。

〔一四〕誠　《七籤》作「情」。

〔一五〕修通　原作「通修」，《真仙通鑑》同，《七籤》、《南嶽總勝集》、《新安志》、《羅鄂州小集》、《新安文獻志》作「修通」。按：《御覽》卷四引《玉笥山記》：「大曆初，有道士謝修通者，宜春人也，此山不出，凡四十年，如野人。……長慶初，入都木坑，偶見一宅重扉。須臾，有一青衣童子招修通入，見一人紫綬峨冠佩劍，立堂之左，一人碧綬素簡，立堂之右。童子曰：『左者蕭君，右者隗君，即梅福也。』通乃叩頭再拜求住。……二君乃令歸……通至寶曆初，夢人告曰：『造一精舍待君。』既寤，且曰：『我當死矣。』七日而卒。門人求備棺櫬，空見衣冠而已，年九十八。」據改。下同。

〔一六〕清虚觀境土社令　《新安志》、《羅鄂州小集》、《新安文獻志》作「清空觀墳土祀今」，「今」字連下讀。

〔一七〕曠劫　《七籤》作「百生」。

〔一八〕馬　《七籤》作「兔」。

〔一九〕鹿　《七籤》下有「牀」字。

〔二〇〕髽角　《七籤》作「鬆角」，《新安志》、《羅鄂州小集》、《新安文獻志》作「丱角」。按：「鬆角」同「總角」。髽角、總角、丱角義同。

〔二一〕爽　《新安志》、《羅鄂州小集》、《新安文獻志》作「灑」。

〔二二〕毛如溪　《新安志》、《羅鄂州小集》、《新安文獻志》作「毛女溪」，下同。

〔二三〕何一去七日而返　《七籤》作「一去七日而返，何之也」。

〔二四〕地　《七籤》、《真仙通鑑》作「他」。

〔二五〕壁　此字原無，據《七籤》、《真仙通鑑》補。

〔二六〕疑義　《七籤》、《真仙通鑑》作「釋凝滯」。

〔二七〕三　《七籤》、《真仙通鑑》作「二」。

〔二八〕修　原作「化」，據《七籤》、《真仙通鑑》改。下文作「修」。

〔二九〕像貌　《七籤》、《真仙通鑑》作「畫像」。

〔三〇〕護　原作「獲」，據《七籤》改。

〔三一〕玄　《新安志》、《羅鄂州小集》、《新安文獻志》作「真」。

〔三二〕應　此字原無，據《七籤》、《真仙通鑑》補。

〔三三〕大　原作「太」，據《七籤》、《真仙通鑑》改。下文作「大」。

〔三四〕翼　《七籤》作「翌」。

〔三五〕吴知古　《真仙通鑑》下有「范可保、劉日祥、康可久、王栖霞等」十三字。

〔三六〕皆得妙理　《真仙通鑑》作「皆爲入室弟子」。

〔三七〕道　此字原脱，據《七籤》、《真仙通鑑》補。

〔三八〕適　《七籤》、《真仙通鑑》作「識」。

〔三九〕羅　原作「蘿」，據《七籤》、《真仙通鑑》改。《四庫》本亦改。羅，陳列。

〔四〇〕「一旦」至「爽然言别而化」　《真仙通鑑》作：「常欲歸彼故山，爲逼睿恩，有違宿願。逮乎歲在辛未秋月，夢一人黑幘朱衣曰：『先生道成久矣，天命迎之。』先生寤而爽然，乃謂門人曰：『我爲仙官所召，處世非久。』以其年十月二十三日，異香滿室，雲鶴立庭，若真靈所集，言别解化於都下紫極宫，春秋六十有八，創玄墟於太平門外。」按：《真仙通鑑》基本録自《續仙傳》，此節則當取他書。

〔四一〕日　原譌作「十」，據《七籤》、《真仙通鑑》、《新安志》、《羅鄂州小集》、《新安文獻志》改。

〔四二〕丫童　《七籤》作「鬆角童」，《真仙通鑑》作「髽角童」，《新安志》、《羅鄂州小集》、《新安文獻志》作「小童」。

〔四三〕見　《七籤》、《真仙通鑑》作「言」。

〔四四〕之　《四庫》本作「日」。

殷文祥

沈汾　撰

殷七七，名文〔一〕祥，又名道筌，常自稱七七，俗多呼之，不知何所人也。遊行天下，人〔二〕久見之，不測其年壽，面光白，若四十許人，到處或易其姓名不定。曾於涇州賣藥，時靈臺蕃漢，疫病俱甚，得藥者入口即愈，皆謂之神聖。得錢却施於人，而嘗〔三〕醉於城市間。

周寶舊於長安識之，尋爲涇原節度，延之禮重，慕之道術還元〔四〕之事。及寶移鎮浙西，後數年，七七忽到，復賣藥。寶聞之驚喜，召之〔五〕，師敬益甚。每自醉歌〔六〕曰：「琴彈《碧玉》調，藥鍊白朱砂〔七〕。解醖逡巡酒〔八〕，能開頃刻花〔九〕。」寶常試之，悉有驗。復求〔一〇〕種瓜、釣魚，若葛仙公〔一一〕也。

鶴林寺杜鵑，高丈餘，每春末花爛熳。寺僧相傳言，貞元年中，有外國僧自天台鉢盂中以藥養其根來種之。自後構飾，花院鎖閉，人或窺見女子〔一二〕紅裳豔麗，遊於〔一三〕樹下。有輒採花折枝者，必爲所祟〔一四〕，俗傳女子花神也。是以人共保〔一五〕惜，故繁盛異於常花。其花欲開，探報分數，節使賓僚官屬，繼日賞翫。其後一城士庶〔一六〕，四方之人，無不酒樂遊從。連春入夏，自旦及昏，閭里之間，殆于廢業。寶一日謂七七曰：「鶴林之花，天下奇絶〔一七〕。常聞能開頃刻〔一八〕花，此花可開否？」七七曰：「可也。」寶曰：「今重九將近，能副此日乎？」七七諾之〔一九〕，乃前二〔二〇〕日往鶴林宿焉。中夜，女子來，謂七七曰：「道者欲開此花耶？」七七乃問女子：「何人深夜到此？」女子曰：「妾爲上玄〔二一〕所命，下司此花。然此花在人間已逾百年，非久即歸〔二二〕閬苑去。今與道者共開之，非道者無以感妾。」於是女子瞥〔二三〕然不見。來日晨起，寺僧忽訝花漸拆蕊。及九日，爛熳如春，乃以聞寶。一城士庶驚異之，遊賞復如春夏間。數日，花俄不見，亦無花落在地。

七七偶到官僚家，適值賓會次，主與賓趍而迎奉之。有佐酒倡優，共輕侮之。七七乃白主人：「欲以二栗爲令，可乎？」咸喜，謂必有戲術，資於歡笑。乃以栗巡行，接者皆聞異香，驚歎。唯佐酒笑七七者二人嗅之〔二四〕，化作石，綴在於鼻，掣拽不落，但言穢氣不可堪聞。二人共起狂舞，花鈿委地，相次悲啼，粉黛交下。及優伶輩一時亂舞，鼓樂皆自作聲，頗合節奏。曲止而舞不已，一席之人，笑皆絶倒。久之，主人祈謝於七七〔二五〕，有頃，石自鼻落，復爲栗，傳之皆有〔二六〕異香。及花鈿粉黛悉如舊，略無所損。咸敬事之。

又〔二七〕七七酌水爲酒，削木爲脯，使人退行，指〔二八〕船即駐，呼鳥自墜〔二九〕，唾魚却〔三〇〕活。撮土畫地，狀山川形勢；折茅聚蟻〔三一〕，變城市人物〔三二〕。有曾經行處見之，言歷歷皆似，但小狹耳。凡諸術不可勝紀。

後二年，薛朗〔三三〕、劉浩作亂，寶南奔杭州。而寶總戎爲政，刑及〔三四〕無辜。前上饒牧陳全裕經其境，構之以禍，赤其盡族〔三五〕。寶八十三，筋力尤壯，女妓百數，蓋〔三六〕得七七之術。後爲無辜及全裕作厲，一旦忽殂。七七，劉浩軍變之時，在甘露寺，爲衆僧推落北崖，謂〔三七〕墮江死矣。其後，人見在江西十餘年賣藥，入蜀，莫知所在。鶴林寺花，兵火焚寺，樹失根株，信歸閬苑矣。（據明正統《道藏》本《續仙傳》卷下校録，又《雲笈七籤》卷一一三下《續仙傳》，《太平廣記》卷五二引《續仙傳》）

〔一〕文　《廣記》，《合刻三志》志幻類、《雪窗談異》卷六、《唐人説薈》第十五集、《龍威秘書》四集、《晉唐小説六十種》之《幻戲志·殷七七》作「天」。《廣記》陳校本作「文」。

〔二〕人　《七籤》、《廣記》、《真仙通鑑》卷三八《殷文祥》下有「言」字。

〔三〕嘗　《七籤》、《真仙通鑑》作「常」。嘗，通「常」。

〔四〕還元　《廣記》作「房中」。

〔五〕召之　《七籤》、《真仙通鑑》上有「遽」字。

〔六〕每自醉歌　「自」《廣記》、《幻戲志》作「日」。《七籤》、《真仙通鑑》作「每醉自歌」。

〔七〕藥鍊白朱砂　「藥」《七籤》、《唐詩紀事》卷七五《殷七七》、《施注蘇詩》卷一四《杜介熙熙堂》注引《神仙傳》、《真仙通鑑》作「鑪」。「鍊」《唐詩紀事》、《施注蘇詩》作「養」。「朱」原作「玉」，據《七籤》、《廣記》、《施注蘇詩》、《歲時廣記》卷三六引《續仙傳》、《真仙通鑑》、《全唐詩》卷八六一殷七七《醉歌》改。《紺珠集》卷二《續仙傳·殷七七》、《類説》卷三《續仙傳·殷七七》、《唐詩紀事》「朱」作「硃」。按：朱砂紅色，白朱砂乃色白者。元馮子振、釋明本《梅花百詠·粉梅》：「玉妃手碾白硃砂，散作春風六出花。夜半月明霜露重，滿襟清淚溼鉛華。」又按：以上二句《七籤》、《真仙通鑑》爲末二句。

〔八〕解醖逡巡酒　「醖」《紺珠集》《四庫全書》本作「釀」，《唐詩紀事》、南宋委心子《分門古今類事》卷一八引沈汾《續仙傳》作「造」。「逡巡」《廣記》、《永樂大典》卷五八四〇引《太平廣記·續仙傳》、《合刻三志》、《雪窗談異》、《唐人説薈》、《龍威秘書》、《晉唐小説六十種》、《全唐詩》作「頃刻」，《七籤》、《真仙通鑑》作「須臾」。

〔九〕能開頃刻花　「開」《唐詩紀事》作「栽」，「頃刻」《廣記》、《大典》、《幻戲志》、《全唐詩》作「非時」。

〔一〇〕復求　《七籤》作「其於」，《真仙通鑑》作「其餘」。

〔一一〕葛仙公　《七籤》、《真仙通鑑》下有「術」字。

〔一二〕女子　《廣記》、《歲時廣記》、《幻戲志》作「三女子」。

〔一三〕遊於　《廣記》、《幻戲志》作「共遊」。

〔一四〕祟　《真仙通鑑》作「害」。

〔一五〕保　《廣記》、《幻戲志》作「寶」。

〔一六〕庶　《廣記》、《七籤》、《歲時廣記》、《真仙通鑑》、《幻戲志》作「女」。

〔一七〕絶　原作「花」，據《七籤》、《廣記》、《詩話總龜》前集卷四七引《古今詩話》、《唐詩紀事》、南宋洪邁《夷堅支丁》卷一〇《平陽杜鵑花》引《神仙傳》、《歲時廣記》、《大典》、《真仙通鑑》、《幻戲志》改。

〔一八〕頃刻　《廣記》、《七籤》、《夷堅支丁》、《歲時廣記》、《真仙通鑑》、《幻戲志》作「非時」。

〔一九〕諸之　此二字原無，據《七籤》、《真仙通鑑》補。《類説》作「曰可爲九日之玩」，《唐詩紀事》作「曰可」。

〔二〇〕二　《七籤》、《真仙通鑑》作「三」，《三洞群仙録》卷一八引《續仙傳》作「一」。

〔二一〕玄　《歲時廣記》作「元」，乃避清諱改。《詩話總龜》、《群仙録》作「蒼」。

〔二二〕歸　原作「開」，據《廣記》、《七籤》、《歲時廣記》、《真仙通鑑》、《幻戲志》改。

〔二三〕瞥　《七籤》作「倏」，《真仙通鑑》作「倐」。

〔二四〕嗅之　此二字原無，據《七籤》、《真仙通鑑》補。

〔二五〕主人祈謝於七七　「主人」二字原無，據《廣記》、《七籤》、《真仙通鑑》、《幻戲志》補。《紺珠集》卷二《續仙傳·栗綴鼻》、《孔帖》卷九九引《續神仙傳》作「共爲謝過」，《類説》作「共爲陳過」。

〔二六〕皆有　此二字原無，據《七籤》、《真仙通鑑》補。

〔二七〕又　此字原無，據《廣記》、《七籤》、《真仙通鑑》、《幻戲志》補。

〔二八〕指　《七籤》、《真仙通鑑》作「止」。

〔二九〕墜　《七籤》、《真仙通鑑》作「隨」。

〔三〇〕却　《廣記》、《七籤》、《五色線集》、《真仙通鑑》、《幻戲志》作「即」。

〔三一〕蟻　《五色線集》作「蚊」。

〔三二〕變城市人物　《廣記》、《幻戲志》作「變成城市」，誤。

〔三三〕薛朗　《七籤》、《真仙通鑑》作「薛玄」，誤。按：《舊唐書·僖宗紀》：光啓三年「二月乙巳朔，潤州牙將劉浩、度支使薛朗同謀，逐其帥周寶，劉浩自稱留後。」

〔三四〕及　《廣記》作「殺」，明鈔本、孫校本及《七籤》、《真仙通鑑》作「或」。

〔三五〕赤其盡族　「赤」原作「斥」，據《廣記》、《真仙通鑑》改。《廣記》作「盡赤其族」。《七籤》「赤」譌作「亦」。

〔三六〕蓋　《廣記》作「盡」，誤。

〔三七〕謂　此字原無，據《廣記》、《七籤》、《真仙通鑑》補。

按：《合刻三志》志幻類、《雪窗談異》卷六、《唐人説薈》第十五集、《龍威秘書》四集《晉唐小説暢觀》、《晉唐小説六十種》中嫁名唐蔣防撰《幻戲志》，有《殷七七》，删自《廣記》。馮夢龍《古今譚概》靈蹟部《殷七七》，載七七戲倡優一節。

杜昇

沈汾撰

杜昇〔一〕，字可雲，自言京兆杜陵人也，莫測其年壽。不食，常飲酒，三斗不醉，顔甚悦澤，若三十許人。裹方巾破幞頭〔二〕，冬夏〔三〕常着緑布衫，而言談甚高，有〔四〕文學。人或有換新布衫〔五〕，必受之，舊者堅不脱，新者出門逢人便與之。常遊城市間醉行。能沙書，好於水椀及盆中以沙書「龍」字，浮而左右轉，或叱之，飛起高丈餘，隱隱若雲霧，作小龍形，呼之復下水中。不就人求錢，人自以錢與之，召人穿擔行〔六〕，頃刻之間，得錢甚多，便散與貧人及酒家。如此到處日日爲之，人皆不厭，以〔七〕錢與之，人疑以術惑於衆也。冬則卧於雪中三兩日，人以爲僵斃矣，或撥看之，徐起，抖擻雪而行，猶醉酣而醒爾〔八〕，氣出如夏醉睡醒也。

杜孺休，邠國公琮之子，爲蘇州牧。忽聞可雲在城市，極喜，乃延入州，拜之，呼爲道翁。賓客寮屬皆訝之，孺休曰：「先君出鎮西川日，與此道翁深相善〔九〕，常來去書齋中。時孺休纔十餘歲，今五十餘，别道翁四十年，而裝飾顔貌，一如當〔一〇〕時。」遂留之郡齋，洛以道術。可雲曰：「但以政化及人，慈愛爲意。況今多事，由〔一一〕在保身。未能脱屣塵世，委家林野，宜遠於兵傷，道術詎可問也？」時入郡中，則孺休必以錢帛與之〔一二〕，阻讓不可，出城便散與人，孺休敬之愈甚。可雲或與孺休賓寮聚飲，有唱和者，而可雲出口成章，意思〔一三〕深遠，多神仙旨趣，人無以繼〔一四〕之。

後軍亂，孺休果爲兵傷而斃。可雲人見亦被傷〔一五〕，頃之〔一六〕，但有舊布衫一領，作三四段破〔一七〕痕在地。後數日，人多見過松江、浙江，經杭、越、衢、信，入江西市中，醉吟、沙書如舊。又一年，人於湖南見之，問蘇州事，歷歷話如目擊。復笑而言曰〔一八〕：「吾曾居南嶽，今在人世已久，即當歸矣。」其後更不復見。詳其由〔一九〕，是得隱形解化之道，世人莫可知也。（據明正統《道藏》本《續仙傳》卷下校録，又《雲笈七籤》卷一一三下《續仙傳》）

〔一〕杜昇　《三洞群仙録》卷一五引《續仙傳》作「杜子昇」。

〔二〕方巾破幞頭　《七籤》、《真仙通鑑》卷三九《杜昇》作「大方巾破帽」。

〔三〕夏　原作「則」，據《七籤》、《真仙通鑑》改。

〔四〕有　《七籤》、《真仙通鑑》作「頗有」。

〔五〕人或有换新布衫　《七籤》、《真仙通鑑》作「人有與换新巾衫」。

〔六〕就人求錢人自以錢與之召人穿擔行　此十五字原無，據《七籤》、《真仙通鑑》補。《真仙通鑑》「與」作「予」。

〔七〕以　原作「無」，誤，據《七籤》、《真仙通鑑》改。

〔八〕猶醉酣而醒爾　《七籤》、《真仙通鑑》作「猶若醺酣」。

〔九〕善　《七籤》、《真仙通鑑》作「喜重」。

〔一〇〕當　原作「常」，據《七籤》、《群仙録》、《真仙通鑑》改。

〔一一〕由　《四庫》本、《七籤》、《真仙通鑑》作「尤」。

〔一二〕時入郡中則薷休必以錢帛與之　《七籤》、《真仙通鑑》作「時郡人以錢帛與之」。

〔一三〕意思　《七籤》作「屬章」，《真仙通鑑》作「屬意」。

〔一四〕繼　《七籤》、《真仙通鑑》作「綴」。

〔一五〕傷　《七籤》、《真仙通鑑》作「傷殺」。

〔一六〕頃之　此二字原無，據《七籤》、《真仙通鑑》補。

〔一七〕破　《七籤》、《真仙通鑑》上有「斫」字。

〔一八〕歷歷話如目擊復笑而言曰　《七籤》、《真仙通鑑》作「歷歷話而笑，復言」。

〔一九〕詳其由　《七籤》、《真仙通鑑》作「詳而究之」。

羊愔

沈汾　撰

羊愔〔一〕者，泰山人也。以世禄〔二〕官，家於縉雲。明經擢第，解褐嘉州夾江尉，罷歸縉雲。兄忱〔三〕，爲台州樂安令。而愔幽棲括蒼山，性唯沉静，薄於世榮，雅尚逍遥，常慕道術。一旦，妻暴亡，曰：「莊生鼓盆，深〔四〕爲達者，今樂矣，葬之不亦宜乎？男且有業，女以〔五〕有歸，永無累也。」

後遊阮郎亭，崖上去地十餘丈，有篆書刻石，字極大，世傳云漢阮肇題詩，後盛成使匠人鑿石模搨〔六〕，驗之，乃是李陽冰嘗爲縉雲令，遊此亭題詩曰：「阮客身何在〔七〕？仙雲洞口横。人間不到處，今日此中行。」愔於亭側，與縉雲觀道士數人，花時飲酒。日午，忽仆地若斃，氣息猶煖，乃舁還家。七日方醒，鄉里之人與道士俱往問之，愔曰：「初爲一人青幘絳服，自稱靈英，邀入洞府中，見樓觀宏麗，鸞鶴迴翔，天清景暖，異於人間。須臾，一石穴中有物飛出，狀如篸〔八〕，青色，柄長。靈英指之曰：『此青雲芝也，可食之得仙。』愔覺饑方甚，取坐於石上食之，味甘美，俄而都盡。靈英曰：『爾宿有仙分，今日遽得見仙官。』乃引見遠遊冠、雲霞帔三人，文武侍從極多。靈英曰：『一人小有天王君，一人華陽大茅君，一人隱玄天佐命君。』愔歷堦，遍拜之，咸曰：『有仙骨，未得飛昇，猶宜地上修鍊。』俄頃，靈英送出，乃括蒼洞西門也，愔方悟。」

此身後不喜穀氣，但飲水三升，日食百合一盞，身輕，骨節皆動，抖擻如竹片拍板聲。又多言語吟詠，若與人談話相詰，晝夜不停。或以紙三二百張書之，頃刻皆徧，文字人莫之識，愔讀之，悉是文章。道俗好事者依口録之，實亦清詞麗句，多神仙瀛洲閬苑之意。如此經一年，清瘦輕健。有不信者，謂之妖物所魅。又〔九〕二年，漸肥白〔一〇〕，不喜百合，唯飲水與酒。三年後，鬢髮如漆，面有童顏，行輕似飛，飲酒三斗不醉。始〔一一〕衣布褐。人或問之：「三年無師，何以學？」愔曰：「凡所爲者，非自能，皆神人教之。」後乃往樂安省兄，一日而到。又往天台，亦一日而到，日行三四百里。復歸仙都〔一二〕，餌藥養氣二十餘年，後南入委羽山而去〔一三〕。（據明正統《道藏》本《續仙傳》卷下校録，又《雲笈七籤》卷一一三下《續仙傳》）

〔一〕愔　《類説》天啓刊本卷三《續仙傳·青雲芝》作「惜」，嘉靖伯玉翁舊鈔本作「愔」。

〔二〕禄　原作「緣」，據《七籤》、《真仙通鑑》卷三九《羊愔》改。

〔三〕忱　《七籤》、《真仙通鑑》作「忻」。

〔四〕深　《七籤》作「迥」，《真仙通鑑》作「以」。

〔五〕以　《七籤》、《真仙通鑑》作「已」。以，通「已」。

〔六〕後盛成使匠人鏨石模搨　原作「入石模塌」，《四庫》本「塌」作「搨」，《七籤》、《真仙通鑑》作「後盛成使匠人鏨石摸搭」，據改補。

〔七〕身何在　《三洞群仙録》卷四引《續仙傳》作「自何所」。

〔八〕簦　原作「蒕」，據《七籤》、《真仙通鑑》改。按：簦，長柄笠，遮雨雨具，類今之雨傘。

〔九〕又　《七籤》、《真仙通鑑》作「及」。

〔一〇〕漸肥白　此三字原無，據《七籤》、《真仙通鑑》補。

〔一一〕始　《七籤》無此字，《真仙通鑑》作「居常」。

〔一二〕仙都　《真仙通鑑》下有「山」字。按：南宋祝穆《方輿勝覽》卷九《處州》：「仙都山，在縉雲東三十里。」

〔一三〕而去　《七籤》作「人莫得見」，《真仙通鑑》作「人莫得見矣」。

唐五代傳奇集第五編卷八

榕樹精靈

闕　名　撰

桂林幕吏穆師言，美風姿〔一〕，屬文詞，善知音律，好游賞。中元節夜，點高鐙、排百戲於府之西門。師言因觀游，獨行青蘿〔二〕帳内。樹柯交蔭長衢，呼爲青蘿帳。忽聞異香，瞥見一女子，衣藍羅衣，服翠冠珠珥，徘徊似有相慕。師言數四送目，深欲之，相隨數十步。女子回顧微笑，語曰：「誰家少年，故相隨人？」師言應曰：「無他，欲觀鐙耳。」復言曰：「觀鐙常事，何妨略過弊止，況别有奇異燈燭。」師言疑女子風月〔三〕，未嘗見也。

俄而至一室而入，張鐙設饌，品味尤盛。又褰帷幄，有二女子，席地環坐。女語女曰：「運偶時來，乃是宿分。」女乃邀並坐，師言未允。女復言曰：「不須辭免，早來何似莫開眼覷人？」舉席大笑，師言坐。酒數行，因問姓氏，女曰：「郎君何氏？」對曰：「穆。」女曰：「林。」諸女起，賀曰：「林穆相宜，是吉兆矣。」女曰：「三代祖藻，詞林重德，翰苑名流。月裏高枝，記曾折矣；室中温樹，未省言之。但抱端貞，豈慚松竹。方當直上之拜，寧防委地之虞。詢制言詞，遂遭謗鑠〔四〕，乃至摘伐，不返木革。荏苒流泉，飄然三代。妾承蔭育，不識風霜，惟慕高才，虛心久矣。幸逢觀看，得接光容。」言訖，師言盡不曉之。因問諸女姓氏，女曰：「妾諸房枝葉。」

女曰：「喜會良宵，月斜漏促，請姊與穆郎同罫合巹。」諸妹〔五〕各述微詞。女遂執金鏡當心，穆郎結同心在手。内有一女子吟曰：「團圓今夕色珍暉，結了同心翠帶垂。此後莫交〔六〕塵點染，他年長〔七〕照歲寒姿。」復一女子上雙瑠璃杯，亦吟曰：「良宵織女會牽牛，瓊液成雙預獻酬。枝葉相連〔八〕無替改，願同松竹保千秋。」復一女褰帳，詩曰：「揉藍緑色麴塵開，静見三星入坐來。桂影已圓攀折後，願移長作棟梁材〔九〕。」諸女辭去。師言與女接歡，覺困少寐。

俄頃〔一〇〕，見一青衣相喚，持碧花牋詩一首：「珠露素中書繾綣〔一一〕，青羅帳裏寄鴛鴦。自憐孤〔一二〕影清秋夕，沾灑徘徊滴冷〔一三〕光。」女誦之，微笑曰：「可速來，同去觀光。」移刻，二女外面〔一四〕相呼曰：「恐逼曉看，則意中各不徹也。」師言與女相攜〔一五〕出門，諸女畢集。既盡向游，略無暫舍。忽聞五更矣，女曰：「可回。此別卒未能相遇，明年今日復會耳。」女於裙帶上解素絹三尺，生拭汗畢，置懷中。女曰：「勿泄於人，不然禍及妾爾。」流涕相別。

百餘步，遇同儕，執手曰：「玩弄何積年塵黦物？」嗅之自以爲香，他人聞之，即穢氣也。生因出素視之，乃亡人仰明之物。具道此事。穆與儕驚懼，復往舊所，諸女屋宇俱亡矣。翌日，穆與儕尋夜來會遇之處，乃一榕樹，空心，丈餘，猶有鐙燼酒痕尚在。穆因省女所敘三代之事，遂聞公府。張玗〔一六〕尚書伐去此樹，樹下汁如血色。自後遂絶精靈耳〔一七〕。

（據張鈞衡《適園叢書》本《鐙下閑談》卷上校録）

〔一〕風姿　《宋人小説》本作「丰姿」。按：丰姿亦風姿意。《太平廣記》卷三三一引《紀聞》：「有貴主，年二十餘，丰姿絶世。」南宋王明清《投轄録》：「章丞相初來京師，年少，美丰姿。」《太平御覽》卷九九引《續晉陽秋》：「及長，美風姿，好清言，舉止端詳，器服簡素。」《四庫全書》本作「丰姿」。

〔二〕蘿　《宋人小説》本作「羅」，下同。

〔三〕風月　原作「夙日」，連下讀。據《宋人小説》本及《永樂大典》卷八五二七引《燈下閑談》改。風月，風情、風騷。

〔四〕鑠　《宋人小説》本作「録」。録，收録、拘捕。

〔五〕姝　原作「娕」，據《宋人小説》本及《大典》改。

〔六〕交　《宋人小説》本及《全唐詩》卷八六七作「教」。交，通「教」。

〔七〕長　《宋人小説》本作「常」。

〔八〕連　《宋人小説》本作「隨」。

〔九〕顧移長作棟梁材　《宋人小説》本作「顧移常伴棟梁才」。《萬首唐人絶句》卷六九、《全唐詩》作「子孫長作棟梁材」。

〔一〇〕俄頃　原爲闕字，《宋人小説》本同，據《大典》補。

〔一一〕繾綣　原爲闕字，《宋人小説》本同，據《唐人絶句》、《全唐詩》補。

〔一二〕孤　《宋人小説》本作「顧」。

〔一三〕滴泠　原爲闕字，《宋人小説》本同，據《唐人絶句》、《全唐詩》補。

〔一四〕外面　原爲闕字，《宋人小説》本同，據《大典》補。

〔一五〕攏　原爲闕字，據《宋人小説》本及《大典》補。

〔一六〕張玗　《宋人小説》本作「張玕」。按：張玗或張玕不詳何人，其人應爲桂管經略使，然徵諸文獻，唐五代桂管經略使無此人，疑名字有誤，或史籍有遺。

〔一七〕自後遂絶精靈耳　《宋人小説》本作「自是精靈遂滅耳」，《大典》作「自此精遂絶」。

按：南宋紹興中頒《祕書省續編到四庫闕書目》小説類始著録《燈下閑談》二卷，無撰名。《通志·藝文略》小説類、《宋史·藝文志》小説類、《文獻通考·經籍考》小説家類並同。《通考》所引爲陳氏，曰：「不知作者。」今本陳振孫《直齋書録解題》脱此。

是書今存，分上下兩卷。民國六年（一九一七）張鈞衡刊入《適園叢書》第十二集，目録後原有題識，云：「《館閣書目》載：《鐙下閑談》二卷，不知作者。載唐及五代異聞。陳道人書籍鋪刊行。」知此本原出南宋刊本。卷末附有孱守居士（馮舒）與葉石君（葉萬）二跋。馮跋云「崇禎甲戌（七年，一六三四）借葉林宗（葉奕）本録」。葉石君跋云「崇禎戊寅（十一年）得於書賈吴姓者」。前者鈔自葉林宗藏本，後者購自書賈。葉石君藏本後曾著録於孫從添《上善堂宋元板精鈔舊鈔書目》。張鈞衡跋謂「此本孱守居士鈔本，出自葉林宗藏」，《適園叢書》所據爲孱守居士鈔本。又謂「罟里瞿氏（瞿鏞）録副付梓，脱文訛字甚多」。瞿氏《鐵琴銅劍樓藏書目録》小説類異聞著録舊鈔本，即明末孱守居士鈔本。張氏又稱「另一鈔本出江鄭堂（江藩）先生幼時手，後有錢聽默手跋二則。取以相校，脱文未補，間證訛字，與此本猶魯衛也」。江鄭堂鈔本實亦鈔自葉林宗鈔本，見繆荃孫《藝風藏書記》卷八所録錢氏手跋。《適園叢書》所刻《鐙下閑談》封題「江鄭堂手鈔本」者，豈因二本同源，且曾取校於江鈔耶？錢跋復稱「此本乃葉石君從影宋刻鈔本録出」，自相抵牾，不知何故。上海涵芬樓排印《宋人小説》，亦收入此書，扉頁題云「據影宋本陳道人家刻本校」，無馮、葉二跋。據夏敬觀跋云，此本乃江安傅沅叔影寫陳道人家刻本，原鈔有校語。然則《宋人小説》本與葉林宗鈔本均出南宋陳道人刊本。《適園叢書》本與《宋人小説》本異文較多，互有得失。國家圖書館藏有清鈔本（見《北京圖書館善本書目》），未見。

《類説》卷五二摘録《燈下閑談》二條，明嘉靖伯玉翁舊鈔本署「無名氏」。《説郛》卷一一選録《燈下閒談》劉損一篇，署「無姓氏」，題下注「二卷，載唐及五代異事」，所據亦宋刻。《重編説郛》卷三七取入《説郛》本，又益潘良貴（按：係南宋初人）一事，題宋江洵，妄甚。《古今説部叢書》一集收入《重編説郛》本。

此書撰人失考。錢聽默謂「唐末人小説」，瞿鏞謂「當出宋人所作」，胡玉縉《四庫未收書提要續編》（《續四庫提要三種》）謂「當爲宋人所作」，張鈞衡謂「文筆藻采頗似唐人小説，大約宋初人，猶著於五代時也」。今按此書記事皆在晚唐及五代梁唐，下限爲後唐天成年（九二六—九三〇，卷下《夢與神交》、《僧曾作虎》）。而卷下《代民納税》云鄭冠卿乾寧初（八九四）授臨賀縣令考滿，退居馮翊，一百四歲無疾而終，似不止於此時。然卷上《負債作馬》又云崔寓光啓年（八八五—八八八）在長沙，封八郎借錢不還，十一二年後八郎受謫爲崔馬，崔乘之十五年，作者曾目擊之。若自光啓三年（八八七）下推二十七年，時當後梁乾化四年（九一四），乃在後唐前。要之作者當爲梁唐晉間人，本書殆作於唐晉中也。

自序云：「李太尉鎮蜀日，巡盜官韋絢編《戎幕閑談》，冀釋其所聞，用資談話。洎余鐙下與二三知己談對外話（按：《宋人小説》本作『語』）近代異事，與生左子華謂余曰：『可録之，以示諸友。』得之於信厚之士者，方筆録之。離（按：《宋人小説》本作『編』）成二卷，目爲《鐙下閑談》，亦類乎《戎幕閑談》云耳。」（據《適園叢書》本）李德裕爲西川節度使，韋絢編《戎幕閑談》，本書有意仿之，亦以「閑談」爲名。夏敬觀疑作者爲蜀人，近是，殆爲後蜀人。

桃花障子

闕　名　撰

盧相國商處子，性清淡孤高，不喜繁雜。相國憐之，蹔寄冠裳，朝昏閑息於步虛，宴席倦聞於音樂。一夕，女子方掩户，和衣假寐。忽有一物，自窗而入，覺身隨此物而出窗，乘虚而行，不知幾里。到一家，見一眇目道士。雙環青衣來，云：「見備盤餚陳設。」令青衣持緘，如召賓客。未頃，青衣有異香，氤氳入户。俄見一美丈夫、美女人，寶冠霞帔，跨鳳乘鸞，自空而至。揖道士曰：「自從炎漢陵夷，飛杯拜遇，今一見，將近千年。蓬蒿□幾積〔一〕遨游之夢，塵寰謫滿，應多喜〔二〕會，深愜乃懷。」道士曰：「伏自信絶蓬瀛，謫居塵世，七百年内，履歷人閒，只思賣卜燒丹，但切〔三〕矜孤卹寡，立功上達，濬澤〔四〕下流。范陽佳人，夙契盟約，奏回上帝，命批依答。又以今來謫限將滿，既離鄽閈，特此咨邀。」遂揖環坐，舉杯命饌語笑。

數巡，道士曰：「今宵佳會，况遇天人，好賦篇章，以代絃管。」頃刻，道士命牋毫，書云：「鵲羽橋成星斗連，何須攜〔五〕室下遥天。來逢蓬葦當諸夜，共綴詞華染素牋。霓帔豈勞施粉藻，寶冠猶更貼花鈿。人閒限滿離塵土，即俟瑶階廁列仙。」道士執酒，少年亦濡染云：「乘鸞跨鳳下崑崙，正值三星影入門。銀燭高低攢寶帳，綵牋交互勸瑶尊。藥靈許向人間説，易妙期於象外論。休憶當年陪孟德，繞梁争看酒杯翻。」

詩畢，酒罷，夜闌，二少年謂曰：「且請道士與盧小娘子見親。」須臾，數青衣擁入帳中。青衣與女子卸衣服插釵，道士亦解衣，欲敘魚水之意。女子初違拒不允，青衣謂曰：「小娘子勿請辭免，乃道士與娘子萬億年之契分，非今日偶然也。」女子因從道士之情。半餘月日，女子自後稍覺清健。一夕，女子問道士曰：「嘗聞道家去大情欲，何故誣説也？」道士曰：「不然。《易》曰：『天地絪縕，萬物化淳〔六〕，男女搆精，萬物化生。』又曰：『一陰一陽之謂道也。』蓋仙家□□離乎人也。」女子曰：「然則女當有孕乎？」道士曰：「有之矣。」至曉，卻歸室中，女竟未省所由。

一旦，相國與夫人坐次，見女子舉止似非室女。驚見如此，遂令嬭母竊視之。是夕，初見寢寐。初更後，寂無喘息。揭其幃帳，不知所之。至曉，帳中儼然安寢。遂告夫人。夫人詢之，具告此事。夫人白於相國，相國曰：「我女處性澹泊，必遇神仙。」詰其所往，有何室宇驗之。女曰：「室宇尋常，記有夾竹桃花障子，當堂北壁而挂，畫工實佳耳。」相國曰：「今夕去時，以鍼度綫於障子〔七〕之上。」女乃依言記志。相公翌日晨起，處分兩街使，徧於兩市内有夾竹桃花障子可借千條，仍須各題坊巷姓名。至午間，供〔八〕到八百餘條，宛然有鋮度綫處，剳題云「通化坊賣藥道士左元放〔九〕障子」。相國急遣左右，密往而召之，慎勿驚動。既見，相公命入坐，敘酒饌，去左右，欲啓露前事。道士飲酒訖，將杯擲於梁上，杯翻宛轉。相公仰視，俄失道士。歸宅，尋〔一〇〕小娘子，亦不知所在。尋訪累年，寂無蹤由矣〔一一〕。（據張鈞衡《適園叢書》本《鐙下閑談》卷上校録）

〔一〕蓬蒿□幾積　「蒿」原作「島」，據《宋人小説》本改。《宋人小説》本「積」作「接」。按：作「島」誤，此言眇目道人被謫人間，不得遨遊，惟積思於夢寐耳。

〔二〕喜　《宋人小説》本作「善」。

〔三〕切　原作「功」，當誤，據《宋人小説》本改。切，關切。

〔四〕濬澤　原作「睿澤」，當誤。睿澤，皇帝恩澤。據《宋人小説》本改。

〔五〕攜　《宋人小説》本作「移」。

〔六〕淳　《宋人小説》本作「醇」。按：《易經·繫辭下》作「醇」。

〔七〕障子　原謁作「帳子」，據《宋人小説》本改。按：障子流行於唐代，係以整幅布帛上繪圖畫或題文字製成，挂於壁上，以爲觀賞。杜甫《題李尊師松樹障子歌》：「障子松林静杳冥，憑軒忽若無丹青。」張喬《鷺鷥障子》：「剪得機中如雪素，畫爲江上帶絲禽。閑來相對茅堂下，引出煙波萬里心。」貫休《上馮使君山水障子》：「憶山歸未得，畫出亦堪憐。」

〔八〕供　疑爲「借」字之譌。

〔九〕左元放　《類説》卷五二《燈下閑談·夾竹桃障子》譌作「左元紡」，明嘉靖伯玉翁舊鈔本「紡」作「方」，亦譌。按：左元放即左慈，漢末道士。少年詩云「休憶當年陪孟德，繞梁争看酒杯翻」，孟德即曹操。葛洪《神仙傳》卷八《左慈》載：「左慈者，字元放，廬江人也。……曹公聞而召之……乃爲設酒。慈曰：『今當遠適，願乞分杯飲酒。』公曰：『善。』是時天寒，温酒尚未熟，慈解劍以攪酒，須臾劍都盡，如人磨墨狀。初，曹公聞慈求分杯飲酒，謂慈當使公先飲，以餘與慈耳，而慈拔簪以畫杯酒，酒即中斷，分爲兩向。慈即飲其半，送半與公。公不喜之，未即爲飲，慈乞自飲之。飲畢，以杯擲屋棟，杯懸着棟動摇，似飛鳥之俯仰，若欲落而不落。一座莫不矚目視杯，既而已失慈矣。」

〔一〇〕尋　《宋人小説》本作「命」。按：左思《蜀都賦》：「其深則有白黿命鼈。」李善注：「命，呼也。」

〔一一〕寂無蹤由矣　《宋人小説》本作「絶無蹤跡云」，《類説》作「竟不獲，莫曉所以」。

鯉魚變女

闕　名　撰

朱相國朴未仕日，江淮兵革之後，荏苒鍾陵，隸於軍幕之中，假以倅戎之職。手不釋卷，口無妄言。一旦，途中遇一道士，曰：「觀君之雙目，光浄射人，耳且小而輪郭聳貼，非凡俗之類也，豈宜久在塵泥也？能隨吾入廬山爲學，必取人間重禄。」遂解職，陳師事之禮從焉。因近山脚臨池搆一茅屋，經年屏縱〔一〕，略無人知。

一夕，天地廓〔二〕清，月色如畫，因臨階所誦《毛詩》。忽聞有人趿履而來，睇之，一女子，自池畔徐徐而來，衣翠緑斕斑之衣，揖朴曰：「妾守空閨，不知幾更寒暑。久聞君子閑淡孤高，杜絶人世矣。妾雖弊舍咫尺，竟不敢略接風標。聞君子誦《南有嘉魚》之什，深動賤妾之意，徘徊數回〔三〕，不覺吟詠而來。儻若不阻微誠〔四〕，但願永〔五〕奉箕箒。」朴揖而對曰：「余脱跡塵泥，苦心好學，俾夜作晝，息慮忘形，不識鉛華，罔知會遇。便希他適，不更此來。」女子泣而言曰：「可不聞『窈窕淑女，君子好逑』？讀《詩》〔六〕豈拒其義也？」朴應曰：「我壯年未立，博學無聞，遁跡蓬蒿，何堪如是！願小娘子且歸，朴定無他婚。俟朴學優而仕日，當以禮相納耳。」女子曰：「妾非庸氏，族本王侯。幸覯清風，故來匹敵。蒙君見阻，大是慙人。若得際君恩之後，何患乎妾家無官矣！」朴曰：「休更妄言，再三相惑。我心匪石，不可轉也。」

女子見朴情似怒，吟詩一章，曰：「知君見〔七〕積池塘夢，遣我方思變動來。操執若同顔叔子，今宵寧免淚盈顋。」吟畢，曰：「觀君心堅氣壯，神爽清高，今能不逐邪心，他後必操〔八〕斷柄。」即拜而去。又吟曰：「但持冰潔心，不識風霜警〔九〕。任是懷禮容〔一〇〕，無人顧形影。」朴慮其深夜有魔寐〔一一〕之事，乃入室取劍，急逐之。至池側，一揮而落水。明旦

視之，池中見鯉魚，長〔一三〕三尺，而爲兩段耳。朴後徙於别所。（據張鈞衡《適園叢書》本《鐙下閑談》卷上校録）

〔一〕縱　《宋人小説》本作「蹤」。縱，通「蹤」。

〔二〕廓　《宋人小説》本作「朗」。

〔三〕回　《宋人小説》本作「四」。

〔四〕誠　《宋人小説》本作「忱」。

〔五〕永　《宋人小説》本作「承」。

〔六〕詩　《宋人小説》本作「書」。

〔七〕見　《萬首唐人絶句》卷六九、《全唐詩》卷八六七作「久」。

〔八〕操　《宋人小説》本作「遭」。

〔九〕警　《宋人小説》本譌作「苦」，出韻，《全唐詩》作「冷」。

〔一〇〕容　《宋人小説》本作「客」。按：此處當用平聲字，作「客」誤。

〔一一〕魔寐　《宋人小説》本作「魅魍」。按：魔寐，精怪於睡夢中相惑也。本書卷下《驛宿遇精》作「魔魅」。

〔一二〕長　此字原脱，據《宋人小説》本補。

松作人語

闕　名　撰

曹松先輩，字夢徵〔一〕。未仕進時，多寄寓於湘浦之間。乾寧歲中，因游宜春，陟楊岐〔二〕，遇僧齊己、虚中，韋洵美、唐稟二秀才，同寄於水心寺僧浩然房。是僧藏書千卷，松因循息此地，踰兩稔，與諸公吟詠讀書而已。松耳順之年，未遂身名〔三〕。一旦，有僧相謂〔四〕曰：「足下何須苦於篇章？况鬢髮星星，名利碌碌，縱得卑官薄宦，何如養志存神？貧僧曾遇至人，傳其大藥，須去羅浮配合，難得奇人。子骨貌非凡，舉止異俗，能同吾往羅浮山去否？至藥若成，必有分惠，便當朱陵脱質，紫府標名。取舍之間，試爲思忖。」因成二十字贈松云：「嵯峨山上石，歲歲色常〔五〕新。若使盡成寶，誰爲知己人？」松乃諾之。

遂同入羅浮，三年守真。丹竈藥既無成，吟且不廢。因夜靠松，瞑目吟曰：「白髮不由己。」如是數四，至於中夜。忽聞松上應聲曰：「黄金留待誰。」松乃大驚駭，復應曰：「松居此三年，未嘗遭遇。既聞詞句，不並〔六〕凡常，願述因由，以解疑誤。」俄聞松上曰：「夫人年少，當苦節希名譽〔七〕身。子乃日暮頽光，何須勞形役思！」松乃啓曰：「亦自知老歲矣，所吟篇什，不叨利名，貴希範時流，規刺王室〔八〕，使名不朽，雖殁猶生。」復曰：「子之善言也。吾乃軒轅氏，子知之乎？」松即稽首再拜：「不期今日幸遇神仙，願示長生久視之門。」曰：「長生久視，在積習而至矣，豈教詔而得乎？若使道可獻之，時人莫不獻之於君；若使道可傳之，時人莫不傳之於子。子但能行之矣，内知己病〔九〕，自可得其道也。觀子乃苦志力學之人也，今學已就，志尚未酬，今吾贈子龍虎新成丹一粒，延其天年一紀，折取月桂一枝。」松即再拜，丹乃墜於手中，五色光彩。松即嚥之，覺支體暢適，舉動輕〔一〇〕便。復言：「可製《天得一以清賦》，仍請用『聖君知之，爲天下正』八字爲韻，便可酬其丹藥。賦成〔一一〕，致之於松上。」言訖，若飄風而近。松於八韻素不留心，信宿方成，依命致之於上。訖，翌日便辭。

及松回，復至宜春，語此事於諸公。諸公曰：「詩者動天地，感鬼神。子之篇什，達其妙矣。若西去，必捷大名。」松因詣鍾陵南平王，即以解送。光化辛酉歲，杜德祥〔一二〕知舉。此時禮闈試賦，一字無差，將知神仙預萌〔一三〕人事。松但濡毫書之，考試入格，果第八人成名，榜下授校書郎，乃在五老之數，號「難老」，以餌丹之故耳。其年冬，復回宜春。都官鄭谷〔一四〕郎中，時退居仰山，松因謁謝焉。松即學詩弟子。問及第事，松對曰：「朝廷多事已來，公道濫濁，或以地望得之，或以權勢得之，或以趨附得之，或以才智得之，或以賄賂得之，亦有倔强得之。」鄭公曰：「子之編聯，何自得在人口？」松曰：「座稱之『御柳舞著[一四]水』。」谷笑曰：「此意不是倔强得之耶？」（據張鈞衡《適園叢書》本《鐙下閑談》卷上校録）

〔一〕曹松先輩字夢徵　「曹」原作「賈」，「徵」原作「得」，《宋人小説》本同。按：賈松實應作曹松。本篇末云光化辛酉歲（四年，九〇一）杜德詳（按：當作「祥」）知舉，松第八名成名，授校書郎，乃在五老之數。《唐摭言》卷八《放老》載：「天復元年（按：光化四年四月改元天復）杜德祥榜，放曹松、王希羽、劉象、柯崇、鄭希顔等及第。……松、希羽甲子皆七十餘。象京兆人，崇、希顔閩中人，皆以詩卷及第，亦皆年逾耳順矣。時謂五老榜。」《唐詩紀事》卷六五《曹松》亦載：「天復初，杜德祥主文，放松及王希羽、劉象、柯崇、鄭希顔等及第，年皆七十餘，時號五老榜。時内難新平，首求孤貧人，德祥以松等塞詔，各授校書郎。……松，字夢徵，舒州人也。」曹松曾游江西，與齊己交好。《唐才子傳》卷九《齊己》云：「（齊己）至宜春，投詩鄭都官（按：即鄭谷）……結爲詩友。曹松、方干，皆己良契。」下文松詩「白髮不由己」，乃出曹松《感世》，「御柳舞著水」，乃出曹松《長安春日》。（《全唐詩》卷七一六）本篇於松姓字皆誤，松乃唐末名詩人，作者不應誤記如此，當爲傳鈔之誤，以「曹」爲「賈」，以「徵」爲「得」，皆形譌也。今改。

〔二〕陟楊歧　《宋人小説》本譌作「涉陽岐」。按：楊歧，山名，「歧」又作「岐」。南宋王象之《輿地紀勝》

卷二八《袁州・景物下》："「楊岐山，在萍鄉縣北七十里，世傳楊朱泣岐之所。」祝穆《方輿勝覽》卷一九《袁州・山川》同，作「歧」。袁州治所在宜春，萍鄉是袁州屬縣。

〔三〕身名　《宋人小説》本作「聲名」，意同。

〔四〕相謂　《宋人小説》本作「相之」。相之，謂相面也。

〔五〕常　《萬首唐人絶句》卷二四、《全唐詩》卷八五一作「長」。

〔六〕並　《宋人小説》本作「比」。按：並，比也，同也。

〔七〕謍　《宋人小説》本作「榮」。

〔八〕規刺王室　《宋人小説》本譌作「規制玉室」。

〔九〕子但能行之矣内知己病　原誤作「子但能行之以内知之以病」，據《宋人小説》本改。

〔一〇〕輕　原譌作「經」，據《宋人小説》本改。

〔一一〕成　原譌作「之」，據《宋人小説》本改。

〔一二〕杜德祥　「祥」原作「詳」，《宋人小説》本同。按：《舊唐書》卷一四七《杜牧傳》：「子德祥，官至丞郎。」《新唐書》卷七二上《宰相世系二上》：「德祥字應之，禮部侍郎。」《唐摭言》等亦作「祥」，據改。

〔一三〕萌　《宋人小説》本作「知」。按：萌，發也。

〔一四〕鄭谷　《宋人小説》本譌作「鄭如」。按：《唐才子傳》卷九《鄭谷》：「谷字守愚，袁州宜春人。……

乾寧四年，爲都官郎中，詩家稱『鄭都官』。……未幾告歸，退隱仰山草堂，卒於北巖別墅。」《全唐詩》卷七一六）

〔一四〕著 《宋人小説》本譌作「若」。按：曹松《長安春日》：「御柳舞着水，野鶯啼破春。」（《全唐詩》卷

神仙雪冤

闕 名 撰

吕用之在維揚日，佐渤海王專權擅政，害物傷人，具載於《妖亂志》中，此不繁述。中和四年秋，有商人劉損，挈家乘巨船，自江夏至揚州。用之凡遇公私往來，悉令偵覘行止。劉妻裴氏，有國色，用之以陰事搆置，取其裴氏，劉下獄，獻金百兩免罪。雖即脱於非横，然亦憤惋，因成詩三〔一〕首，曰：「寶釵分股合無緣，魚在深淵日在天。得意紫鸞休舞鏡，斷蹤青鳥罷銜牋。金杯倒覆難收水，玉軫傾敧嬾續絃〔二〕。從此蘼蕪山下過〔三〕，衹應將淚比流泉〔四〕。」其二「鸞辭舊伴知何止，鳳得新梧想稱心。紅粉尚殘香羃羃〔五〕，白雲將散信沈沈。已休磨琢投歡〔六〕玉，嬾更經營買笑金。願作山頭似人石，丈夫衣〔七〕上淚痕深。」其三「舊嘗游處徧尋看〔八〕，覩〔九〕物傷情死一般。買笑樓前花已謝，畫眉窗下月空殘。雲歸巫峽音容斷，路隔星河去住〔一〇〕難。莫道詩成無淚下，淚如泉湧〔一一〕亦須乾。」詩成，吟詠不

輟〔一二〕。

一日晚，凭水窗，見河街上一虬鬚〔一三〕老叟，行步迅疾，骨貌昂藏，眸光射人，衫〔一四〕色晶瑩，如曳冰雪。跳上船，揖損曰：「子中〔一五〕心有何不平之事，抱鬱塞之氣？」損具對之。叟曰：「祇今便爲取賢閤并寶貨，回即發，不可更停於此也。」損察其意，必俠士也，再拜而啓曰：「長者能報人間不平，何不去蔓除根？豈更容姦黨？」叟曰：「吕用之屠割生民，奪君愛室，若今誅殛，固不爲難。實則愆過已盈，抑亦神人共怒。祇候冥靈聚録〔一六〕，方合身首支離。不唯戮及一身，亦須殃連七祖。且爲君取妻室，未敢逾越神明。」

乃入吕用之家，化形於斗拱之上，叱曰：「吕用之違背君親，時〔一七〕行妖孽，以苛虐爲志，以惑亂律身〔一八〕。仍於喘息之間，更慕神仙之事。冥官方録其過，上帝即議行刑。吾今戮〔一九〕爾形骸，但先罪以所取劉氏之妻并其寶貨，速便還其前人。儻更恡色顧盼〔二〇〕，必見頭隨刃落。」言畢，鏗然不見所適。用之驚懼惶惑，遽起，秉簡焚香再拜。夜遣幹事，齎金并裴氏還劉損。損不待明，促舟子解維。虬鬚亦無縱〔二一〕跡耳。（據張鈞衡《適園叢書》本《鐙下閑談》卷上校録）

〔一〕三　《宋人小説》本譌作「百」。

〔二〕金杯倒覆難收水玉軫傾敧嬾續絃　此二句原闕，《宋人小説》本同，據《説郛》卷一一《燈下閒談》、明仁孝皇后徐氏《勸善書》卷一六、《劍俠傳》卷三《虯鬚叟》、吴敬所《國色天香》卷九《虯鬚叟傳》、胡文焕《稗家粹編》卷一《虯鬚叟傳》、《重編説郛》卷三七《燈下閒談》、《全唐詩》卷五九七劉損《憤惋詩三首》補。「敧」或作「欹」，字同。吴大震《廣豔異編》卷一三《虯鬚叟傳》、《續豔異編》卷七《虯鬚叟傳》「軫」譌作「枕」。

〔三〕過　《重編説郛》作「遇」。

〔四〕流泉　《劍俠傳》、《國色天香》、《廣豔異編》、《續豔異編》、《稗家粹編》、《全唐詩》作「黄泉」。

〔五〕紅粉尚殘香羃羃　「羃羃」原譌作「冪冪」，據《宋人小説》本、《勸善書》改。《説郛》、《重編説郛》作「漠漠」。《劍俠傳》、《國色天香》、《廣豔異編》、《續豔異編》、《稗家粹編》、《全唐詩》作「紅粉尚存香幕幕」。幕，通「漠」。

〔六〕歡　《勸善書》作「期」，《劍俠傳》、《國色天香》、《廣豔異編》、《續豔異編》、《稗家粹編》、《全唐詩》作「泥」。

〔七〕衣　《説郛》作「身」。

〔八〕舊嘗游處徧尋看　「嘗」《説郛》、《國色天香》、《重編説郛》作「常」。「徧」《勸善書》作「偏」。

〔九〕覩　《説郛》、《重編説郛》作「覩」。

〔一〇〕住　《宋人小説》本作「就」。

〔一一〕湧　《説郛》、《劍俠傳》、《國色天香》、《廣豔異編》、《續豔異編》、《稗家粹編》、《重編説郛》、《全唐詩》作「滴」。

〔一二〕輟　原譌作「轍」，據《説郛》、《劍俠傳》、《國色天香》、《廣豔異編》、《續豔異編》、《稗家粹編》、《重編説郛》改。《宋人小説》本作「徹」。徹，盡也。

〔一三〕鬟　《勸善書》作「髩」，下同。髩，同「鬢」。

〔一四〕衫　原作「彩」，當譌，據《勸善書》改。

〔一五〕中　《勸善書》作「衷」。

〔一六〕録　《宋人小説》本作「戮」。

〔一七〕時　《宋人小説》本、《勸善書》、《重編説郛》作「特」，《國色天香》作「持」。

〔一八〕以惑亂律身　「惑」《劍俠傳》、《廣豔異編》、《續豔異編》、《稗家粹編》作「淫」。《勸善書》作「以貪黷害人」。

〔一九〕戮　《説郛》、《劍俠傳》、《國色天香》、《廣豔異編》、《續豔異編》、《稗家粹編》、《重編説郛》作「録」，《重編説郛》、《四庫全書》本改作「留」。

〔二〇〕悋色顧盼　《勸善書》「盼」作「眄」。《説郛》、《重編説郛》「顧盼」作「貪金」。《劍俠傳》、《國色天香》、《廣豔異編》、《續豔異編》、《稗家粹編》作「悦色貪金」。

〔二〕縱　《宋人小説》本及諸書作「踪」或「蹤」。縱，通「蹤(踪)」。

按：明《劍俠傳》卷三、《國色天香》卷九《廣豔異編》卷一三、《續豔異編》卷七、《稗家粹編》卷一取入本篇。《劍俠傳》題《虬鬚叟》，其餘題《虬鬚叟傳》。又明冰華居士《合刻三志》志奇類《續劍俠傳》，僞題元喬夢符撰(目録作《劍俠傳》，小字注「洪邁續」)，舊題明楊循吉《雪窗談異》卷五《續劍俠傳》，僞題宋洪邁，中亦有《虬鬚叟》，文同《劍俠傳》。詹詹外史《情史類略》卷四亦有《虬鬚叟》，删改頗劇。

墜井得道

闕　名　撰

青社李老，世業〔一〕醫術，善鼓琴，自言得嵇康之妙，藥肆中多延藝術之人。龍興觀有道士伊祁〔二〕立，人或云數百年，往來青社。咸通十五年，自京師乘黄犢回，與李老有舊，多來鋪中賒藥，或乞酒。資妙玄悟，不擲卦揲蓍以成卦，而言休咎，十中八九。一旦，謂李老曰：「今日卦兆，旬日内有驚墮之苦，如〔三〕言，莫大焉。」

秋七月十八日早，自城北别業宿行草莽間，誤墜大枯井中，向五丈〔四〕餘。及醒定意，思伊祁立筮卦，强攀蘿而陟丈餘。忽捫落一片石，乃見一石竅，可通身而入，遂傴僂而前。

來百步，竅廣身舒。忽聞百和沈檀馥郁，五色光彩。旁列窗户關鎖三百餘所，或赤，或黄，或白，或黑，皆金字標其門，悉皆書州府之名。約二十餘里，出洞口，回視洞門，題云「大唐玄都」。洞外有石橋寶閣，瞰海連雲，魚龍出没於波濤，日月回環於窗牖。雲霞似削，島嶼如描。蜃閣排空，風定而鴛鴦冉冉；虹梁展處，雨收而髻鬟峨峨，恍惚不安瞻視。

閣内見一道士，雪鬚丹臉，凭几揞頤，旁又有捧琴執簿者，李君乃稽首拜揖〔五〕而坐。因顧侍者度琴而彈之，李君乃奏《廣陵散》曲。道士曰：「爾之製也？」李曰：「晉嵇叔夜感鬼神所傳。」道士曰：「感鬼神非也，此自搆神思也。爾以業〔六〕障，不暇憶故事，叔夜即爾前身〔七〕。」道士命侍者酌石髓，曰：「此乃太行山中者，爾乃飲之，數也。」李乃飲之。一杯訖，覺襟靈和暢，吐納馨香，乃悉能記從王烈入山，團其石髓〔八〕，復憶亡石架之書〔九〕，如信宿爾。遂致辭再拜曰：「某以業緣障魔，矯妄身端，不沖霄漢之由，復陷輪迴之苦。不因仙者，宿昔何萌？」

食頃，雲雨異興，天地昏暝。道士乃臨檻秉簡，叩齒焚香。忽覩一龍金色，逼塞洞門，自橋升閣，顧道士而入海去。復覩海上，隊仗鼓吹幢幡，移時而没。道士曰：「此咸通唐王厭人間繁難〔一〇〕，卻返故唐宫矣。」道士遂命牋管露刺，李瞥見，云：「大唐玄都王者抱朴子拜謁。」乃處分左右侍者，俱從事。謂李曰：「止此，無東西，吾即返矣。」亦自檻前飄飄入於海中。

李見道士座後題牌一架，鐫以金字，亦著州府之名。李即檢其「青州」字者，往洞中尋青州門。開之，入丈餘，下瞰平川州城廨宇，定意覩瞻，乃〔一一〕青州也，認其居止無差。周〔一二〕覽未徧，慮道士回，乃返閤候焉。逡巡，道士回，曰：「爾可歸矣。」李乃稽首，願永爲事仙官，不歸塵世。道士曰：「何擅離此他適？」李乃啓曰：「實止此無他。」道士曰：「爾宿情未泯，咫尺萬端，是故孫登云：『才優〔一三〕於隱淪，識劣於保身。』而更敘《感鬼》、《絶交》，人不堪矣，是招不測之禍。經云『多言數窮』，此之謂也。子之開鎖，吾未之怒，不實〔一四〕言深，明枉如此，去神仙之道遠矣。」李謝過叩頭，乞賜金石〔一五〕之言，用去死之道〔一六〕。道士曰：「吾與弟子邂逅相遇，不可令汝復受生老之苦。」乃受〔一七〕其《八誡》云：「知語繁之侵氣，故杜口而忘言〔一八〕；知富貴之驕微，故枉屈而居下〔一九〕；知名利之役身，故隨時〔二〇〕而舒卷；知思慮之損神，故捐〔二一〕情而守一；知喜怒之爲害，故虛己而自持；知酒肉之敗性，故量味而樽節；知哀樂之損生，故抑〔二二〕之而內保；知情慾之竊命，故忍之而不爲。」傳授畢，道士曰：「能祛口是心非，亦誡矜功伐善〔二三〕，罔談〔二四〕彼過他短，全忘徇利貪名。汝能勤而行之，去矯妄之辭，乃小瑕〔二五〕耳。子能隨吾手指抽石架上素書來〔二六〕，便是耕道得道，獵德獲德。」李即隨手依言抽之，展視，乃是《療三十六種風白元子〔二七〕方論》。道士曰：「將歸配合，徧療世人。功滿此來，願珍重自愛。」言訖，李即再拜，揮涕不已。道士曰：「石髓、仙書俱得之矣，何苦悵望乎？吾非不能留子，但爾〔二八〕陰功未滿，俗態尚存。可因此《方論》而得度世，閒勤不怠，吾當望也。」

令侍者特將匙開青州門。侍者令李閉目，片刻身〔二九〕在青州北門。及到家，妻子除服矣。乃乾符三載也。遂精〔三〇〕專配合其藥，急施於人，無遠近高下皆〔三一〕與之。自後商徒以爲貨物，歷江南塞北，救療無不痊愈也。數年來〔三二〕不喜聞食氣，乃斷穀，多止精舍，因〔三三〕訪城北枯井昔日蹤跡。一旦醉，至暮不歸。自此後，得路而仙去矣。（據張鈞衡《適園叢書》本《鐙下閑談》卷上校録）

〔一〕業　《宋人小說》本作「善」。

〔二〕伊祁　《宋人小說》本「祁」作「祈」，下文作「祁」。按：伊祁，又作伊祈、伊耆，複姓。

〔三〕如　《宋人小說》本作「知」。

〔四〕丈　《永樂大典》卷一一〇七七引《燈下閑談》作「尺」。

〔五〕揖　原譌作「折」，《宋人小說》本同，據《大典》改。

〔六〕業　《宋人小說》本作「孽」。

〔七〕前身　原作「亡來之身」，《宋人小說》本同，據《類說》卷五二《燈下閑談·白丸子方》及《大典》改。

〔八〕團其石髓　《大典》作「團棊服石髓」。按：所述王烈、嵇康事，見《太平廣記》卷九引《神仙傳》。中云「烈取泥試丸之」，丸即團也。中無團棊（圍棋）之事，疑《大典》誤。

〔九〕亡石架之書　「亡」原譌作「忘」，《宋人小説》本同，據《大典》改。按：《神仙傳》云：「烈入河東抱犢山中，見一石室，室中白石架，架上有素書兩卷。烈取讀，莫識其文字，不敢取去，却着架上。暗書得數十字形體，以示康。康盡識其字，烈喜，乃與康共往讀之。至其道徑，了了分明。比及，又失其石室所在。烈私語弟子曰：『叔夜未合得道故也。』」所謂「亡石架之書」即此。

〔一〇〕難　《宋人小説》本作「雜」。

〔一一〕乃　《宋人小説》本作「真」。

〔一二〕周　原作「因」，當誤，據《宋人小説》本改。

〔一三〕優　原作「復」，《宋人小説》本同。按：《神仙傳·孫登》（《太平廣記》卷九引）云：「嵇叔夜有邁世之志，曾詣登，登不與語。叔夜乃扣難之，而登彈琴自若。久之，叔夜退，登曰：『少年才優而識寡，劣於保身，其能免乎？』」是應作「優」，據改。

〔一四〕實　《宋人小説》本作「直」。

〔一五〕金石　《宋人小説》本作「金玉」，誤。按：金石指丹藥。

〔一六〕道　原作「過」，當爲「道」字之譌，今改。《宋人小説》本作「故」，亦譌。

〔一七〕受　《宋人小説》本作「授」。受，通「授」。

〔一八〕忘言　原作「忘其言」，《宋人小説》本同。按：《八誡》句式，「而」下皆兩字，此處不合，今删「其」字。

〔一九〕居下　《宋人小説》本作「面居下」，蓋衍上文「而」字復又譌作「面」也。

〔二〇〕時　《宋人小説》本作「身」。

〔二一〕故捐　「故」字原譌作「乃」，據《宋人小説》本改。《宋人小説》本「捐」作「抑」。

〔二二〕抑　《宋人小説》本作「却」。

〔二三〕亦誡矜功伐善　「誡」原作「誠」，《宋人小説》本同，必是「誡」字形譌，今改。「善」原爲闕字，據《宋人小説》本補。

〔二四〕罔談　原譌作「聞見」，據《宋人小説》本改。

〔二五〕瑕　原譌作「暇」，據《宋人小説》本改。

〔二六〕子能隨吾手指抽石架上素書來　《宋人小説》本「能」作「其」，「素」作「束」。按：作「束」誤，前引《神仙傳》作「素」。

〔二七〕元子　《類説》、《歷世真仙體道通鑑》卷四四《李老》作「丸子」。按：元子即圓子，亦即丸子。

〔二八〕爾　原譌作「亦」，據《宋人小説》本改。

〔二九〕片刻身　原作「乃」，據《宋人小説》本改。

〔三〇〕精　原譌作「請」，據《宋人小説》本改。

〔三一〕皆　此字原無，據《宋人小説》本補。

〔三二〕來　《宋人小説》本作「果」。

〔三三〕因　《宋人小説》本作「時」。

政及鬼神

闕　名　撰

賈客林道恭，不知何許人也。貿易往來江淮，因過馬當廟前，遭風沈溺財貨，脱命登岸，咨嗟未已。覩一叟皤然而來〔一〕，問其緣由，道恭具事答之。老人曰：「此遇者馬當神也。足下曾知淮南令狐相公否？此人正直通神，見〔二〕主陰籍，若能陳述，必得雪之。」

道恭竟往淮南投狀，相公覽狀，判付〔三〕承事官孫肇，急往追之。孫肇乃宣城人也，受得判，頗甚憂戚。因問道恭，具老叟之言。孫肇依言，至廟焚香啓祝之次，覩金壁背座後有一人，身長丈餘，衣紫衣，戴金貼〔四〕帽子，手持骨朵〔五〕，半出而言曰：「但請卻返，吾當自來。」語孫曰：「謝遠追呼，不無費用，有錢一百千，來夏請於本管宣城取之，今可遣買一盌漿來。」孫依言，置之神前。神即手執漿水，誦神咒訖，謂孫曰：「能療天行赤眼，人取一環。」言訖，吹炁於瓶器之中〔六〕，神即遜重而影滅。

孫還淮南，至府門□，見廟神紫綬金章，迎前而立，遂相將詣〔七〕内閒，見相府。相府責曰：「君爲廟神，受奠享，爲福佑，翻〔八〕損舟船。特此追邀，在實分擘〔九〕。」神曰：「雖〔一〇〕居廟食，專切修持。遇行正直者，保往還安流；見爲邪僻者，俾風波没溺。」相國〔一一〕曰：「此事是爾掌之，何没他賈客鹽貨？」神曰：「向者賈客林道恭，擣石膏末攪雜鹽貨，欺負〔一二〕。」「神明是非，便請速返廟堂。」神即罄折而没。孫肇來夏返宣城，果遇一郡人悉患赤眼，以其咒水點之，僅千餘人，應手除愈〔一三〕。凡欺心意者，豈欺神明乎？（據張鈞衡《適園叢書》本《鐙下閑談》卷上校録）

〔一〕覩一叟皤然而來　《宋人小説》本作「忽覩一皤然叟來」。

〔二〕見　《宋人小説》本作「兼」。見，同「現」。

〔三〕付　《宋人小説》本作「府」。府，節度使府。

〔四〕貼　《宋人小説》本作「帖」。「帖」、「貼」音義皆同。

〔五〕骨朵　《宋人小説》本作「骨撾」。按：骨撾（按：亦作「檛」）亦即骨朵，棒類兵器。明方以智《通雅》卷三五《器用》：「棓，謂之棁，椎首謂之檛，一曰骨朵。」

〔六〕吹炁於瓶器之中　原作「孫即於□□於瓶器之中」，據《宋人小説》本補改。

〔七〕詣　原作「訪」，據《宋人小説》本改。

〔八〕翻　《宋人小説》本作「反」。翻，意同「反」，反而。

〔九〕分擘　《宋人小説》本作「分劈」，意同，分辨也。

〔一〇〕雖　《宋人小説》本作「忝」。

〔一一〕相國　《宋人小説》本作「相府」。按：《舊唐書》卷一七二《令狐綯傳》載，綯大中四年爲兵部侍郎、同中書門下平章事，十三年罷相，檢校司空、同中書門下平章事、河中尹、河中晉絳等節度使，咸通三年冬，遷揚州大都督府長史、淮南節度副大使、知節度事。令狐綯由宰相出鎮地方，仍帶宰相銜，此之謂使相，故稱之爲相國。稱相府者，亦以此故也。

〔一二〕負　《宋人小説》本作「吾」。按：此下當有脱文。

〔一三〕僅千餘人應手除愈　《宋人小説》本作「應手而愈不下千餘人」。

棄官遇仙

闕名　撰

楊内侍，忘其名，授東川監軍判官。罷後，於緜竹置家。天祐中，洎入蜀，聞説羈縻北司，消息甚濃，楊遂不辭知舊，而竄至州。憂戚惶駭，頃刻不可過。因縱步市中，聞開場戲笑，遂往觀焉。俄見一叟，衣大白〔一〕裘，揖楊曰：「覩子之貌，憂色可掬。」楊具對之。叟曰：「小事耳。此地如有舍，可税一，七日，然〔二〕可他適，雖露顔狀無異。」乃拜而詢之，曰：「今便可假舍矣。擗掠丈餘，具〔三〕紙三數百張，凡孔隙悉令塞之，不令通風，内置榻取便。不獨今來變其形，兼俾他年獲其子息。」楊聞欣喜，再拜致謝於叟曰：「某今奔迫出城，行李甚困，此地又乏知識，何以奉酬？」叟曰：「子在難中，不須是説。吾方營少錢物，以贈子。但覓其金訖，可置水銀來〔四〕。」乃入甘鍋子，内藥一丸烹之。俄頃出秤之，銀一斤，無少剩矣。

叟曰：「子少年禁中曾活數人命，有此小功績，惟宜傳授。子得之，可用救人急難，勿蓄家財矣。」楊乃拜，伸弟子禮。遂書二十八字後云：「五色雲英生海月，能飲南方赤龍血。生冷宫中住雌雄，紫金臺上凝霜雪。」别有隱〔五〕祕，不形於文，默以口授。取藥三粒付之，曰：「入室服一粒，經三日服一粒，經七日服一粒。渴即啜參苓湯，藥力盡即思食。」楊依其言。

日滿將出，見叟書門上云：「功滿，他年青城相見。」楊乃自□得路歸緜竹，到家，滿頷生鬚，妻僕不識。後果有數子，復魚姓焉。數年後，青城訪其叟，無蹤跡耳。（據張鈞衡《適園叢書》本《鐙下閑談》卷上校録）

〔一〕白 《永樂大典》卷七七五六引《燈下閑談》作「帛」。

〔二〕然 《宋人小説》本作「就」，《大典》作「然」。

〔三〕具 原譌作「其」，《宋人小説》本同，據《大典》改。

〔四〕但覓其金訖可置水銀來 此處疑有脱譌。

〔五〕隱 《宋人小説》本作「陰」，《大典》作「隱」。

負債作馬

闕名 撰

崔寓，清河太師安潛之後，父時。光啓年，至鄭州尋親，乃值淮西士馬〔一〕，不歸輦下，遂至湘南。徧歷重難，多行惻憫。行市之内，生舉之間，或有信，則歸還，或無行，則抵諱。長沙中有主店人封八郎，自崔取〔二〕銅錢一百千。分拆〔三〕之後，因循不還，崔亦不迫促。乃至十一二年内〔四〕，崔宅夜〔五〕聞叩門甚急，伺之，不見有人。如是再三。崔纔寐，夢與八郎坐，見説欠負事。俄有黄衣使者〔六〕，持牒言曰：「封某負銅錢一百千，爲馬十五年。」封自坐化一紅駼馬，跳躍嘶鳴下階，望廐而去。崔不〔七〕覺，聞僕者報馬生一紅駼駒。自後崔乘十五年，無起卧驚蹶之苦。他人馳驟，必擺頓蹶失，或羈絆偶脱，長途所使〔八〕，盡力追隨，無計而得。崔每呼「封八郎」，即泯〔九〕耳低頭而歸廄中。余目擊，故録之也。（據張鈞衡《適園叢書》本《鐙下閑談》卷上校録）

〔一〕士馬　《勸善書》卷一九作「不靖」。

〔二〕取　《勸善書》作「借」。

〔三〕分拆　《宋人小説》本作「分析」。分拆、分析意同，分離也。

〔四〕十一二年内　《宋人小説》本作「九十一二年内」，衍「九」字。《勸善書》作「十餘年一夕」，「一夕」連下讀。

〔五〕夜　《勸善書》作「忽」。

〔六〕黄衣使者　《勸善書》作「青衣使」。

〔七〕不　《宋人小説》本、《勸善書》作「未」。

〔八〕所使　《勸善書》作「縱逸」。

〔九〕泯　《宋人小説》本作「眠」。

掠剩大夫

闕　名　撰

陳留劉令，咸通末罷秩〔一〕，自京抵三峰，訪舊知，憩華陰逆〔二〕旅。才旦，見一人馬導從，亦入客館。劉疑是節鎮替移，修名謁焉。見一人，衣紫腰金，神清貌古，相揖而坐。紫衣謂劉曰：「知足下善畫駿馬，服姓名久矣。此際欲煩畫二馬閑觀，儻不賜阻，當以厚賂奉酬。」劉未及對，左右已持裝綵至前。劉即依命畫成，置於紫衣坐前。紫衣歎曰：「飛兔、紫燕〔三〕，不可過也，乃人間之絶工矣。若能爲膊肘加餤，耳鼻添毛，則〔四〕眸光艶色而射空，脛毛毿然而覆地，此始〔五〕謂之天馬，可以獻於上帝，表其臣心。」劉令乃依命添之。

紫衣謝曰：「相識否？」劉令曰：「未知君名位。」紫衣曰：「吾乃天下掠剩使李大夫也。荏苒人間五百歲矣，視聽麤益，頗得均平。幸聞〔六〕駿骨奇毛，得以聞天述績。」遂修表獻之，云：「玄都大夫、天下掠剩使臣李鼎，貢天馬二匹。右臣某言：虔奉天恩，委司人事。執顯晦之衡鏡，掠貪婪之羨餘。今幸無曠遺，略得言述。塵寰眇邈，常頃〔七〕向日之心；歲月遷移，合議聞天之貢。前件馬誠因變化，孕自涵濡。房宿四星，寥泬〔八〕之光芒失色；周王十影，瑶池之蹀躞寧陪。因施丹雘之能，宛被素玄之妙。足用〔九〕彰其素志，表以立功。騰驤可馭於風雲，驅策候昇於霄漢。雖作〔一〇〕土貢，路陟天衢。説瀆天顔，伏惟」云云。

俄忽畫馬〔一一〕毛骨駿異，踴躍嘶鳴，遂卻使持其表，控其馬，乘紫霧，昇清霄。俄頃使回，執天判而下，曰：「李某損有餘而奉不足，行道也既明折中，方議褒稱。立功未滿於三千，清秩遽延於五律，前志越同上仙。符到奉行，爾宜從命。」紫衣焚香秉簡，拜恩訖，致謝於劉令曰：「不因足下手筆，何以致此天恩！」遂修緘，請於上都峨嵋廨院主事僧，請一房支錢，先寄五百千，以酬繪綵之功。度書於劉，劉即跪受。紫衣辭出，如拏風雲，倏忽不見。

劉如夢醒。移時，書至寺，僧云：「其錢已經三世闍黎，其錢貫索朽爛，點檢只及四百四十千。」即交劉。未發門，僧偶犯禁，金吾縶〔二〕之，約費六十千方止。後劉令歷官一十二，享壽百歲餘。棄家入華山，自後不知所止矣。（據《適園叢書》本《鐙下閑談》卷上校録）

〔一〕秩 原譌作「秋」，據《宋人小説》本改。下文「清秩遽延於五律」中「秩」字亦同。

〔二〕逆 原譌作「令」，據《宋人小説》本改。

〔三〕紫燕 原譌作「紫鴛」，《宋人小説》本譌作「紙鴛」。按：《西京雜記》卷二：「文帝自代還，有良馬九匹，皆天下之駿馬也。……一名紫燕騮……」「燕」又作「鷰」，故形譌爲「鴛」。據改。

〔四〕則 此字原無，據《宋人小説》本補。

〔五〕始 《宋人小説》本作「殆」，疑誤。

〔六〕幸聞 《宋人小説》本作「素以」。

〔七〕頃 《宋人小説》本作「傾」。頃，通「傾」。

〔八〕寥泬　「泬」原譌作「穴」，據《宋人小説》本改。按：寥泬，曠蕩空虚寂静，亦指天空。《太平廣記》卷一〇二引《三寶感通記・新繁縣書生》：「每至齋日，村人四遠就設佛供，常聞天樂聲震寥泬，繁會盈耳。」齊己《白蓮集》卷六《秋空》：「已覺秋空極，更堪寥泬青。」

〔九〕足用　《宋人小説》本作「用是」。

〔一〇〕作　《宋人小説》本作「屬」。

〔一一〕俄忽畫馬　「畫馬」二字原無，據《宋人小説》本補。《宋人小説》本「俄忽」作「忽見」。

〔一二〕縶　《宋人小説》本作「執」。

唐五代傳奇集第五編卷九

驛宿遇精

闕　名　撰

襄陽軍衙小吏歐陽訓，稟性凶猛。每遇凶怪宅宇輒造之，無不除絶矣。因使出嶺外，經新林驛。驛吏曰：「此驛有精靈，舟車往來者，不得安寢，則〔一〕未有害人。」訓喜聞之。是夕，昇堂明鐙而坐。夜色未分，忽見一女子，澹妝茜服，行步徐徐，言詞款款，自東序而來。吟曰：「月明階悄悄，影隻腰身小。誰是鶱翔人？願爲比翼鳥。」揖訓而入。訓謂〔二〕此必精靈，乃命坐杯酒，詰其姓氏。女曰：「世業醫術，妾功産乳。空度閨房，積有年矣。祖禰悉解牽飛〔三〕。爾〔四〕是往來神魂鈍濁，就枕而多成魔魅，接言而悉見荒迷。年代既深，誰〔五〕傳摭實！今幸遇君子，得以論心，願采〔六〕精誠，更不疑阻〔七〕。妾有催生妙藥，君子得無用乎？」訓然之。遂於裙帶間取貼之〔八〕，度與訓，曰：「燒灰爲末，酒服之。」女謂訓曰：「容色鄙陋，有玷君子。與君薦歡少刻，妾身永爲幸矣。不然，必罪及妾耳。」訓懼爲魔魅，數四不允。女復曰：「今幸得接英姿，況非舊契，豈敢相託！」訓因不免，就席而已。再飲，訓既執酒，女擊盤歌曰：「飛燕身輕未是[九]輕，枉將弱質在巖扃。今來不獨[一〇]同鴛枕，相伴神魂入杳冥。」

女與訓語笑相合，乃滿飲數杯。其女似醉，訓入房，取劍揮之。忽變一飛生蟲，爲兩段耳。驗其左翅下無毛，後開藥視之，有飛生毛數百莖。後襄陽親識聞有生産者，以一莖燒灰，酒服之，有驗。自後驛中無有其怪耳。（據張鈞衡《適園叢書》本《鐙下閑談》卷下校録）

〔一〕則 《宋人小説》本作「卒」。

〔二〕謂 《宋人小説》本作「意」。

〔三〕祖禰悉解牽飛 《宋人小説》本「禰」作「稱」。祖禰，祖先也。按：此句下疑有脱文。

〔四〕爾 《宋人小説》本作「只」。

〔五〕誰 原作「遂」，當譌，據《宋人小説》本改。

〔六〕采 《宋人小説》本作「揣」。

〔七〕阻 原譌作「因」，據《宋人小説》本改。

〔八〕取貼之 此處疑有譌誤。

〔九〕是 《宋人小説》本作「見」。

〔一〇〕獨 《全唐詩》卷八六七作「得」，當譌。按：此女乃飛生蟲精，即鼯鼠。詩言不獨同眠，且夢魂同飛高空也。

湘妃神會

闕名 撰

濮陽人光啓中〔一〕以中原喪亂，兵革竟起，自上蔡將命嶺隅，經於湘邑駐泊。有博陵崔渥，自蒲坂相次而至，於宴席中會遇，情甚相洽，因以爲友。博陵曰：「此地歲稔人安，且可寓乎？」濮陽曰：「然。」乃同寓於湘邑，但有一山可玩，一水可游，常挈杯觴，靡不經歷。

春末，因謁二妃，各題一絶。濮陽曰：「目斷魂銷正惘然，九疑山際路漫漫。何人知得心中恨，空有湘江竹萬竿。」博陵曰：「萬里同心別九重，定知涉〔二〕歷此相逢。誰人翻向群峰路，不得蒼梧殉〔三〕玉容。」翌日，登眺江亭，又各賦長韻。濮陽曰：「檻外征帆次第行，漁歌偏唱《竹枝》聲。荷翻水面真珠碎，柳颺灣頭緑綫輕。巒隱九疑忘去處，淚經千古轉分明。寥寥日暮雲空淡，應爲嚴妝廟貌清。」博陵和曰：「閑步江亭駐客行，殿臺高敞杜鵑聲。風生屈宋魂應散，雨過英娥〔四〕恨亦輕。春筍亂穿階蘚缺〔五〕，晚霞旁襯野花明。翠華不返蒲關去，鴛鷺數行松韻清。」興闌日暮，各歸旅舍。

忽見二青衣自山而來，容質夭妍，言辭俊雅，謂曰：「妾〔六〕家娘子令來傳語二處士，知題詠詩篇，經於莊側，幸一過訪，無以疏間。」二生問：「娘子誰氏？」青衣曰：「莊至此二三里，頃刻必知。」生自謂必風塵之家也，因從青衣而行。可三里，見門庭華盛，非凡俗所居。須臾，行至殿堂，玉〔七〕軸珠簾，見二女，雲鬟時〔八〕妝，坐於殿内。左右侍者，皆類於宮姬。有朱衣使者曰：「此舜帝二妃廟貌在此。」二子則肅拜，如臣禮。二妃曰：「妾舜之妃，與處士不相君臣。」乃答拜。召升階，坐於殿側。命備飲食次，問行止，各以具對。

時一更矣，妃曰：「今夕二君子相訪，不可不成一筵。今〔九〕召吴王西施、紂君〔一〇〕妲己、桃源洞仙子、洞庭龍女來。」逡巡，諸女侍從皆至妃前，各拜敘云云。二生退立，不敢仰視。妃謂青衣曰：「引諸女伴見二處士。」各拜禮畢，命坐，飲酒數巡。酒饌皆珍美，器用皆瓊瑰，不可殫述。妃謂曰：「妾以舜帝巡狩，竟絶歸期，殁於湘川，凡數千載。自立祠廟，往來有篇詠者，詞多戲誚，不近風騷。或將雲比翠鬟，或以花侔〔一一〕丹臉，罔知至理，罕造玄微。如君子一絶，乃光前裕〔一二〕後耳。」乃吟曰：「何人知得心中恨，空有湘江竹萬竿。」如此吟詠，久而不已。諸女聳聽，皆稱善。濮陽止於搗挹飾謝，不敢多言。

妃曰：「感君子之製，今夕故令召耳。説〔一三〕淑景和風，烏〔一四〕唬明月，盍各賦詩乎？」諸女曰：「敢不聽命。」乃索紫毫碧牋，二妃各賦詩一篇，曰：「鸞輿昔日出蒲關，一去蒼梧更不還。若是不留千古恨，湘江何事竹猶斑？」又曰：「愁聞黄鳥夜關關，潙汭春來有夢還。遺美代移刊勒絶，唯聞留得淚痕斑。」西施詩云：「方承恩寵醉金杯，豈謂干戈驟到來〔一五〕。亡國破家皆有恨，捧心無語淚蘇臺。」妲己詩曰：「歡樂平生自縱心，武王兵起〔一六〕勢難任。自茲宗社傾危後，方悟當時酷暴深。」桃源仙子詩曰：「桃花流水兩堪傷，洞口煙波日〔一七〕漸長。莫道仙家無別恨，至今垂淚憶劉郎。」龍女詩曰：「涇陽〔一八〕平野草初春，遥望家鄉淚滴頻。當此不知多少恨，至今空寄〔一九〕在靈姻。」濮陽詩曰：「常説仙家事不同，偶陪花月此宵中。錦屏銀燭皆堪恨，惆悵紗窗向曉風。」博陵曰：「春鳥交交引思濃，豈期塵跡拜仙宮。鸞歌鳳舞飄珠翠，疑是陽臺一夢中。」

詩畢，時已四更，酒闌歌闋。謂二生曰：「已令青衣各設一院，以奉巾櫛，更無飾讓。」二生拜謝訖而出。妃子引諸女入於宫内，二生隨青衣宿於院内，裀褥服玩，靡不華鮮。酒酣睡濃，不覺逼曙。驚覺，一無所見，只有二青衣泥塑侍側，乃覺宿於二妃廟廊廡閒。因思寐中與青衣交感，驚懼走出廟門，退歸旅舍。唯有青衣數日中二生往往於寤寐閒會遇。後歷嶺表，入南海，夢中相別，涕泣而去，不復寐見矣。（據張鈞衡《適園叢書》本《鐙下閑談》卷下校録）

〔一〕光啓中　按：《萬首唐人絶句》卷六九、《全唐詩》卷八六四輯録所謂尤啓中詩二首，乃以「光」譌作「尤」，又誤爲姓名，殊可笑也。

〔二〕涉　《宋人小説》本作「陟」。
〔三〕殉　《唐人絶句》、《全唐詩》作「徇」。徇，通「殉」。
〔四〕英娥　《宋人小説》本「英」譌作「黄」。按：英娥，女英、娥皇。
〔五〕缺　《宋人小説》本作「暎」。
〔六〕妾　原譌作「妻」，據《宋人小説》本改。
〔七〕玉　《宋人小説》本作「乃」。
〔八〕時　《宋人小説》本作「明」。
〔九〕今　《宋人小説》本作「令」。
〔一〇〕紂君　《宋人小説》本作「紂王」。
〔一一〕侔　《宋人小説》本作「擬」。
〔一二〕裕　此字原脱，據《宋人小説》本補。
〔一三〕説　《宋人小説》本作「當此」。按：説，同「悦」。
〔一四〕烏　《宋人小説》本作「鳥」。
〔一五〕豈謂干戈驟到來　《全唐詩》「謂」作「爲」。《宋人小説》本「驟到」作「馳驟」。
〔一六〕起　《宋人小説》本、《全唐詩》作「至」。
〔一七〕日　《全唐詩》作「月」。

〔一八〕涇陽　《宋人小説》本譌作「漢陽」。按：事見《洞庭靈姻傳》。

〔一九〕寄　《唐人絶句》、《全唐詩》作「憶」，誤。按：寄，寄書信也。

升斗得仙

闕　名　撰

李相公珏鎮楊州〔一〕日，夜夢長衢而行，見一金字牌，屹於路左，觀者架肩接踵〔二〕，遂詣看焉。金書云：「淮南道楊子縣李珏得仙。」珏遂於〔三〕牌下久而不去。俄見一羽衣，乘鶴自天下，曰：「爾是何人，敢當此立？」珏啓曰：「是淮南道節度使李珏。今觀金牌有字，言珏得道，是敢當此而立。」羽衣曰：「非子也。淮南道楊子縣李珏，三代販舂糠粃，心不忘道，陰功數滿，運偶昇天，上帝遂降金符金字，預示上下神祇。」言訖，昇空而去。

珏夢覺，將旦，令左右徧於坊郭府縣尋訪，並無李珏。忽示楊子縣檢舊簿籍，糶糴行有李珏，遂差人訪得。李珏年六十，爲與府主同名，更之，見係糶糴行。相將詣於公府，珏具公裳，命左右策住，設拜恭禮，以父兄禮。詰〔四〕曰：「三代販舂，糠粃不棄，糶糴悉令他人執升斗。自致豐盈之，因復振飢寒之人〔五〕。」公歎曰：「三代販舂，陰功猶著，數年莅事，功德蔑聞。莫若自知，尚虞天譴，敢言□□〔六〕，曷不慙乎？」

未逾月，其人白日沖天。是時文儒之士，著《李珏白日沖天詩》十有六七。是故相公詩曰：「金字空中〔七〕見，分明列姓名。三千功若滿，雲鶴〔八〕自來迎。要警貪啉息，將萌寵辱驚。知之如〔九〕不怠，霄漢是前程。」幕吏《上相公詩》曰：「同姓復同名，金書應夢靈。彼行功已滿，此德政惟馨。中國爲元老，遥天是昴星。將知賢相意，不去爲時寧。」餘詩不録耳。（據《適園叢書》本《鐙下閑談》卷下校録）

〔一〕揚州　《宋人小説》本作「揚州」。楊，通「揚」。

〔二〕觀者架肩接踵　《宋人小説》本下有「而至」二字。

〔三〕遂於　《宋人小説》本作「徘徊」。

〔四〕誥　《宋人小説》本作「詰」，當譌。誥，告訴。

〔五〕自致豐盈之因復振飢寒之人　《宋人小説》本作「自致豐致盈，返因復賑飢寒之人」。

〔六〕□□　原無闕字，《宋人小説》本有。按：觀文意，此處當有二字，殆「得道」、「得仙」、「成仙」之類，據補。

〔七〕空中　《宋人小説》本作「分明」。

〔八〕鶴　《宋人小説》本作「鵲」，當譌。

〔九〕如　《宋人小説》本作「始」。

行者雪怨

闕　名　撰

韋洵美先輩，開平戊辰歲，張策侍郎下進士及第，受鄜都〔一〕辟焉，乃挈家中所寵素娥行。羅紹威聞其姝麗，纔達〔二〕臨河，令女使賫〔三〕二百匹及生鰊，事事周備，而露意焉。生悄然，進無所容足，遂令妝飾更服，修緘獻之。素娥姓崔氏，亦良家子。韋未第在大梁日，酒禮〔四〕聘之，善〔五〕談諧筆札。乃曰：「賤妾身事君子，願永爲箕箒，何期中路遽離别！」乃取牋管，收〔六〕淚書之，曰：「妾閉閑房君路岐，妾心君恨兩依依〔七〕。魂神儻過〔八〕巫娥伴，必〔九〕逐朝雲暮雨歸。」洵美覩其製述，亦書一絶贈之，曰：「别恨離情〔一〇〕自古聞，此心難舍意難論。承恩必若〔一一〕須時服，莫使沾濡有淚痕。」

生乃不受辟，悒恨而奔，乃速渡河，昏黑至一寺憩焉。假僧榻而寢，長吁〔一二〕而吟曰：「四壁忙忙〔一三〕蟋蟀聲，背鐙欹枕夢難成。人閒有此不平事，何處人能報不平？」復吟之次，寺有行者，繫絛衣褐，排闥而入，揖韋曰：「先輩萬福，心中蓄何不平之事？」韋具語之。行者曰：「適聞君吟『何處人能報不平』，吾雖不才，願報不平之事。」欻然〔一四〕出門而去。韋不敢寐，坐至三更，忽見擲一皮囊入門中，乃貯素娥而至。侵曉，問〔一五〕其寺僧，言在

寺打鐘苦行，僅二十餘年〔一六〕。自此〔一七〕不知所之，韋亦遁跡他所。（據張鈞衡《適園叢書》本《鐙下閑談》卷下校録）

〔一〕鄴都　南宋王銍《補侍兒小名録》引《燈下閑笑（談）》、周守忠《姬侍類偶》卷上引《燈下閑談》、《劍俠傳》卷三《韋洵美》下有「從事」二字。

〔二〕纔達　《姬侍類偶》、《劍俠傳》作「才藻」，當誤。

〔三〕賚　原作「賫」，形譌也，據《宋人小説》本及《小名録》、《姬侍類偶》、《劍俠傳》改。

〔四〕禮　《宋人小説》本作「醴」。

〔五〕善　《宋人小説》本作「喜」。

〔六〕收　《小名録》、《姬侍類偶》作「和」。

〔七〕依依　《宋人小説》本作「離離」。離離，悲傷貌。《楚辭》劉向《九歎·思古》：「曾哀悽欷，心離離兮。」王逸注：「離離，剥裂貌。」

〔八〕過　《宋人小説》本及《萬首唐人絶句》卷六九、《全唐詩》卷八〇〇作「遇」。

〔九〕必　《小名録》、《姬侍類偶》、《全唐詩》作「猶」。

〔一〇〕情　《唐人絶句》、《全唐詩》作「群」，當誤。

〔一一〕必若　《宋人小説》本「若」作「各」，當誤。按：必若，想必也，必然也。《廣弘明集》卷四釋彦琮《通極論》：「勞謙則君子終吉，克讓則聖人上美，必若内德充盛，自然外響馳應。」《舊唐書》卷一七八《李蔚傳》：「況近年以來，風塵屢擾，水旱失節。征役稍繁，必若多費官財。」

〔一二〕吁　《宋人小説》本作「呼」。

〔一三〕忙忙　《宋人小説》本作「茫茫」，《唐人絶句》作「紛紛」。

〔一四〕欻然　原譌作「款然」，據《宋人小説》本及《小名録》、《姬侍類偶》、《劍俠傳》改。

〔一五〕問　原譌作「聞」，據《宋人小説》本及《小名録》、《姬侍類偶》、《劍俠傳》改。

〔一六〕言在寺打鐘苦行僅二十餘年　《宋人小説》本作「云在寺打鐘鼓二十餘年」，《小名録》、《姬侍類偶》、《劍俠傳》作「言在寺打鐘，勤苦三十年」。

〔一七〕自此　《宋人小説》本作「自後」，《小名録》、《姬侍類偶》、《劍俠傳》作「已」。

按：《劍俠傳》卷三據《姬侍類偶》採入，題《韋洵美》，文有删節。

獵豬遇仙

闕　名　撰

泰山獵人，亡〔一〕其姓名，因射趁〔二〕一豬，中其膊，逐之。入一石室，三十餘步，失蹤。門内有人宣言曰：「何人敢射仙家豬？付獄償死。」復又聞傳曰：「豬既不死，便當赦之。」俄見内列朱門粉壁，絳節霓旌。瞥見一人，羽衣星冠，執帚而立〔三〕，喝曰：「下域人緣何輒至蓬玄洞天玄元皇帝之宫？」獵人即拜，具述因逐一豬失蹤至此。執帚曰：「此乃仙家豬，不可見也。吾乃魏朝尚書王輔嗣，雖名處真仙，謫居朝職。無何逞其才智〔四〕，攻乎異端，爲誤《道德經》爲因果之理，譴責至今未滿，況老君何可容易得〔五〕一窺否？子宿有道緣未滿，復又爲罪障。引汝略窺者，君速宜積行。」

遂引至一殿，於金隔中仰窺，見老君當殿而坐。百萬神仙，正當朝集，諸衛擁其後，五帝列其前。問執帚曰：「諸天神仙首者誰？」曰：「廣成子。」「三十□□〔六〕真官首者誰？」曰：「張道陵。」會朝退，覩臺基欄楹，並金玉爲之，徧地遥天，錦繡而已。俄見鼓吹優唱鸞〔七〕鶴幢節閒，仙子數人，自空而至殿前。獵者復問：「著語〔八〕者誰？」曰：「黄幡綽〔九〕。」「導引者誰？」曰：「黄玄鍾。」復問，通曰：「次排董雙成〔一〇〕。」奏雲和笙，其詞曰：「淅瀝復悠溶，諸天樂所宗。愔愔形類鳳，冉冉勢從龍。片觸崚嶒碎，聲飄列缺重。不辭歌一曲，此會信難逢。」詞畢樂退。執帚者曰：「可返，勿候請者至，累吾復受譴責矣。」獵人拜辭，尋舊徑而還，顧石壁孱顔，林木森聳。歸家詢時代，已十二年矣。（據張鈞衡《適園叢書》本《鐙下閑談》卷下校録）

〔一〕亡 《宋人小説》本作「忘」。

〔二〕趁 《宋人小説》本作「趕」。

〔三〕立 《宋人小説》本作「至」。

〔四〕智 《宋人小説》本作「志」。

〔五〕得 《宋人小説》本作「將」。

〔六〕□□ 《宋人小説》本作一闕字。

〔七〕鸞 原譌作「鑾」，據《宋人小説》本改。

〔八〕著語 疑「著」當作「贊」。贊語，贊唱也。唐崔令欽《教坊記》：「於是内妓與兩院歌人，更代上舞臺唱歌。内妓歌則黄幡綽贊揚之。」贊揚即贊唱頌揚。

〔九〕黄幡綽 《宋人小説》本誤作「潘綽」。按：黄幡綽，唐玄宗優人，唐人書記其事頗多。

〔一〇〕復問通曰次排董雙成 此處疑有脱譌。

夢與神交

闕名撰

史松先輩，鄭滑人也。因試春官下第，薄游荆州。天成丁亥歲冬末，到武陵〔一〕謁舊親戚，憩於澧州〔二〕門外旅店。是夕，鐙下倄刺畢，忽欠伸，就枕纔寐〔三〕，見一人，紫衣服，髯鬚多，行步迅疾，入揖曰：「大王傳語秀才，適覽入地界狀報，方知秀才特至武陵，賴便咨屈，幸希過訪，無阻情誠。」松乃相隨出門，遽促上馬，呵殿〔四〕而行。可三十餘里，路途相繼傳達。

俄到一朱門，下輿傳呼王來。見一人，被王者之服，玄冠，揖而偕〔五〕行，乃昇殿而坐。王曰：「寡人據此土地數百年來，況〔六〕忝正封，竊愧〔七〕號王。近南楚國王〔八〕應天順人，致謚議安濟封册。切知足下懷才抱器，識禮知書，輒□邀延望，爲濡染謝讓上帝表章，可否？」松曰：「小儒末學，藝寡才微。前年請解滑臺，上〔九〕書魏闕。穿楊箭短，點額痕深。雖此南游，即譴西上〔一〇〕。不讀大王行狀，難述上帝表章。」乃令取後漢列傳及册函，前後名公祝詞，一一展視松。松方悟名與王同，起□曰：「修製不敢推延，但緣名將犯諱。」王曰：「幽顯殊途，且非家族。」松乃再三乞更名，王顧左右：「傳語文籍司，可啓暫假已去登科記來。」逡巡取到，檢尋，内有史邕成名。王曰：「松、邕不離聲韻，得非將來乎？」松拜而更之。乃操觚染翰。表成，呈於王，同具册號。「右臣聞生爲國珍，歿當廟食，前文備載，往哲所標。苟非正直以流芳，曷得蒸嘗而受享？臣名傳史籍，威襲遐陬，佐漢之功業炳然，在楚之明靈著矣。一昨戊辰年，楚國王興師取武陵日〔一一〕，以雷氏既違庭訓，又〔一二〕負親盟，臣於此時略施陰贊。向明背暗，喜聞英傑之言；助順摧凶，未爽古今之理。武陵尋當銷解，雷氏亦許遁逃。是致南楚國王，議改封册，敬陳曩事，致讓於天。中謝〔一三〕。臣謹者別行陰騭，圍〔一四〕護封陲，使一州無鼠竊狗偷，保三楚常風調雨順。遇殘暴〔一五〕而專行戮勦，逢〔一六〕公忠而敦固行藏。自然上答穹靈，不負封册。」云云。王覽訖，曰：「表雖至嘉，書誰得妙？」復言曰：「文英大師廟見開通。」顧左右：「將寡人所乘龍駒，傳語命來。」夜至三更取到，王謂大師曰：「寡人正受封册，適命史先輩修製表章，闕人繕寫。且師之名號上帝知之，有此相煩，無慳來修。」翛公稽首而白曰：「文英師號，豈敢當乎？」王曰：「師再西去，必當受之，何訝預呼也？」公遂攘臂書之。畢，王覽曰：「筆妙詞清，光前絕後。」翛公與史且昧平生，但相揖而已。

王遂令左右備盤餚於寢殿，女樂前後數部，陳設炳然，煥於人間。生遂獻王《夜宴詩》曰：「妙樂佳人數部〔一七〕隨，殿堂〔一八〕高敞盛威儀。鳳笙品弄檀脣散，鼉鼓喧鏑錦袖垂。寶帳珍華光煦灼，玳筵花燭影參差。酒酣回顧清歌妓，粉面皆言某在斯。」王覽，賞歎再三，以示翛公。翛公曰：「又覩先輩贈獻大王高作，豈貧道不銷先輩長歌〔一九〕，藝薄豈可稱揚？作者何惜濡染？」乃作歌而贈曰：「真蹤草聖今古有，翛公學得誰及否？古人今人一手書，師今書成在兩手。書時須飲一斗酒，醉後埽成龍虎吼。風雨飄〔二〇〕兮魍魎走，山岳動兮龍蛇鬬。千尺松枝如蠹朽，欲折不折横〔二一〕巖口。張顛骨，懷素筋，筋骨一時傳斯人。

斯人傳得□通神，攘臂縱横草復真。一身疑是兩人身。」歌畢，酒遂各辭〔二二〕。王曰：「莫訝是請，各有家國緣。吾師勿倦半□之中辛勤，還免十年之外屠割。秀才無辭吐鳳，必使登龍〔二三〕。各欲厚遺珍華，但慮却〔二四〕爲禍害。將來之事，不欲明言。」辭謝出門，分路而返。

夢覺，五更初矣。生披衣待旦，攜刺入城，遂至開通，且訪脩公之院。公未出〔二五〕間，於案上書出生〔二六〕夜來之歌。及相見，皆話夜來會遇之事，二人便如曩契，更不欲傳於人矣。

（據張鈞衡《適園叢書》本《鐙下閑談》卷下校録）

〔一〕武陵　《宋人小説》本譌作「武林」，下文作「武陵」。按：武陵，縣名，今湖南常德市，唐五代朗州治所。武林，宋代杭州别稱。

〔二〕澧州　原譌作「豐州」，《宋人小説》本同。按：澧州，治澧陽縣，今湖南澧縣東南。澧州在朗州北，二州相鄰。豐州，唐屬關内道，治五原縣，今内蒙古五原縣南。

〔三〕寐　《宋人小説》本作「夢」。

〔四〕呵殿　《宋人小説》本作「驅殿」。按：呵殿謂衛從前呵後殿，驅殿謂衛從驅前殿後，意相仿佛。李玫《纂異記·蔣琛》（《太平廣記》卷三〇九引）：「俄聞軿闐車馬聲，則有緑衣玄冠者，氣貌甚偉，驅殿亦百餘。」

〔五〕偕　《宋人小説》本作「階」。

〔六〕況　《宋人小説》本作「誠」。

〔七〕愧　此字原脱，據《宋人小説》本補。

〔八〕南楚國王　「王」原譌作「土」，下文作「王」，據《宋人小説》本改。按：南楚國王指馬殷。後梁開平元年（九〇七）封楚王，後唐天成二年（九二七），封楚國王。

〔九〕上　此字原闕，據《宋人小説》本改。

〔一〇〕上　《宋人小説》本作「土」。

〔一一〕日　《宋人小説》本作「得」，疑譌。

〔一二〕又　原譌作「人」，據《宋人小説》本改。

〔一三〕中謝　此二字《宋人小説》本在正文。按：人臣上謝表，誠惶誠恐一類套語往往從略，而旁注「中謝」二字。如《文選》卷三七羊祜《讓開府表》：「夙夜戰慄，以榮威憂。中謝。」李善注：「中謝，言臣誠惶誠恐，頓首死罪。」江淹《江文通集》卷二《建平王讓右將軍荆州刺史表》：「茂寵迺臨，炫奪彝典，巡恩鏡飾，攬情震慮。中謝。臣聞……」

〔一四〕圍　《宋人小説》本作「圉」。

〔一五〕殘暴　原作「過乞」，不詳何義，據《宋人小説》本改。

〔一六〕逢　《宋人小説》本作「進」。

〔一七〕部　原譌作「步」，據《宋人小説》本改。

〔一八〕堂 《宋人小説》本作「臺」。

〔一九〕長歌 《宋人小説》本作「此歌」。按：長歌指下文史松贈脩公之七言歌行。

〔二〇〕飄 原作「吼」，當誤，前句已有「吼」字，此處不當重出，據《宋人小説》本改。

〔二一〕横 此字原闕，據《宋人小説》本補。

〔二二〕酒遂各辭 《宋人小説》本作「遂各辭酒」。

〔二三〕無辭吐鳳必使登龍 《宋人小説》本作「無辭□吐鳳，再□必使登龍」。

〔二四〕却 原作「欲」，據《宋人小説》本改。

〔二五〕未出 原乙作「出未」，據《宋人小説》本改。

〔二六〕生 原作「余」，《宋人小説》本同。按：此篇非第一人稱叙事，姑承上改作「生」。

易卦知僧

闕 名 撰

僧雲涉，長沙人也。幼歷大溈山門參禪，外學《易》。光啓年夏，徧游嵩、華。回商山，道中見一人，身貌魁偉，負空擔一條，以繩繞兩頭。同行數日，雲涉詰曰：「長者行李，負空擔何用？又不擔物。」答曰：「有者即擔，無如何擔？」雲涉不能對。問涉曰：「吾師杖頭結何文書？」答曰：「筮卜書，擬往蜀中問〔一〕《易》。」道人曰：「僕近蜀中來，蜀自嚴君平後，少人知《易》。師切於師問〔二〕，依吾指一徑而去，勿憚遠近，必遇奇人。」

雲涉乃〔三〕依言而行，歷水涉山，衝風犯雨。行兩月餘，目〔四〕其徑微微，望遠百步許〔五〕，見一似〔六〕人非人，靠一枯杉而坐。雲涉行將近，其人遂起，入一草庵之中。雲涉至庵側，整頓衣帔，聞内將錢擲卦之聲，卦成曰：「《蒙》之《師》。」復移時間消停，卦曰：「宗廟丙寅動木，世在丙戌，應在戊寅〔七〕。曰：童蒙求我，我求童蒙。師者師貞，丈人吉無咎，君子以容民畜衆。且寅木伏癸酉金來，酉字有木〔八〕邊作目，移三點其旁，即『湘』字也。世歸戊午，火〔九〕七日，卦東南方，荆湘人也。世丙戌，土伏癸，丑土來，屬陰，飛伏相刑。八月卦建酉，酉自刑又屬陰，此毁形之人也，可是僧也。既相刑剋，來應不反。」即云：「乃吾弟子，自湘南來也。」

雲涉伺〔一〇〕斷卦畢，遂入庵中，見一女子道士，結草爲衣，狀雲帔，遂問雲涉曰：「何由至此？」答曰：「幼攻《易》道，未遇奇人，乃自湘中游歷京闕，因自商山道中遂至此，得遇仙者，喜抃〔一一〕交深。」又問：「何人指示此來？」涉具對之。女真曰：「識此人否？」對曰：「雖同行數日，未知姓字。」曰：「此乃華山學士王生，乃俠客之祖，亦吾學《易》弟子。近自此〔一二〕去，便輕指示生來，來甚當之。」因留涉坐，細論《易》道飛伏微妙之理。曰：「吾師不可久住此間，便當速歸。湘楚有人問《易》，當爲決疑，便是陰功，延其夏臘。」涉稽首致謝，問曰：「願聞師之姓。」答曰：「吾乃商山李五姊〔一三〕也。」涉辭之，遂歸湘州〔一四〕，栖止道林，於《易》道之高下所仰〔一五〕。（據張鈞衡《適園叢書本《鐙下閑談》卷下校録）

〔一〕問　原譌作「間」，據《宋人小説》本改。

〔二〕問　《宋人小説》本作「門」。

〔三〕乃　原作「至」，據《宋人小説》本改。

〔四〕行兩月餘目　原作「行兩餘月日」，據《宋人小説》本改。

〔五〕許　原譌作「虚」，據《宋人小説》本改。

〔六〕一似　原乙作「似一」，據《宋人小説》本改。

〔七〕世在丙戌應在戊寅　原作「世在丙戌土，應在戊寅木」，「土」、「木」二字疑衍，據《宋人小説》本删。

〔八〕木　原譌作「水」，據《宋人小説》本改。

〔九〕火　《宋人小説》本作「秋」。

〔一〇〕伺　《宋人小説》本作「聞」。

〔一一〕抃　《宋人小説》本作「忭」。抃，欣喜拍手也。

〔一二〕自此　原乙作「此自」，據《宋人小説》本改。

〔一三〕姊　《宋人小説》本作「姨」。

〔一四〕湘州　原譌作「湘外」，據《宋人小説》本改。按：湘州即潭州，隋前稱湘州，治長沙縣，即今湖南長沙市。

〔一五〕於易道之高下所仰　《宋人小説》本作「於《易》道之中，高下共仰」。

代民納税

闕　名　撰

鄭冠卿，上都人也，昇道諸房。乾寧初，授臨賀縣令。考滿，於桂林禮辭。因阻兵，未還輦轂。夏日，偶游栖霞洞，遇道士，立於洞門納涼。因揖入内，數十步，坐磐之上，列棊局酒壺而已。旁有二童子，衣青執笛。道士揖鄭而坐，問以「子自何而來，得至於此」，冠卿曰：「日來除授考滿，將回。」又問曰：「業何道藝？」曰：「雖承蔭緒〔一〕，罔讀《禮經》，麤識官方，因議參選。」又曰：「子不聞漢典以專經方仕，又復聞鯉趨過庭，訓以《詩》、《禮》。既不讀，何異面牆而立？是無所覩也。又聞『學而優則仕』，既無所知，何以仕也？」冠卿曰：「既奉明教，即習學也。」道士曰：「何異大寒而後索衣裘，不亦晚乎？是故《書》〔二〕傳説云：『事不師古，以克永世，匪説攸聞。』」又曰：「於學外何好？」曰：「少小學笛，頗得其妙。」道士因就青衣取笛，度與冠卿吹之。執笛之子因舉杯與道士對飲〔三〕，顧執樂者〔四〕聲樂久而方畢，道士相顧曰：「得不謂之聾俗！」冠卿曰：「樂〔五〕知遇神仙。」自目注酒壺不移。道士謂曰：「爾思飲乎？」遂倒壺傾之，不出，因滴瀝杯中，冠卿飲之。

二道士因覩筬毫在旁，乃賜冠卿詩一首：「倏忽而來暫少留，凡間風月已三秋。趨名競利何時了，害物傷人早晚休。禍極累成爲世謗，貴榮過卻與身讎。君看虎戰龍争者，幾樹白楊飄隴頭。」又曰〔六〕：「名利教疏便可疏，俗情時態莫躊躇。人寰律歷三回換，仙洞光陰數息餘。應信令威曾化鶴，亦知莊叟羡〔七〕游魚。不緣過去行方便，那得今來〔八〕會碧虚。」既各贈詩，冠卿拜而受之。

特〔九〕辭道士，因問：「子在官時，行何好事？」冠卿答曰：「自度無能，常行憫惻。每見貧民有租税不逮者，嘗出正俸錢，代而納之。行草野，見暴露不葬者，即解衣裾爲瘞之。」道士相顧曰：「是此特得遇吾也。能常行不怠，即不在知《詩》、《禮》也。方今四海區分，諸侯角立〔一〇〕，無非重斂以贍强兵，是天使然，不由人事。古者爲政，尚寬簡，務儉素，不衒聰察，不役智能。昔宓子賤得之，不下堂而單父之人化；汲黯得之，不出閤而東海之政成。子不聞王喬、許遜宰，天下什一而税，復能飲冰〔一一〕食蘖。今之十九而税，又直徇利貪財。子儻不爲官，復即林野，則可保其天年。不然，則夭枉矣。」

道士曰：「可返。」冠卿辭出洞，復〔一二〕舊路而歸。至路口，見二樵者，問曰：「洞中酒樂，何比俗塵？」冠卿曰：「酒不多飲，樂且少聞。」樵者相顧曰：「此遇同不遇也。然神仙不可力致，此遇亦由過去多行方便也。今生天年，固〔一三〕無減折。」再問：「識此神仙否？」冠卿曰：「不識。」曰：「日華、月華，赴南溟之宴，屆此憩焉。」言畢，十步之閒，已亡二樵者。冠卿歸，家驚喜。三年何處所止，服已闋矣。後冠卿不慕名宦，退居馮翊，一百四歲無疾而卒。（據張鈞衡《適園叢書》本《鐙下閑談》卷下校録）

〔一〕蔭緒　《宋人小説》本作「蔭籍」。按：蔭籍，因先輩功勳所得官位。《宋書》卷四二《劉穆之傳》：「彈王僧達云：『廕籍高華，人品冗末。』」《新唐書》卷二二五中《朱泚傳》：「少推父蔭籍軍中，與弟滔並爲李懷仙部將。」（按：中華書局點校本點作「少推父蔭，籍軍中」，誤。）北宋宋祁《景文集》卷三〇《乾元節乞男定國等恩澤狀》：「向緣世父之榮，已參蔭籍之末。」蔭緒，意思相仿。《册府元龜》卷四五五《將帥部·貪黷》：「李象古爲安南都護，爲土賊所殺。象古藉蔭緒入官，無他志能，性貪鄙。」

〔二〕書　此字原脱，據《宋人小説》本補。按：《書》，《尚書》。以下引文見《尚書·説命下》。

〔三〕執笛之子因舉杯與道士對飲　原作「玉笛之手因舉杯道士對飲」，有脱譌，據《宋人小説》本改補。

〔四〕執樂者　《宋人小説》本「樂」作「笛」。按：執樂者指鄭冠卿，時執笛吹奏也。

〔五〕樂 《宋人小説》本爲闕字。

〔六〕又曰 此二字原無，據《宋人小説》本補。

〔七〕羨 原譌作「美」，據《宋人小説》本改。

〔八〕來 明張鳴鳳《桂勝》卷二范成大《碧虚亭銘并序》引作「朝」，《全唐詩》卷八六二亦同。按：《碧虚亭銘并序》略述事略，無出處，詩只引卒章「不緣」一聯。《全唐詩》即據此而輯，誤爲鄭冠卿詩。

〔九〕特 《宋人小説》本作「時」。按：特，特别之謂，表示鄭重。

〔一〇〕角立 《宋人小説》本作「角力」。按：角立，對峙，並立。《晉書》卷一一一《皇甫真傳》：「于時群雄角立，争奪在辰。」

〔一一〕冰 原爲闕字，《宋人小説》本同。按：白居易《三年爲刺史》詩：「三年爲刺史，飲冰復食蘗。」據補。

〔一二〕復 《宋人小説》本作「尋」。

〔一三〕固 《宋人小説》本作「因」。

僧曾作虎

闕名 撰

桂州延齡寺僧延遇〔一〕，俗姓黄，名彦。未作僧時，爲西南城外界子所居，土名緦纜渡。

同集居人，立一義社，彦爲社長。每遇春秋時祭，三王乞福，甚有應感。無何，歲久用過衆錢十二千。遇祭時算其錢，重立誓曰：「若私用錢者，後身當爲畜類。」彦因秋祭，大醉，喧於廟庭，指射其錢而散。歸迷其路，宿於草野。至三鼓時〔二〕，而有神〔三〕喝曰：「天符下，黄彦用過錢一十二千，可爲虎一十二年。」遂脱其衣，服以皮，令二鬼攏挾而行。由是村落捉豬犬之屬，並依二鬼所使。每日有〔四〕食草穢泥土，有食蝦蟆蚊蚋。

數年後，有鄰人於谿水中，見彦在水中浴，但露人首而行，語曰：「我爲虎，尚欠三年。你勿懼我，我不害爾。我爲誣罔神明，使過衆人布施功德錢，我當別爲奉酬〔五〕，來日於此樹下輟所食㹠以奉。」遂化爲虎而去。鄰人志其言，來日果往樹下取其㹠。乃見一少年伏地，衣裳損破，久而方甦，言被一虎曳來於此，鄰人訝之。

後年限滿，夜遇一僧，衣帔，頭毛雪色。持錫斵其腦骨，逡巡，皮解毛落。戒曰：「汝便爲僧，修其福田〔六〕，慎勿違犯齋戒。爲僧之後，欺罔衆生，盡劫不復人身。」時二鬼相隨，二鬼稽首白云：「亦願乞度脱鬼趣〔七〕。」僧乃〔八〕授以三皈、五戒而没。見其爲人，寐於草莽間，身體垢膩酸疼，赤〔九〕躶無衣。妻子驚歎，將衣隔户拋與親識。鄉里畢集，言爲虎之日，禽捉者悉見畜之形，爲是人形者如誤，有驚土地，決鐵杖一百〔一〇〕。後患左手大指伸縮不得〔一一〕，言爲虎時，夜行至慕化縣，食一不孝，被里人襲逐，打損前脚大指。後入延齡寺，見白衣菩薩，發願化人修殿。揭笊籬於桂林寺三十餘年，俗號「黄大蟲」，天成中方卒。

（據張鈞衡《適園叢書》本《鐙下閑談》卷下校録）

〔一〕桂州延齡寺僧延遇　「桂州」《宋人小説》本作「桂林」，《永樂大典》卷一四七〇七引《燈下閑談》作「桂州」。按：唐代桂州治始安縣，即今廣西桂林市。秦朝始置桂林郡，吴、晉、南朝皆置，故唐人習慣稱桂州州治爲桂林。「延齡寺」，「齡」原作「陵」，《大典》同，本文後文乃作「齡」。據《勸善書》卷一九改。《宋人小説》本作「壽」，後文乃亦作「齡」。按：唐莫休符《桂林風土記·延齡寺聖像》云：「寺在府之西郭郊三里附近隱山，舊號西慶林寺，武宗廢毁，宣宗再崇。峰巒牙張，雲木交映，爲一府勝游之所。」又《隱仙亭》云：「本名盤龍岡，在府西郭三里，與延齡寺相近。」「延遇」原作「延過」，《宋人小説》本及《勸善書》、《大典》作「延遇」，「過」字當爲形譌，據改。

〔二〕宿於草野至三鼓時　原作「宿於草□□□□三鼓」，《宋人小説》本此處闕五字，據《勸善書》補改。

〔三〕而有神　《宋人小説》本作「有神而」。

〔四〕有　《勸善書》作「或」，下句「有」字亦然。按：有，用同「或」。

〔五〕我當别爲奉酬　「爲」原譌作「無」，據《宋人小説》本改。《勸善書》作「今别無奉酬」，亦通。

〔六〕修其福田　「其福田」三字原爲闕字，據《勸善書》補。

〔七〕鬼趣　《宋人小説》本爲三闕字，校云：「馮鈔本空二字。」

〔八〕僧乃　此二字原無，《宋人小説》本同，據《勸善書》、《大典》補。

〔九〕赤　原作「亦」，當譌，據《宋人小説》本、《勸善書》改。

〔一〇〕禽捉者悉見畜之形爲是人形者如誤有驚土地決鐵杖一百　「禽」《宋人小説》本作「擒」。禽，「擒」之古字。《勸善書》此數句作「嘗見人之形以爲獸之形，誤有驚動土地，決鐵杖一百」。按：此處意謂凡擒拿搏殺者皆爲獸之形狀，如果將人形誤看作獸形而搏殺，驚動了土地，便被用鐵杖打一百下。前文將一少年誤看作豝，便是如此。原文敘述易生誤解，故《勸善書》以意改之。

〔一一〕後患左手大指伸縮不得　「手」原譌作「毛」，據《宋人小説》本改。「伸」《宋人小説》本譌作「神」。「縮不得」三字原無，據《勸善書》補。

神索旌旗

闕名撰

陸侍郎扆，累代登庸，三使吴越。藩鎮仰縱横之辯，朝廷欽謇諤之詞。開平末，册吴越王。登青州兩日，忽白日天地斗〔一〕暗，雲雷驟起，雨若盆傾，浪如山矻，千虬萬獸，湧〔二〕躍波間，劍首鋸牙，俯臨船畔。忽見一人，杖劍〔三〕曳履，朱衣玄冠，入船問：「侍郎何在？」公乃秉簡前來，揖曰：「龍王傳語侍郎：久欽令望，未挹光容，輒有情誠，略須聞達。寡人以陰功疊著，帝命册封。爲闕旌旗，尚稽拜受，今承經歷，須致〔四〕咨析，幸無見阻來人，旌節便希分付。」侍郎曰：「旌節國信，錫賚藩侯，若獻大王，是虧臣節。」既去，復來曰：「王傳語侍郎：近奉上帝誥命，合具咨呈〔五〕。觀一幅白麻，鏤金大篆曰：『錢鏐强據數州，得膺吴越二國之封〔六〕，只將暴性以臨民，未見陰功而及物。金德若頒，其專命水府，宜滯於行人。』云云。帝命如斯，請詳事體。」讀訖，腥膻之氣滿船内，音樂之聲徹座間。前□而隊仗〔七〕如飛，後顧而旌旗已失。俄然，烈風迅雷，昏黑莫辨。瞬息之間，天地朗然，已達錢塘矣。餘事更不録，已在別書載述之耳。（據張鈞衡《適園叢書》本《鐙下閑談》卷下校録）

〔一〕斗　《宋人小説》本作「陡」。斗，通「陡」。

〔二〕湧　《宋人小説》本作「踴」。

〔三〕杖劍　原譌作「伏劍」，據《宋人小説》本改。按：伏劍，以劍自刎也。

〔四〕須致　《宋人小説》本作「因以」。

〔五〕合具咨呈　《宋人小説》本作「各具咨臣」，誤。咨呈，具文呈報，此爲告知之意。

〔六〕錢鏐强據數州得膺吴越二國之封　《宋人小説》本作「錢璆强據數□□□□州二國之封」，「璆」字譌。

〔七〕仗　《宋人小説》本作「伍」。

唐五代傳奇集第五編卷十

蜀石

王仁裕 撰

王仁裕（八八〇—九五六），字德輦。祖籍太原（今屬山西），秦州長道縣白石鎮（今甘肅隴南市西和縣）人。童年喪父母，由兄嫂撫養成人。二十五歲始學，受經於季父，歲餘著賦二十餘首，以文辭知名秦隴間。梁開平元年（九〇七），岐王府李繼崇爲天雄軍節度使、秦州刺史，辟爲判官。貞明元年（九一五）隨繼崇降蜀。蜀乾德三年（九二一），仕爲興元節度判官。五年入成都事王衍，任比部郎中、中書舍人、翰林學士。後唐莊宗同光三年（九二五）冬蜀亡，隨蜀百官入洛陽。明宗天成元年（九二六）還秦，三年，王思同爲雄武軍（秦州）節度使，辟爲判官。職罷，歸漢陽別墅，有終焉之志，著《歸山集》五百首。長興二年（九三一），思同移鎮興元，復辟之。次年思同任京兆尹兼西京留守，仍以爲判官。應順元年（九三四），鳳翔節度使、潞王李從珂（廢帝、末帝）起兵，思同戰敗。潞王聞仁裕名，留置軍中。潞王即帝位後，爲近臣排斥，出爲魏博支使。清泰二年（九三五），范延光鎮汴州，辟爲觀察判官。因延光薦，末帝召爲司封員外郎、知制誥，充翰林學士。晉高祖入立，出院歸班，天福二年（九三七）改都官郎中，轉司封、左司郎中。少帝（出帝）天福八年（九四三）爲右（一作左）諫議大夫，開運元年（九四四）遷給事中，明年除左散騎常侍。天福十二年（九四七）漢高祖代立，擢户部侍郎，充翰林學士承旨。乾祐元年（九四八）知貢舉，四月爲户部尚書，承旨如故。明年以疾解職，三年守兵部尚書。周廣順元年（九五一），太祖以爲太子少保。顯德三年（九五六）七月卒，年七十七，贈太子少師。權窆開封縣，宋開寶七年（九七四），歸葬秦州長道縣漢陽里先塋。仁裕凡歷六朝一國，著述頗豐，有《西江集》一百卷（包括《乘輅〔一作軺〕集》五卷，《紫閣集》十一卷，一作五卷，《紫泥集》十二卷，《紫泥後集》四十卷，《詩集》十卷等），《秦亭編》，《錦江集》，《歸山集》，《東南行》，《華夷百題》，《入洛記》十卷（一作一卷），《南行記》三卷（一作一卷），《國風總類》五十卷，以及小説集《開元天寶遺事》二卷（或作四卷、六卷、一卷，今存作二卷），《王氏見聞集》三卷，《玉堂閒話》十卷，《續玉堂閒話》一卷，總共六百八十五卷。又撰《周易説卦驗》三卷、《二十二樣詩賦圖》等。除《開元天寶遺事》，皆散佚。（據北宋李昉《王仁裕神道碑》及《墓誌銘》，《舊五代史》之《晉書》、《漢書》、《周書》，《新五代史》卷五七《王仁裕傳》，《五代史補》卷四，《十國春秋》卷四四《王仁裕傳》，《册府元龜》卷九七、卷一五七、卷五五〇、卷七二九、卷八九七，樂史《廣卓異記》卷六，孔平仲《續世説》卷二《文學》，葉夢得《石林詩話》，《崇文總目》，《通志·藝文略》，《郡齋讀書志》，《直齋書録解題》，《宋史·藝文志》，《説郛》卷三四《説淵》等及《王氏見聞集》、《玉堂閒話》自述）

《左傳》昭公二十八年：叔向之母曰：「子靈之妻殺三夫〔一〕，陳御叔、楚襄老、申公子靈，是三大夫。〔二〕一君一子，君靈公也，一子徵舒。而〔三〕亡一國兩卿矣。孔寧、儀行父〔四〕。可無懲乎？吾聞之，甚美必有甚惡。」此《春秋》爲深誡矣。前蜀徐公耕有二女〔五〕，美而奇豔。初，王〔六〕太祖搜求國色，亦不知徐公有美女焉。徐寫其二女真〔七〕，以惑太祖，太祖遂納之〔八〕，各有子焉。長曰翊聖太妃，生彭王。次曰順聖太后，生後主〔九〕。

後主〔一〇〕性多狂率，不守宗祧〔一一〕，頻歲省方，政歸國母。多行殺〔一二〕令，亟戮〔一三〕重臣。頃者，姊妹以巡禮至境爲名〔一四〕，恣風月烟花之性〔一五〕，駕輜軿于緑野，擁金翠于青山，倍〔一六〕役生靈，頗銷〔一七〕經費。凡經過之所，宴寢之宮，皆有篇章，刊于玉石。自秦漢以來，妃后省方，未有富貴如斯之盛也。

順聖太后《題青城西山丈人觀》詩曰：「早與元妃慕至玄〔一八〕，同躋靈嶽訪真仙。當時聞有壺中景〔一九〕，今〔二〇〕日親來洞裏天。儀仗影交〔二一〕寥廓外，金絲聲揭翠微巔。唯慚未致華胥理，徒卜昇平萬萬年〔二二〕。」翊聖太妃繼曰：「獲陪翠輦喜殊常，同陟仙壇〔二三〕豈厭長。不羡乘鸞入烟霧，此中便是五雲鄉。」

順聖太后又題《謁丈人觀先帝聖容》云：「舜帝歸梧野〔二四〕，躬來謁聖顔。旋登三境〔二五〕路，似陟九疑山。日照堆嵐迫〔二六〕，雲橫積翠閑〔二七〕。期修封禪禮，方候〔二八〕再躋攀。」

翊聖太妃繼曰：「共謁御容儀，還同在禁闈。笙歌喧寶殿〔二九〕，彩服耀金徽〔三〇〕。清淚沾羅袂，紅霞拂繡衣。九疑山水遠，無路繼湘妃。」

順聖又題玄都觀〔三一〕云：「千尋緑嶂夾流溪〔三二〕，登眺因知海〔三三〕岳低。瀑布迸春青石碎，輪囷〔三四〕横剪翠峰齊。步粘苔蘚龍橋滑〔三五〕，目掩烟蘿鳥徑迷〔三六〕。莫道穹天無路到〔三七〕，此山便是碧雲梯。」翊聖太妃繼曰：「登尋〔三八〕丹壑到玄都，接日紅霞照座隅。即向週迴巖上看〔三九〕，似看〔四〇〕曾進畫圖無。」

順聖又題金華宫曰：「再到金華頂，玄都訪道回。雲披分景像，霧鎖〔四一〕顯樓臺。雨滌前山净，風吹去路開。翠屏夾流水，何必羡蓬萊！」翊聖太妃繼曰：「碧烟紅霧撲人衣〔四二〕，宿露花〔四三〕苔石徑危。風巧解吹松上曲〔四四〕，蝶〔四五〕嬌頻採臉邊脂。同尋僻徑思攜手〔四六〕，暗指遥山學畫眉。好把身心清净處，角冠霞帔事希夷。」

順聖又題丹景山至德寺云：「周迴雲水遊丹景，因與真妃眺上方。晴日曉昇金照耀〔四七〕，寒泉夜落玉丁當。松梢月轉禽〔四八〕棲影，柏徑風牽麝食香。虔揲六銖宜禱祝〔四九〕，惟期聖祚保遐昌〔五〇〕。」翊聖繼曰：「丹景山頭宿梵宫，玉輪金輅駐遥空〔五一〕。軍持無水注寒碧，蘭若有花開晚紅。武士盡排青嶂下，内人皆在講筵中。我家帝子專〔五二〕王業，積善〔五三〕終期四海同。」

順聖又題彭州陽平化云：「尋玄遊聖境〔五四〕，巡禮〔五五〕到陽平。水遠波瀾闊〔五六〕，山高氣象清。殿嚴孫氏貌〔五七〕，碑暗係師名〔五八〕。夜月望壇醮〔五九〕，松風森磬聲。」翊聖繼曰：「雲浮翠輦屆〔六〇〕陽平，真似驂鸞至上清〔六一〕。風起半崖聞虎嘯，雨來當面見龍行。晚尋水澗聽松韻，夜上星壇看月明。長恐前身居此境，玉皇教向錦城生。」

順聖又題漢州三學山至夜看聖燈云：「虔禱遊靈境，元妃夙志同。玉爐香静夜〔六二〕，銀燭炫遼空。泉漱雲根月，鐘敲檜杪風。印金標聖迹，飛石顯神功。滿〔六三〕望天涯極，平臨日脚窮〔六四〕。猿歸〔六五〕齋室上，僧集講筵中。頓覺超三界，渾疑証六通。願成修偃事〔六六〕，社稷保延洪。」翊聖繼曰：「聖燈千萬炬，旋向碧空生。細雨瀝〔六七〕不暗，好風吹更明。磬敲金地響，僧唱梵天聲。若説無心法，此光如有情。」

順聖又題天迴驛〔六八〕云：「周遊靈境散幽情〔六九〕，千里江山暫〔七〇〕得行。即恨烟光〔七一〕看未足，却驅金翠〔七二〕入龜城。」翊聖繼曰：「翠驛紅亭近玉京〔七三〕，夢魂猶自在青城〔七四〕。此來出看江山景〔七五〕，儘〔七六〕被江山看出行。」

議者以爲翰林之態〔七七〕，非婦人女子之事，所以謝女無長城之志，空振才名；班姬有團扇之辭，亦彰婬志〔七八〕。今徐氏逞乎妖志，餌〔七九〕自倖臣，假以風騷，麗其遊倖〔八〇〕。取女史一時之美，爲遊人曠代之嗤。及唐朝興弔伐之師，遇蜀國有荒淫之主，三軍不戰，束手而降，良由子母盤遊，君臣陵替〔八一〕之所致。于是亡一君，後主，名衍〔八二〕。破一國，蜀。殺九子，彭王宗鼎、忠王宗賢、褒王宗紀、興王宗澤、榮王宗獻、雅王宗輅、資王宗霸，後主所生二子，長曰承祧，次曰承祀〔八三〕。誅十臣，齊王宗弼、王宗渥、王宗勳、李周輅、韓昭、景潤澄、宋光嗣、歐陽晃、王承休、蕭懷武〔八四〕。殄滅萬家，流移百辟。其次六宮嬪御，挫紅緑〔八五〕于征途；十宅公主，碎金珠于逆旅。子靈之室，無以比方〔八六〕。故興聖太子隨軍王承旨失名有《詠後主出降詩》〔八七〕曰：「蜀朝昏主出降時，銜璧牽羊倒繫旂。二十萬軍高〔八八〕拱手，更無一箇是男兒。」又蜀僧遠公有《傷廢國詩》曰：「樂極悲來數有涯，歌聲纔歇便興嗟。牽羊廢主尋傾國，指鹿姦臣盡破〔八九〕家。丹禁夜涼空鎖月，後庭春暖〔九〇〕漫開花。兩朝帝業空〔九一〕成夢，陵樹蒼蒼噪暮鴉〔九二〕。」（據上海涵芬樓排印張宗祥校明鈔本《説郛》卷三四《豪異祕纂》校録，又《知不足齋叢書》本後蜀何光遠《鑑誡録》卷五《徐后事》）

〔一〕三夫　《鑑誡録》知不足齋本、《四庫全書》本、《學津討原》本作「三大夫」，《學海類編》本無「大」字。按：《左傳》原文作「三夫」。

〔二〕按：此注原無，據《鑑誡録》補（知不足齋本「楚」譌作「茹」）。「御」原作「禦」，據《左傳》改。以下兩注同。

〔三〕而　此字原無，據《鑑誡録》補。按：《左傳》原文亦有此字。

〔四〕儀行父　知不足齋本、《四庫》本、《學津》本無「行」字，此據《學海》本。按：《左傳》注有「行」字。

〔五〕徐公耕有二女　注文「耕」字及「二」字原無，據《鑑誡録》補。

〔六〕王　《鑑誡録》無此字。

〔七〕徐寫其二女真　「寫」原譌作「寓」，「真」譌作「直」，據《説郛》明抄殘本（張宗祥《説郛校勘記》）及《鑑誡録》改。

〔八〕以惑太祖太祖遂納之　「惑」原作「感」，據《鑑誡録》改。「太祖太祖」四字原無，據明抄殘本及《鑑誡録》補。

〔九〕長曰翊聖太妃生彭王次曰順聖太后生後主　《新五代史》卷六三《前蜀世家·王建傳》：「建晚多内寵，賢妃徐氏與妹淑妃，皆以色進。」《王衍傳》：「衍最幼，其母徐賢妃也。……後建數日而卒，衍因尊其母徐氏爲皇太后，后妹淑妃爲皇太妃。」二徐行第相反。

〔一〇〕後主　此二字原無，據《鑑誡録》補。

〔一一〕祧　原譌作「祝」，據明抄殘本及《鑑誡録》改。

〔一二〕殺　《鑑誡録》作「教」。

〔一三〕亟戮　明抄殘本及《鑑誡録》作「淫戮」，《四庫》本作「婬録」。淫，濫也。

〔一四〕頃者姊妹以巡禮至境爲名　「頃者」原作「乾德中」。按：《資治通鑑》卷二七三載：同光三年（當前蜀咸康元年）九月，「蜀主與太后、太妃遊青城山，歷丈人觀、上清宮，遂至彭州陽平化、漢州三學山而還。」是月唐軍伐蜀，十一月蜀主請降。《舊五代史》卷一三六《僭僞列傳·王衍傳》：「建卒，衍襲僞位，改元乾德。六年十二月，改明年爲咸康。秋九月，衍奉其母徐妃同遊於青城山，駐於上清宫。時宫人皆衣道服，頂金蓮花冠，衣畫雲霞，望之若神仙。」二徐之遊即在此時，作「乾德中」誤，據《鑑誡録》改。「姊」原作「娣」，據《鑑誡録》改。「至」明抄殘本及《鑑誡録》作「聖」（《四庫》本作「勝」）。

〔一五〕性　原作「勝性」，據《鑑誡録》删「勝」字。明抄殘本作「勝」，無「性」字。

〔一六〕倍　明抄殘本作「苦」。

〔一七〕頗銷　《學海》本作「頻增」，《四庫》本作「不貲」。不貲，不可計數。

〔一八〕玄　《全唐詩》卷九蜀太后徐氏《丈人觀》作「化」，注：「一作『玄』。」

〔一九〕當時聞有壺中景　《鑑誡録》「聞」作「信」，「景」作「境」。《全唐詩》「聞」作「信」。

〔二〇〕今　《鑑誡録》作「此」。

〔二一〕交　《全唐詩》作「空」。

〔二二〕徒卜昇平萬萬年　《全唐詩》「卜」字注：「一作『祝』。」《鑑誡録》作「徒祝昇平卜萬年」。

〔二三〕同陟仙壇　《鑑誡録》「壇」作「程」，《全唐詩》卷九蜀太妃徐氏《丈人觀》「陟」作「涉」。

〔二四〕野　原譌作「也」，據明抄殘本、《鑑誡録》、《全唐詩》改。

〔二五〕境　《學海》本、《全唐詩》蜀太后徐氏《丈人觀謁先帝御容》作「徑」。

〔二六〕迫　《鑑誡録》、《全唐詩》作「迥」。迫，逼近。

〔二七〕閑　原作「間」，據《鑑誡録》改。

〔二八〕候　明抄殘本、《鑑誡録》、《全唐詩》作「侯」。

〔二九〕笙歌喧寶殿　「歌」《學海》本、《四庫》本、《學津》本作「簧」，知不足齋本作「篁」。「喧」《四庫》本作「宣」。

〔三〇〕彩服耀金徽　「服」《鑑誡録》、《全唐詩》蜀太妃徐氏《游丈人觀謁先帝御容》作「仗」。「徽」原譌作「微」，據明抄殘本、《鑑誡録》、《全唐詩》改。

〔三一〕玄都觀　原誤作「謁丈人觀先帝聖容」，據《鑑誡録》改。

〔三二〕夾流溪　《學海》本作「奔流峻」，《四庫》本作「交流後」。

〔三三〕海　《鑑誡録》作「衆」。

〔三四〕輪囷　《四庫》本「囷」作「菌」，知不足齋本、《學津》本、《全唐詩》蜀太后徐氏《玄都觀》作「茵」。按：輪囷，高大貌。《禮記·檀弓下》：「晉獻文子成室，晉大夫發焉。張老曰：『美哉輪焉！美哉奂焉！』」鄭玄注：「輪，輪囷，高大也。」此指高山。輪菌，義同「輪囷」。作「輪茵」當譌。

〔三五〕滑　原譌作「目」，據明抄殘本、《鑑誡録》、《全唐詩》改。

〔三六〕目掩烟蘿鳥徑迷　「目」原譌作「門」，「鳥」原譌作「蔦」，據明抄殘本、《鑑誡録》改。「掩」知不足齋本、《學津》本作「閃」，《四庫》本作「閉」。《全唐詩》作「日閉煙蘿鳥徑迷」，「蘿」字注：「一作『巒』。」作「日」誤，與上句「步」字失對。

〔三七〕莫道穹天無路到 「穹」原作「窮」，「路」原作「分」，據《鑑誡録》改。明抄殘本「分」亦作「路」。

〔三八〕尋 原譌作「登」，據明抄殘本、《鑑誡録》、《全唐詩》蜀太妃徐氏《玄都觀》改。

〔三九〕即向週迴巖上看 「向」原譌作「問」，「巖」譌作「雖」，據《鑑誡録》、《全唐詩》改。明抄殘本「雖」亦作「嵓」。《全唐詩》「上」作「下」。

〔四〇〕看 此字疑譌。《鑑誡録》作「開」，《四庫》本作「聞」，均未洽。

〔四一〕霧鎖 《鑑誡録》作「黛斂」，《全唐詩》蜀太后徐氏《金華宫》作「黛鎖」，「鎖」字注：「一作『斂』。」

〔四二〕碧烟紅霧撲人衣 《鑑誡録》「碧」作「蒼」。《全唐詩》蜀太妃徐氏《題金華宫》「撲」作「漾」，注：「一作『撲』。」「烟」字注：「一作『雲』。」

〔四三〕花 《鑑誡録》作「沾」，清吴任臣《十國春秋》卷三七《後主紀》、《全唐詩》蜀太妃徐氏《題金華宫》作「蒼」。

〔四四〕松上曲 知不足齋本「曲」作「蝶」，《學海》本、《學津》本作「笛」。《四庫》本作「松外岫」。

〔四五〕蝶 《鑑誡録》作「體」。

〔四六〕同尋僻徑思攜手 「思」原譌作「惡」，據明抄殘本、《鑑誡録》、《全唐詩》改。「徑」《鑑誡録》、《全唐詩》作「境」。

〔四七〕照耀 《全唐詩》蜀太后徐氏《丹景山至德寺》作「晃曜」。

〔四八〕禽 《全唐詩》作「琴」，誤。

〔四九〕虔揲六銖宜禱祝　「揲」《全唐詩》譌作「煠」。按：揲六銖乃金錢卜。「宜」《鑑誡録》作「冥」，「祝」《全唐詩》作「祀」。

〔五〇〕惟期聖祚保遐昌　《鑑誡録》「聖祚」作「祚歷」，《四庫》本「惟」作「准」。《全唐詩》作「惟祈聖祉保遐昌」。

〔五一〕玉輪金輅駐遥空　《鑑誡録》「輪」作「軒」，《全唐詩》蜀太妃徐氏《和題丹景山至德寺》「遥」作「虚」。

〔五二〕專　《十國春秋》、《全唐詩》作「傳」。

〔五三〕善　《學海》本作「累」。

〔五四〕尋玄遊聖境　《鑑誡録》、《全唐詩》蜀太后徐氏《題彭州陽平化》「玄」作「真」，「聖」作「勝」。

〔五五〕禮　原作「撫」，據《鑑誡録》、《全唐詩》改。

〔五六〕闊　《鑑誡録》、《全唐詩》作「碧」。

〔五七〕殿嚴孫氏貌　「嚴」原譌作「罷」，明抄殘本作「巖」，亦誤，據《鑑誡録》、《全唐詩》改。「貌」原作「皃」，乃「皃」（貌）字之譌，明抄殘本、《全唐詩》作「貌」，據改。《鑑誡録》作「號」，《四庫》本譌作「句」。按：《太平廣記》卷六〇引《女仙傳·孫夫人》：「孫夫人，三天法師張道陵之妻也。同隱龍虎山，修三元默朝之道，積年累有感應。……以漢桓帝（按：當作沖帝）永嘉元年乙酉到蜀，居陽平化，煉金液還丹。……以桓帝永壽二年丙申九月九日，與天師於閬中雲臺化白日昇天，位至上真東岳夫人。子衡，字靈真，繼志修煉，世號嗣師。以靈帝光和二年，歲在己未，正月二十三日，於陽平化白日昇天。孫魯，字公期，世號嗣師。當漢祚陵夷，中土紛亂，爲梁、益二州牧，鎮南將軍，理於漢中。魏祖行靈帝之命，就加爵秩。旋以劉璋失蜀，蜀先主舉兵，公期託化歸真，隱影而去。初，夫人居化中，遠近欽奉，禮謁如市，遂於山趾化一泉，使禮奉之人以其水盥沐，然後方詣道静，號曰解穢水，至今在焉。山有三重，以象三境。其前有白陽池，即太上老君遊宴之所。後有登真洞，與青城、峨眉、青衣山，西玄山洞府相通，故爲二十四化之首也。」所言孫氏即孫夫人，言殿中供祀孫夫人像也。

〔五八〕碑暗係師名　「碑」原譌作「碎」，據明抄殘本、《鑑誡録》、《全唐詩》改。「係」知不足齋本、《學津》本作「祖」，《四庫》本作「系」。按：《雲笈七籤》卷二八《二十四治》：「第一陽平治，治在蜀郡彭州九隴縣，去成都一百八十里。……治應角宿，貴人發之，治王始終。嗣師，天師子也，諱衡，字靈真。爲人廣智，志節高亮，隱習仙業。漢孝靈帝徵爲郎中不就，以光和二年正月十五日己巳，於山昇仙。立治碑一雙在門，名曰嗣師治也。」又云：「右陽平治山，山中有主簿治、嗣師治、係師治。」明曹學佺《蜀中廣記》卷七二：「按陽平治山中又有主簿、嗣師、系師三治。嗣師，天師子也，諱衡，字靈真。……於陽平山昇仙，立雙碑在治門，名嗣師治。主簿是天師門下。系師乃嗣師之子，諱魯，得尸解於此山，故皆立治焉。」是則系師乃張魯。系、係義同，承繼也。祖師乃指張陵，陽平治無祖師治，作「祖師」誤。

〔五九〕夜月望壇醮　「望」明抄殘本、《全唐詩》作「登」。《鑑誡録》作「夜醮古壇月」。

〔六〇〕屆　原作「留」，據明抄殘本、《鑑誡録》、《全唐詩》蜀太妃徐氏《題彭州陽平化》改。

〔六一〕真似驂鸞至上清　《鑑誡録》「真」作「直」，《全唐詩》「至」作「到」。

〔六二〕玉爐香静夜　《鑑誡録》、《全唐詩》蜀太后徐氏《三學山夜看聖燈》作「玉香焚静夜」，《十國春秋》作「寶香焚静夜」。

〔六三〕滿　原作「隅」，據明抄殘本、《鑑誡録》、《全唐詩》改。

〔六四〕平臨日脚窮　原作「登臨雨脚紅」，明抄殘本「雨」作「日」，據《鑑誡録》改。《十國春秋》作「臨看日脚紅」，《全唐詩》作「平臨日脚紅」。

〔六五〕歸　《鑑誡録》、《十國春秋》、《全唐詩》作「來」。

〔六六〕事　《鑑誡録》、《全唐詩》作「化」。

〔六七〕瀝　《鑑誡録》、《全唐詩》蜀太妃徐氏《三學山夜看聖燈》作「濕」。

〔六八〕天迴驛　原譌作「天旦郵」，據明抄殘本、《鑑誡録》改。《十國春秋》作「天苴驛」。

〔六九〕周遊靈境散幽情　原作「因尋靈境散花雨」，明抄殘本「花雨」作「幽清」，據《鑑誡録》、北宋張唐英《蜀檮杌》卷上、《全唐詩》蜀太后徐氏《題天迴驛》改。《十國春秋》「周遊」作「爲尋」。

〔七〇〕暫　《蜀檮杌》作「喜」。

〔七一〕即恨烟光　明抄殘本「即」作「既」，《鑑誡録》、《蜀檮杌》、《十國春秋》、《全唐詩》作「所」，《蜀檮杌》、《全唐詩》「烟」作「風」。

〔七二〕驅金翠　《學海》本「驅」作「隨」。《四庫》本「翠」作「輦」。

〔七三〕翠驛紅亭近玉京　《十國春秋》「紅」作「江」，《蜀檮杌》作「翠驛江亭近蜀京」。

〔七四〕夢魂猶自在青城　「青」原作「清」，據明抄殘本、《鑑誡録》、《蜀檮杌》、《十國春秋》、《全唐詩》蜀太妃徐氏《題天迴驛》改。《蜀檮杌》、《全唐詩》「自」作「是」，《十國春秋》「在」作「有」。

〔七五〕此來出看江山景　《鑑誡録》作「比來出看江山境」，《十國春秋》、《全唐詩》「此」亦作「比」。

〔七六〕儘　《蜀檮杌》、《十國春秋》、《全唐詩》作「却」。

〔七七〕翰林之態　《鑑誡録》作「翰墨文章之能」。

〔七八〕志　知不足齋本、《學津》本作「思」，《四庫》本作「醜」。

〔七九〕餌　《鑑誡録》作「餙」。餌，引誘。

〔八〇〕麗其遊倖　《鑑誡録》作「庇其遊佚」。

〔八一〕替　原作「偺」，據《鑑誡録》改。

〔八二〕後主名衍　原在正文，據《鑑誡録》改。下同。

〔八三〕彭王宗鼎忠王宗賢襃王宗紀興王宗澤榮王宗獻雅王宗輅資王宗霸後主所生二子長曰承祧次曰承祀　「榮王宗獻」原作「宗王宗獻」，明抄殘本「榮」作「宋」，並誤。據《鑑誡録》改。按：《新唐書·王衍傳》載王建十一子中有韓王宗智。《十國春秋·高祖紀上》載武成三年十一月，「宗智爲榮王」，又《後主紀》載乾德六年徙榮王宗智爲韓王，卷三八《前蜀四》云諸王「名字見于史册者，宗智或作宗獻」，是知宗獻即宗智，先封榮王，徙封韓王。宋王乃宗澤，初封興王，徙宋王。「雅王宗輅」，《四庫》

本「雅」譌作「推」。《十國春秋·後主紀》：「雅王宗輅爲幽王」。「後主所生二子，長曰承祧，次曰承祀」，原作「祧承祀」，多有脱字，據《鑑誡録》補。《十國春秋·前蜀四》：「後主子承祧、承祀。」

〔八四〕齊王宗弼王宗渥王宗勳李周輅韓昭景潤澄宋光嗣歐陽晃王承休蕭懷武　「齊王宗弼」，「齊」字原無，據《鑑誡録》補。按：《十國春秋》卷三九《王宗弼傳》：「王宗弼本姓魏，名宏夫，高祖録爲假子。……後主繼立，命宗弼守太師兼中書令、判六軍。輔政已，又封鉅鹿王，進封齊王。……唐兵入境，會王宗勳等師至三泉，望風退走。後主詔宗弼守綿谷，且令誅宗勳等。宗弼反與宗勳等合謀送款。歸至成都……宗弼乃殺宋光嗣、景潤澄、韓昭輩，函首送唐，凡素所不快者，皆借端誅之。……宗弼益自恣，稱權西川兵馬留後，遣使奉牋于魏王繼岌，求爲西川節度使。……繼岌收宗弼及宗勳、宗渥，數其不忠之罪，族誅焉，籍没其家，國人争食宗弼之肉。」「王宗渥」原脱，據《鑑誡録》補。《十國春秋》卷三九有《王宗渥傳》。「李周輅」，《鑑誡録》誤作「李輅周」。《十國春秋·後主紀》：「以内給事王廷紹、歐陽晃、李周輅、宋光葆、宋承藴、田魯儔等爲將軍及軍使，干預國政。」「韓昭」，「昭」原譌作「召」，據明抄殘本及《鑑誡録》改。「景潤澄」，《四庫》本「澄」作「登」，《學津》本作「燈」，並譌。「宋光嗣」，「宋」原譌作「宗」，據《鑑誡録》改。《十國春秋》卷四六有《宋光嗣傳》。「歐陽晃」，《四庫》本「晃」譌作「晁」。「蕭懷武」，《四庫》本「蕭」譌作「肅」。《十國春秋》卷四三有《蕭懷武傳》。

〔八五〕録　原作「綫」，據《鑑誡録》改。

〔八六〕無以比方　原作「無方以比」，據明抄殘本改。《鑑誡録》「無」作「何」。

〔八七〕興聖太子隨軍王承旨失名有詠後主出降詩　「王承旨失名」原作「仁裕」，據《鑑誡録》改。按：興聖太子指後唐莊宗長子、興聖宫使、魏王李繼岌，同光三年伐蜀（《新五代史》卷一四本傳）。「仁裕」二字必是後人妄加。「詠」原譌作「戮」，據明抄殘本、《鑑誡録》改。

〔八八〕高　《鑑誡録》作「齊」。

〔八九〕破　《鑑誡録》作「喪」。

〔九〇〕暖　《鑑誡録》作「老」。

〔九一〕空　《鑑誡録》作「都」。

〔九二〕鴟　原譌作「雅」，據《鑑誡録》改。

按：《豪異祕纂》殆北宋人編，又名《傳記雜編》，收傳記五篇。《説郛》只選録《扶餘國主》、《蜀石》二篇。《蜀石》署王仁裕。據張宗祥《説郛校勘記》，《説郛》明抄殘本題作《蜀后》，「王仁裕」前冠「後唐」二字。後蜀何光遠《鑑誡録》卷五録入此篇全文，題作《徐后事》，似以《蜀后》爲是，所記爲王蜀徐太后、徐太妃者也。而作《蜀石》者似亦有可解，本文所記主要爲二徐詩，凡律絶十六首，隨處皆刊於玉石，《蜀石》者豈即此意耶？　仁裕曾仕於蜀，蜀亡仕於唐，本篇即作於後唐。

王承休

王仁裕 撰

蜀後主王衍宦官王承休，後主以優笑狎暱見寵。妻有美色〔一〕，恒侍少主寢息，久而專房。承休多以邪僻姦穢之事媚〔二〕其主，主愈寵之。與韓昭爲刎頸之交，所謀皆互相表裏。承休一日請從諸軍揀選官健，得驍勇數千，號龍武軍。承休自爲統帥，並特加衣糧，日有優給。因乞秦州節度使，且云：「願與陛下於秦州採掇美麗。皆説秦州之風土〔三〕，多出國色，仍請幸天水。」少主甚悦，即遣仗節赴鎮，應所選龍武精鋭，並充衙隊從行。到鎮方〔四〕下車，當日毁拆衙庭，發丁夫採取〔五〕材石，創立公署使宅，一如宫殿之制。兼以嚴刑峻法〔六〕，婦女不免土木之役。又密令彊取民間子女〔七〕，使教歌舞伎樂。被〔八〕獲者，令畫工圖真及録名氏，急遞申〔九〕送韓昭，昭又密呈少主。少主覩之，不覺心狂，遂決幸秦之計，因下制曰：「朕聞前王巡狩，觀土地之慘舒；歷代省方，慰黎元之傒望〔一〇〕。西秦封域，遠在邊隅，先皇帝畫此山河，歷年征討，雖歸王化，未浹惠風。今耕稼既屬有年，軍民頗聞望幸，用安疆埸，聊議省巡。朕選取今年十月三日幸秦州，布告中外，咸使聞知。」

由是中外切諫不從，母后泣而止之，以至絶食。前秦州節度判官蒲禹卿，叩馬泣血，上表諫曰：「臣聞堯有敢諫之鼓〔一一〕，舜有誹謗之木，湯有司過之士，周有誡慎之鞀〔一二〕。蓋古者明君，克全帝道，欲知己過，要納讜言，將引咎而責躬，庶理人而修德。陛下自承祧秉録〔一三〕，正位當天，愛聞逆耳之忠言，每許〔一四〕犯顏而直諫。且先皇帝許昌發〔一五〕跡，閬苑起身〔一六〕，歷艱辛於草昧之中，受危險於虎争之際。胼胝戈甲，寢寐〔一七〕風霜。中武力而拘諸原〔一八〕，立戰功而平多〔一九〕壘。亡軀致命，事主勤王，方〔二〇〕得成家，至于開國。今日鴻基霸盛，大業雄〔二一〕崇，地及雍岐〔二二〕，界連荆楚〔二三〕，信〔二四〕通吴越，威定蠻陬。郡府頗多，關河漸〔二五〕廣，人物秀麗，土産〔二六〕繁華。當四海輻裂之秋，成萬代龍興之業。陛下生居富貴，坐得乾坤，但好歡娱，不思機變。臣欲望陛下，以名教而自節，以禮樂而自防。循〔二七〕道德之規，受師傅之訓，知社稷之不易，想稼穡之最難〔二八〕，惜高祖之基扃〔二九〕，似太宗之臨御。賢賢易色，孜孜爲心。無稽之言勿聽，弗詢之謀勿用。聽五音而受諫，以三鏡而照懷。少止息於諸處林亭，多觀覽於前王經史〔三〇〕。別修上德，用卜遠圖。莫遺色荒，毋令酒惑。常親政事，勿〔三一〕恣閒遊。

「臣竊聞陛下欲出成都〔三二〕，往巡〔三三〕邊壘。且天水〔三四〕地遠，路〔三五〕惡難行，險棧攲雲，危峰插漢，微雨則吹摧閣道，稍泥則沮〔三六〕滑山程，豈可鳴鑾？那〔三七〕堪叱馭？又復敵境咫尺〔三八〕，塞邑〔三九〕荒涼，民雜蕃戎〔四〇〕，地多嵐〔四一〕瘴，別無華風〔四二〕異景，不可選勝尋幽。隴水聲悲〔四三〕，胡〔四四〕笳韻咽。營中止帶甲之士，城上宿枕戈之人。看探虜〔四五〕於孤峰，朝朝疑慮；覩望旗於峻嶺，日日隄防。是多山足水〔四六〕之鄉，即易動難安之地。麥積崖無可瞻戀，米谷峽何要聞知〔四七〕！路遇〔四八〕嵯山，程〔四九〕通怨水。秦穆圉馬之地，隗囂僭位之邦。其次〔五〇〕一人出行，百司參從，千群霧擁，萬衆星馳。當路州縣凋〔五一〕殘，所在館驛隘少〔五二〕，止宿尚猶不易，供須固是爲難。縱若宮〔五三〕中指揮，自破屬省錢物，未免因依擾踐，觸處淩遲〔五四〕。以此商〔五五〕論，不合輕動。其類蒼龍出海，雲行雨施，豈教〔五六〕浪静風恬，必見傷苗損稼〔五七〕。所以鑾輿須止，天步難移。

「況頃年大駕，只到山南，猶不下〔五八〕關，進發兵士。此時直至天水，未審如何制宜〔五九〕。且〔六〇〕當初打破梁原城池，擄掠義寧户口，截腕者非一，斬首者甚〔六一〕多，匪惟生彼人心，抑亦損兹聖德。今去洛京不遠，復聞大駕重來，若彼預有計謀，此則便須征討。況鳳翔久爲讎敵〔六二〕，必貯姦謀，切慮妄搆〔六三〕妖詞，致生釁隙。又陛下與唐主始〔六四〕中歡好，信幣交馳。但慮聞道聖駕親行，別懷疑忌。其或專差使命〔六五〕，請陛下境上會盟，未審聖躬去與不去。若去，則相〔六六〕似秦、趙争强，彼此難屈；若不去，即便同魯、衛不睦，戰伐尋〔六七〕興。酌彼未萌，料其先見，願陛下思忖。

「臣伏聞自古帝王省方巡狩，弔民伐罪，展義觀風，然後便歸九重，別安萬姓。今陛下累曾游歷，未聞一件教條，止於跋涉山川，驅馳人馬。閬苑〔六八〕則舟船幾溺，青城則嬪婇〔六九〕

將沈，自取驚憂，爲何切事。及却〔七〇〕還京輦，並不悦軍民〔七一〕，但〔七二〕鬱衆情，莫彰帝德。憶昔先皇在日，未嘗〔七三〕無故巡遊。陛下纂承已來，率意頻離宮闕。勞心費力，有何所爲〔七四〕？此際依前整蹕〔七五〕，又擬遠別宸居。昔秦皇之鑾駕不迴，煬帝之龍舟不返。陛下聖逾秦帝，明甚隋皇，且無北築之虞，焉有南遊〔七六〕之弊！寬仁大度〔七七〕，篤〔七八〕孝深慈，知稼穡之艱難，識古今之成敗，自防得失，不縱襟懷。忍教致却宗祧〔七九〕，言將〔八〇〕道斷？使烝民以何託？令慈母以何辜？若不〔八一〕慮以危亡，但恐乖於仁孝〔八二〕。況玉京金闕，寶殿珠樓，内苑上林，瓊池瑶圃〔八三〕，香風滿檻，瑞露盈盤，鈞天之樂奏《九韶》，迴雪之舞呈八佾。簇神仙於清府〔八四〕，耀珠翠於皇宮〔八五〕，如論萬乘之居，便是三清之境〔八六〕。人間勝致，天下所無，時或賞遊〔八七〕，足觀〔八八〕奇趣。何必須於遠塞〔八九〕，看彼荒山〔九〇〕，不惜聖軀〔九一〕，有何裨益！

「方今岐陽不順，梁園已亡〔九二〕，中原有人，大事未了。且〔九三〕當國生靈受弊，盜賊横行，縱邊廷無烽火之危，而内地有腹心之患。陛下千年膺〔九四〕運，一國稱尊，文德武功，經天緯地。孝逾於舜，仁甚於湯。百行皆全，萬機不撓〔九五〕。聰明博達，識量變通，深負智謀〔九六〕，獨懷英鑑〔九七〕。方居大寶，正是少年。既承社稷之基，復把〔九八〕山河之險。何不遠聽深察〔九九〕，居安慮危？闢四門以求賢，總萬機〔一〇〇〕而行事。咸有一德〔一〇一〕，端坐九重。使恩威並行，賞罰必當，平分雨露，遍及〔一〇二〕瘡痍。令表裏以寬舒〔一〇三〕，使子孫以昌盛〔一〇四〕。布臨人之惠化，立濟衆〔一〇五〕之玄功。選揀雄師，思量大計，振彼鴟張之勢，壯茲虎視之威，秣馬訓兵，豐糧利器。彼若稍有微釁，此即直下平吞。正取時機，大行王道，自然百靈垂祐，四海歸仁。衆心成城〔一〇六〕，天下治理。目即〔一〇七〕蜀都彊盛，諸國不如，賢士滿朝，聖人當極。臣願百姓樂於貞觀，萬乘明於太宗。采藥石之言，聽蒭蕘之説，愛惜社稷，醫療軍民。似周武諤諤而昌，知〔一〇八〕辛紂唯唯而滅。無飾非拒諫之事，有面折廷諍〔一〇九〕之人。固我睿朝〔一一〇〕，益〔一一一〕我皇化。

「陛下莫見居人稠疊，謂言京輦繁華。蓋是外處〔一一二〕凌殘，住止不得，所以競來臻湊〔一一三〕，貴〔一一四〕且偷安。今諸州虐理處〔一一五〕多，百姓失業欲盡，荒田不少，盜賊成群。乞陛下廣布腹心〔一一六〕，特令〔一一七〕聞見。且蜀國從來創業，多乏永謀。或德不及於兩朝，或祚不延於七代。劉禪俄降於鄧艾，李勢遽歸於桓温。皆爲不取直言，不恤政事，不行王道，不念生靈。以至國人之心，無一可保〔一一八〕；山河之險，不足可憑。陛下至聖至明，如堯如舜，豈後主之相匹，豈子仁之比倫！有寬慈至孝之名，有遠見長謀之策，不信諂〔一一九〕媚，不恣躭荒〔一二〇〕，出入而有所可徵〔一二一〕，動静而無非經久，必致萬年之業，終爲四海之君。臣願陛下且住鑾輿，莫離京國。候中原無事，八表來王，天下人心，咸歸我主。若群流赴海，衆蟻慕羶，有道自彰，無思不服。匪惟要看天水，直可便坐長安。是微臣之至懇，舉國之深願。「臣聞〔一二二〕天子有諍臣七人，雖無道不失其天下，是以輒傾丹懇，仰諫聖明。不藉官榮，不沽名譽，情非訕上，理切憂君〔一二三〕。雖無折檻之能，但有觸鱗之罪。不避誅殛，輒扣天庭。臣死如萬類之中，去一螻蟻。陛下或全無忖度，須向邊陲，遺聖母以憂心，令庶寮以懷慮，全迷得失，自取疲勞，事有不虞，悔將何在〔一二四〕！臣願陛下稍開諫路，微納臣言，勿違聖后之情，且允〔一二五〕國人之望。俯存大計，勿出遠邊〔一二六〕。」

後主竟不從之。韓昭謂禹卿曰：「我收〔一二七〕汝表章，候秦州迴日，下獄逐節勘之，勿悔。」至十月三日，發離成都，四日到漢州。鳳州王承捷，飛驛騎到秦云：「東朝差興聖令公，統軍十餘萬，取九月到鳳州〔一二八〕。」少主猶謂臣下設計，要沮其東行，曰：「朕恰要親看相殺，又何患乎？」不顧而進。上梓潼山，少主有詩云：「喬巖簇冷煙，幽逕上寒天。下瞰峨嵋嶺〔一二九〕，上〔一三〇〕窺華岳巔。驅馳非取樂，按幸爲憂邊。此去將〔一三一〕登陟，欹危〔一三二〕路幾千。」宣令從官繼和。中書舍人王仁裕〔一三三〕和曰：「綵仗〔一三四〕拂寒煙，鳴騶〔一三五〕在半天。黃雲生馬足，白日下松巔。盛德安疲俗，仁風扇極邊。前程問成紀，此去尚三千。」成都尹韓昭，翰林學士李浩弼、徐光浦並繼和，亡其本。

至劍州西二十里已來，夜過一磎〔一三六〕山。忽聞前後數十里，軍人行旅，振革鳴金，連山叫噪，聲動溪谷。問〔一三七〕人，云將過税人場，懼有鷙獸搏人，是以噪之。其乘馬亦〔一三八〕咆哮恐懼，箠之不肯前進。衆中有人言曰：「適於〔一三九〕大駕前，有〔一四〇〕鷙獸自路左叢林間躍出，於萬人中攫將一夫而去。其人銜到溪洞間，尚聞唱救命之聲。況天色未曉，無人敢捕逐者。」路人罔不流汗。遲明，有軍人尋之，草上委其餘骸矣。少主至行宫，顧問臣僚，皆陳恐懼之事。尋命從臣，令各賦詩。王仁裕詩曰：「劍牙釘舌血毛腥，窺算勞心豈暫停。不與大朝〔一四一〕除患難，惟於〔一四二〕當路食生靈。從將〔一四三〕户口資饞口，未委三丁税幾丁。今日帝王親出狩，白雲巖下好藏形。」翰林學士李浩弼進詩曰：「巖下年年蓄弊訛〔一四四〕，生靈飡盡意〔一四五〕如何。爪牙衆後民隨〔一四六〕減，溪壑深來骨已〔一四七〕多。天子紀綱猶被弄〔一四八〕，客人窮獨固難過。長途莫怪無人蹟〔一四九〕，盡被山王税殺他〔一五〇〕。」少主覽此二篇，大笑曰：「此二臣之詩，各有旨也〔一五一〕。朕亦於馬上搆思，三十餘里終不就。」於是各賜束帛〔一五二〕。翰林學士徐光溥、水部員外王巽亦進詩。

至劍門，少主乃題曰：「緩轡踰雙劍，行行躡石稜。作千尋壁壘，爲萬祀依憑。道德雖無取，江山粗可矜。迴看城闕路，雲疊樹層層。」後令〔一五三〕侍臣繼，成都尹韓昭和曰：「閉關防外〔一五四〕寇，孰敢振威稜。險固疑天設，山河自古憑。三川〔一五五〕奚所賴，雙劍最堪矜。鳥道微通處，煙霞鎖百層。」王仁裕和曰：「孟陽曾有語，刊在白雲稜。李杜常挨托，孫劉亦恃憑。庸才安可守，上德始堪矜。暗指長天路〔一五六〕，濃巒〔一五七〕蔽幾層。」又命制《秦中父老望幸賦》一首進之，今亡其本。

過白衛嶺，大尹韓昭進詩曰：「吾皇〔一五八〕巡狩爲安邊，此〔一五九〕去秦亭尚數千。夜照路歧山店火，曉通消息戍瓶煙。爲雲巫峽雖神女，跨鳳秦樓是謫仙。八駿似龍人似虎，何愁飛過大漫天！」少主和曰：「先朝神武力開邊，畫斷封疆四五千。前望隴山屯劍戟，後憑巫峽鎖烽煙。軒皇尚自親平寇，嬴政徒勞愛學仙。想到隗宮尋勝處，正應鸎語豔陽〔一六〇〕天。」王仁裕和曰：「龍旆飄飄指極邊，到時猶更二三千。登高曉躡巉巖石，冒冷朝衝〔一六一〕斷續煙。自學漢皇開土宇，不同周穆好神仙。秦民莫遣無恩及，大散關東别有天。」

洎至利州，已聞東師下固鎮矣。旬日内，又聞過〔一六二〕金牛，敗卒塞硤而至。其時蜀師十餘萬，自綿、漢至于深渡〔一六三〕千餘里，首尾相繼，皆無心鬭敵。遣使臣逼促，則迴槍刺之，曰：「請喚取龍武軍相戰〔一六四〕，不惟勇敢，況且偏請衣糧。我等揀退不堪，何能相殺！」少主〔一六五〕無奈何。十月二十九日，狼狽而歸，於棧閣懸險溪巖窄隘〔一六六〕之中，連夜繼晝，却入成都。康延孝與魏王繼踵而入，少主於是樹降。東軍未入前，王宗弼殺韓昭、樞密使宋光嗣、景潤澄，宣徽使〔一六七〕李周輅、歐陽晃〔一六八〕等。王承休握鋭兵於天水，兵刃不舉，既知東軍入蜀，遂擁麾下之師及婦女孩幼萬餘口，金銀繒帛，於西蕃買路歸蜀。沿路爲左衽〔一六九〕

擄奪，并經雪〔一七〇〕山，凍餓相踐而死。迨至蜀，存者百餘人，唯與田宗汭等脱身而至。魏王使人詰之曰：「親握鋭〔一七一〕兵，何得不戰？」曰：「憚大王神武，不敢當其鋒。」曰：「何不早降？」曰：「蓋緣王師不入封部，無門輸款。」曰：「其初入蕃部，幾許人同行？」曰：「萬餘口。」「今存者幾何？」曰：「纔及百數。」魏王曰：「汝可償此萬人之命。」遂盡斬之。蜀師不戰，坐取亡滅者，蓋承休、韓昭之所致也，人多不知之。（據中華書局版汪紹楹點校本《太平廣記》卷二四一引《王氏聞見録》校録，朝鮮成任編《太平廣記詳節》卷一九作《王氏見聞》）

〔一〕妻有美色　「妻」字原無，據《廣記詳節》補。明沈與文野竹齋鈔本此句作「曲承顔色」。按：《資治通鑑》卷二七三後唐莊宗同光三年：「王承休妻嚴氏美，蜀主私焉。」

〔二〕媢　清孫潛校本作「事」，《廣記詳節》作「惑」。

〔三〕皆説秦州之風土　「皆」原作「且」，據孫校本、《廣記詳節》改。《廣記詳節》「皆」下有「過」字。「風土」孫校本、《廣記詳節》作「土風」，張國風《太平廣記會校》據改。

〔四〕鎮方　原作「方鎮」，據明鈔本、孫校本、《廣記詳節》乙改。

〔五〕取　《廣記詳節》作「運」。

〔六〕兼以嚴刑峻法　《廣記詳節》作「豎以嚴期峻法」。

〔七〕女　原作「弟」，據明鈔本、《廣記詳節》改。

〔八〕被　明鈔本作「每」，《廣記詳節》作「旋」。

〔九〕申　原作「中」，據明鈔本改。

〔一〇〕傒望　《廣記詳節》「傒」作「徯」，音義皆同，等待。

〔一一〕臣聞堯有敢諫之鼓　《吕氏春秋·不苟論·自知》「敢」作「欲」。後蜀何光遠《鑑誡録》（《知不足叢書》本）卷七《陪臣諫》前有「臣某言頓首死罪」七字，《全唐文》卷八九〇蒲禹卿《諫蜀後主東巡表》作「臣禹卿頓首死罪」。

〔一二〕鞀　明鈔本作「銘」，誤。按：《吕氏春秋》作「鞀」。鞀，有柄小鼓。

〔一三〕録　清黄晟校刊本、《四庫全書》本、《筆記小説大觀》本作「禄」，《廣記詳節》、《鑑誡録》、《全唐文》作「籙」。

〔一四〕許　此字原脱，據《鑑誡録》、《全唐文》補。

〔一五〕發　《鑑誡録》、《全唐文》作「振」。

〔一六〕起身　《鑑誡録》、《全唐文》作「興師」。

〔一七〕寐　原作「寤」，據《廣記詳節》、《鑑誡録》、《全唐文》改。明鈔本作「宿」。

〔一八〕拘諸原　明鈔本作「靖中原」，《鑑誡録》、《全唐文》作「助中原」。

〔一九〕多　明鈔本作「邊」。

〔二〇〕方　孫校本作「才」。《廣記詳節》、《鑑誡録》、《全唐文》亦作「方」。

〔二一〕雄　《廣記詳節》、《鑑誡録》、《全唐文》作「推」。

〔二二〕岐　原作「涼」，據《廣記詳節》、《鑑誡録》、《全唐文》改。按：涼即涼州，治今甘肅武威市，岐即岐州，治今陝西鳳翔縣，唐時曾昇爲鳳翔府。前蜀未據有涼州，涼州時爲吐蕃所佔。

〔二三〕荆楚　原作「南北」，據《廣記詳節》、《鑑誡録》、《全唐文》改。

〔二四〕信　原作「德」，據《廣記詳節》、《鑑誡録》、《全唐文》改。

〔二五〕漸　《鑑誡録》、《全唐文》作「甚」。

〔二六〕産　原作「地」，據《廣記詳節》、《鑑誡録》、《全唐文》改。

〔二七〕循　《鑑誡録》、《全唐文》作「修」。

〔二八〕最難　明鈔本作「艱難」，《會校》據改，不當。按：「最難」與上句「不易」相對。

〔二九〕基扃　明鈔本作「規模」，《鑑誡録》、《全唐文》作「基模」。

〔三〇〕多觀覽於前王經史　《廣記詳節》作「多看覽於前王書史」，《鑑誡録》、《全唐文》作「多歷覽於前王書史」。

〔三一〕勿　明鈔本作「戒」。

〔三二〕成都　《廣記詳節》作「都城」。

〔三三〕往巡　《鑑誡録》、《全唐文》作「看於」，《鑑誡録》《學津》本作「看視」。

〔三四〕天水　明鈔本作「天長」，《鑑誡録》、《全唐文》作「天雄」。按：天雄即天雄軍節度使，治秦州（治今甘肅天水市秦安縣西北），秦州又稱天水郡。

〔三五〕路　原作「峻」，據《廣記詳節》、《鑑誡録》、《全唐文》改。

〔三六〕沮　《廣記詳節》、《鑑誡録》、《全唐文》作「阻」，《會校》據《廣記詳節》改。按：沮，阻塞。

〔三七〕那　《鑑誡録》、《全唐文》作「唯」。

〔三八〕又復敵境咫尺　「境」原作「京」，據明鈔本、《廣記詳節》、《鑑誡録》、《全唐文》改。《鑑誡録》、《全唐文》作「又復秦州敵境咫尺」。按：敵當指岐王李茂貞。岐王府在鳳翔府，鳳翔在秦州東南。

〔三九〕邑　《鑑誡録》作「色」。

〔四〇〕民雜蕃戎　「民」明鈔本作「界」。「蕃」《鑑誡録》作「番」，「蕃」通「番」。《全唐文》改作「羌」。

〔四一〕嵐　《鑑誡録》、《全唐文》作「疫」。嵐，山林霧氣。

〔四二〕華風　明鈔本、《廣記詳節》、《鑑誡録》、《全唐文》作「風華」，《會校》據明鈔本、《廣記詳節》、《全唐文》改。

〔四三〕悲　《鑑誡録》、《全唐文》作「清」。

〔四四〕胡　《全唐文》改作「邊」。

〔四五〕探虜　《廣記詳節》作「探火」，《鑑誡録》、《全唐文》作「烽火」。

〔四六〕水　《廣記詳節》、《鑑誡録》、《全唐文》作「雲」。

〔四七〕何要聞知　原作「何亞連知」，據《廣記詳節》改。明鈔本作「何亞連如」，《鑑誡録》、《全唐文》作「何足聞知」，《會校》據《全唐文》改。

〔四八〕路遇　《鑑誡録》、《全唐文》作「縱過」。

〔四九〕程　《鑑誡録》、《全唐文》作「須」。

〔五〇〕其次　原作「是以」，據《廣記詳節》、《鑑誡録》、《全唐文》改。

〔五一〕凋　原作「摧」，據《廣記詳節》、《鑑誡録》、《全唐文》改。

〔五二〕少　《鑑誡録》、《全唐文》作「小」。

〔五三〕宫　原作「就」，據《廣記詳節》、《鑑誡録》、《全唐文》改。明鈔本作「宸」。

〔五四〕凌遲　《鑑誡録》、《全唐文》「遲」作「持」。凌遲，敗壞。

〔五五〕商　《廣記詳節》、《鑑誡録》、《全唐文》作「細」。

〔五六〕教　《鑑誡録》、《全唐文》作「合」。

〔五七〕稼　《鑑誡録》、《全唐文》作「物」。

〔五八〕猶不下關　「下」字原脱，據《鑑誡録》、《全唐文》補。孫校本、《廣記詳節》則脱「不」字。

〔五九〕如何制宜　孫校本作「何如制宜」，《鑑誡録》、《全唐文》作「制置如何」。

〔六〇〕且　原作「自」，據《廣記詳節》改。

〔六一〕甚　《鑑誡録》、《全唐文》作「倍」。

〔六二〕況鳳翔久爲讎敵　「鳳翔」《鑑誡録》、《全唐文》作「鳳州」，誤。《資治通鑑》卷二七三《後唐紀二》莊宗同光二年亦作「鳳翔」。按：鳳翔爲岐王李茂貞王府所在。鳳州治今陝西寶雞市鳳縣東鳳州鎮，在秦州東南，與秦州原爲岐地，前蜀王建永平五年（九一五）攻佔鳳州，明年即通正元年，置武興軍於鳳州。見《十國春秋》卷三六《前蜀二·高祖本紀下》。「讎」原作「進」，據《廣記詳節》、《鑑誡録》、《全唐文》改。

〔六三〕搆　《鑑誡録》作「措」，《全唐文》作「指」。

〔六四〕始　《廣記詳節》作「方」。

〔六五〕其或專差使命　原作「其必特差使命」，據《廣記詳節》、《鑑誡録》改。《全唐文》「或」譌作「事」。

〔六六〕相　《廣記詳節》作「頃」，《鑑誡録》、《全唐文》作「須」。

〔六七〕尋　孫校本作「必」，《廣記詳節》、《鑑誡録》作「玆」，《鑑誡録》《學海》本、《全唐文》作「滋」。

〔六八〕閬苑　原作「秦苑」，明鈔本、《廣記詳節》、《鑑誡録》、《全唐文》作「閬苑」。按：南宋王象之《輿地紀勝》卷一八五《利東路·閬州》：「閬苑，唐時魯王靈夔、滕王元嬰以衙宇卑陋，遂修飾宏大之，擬於宫苑，由是謂之隆苑。其後以明皇諱隆基，改謂之。」故址在今四川閬中市城西。前文云先皇帝「閬苑起身」，即指王建在閬州起兵。《十國春秋》卷三五《前蜀一·高祖本紀上》載：唐僖宗光啓三年（八八七），利州刺史王建「召集亡命及溪洞彝落，有衆八千人，沿嘉陵江而下，以襲閬州，逐其刺史楊茂實，自稱防禦使」。據改。

〔六九〕婇　原作「綵」，據《鑑誡録》、《全唐文》改。婇，宫女。明鈔本作「妃」，《會校》據改。

〔七〇〕及却　「及」字原無，據《廣記詳節》、《鑑誡録》、《全唐文》補，《鑑誡録》、《全唐文》無「却」字。

〔七一〕並不悦軍民　「並」字原無，據《廣記詳節》、《鑑誡録》、《全唐文》補，《鑑誡録》、《全唐文》「悦」下有「於」字。明鈔本此句作「疲疫軍民」。

〔七二〕但　《鑑誡録》、《全唐文》作「迫」。

〔七三〕嘗　孫校本、《廣記詳節》、《鑑誡録》作「省」，《全唐文》作「有」。

〔七四〕勞心費力有何所爲　孫校本「爲」作「謂」。《鑑誡録》、《全唐文》無此八字。

〔七五〕蹕　明鈔本、孫校本作「理」。

〔七六〕南遊　《鑑誡録》、《全唐文》「南」作「東」。按：南遊指隋煬帝遊江都，於後主王衍而言，秦州在成都北，然其路綫乃先往東北而行，故後文云「東行」。《全唐文》即題曰《諫蜀後主東巡表》。此處用隋煬帝典，宜爲「南遊」，《資治通鑑》亦作「南巡」。

〔七七〕寬仁大度　《鑑誡録》、《全唐文》前有「陛下」二字。

〔七八〕篤　明鈔本作「至」，《廣記詳節》、《鑑誡録》、《全唐文》作「廣」。

〔七九〕忍教致却宗祧　「祧」字原脱，據《廣記詳節》、《鑑誡録》、《全唐文》補。《鑑誡録》、《全唐文》作「豈忍致却宗祧」，《會校》據改。明鈔本作「忍教政衰」。

〔八〇〕言將　明鈔本作「可言」，《鑑誡録》作「云言」，《全唐文》闕此二字。

〔八一〕不　原譌作「何」，據明鈔本、孫校本、《廣記詳節》、《鑑誡録》、《全唐文》改。

〔八二〕但恐乖於仁孝　「但」《鑑誡録》、《全唐文》作「實」。「孝」孫校本作「道」。

〔八三〕瓊池瑶圃　「瑶」原作「環」，據《廣記詳節》改。《鑑誡録》、《全唐文》作「瑶池瓊圃」。

〔八四〕清府　原作「清虚之境」，據明鈔本改。《廣記詳節》、《鑑誡録》、《全唐文》作「紫禁」。

〔八五〕耀珠翠於皇宫　原作「列歌舞於閬苑之中」，據《廣記詳節》、《鑑誡録》、《全唐文》改。明鈔本作「萃歌舞於咸池」。

〔八六〕如論萬乘之居便是三清之境　此二句原無，據《廣記詳節》、《鑑誡録》、《全唐文》補。《四庫》本、《學津》本及《全唐文》「居」譌作「君」。

〔八七〕賞遊　明鈔本下有「其中」二字，句法失對。

〔八八〕觀　明鈔本作「多」。

〔八九〕須於遠塞　「須」《鑑誡録》作「傾」，《全唐文》作「顧」。明鈔本此四字作「窮求絶塞」，《會校》據改。

〔九〇〕山　明鈔本作「遐」。

〔九一〕不惜聖軀　明鈔本作「不識聖心」。

〔九二〕岐陽不順梁園已亡　《鑑誡録》、《全唐文》無此八字。

〔九三〕且　《鑑誡録》、《全唐文》作「但」。

〔九四〕膺　明鈔本、《廣記詳節》作「應」。

〔九五〕撓　原作「擾」，據明鈔本、孫校本、《廣記詳節》、《鑑誡録》、《全唐文》改。

〔九六〕智謀　《鑑誡録》、《全唐文》作「規模」。

〔九七〕英鑑　「鑑」原作「傑」，據《廣記詳節》、《鑑誡録》、《全唐文》改。《鑑誡録》《學海》本、《四庫》本、《學津》本作「殷鑒」。

〔九八〕把　《鑑誡録》、《全唐文》作「抱」。

〔九九〕何不遠聽深察　「何」原作「但」，據《鑑誡録》、《全唐文》改。「遠聽深察」，《鑑誡録》《學海》本、《四庫》本、《學津》本「深」作「邇」，《全唐文》作「視遠聽察」。

〔一〇〇〕機　原作「邦」，據《鑑誡録》改。《全唐文》作「幾」，《會校》據改。

〔一〇一〕咸有一德　《廣記詳節》、《鑑誡録》、《全唐文》「有」作「修」，《會校》據《廣記詳節》、《全唐文》改。明鈔本作「揆」。按：《尚書·商書》有《咸有一德》。序云：「伊尹作《咸有一德》。」孔氏傳：「言君臣皆有純一之德，以戒太甲。」

〔一〇二〕及　《廣記詳節》、《鑑誡録》、《全唐文》作「療」。

〔一〇三〕令表裏以寬舒　《鑑誡録》、《全唐文》作「庶表裏寬奢」。

〔一〇四〕使子孫以昌盛　《鑑誡録》、《全唐文》作「保子孫昌盛」。

〔一〇五〕立濟衆　《廣記詳節》「衆」作「物」，《會校》據改。《鑑誡録》、《全唐文》作「蓋救物」，《鑑誡録》《學海》本、《學津》本「蓋」作「益」。

〔一〇六〕成城　明鈔本作「陶成」。陶成，成就。

〔一〇七〕目即　原作「即目」，據明鈔本、孫校本、《廣記詳節》改。目即，目前。《鑑誡録》、《全唐文》作「今則」。

〔一〇八〕知　《鑑誡録》、《全唐文》作「鄙」。

〔一〇九〕諍　原作「争」，據《廣記詳節》、《鑑誡録》、《全唐文》改。

〔一一〇〕固我睿朝　「固」原作「因」。據《廣記詳節》、《鑑誡録》、《全唐文》改。「睿」《鑑誡録》、《全唐文》作「春」，《鑑誡録》《學海》本、《學津》本作「皇」。

〔一一一〕益　《鑑誡録》、《全唐文》作「保」。

〔一一二〕處　《鑑誡録》、《全唐文》作「郡」。

〔一一三〕臻湊　《全唐文》作「湊集」。

〔一一四〕貴　《全唐文》作「暫」，《會校》據改。

〔一一五〕處　《鑑誡録》、《全唐文》作「既」，《鑑誡録》《學海》本、《學津》本作「最」。

〔一一六〕乞陛下廣布腹心　《鑑誡録》、《全唐文》作「伏乞陛下稍布腹心」。

〔一一七〕特令　《鑑誡録》、《全唐文》作「即當」。

〔一一八〕國人之心無一可保　《鑑誡録》、《全唐文》作「國亡人心何保」，脱「無一」二字。

〔一一九〕諂　《四庫》本、《全唐文》作「倡」。

〔一二〇〕不恣躭荒　《鑑誡録》、《全唐文》作「不耽荒婬」。

〔二二〕有所可徵　《廣記詳節》作「所在可徵」，《鑑誡録》、《全唐文》作「所在防微」。

〔二三〕臣聞　《鑑誡録》、《全唐文》下有「昔者」二字。

〔二三〕理切憂君　「切」原作「直」，據《廣記詳節》、《鑑誡録》、《全唐文》改。《鑑誡録》、《全唐文》「憂」作「愛」。

〔二四〕在　《廣記詳節》、《鑑誡録》作「益」。《全唐文》作「及」，《會校》據改。

〔二五〕允　《廣記詳節》作「充」。

〔二六〕勿出遠邊　《鑑誡録》、《全唐文》作「莫去邊陲」。按：以下有省略，《鑑誡録》、《全唐文》作：「干犯冕旒，無任憂惕，冒死待罪，激切屏營之至。謹奉表直諫以聞。臣某誠惶誠恐，頓首頓首，死罪死罪。謹言。」

〔二七〕收　原作「取」，據《廣記詳節》改。

〔二八〕取九月到鳳州　明鈔本、《廣記詳節》「九月」下有「一日」二字。按：《舊五代史》卷三三《唐書·莊宗紀七》同光三年：「九月辛卯朔……庚子，是日命大舉伐蜀，詔曰：『……今命興聖宫使、魏王繼岌充西川四面行營都統，命侍中樞密使郭崇韜充西川東北面行營都招討制置等使……取九月十八日進發。……戊申，魏王繼岌、樞密使侍中郭崇韜進發西征。……冬十月庚申朔……戊寅，西征之師入大散關，僞命鳳州節度使王承捷、故鎮屯駐指揮使唐景思，次第迎降。」同光三年（當前蜀乾德六年，即九二五年）戊申（十八日）唐軍始發，十月戊寅（十九日）入鳳州大散關，歷時一月。則預計到鳳州（今陝西鳳縣東北鳳州鎮）之時不可能在九月，更不可能在九月一日。疑「九月」當作「十月」。

〔二九〕嶺 《廣記詳節》作「頂」。

〔三〇〕上 《廣記詳節》作「平」。

〔三一〕將 《廣記》、《四庫》本、《全唐詩》卷八後主衍《幸秦川上梓潼山》作「如」。

〔三二〕欹危 原譌作「歌樓」，據《廣記詳節》改。

〔三三〕王仁裕 原文當作「余」或「予」，《廣記》凡遇作者自稱，大抵改作作者姓名。下同。

〔三四〕仗 原作「杖」，據黄本、《四庫》本、《筆記小説大觀》本、《廣記詳節》、《全唐詩》卷七三六王仁裕《從蜀後主幸秦州上梓潼山》改。

〔三五〕騶 《廣記詳節》作「雛」，誤。騶，此指車馬。

〔三六〕磎 《廣記詳節》作「嵠」。

〔三七〕問 孫校本作「間」，屬上讀。

〔三八〕亦 談愷刻本原作「不」，汪校本據明鈔本改。按：《廣記詳節》作「無不」，則談本脱「無」字。

〔三九〕於 原作「有」，據明鈔本、孫校本、《廣記詳節》改。

〔四〇〕有 此字原無，據《廣記詳節》補。

〔四一〕朝 明鈔本作「臣」。

〔四二〕於 《全唐詩》王仁裕《奉詔賦劍州途中鷙獸》作「餘」，當譌。

〔四三〕將　此字談本原闕，明鈔本、孫校本、《廣記詳節》作「將」，汪校本據明鈔本補。黃本、《四庫》本、《筆記小説大觀》本作「來」。《十國春秋》卷三七《後主紀》注引《王氏見聞録》作「教」。

〔四四〕巖下年年蓄弊訛　「下」《廣記詳節》作「谷」。「蓄弊訛」原譌作「自寢訛」，據《廣記詳節》改。孫校本末二字爲闕字。

〔四五〕意　《廣記詳節》作「欲」。

〔四六〕隨　明鈔本、孫校本、《廣記詳節》作「徐」，《會校》據明鈔本、孫校本改。

〔四七〕已　《廣記詳節》作「漸」。

〔四八〕被弄　明鈔本作「被算」，孫校本作「比弄」，《廣記詳節》作「被辱」。

〔四九〕人蹟　明鈔本作「行旅」，《廣記詳節》作「商旅」。

〔五〇〕盡被山王税殺他　《廣記詳節》「盡」作「到」。《全唐詩》卷七六〇李浩弼《從幸秦川賦鷙獸詩》「税」作「稜」。

〔五一〕各有旨也　《廣記詳節》作「非無旨也」。

〔五二〕各賜束帛　原作「命各官從臣」，據《廣記詳節》改。

〔五三〕令　此字原無，據《廣記詳節》補。

〔五四〕外　《全唐詩》卷七六〇韓昭《和題劍門》作「老」。

〔五五〕三川　《全唐詩》作「二川」，誤。按：古稱蜀爲三川。明曹學佺《蜀中廣記》卷五一《四川布政司》：「或稱三川者，非三川伊洛之地，司馬錯勸秦伐蜀曰『周自知失九鼎，韓自知亡三川』是也。」

〔一五六〕暗指長天路　「暗」明鈔本、孫校本作「時」，《會校》據改。「長」《廣記詳節》作「漫」。

〔一五七〕巒　《廣記詳節》作「嵐」。

〔一五八〕皇　原作「王」，據《廣記詳節》改。

〔一五九〕此　《廣記詳節》作「東」。

〔一六〇〕豔陽　原作「暮春」，據《廣記詳節》改。明鈔本作「杏花」。

〔一六一〕衝　原譌作「充」，據明鈔本、《四庫》本、《廣記詳節》改。

〔一六二〕過　此字原脱，據《廣記詳節》補。

〔一六三〕深渡　明鈔本作「深浚」。按：深渡，地名，在利州。杜光庭《録異記》卷一：「永平四年甲戌，利州刺史王承賞奏，深渡西入山二十里，道長山楊謨洞在峭壁之中，上下懸險，人所不到。」

〔一六四〕請喚取龍武軍相戰　「喚」黄本、《四庫》本、《筆記小説大觀》本作「换」。「戰」《廣記詳節》作「殺」。

〔一六五〕少主　原作「實」，當誤，據《廣記詳節》改。明鈔本作「後主亦」，《會校》據改。

〔一六六〕溪巖窄隘　「窄隘」原作「壑」，據《廣記詳節》改。明鈔本作「溪窮谷」。

〔一六七〕宣徽使　「使」上原衍「州」字，據明鈔本、孫校本、《廣記詳節》删。按：《十國春秋》卷三七《後主本紀》：「以内給事王廷紹、歐陽晃、李周輅、宋光葆、宋承藴、田魯儔等爲將軍及軍使，干預國政。」「宗弼稱我國君臣久欲歸命，而内樞密使宋光嗣、景潤澄，宣徽使李周輅、歐陽晃，熒惑少主，皆斬之，函首送魏王軍前。」

〔一六八〕歐陽晃　「晃」原譌作「冕」，據明鈔本、《廣記詳節》改。

〔一六九〕左衽　《舊五代史》卷三三《唐書·莊宗紀七》注引《太平廣記》引《王氏見聞記》作「西蕃」。

〔一七〇〕雪　原作「溪」，據《廣記詳節》改。

〔一七一〕鋭　《舊五代史》注作「重」。

按：《崇文總目》傳記類始著録王仁裕《王氏見聞集》三卷，《通志·藝文略》雜史類作《王氏聞見集》，注：「晉王仁裕撰，記前蜀事。」《祕書省續編到四庫闕書目》及《宋史·藝文志》小説類作《見聞録》。書不存，《太平廣記》引逸文三十一條，書名作《王氏見聞録》、《王氏聞見録》、《王氏見聞》等。又，《廣記》卷一二六引《李龜禎》、《陳潔》二條，亦當出本書。朝鮮成任編《太平廣記詳節》卷二二引《王氏見聞·陳延美》一條，爲今本《廣記》無。加此三十四條。《舊五代史》卷三三、卷五一、卷六一注引《王氏見聞記》（「記」或作「録」）三條，皆據《太平廣記》轉引。陳尚君輯《王氏聞見録》三十一條，載《五代史書彙編》丙編。

王仁裕自岐入蜀，後唐同光三年滅蜀入洛陽，作《入洛記》。唐亡仕晉。本書《温造》（《廣記》卷一九〇）記唐京兆尹温造平南梁（興元）兵亂事，末云：「余二十年前職於斯，故老尚歷歷而記之矣。」仁裕於前蜀乾德三年（九二一）爲興元節度判官，二十年後乃後晉天福六年（九四一），此本書撰作之時也。

本篇中蒲禹卿諫表，後蜀何光遠《鑑誡録》卷七《陪臣諫》亦載之，多有異辭，蓋所據版本不同。王仁裕所録，首尾删去，何光遠所録則爲完整全文。《全唐文》卷八九〇所載即據《鑑誡録》。

野賓

王仁裕　撰

王仁裕〔一〕嘗從事于漢中，家于公署。巴山有採捕者，獻猿兒焉。憐其小而慧黠，使人養之，名曰野賓，呼之則聲聲應對。經年則充博壯盛，縻縶稍解。逢人必齧之，頗亦爲患。仁裕叱之，則弭伏而不動，餘人縱鞭箠，亦不畏。其公衙子城繚繞，並是榆槐雜樹。漢高廟有長松古柏，上鳥巢不知其數。時中春日，野賓解逸，躍入叢林，飛趠〔二〕于樹梢之間，遂入漢高廟，破鳥巢，擲其雛卵于地。是州衙門有鈴架，群鳥遂集架引鈴。主使令尋鳥所來，見野賓在林間，即使人投瓦礫彈射，皆莫能中。薄暮腹枵，方餧而就縶。

乃遣人送入巴山百餘里溪洞中。人方回，詢問未畢，野賓已在厨内謀餐矣。又復縶之。忽一日解逸，入主帥厨中，應動用食器之屬，並遭掀撲穢污。而後登屋，擲瓦拆塼。主帥大怒，使衆箭射之。野賓騎屋脊而毀拆塼瓦，箭發如雨，野賓目不妨視，口不妨呼，手拈足擲，左右避箭，竟不能損其一毫。有使院老將馬元章曰：「市上有一人，善弄胡猻。」乃使召至，指示之曰：「速擒來。」于是大胡猻躍上衙屋趕之，踰垣驀巷，擒得至前。野賓流汗體浴而伏罪，主帥亦不甚詬怒，衆皆看而笑之。于是頸上係紅綃一縷，題詩送之曰：「放爾丁寧復故林，舊來行處好追尋〔三〕。月明巫峽堪憐静，路隔巴山莫厭深〔四〕。棲宿〔五〕免勞青嶂夢，躋攀應愜碧〔六〕雲心。三秋果熟松稍健，任抱高枝徹曉吟。」又使人送入孤雲兩角山，且使縶在山家，旬日後方解而縱之，不復再來矣。

後罷職入蜀，行次嶓冢廟前。漢江之壖，有群猿自峭巖中連臂而下，飲于清流。有巨猿捨群而前，于道畔古木之間，垂身下顧，紅綃彷彿而在。從者指之曰：「此野賓也。」呼之，聲聲相應。立馬移時，不覺惻然。及聳轡之際，哀叫數聲而去。及陟山路，轉壑回溪之際，尚聞嗚咽之音，疑其腸斷矣。遂繼之一篇曰：「嶓冢祠邊〔七〕漢水濱，此〔八〕猿連臂下嶙峋。漸來子細窺行客，認得依稀是野賓。月宿縱勞羈絏夢，松餐非復稻粱身。數聲腸斷和雲叫，識是前年〔九〕舊主人。」（據中華書局版汪紹楹點校本《太平廣記》卷四四六引《王氏見聞》校録）

〔一〕王仁裕　原文當作「余」或「予」，《廣記》改。

〔二〕趠　黄本、《四庫》本作「趕」，《筆記小説大觀》本作「越」。

〔三〕舊來行處好追尋　《全唐詩》卷七三六王仁裕《放猿》注：「一作『舊時侶伴好相尋』。」

〔四〕月明巫峽堪憐静路隔巴山莫厭深　《全唐詩》注：「一作『耐寒不憚霜中宿，隱跡從教霧裏深』。」按：此當據明王良臣《詩評密諦》卷四或清褚人穫《堅瓠八集》卷一《野賓》。

〔五〕棲宿　《全唐詩》注：「一作『歸去』。」

〔六〕碧　《全唐詩》作「白」。

〔七〕邊　《全唐詩》王仁裕《遇放猿再作》作「前」。

〔八〕此　《全唐詩》作「飲」。

〔九〕年　《全唐詩》作「時」。

按：《廣記》題《王仁裕》，今改作《野賓》。

陳延美

王仁裕　撰

有陳延美者，世傳殺人，人莫有知者。清泰朝，僑居鄴下御河之東，僦大第而處。少年聰明，衣着甚侈，薰浥蘭麝，鞴馬華麗。其居第，内外張陳，如公侯之家。妻妾三兩人，皆端嚴婉淑。有妹，曰李郎婦，甚有顔色，生一子，未晬歲，十指皆跰，俱善音律。延美亦能絃管。常乘馬引一僕，於街市或登樓或密室狎遊，所接者皆是膏粱子弟，曲盡譚笑章程。或引朋儕至家，則異禮延接，出妻與妹，令按絲吹竹，以極其歡，客則戀戀而不能已也。

時劉延皓帥鄴，偶失一都將，訪之經時，卒無影響，責其所由甚急。陳密攜家南渡，詣大梁高頭街，僦宅而居，復華飾出入。未涉旬〔一〕，因送客出封丘門，餞賓之次，鄴之捕逐者至，擒之于座。洎縶于黄砂以訊之，具通除勦鄴中都將外，經手者近百人。居高頭宅未三五日，陳不在家，偶有盲僧丐食于門。其妹怒其狨，使我不利市，召入勦之，瘞于卧床之下。及敗，官中使人斸出之，荷至鄴下。搜其舊居，果於床下及屋内，積疊瘞屍，更無容針之所。以至鄰家屋下，每被傍探爲穴，藏屍于内。每客坐要殺者，令啜湯一椀，便瞢然無所知。或用繩縊，或行鐵鎚，然後截割盤屈之，占地甚少。蓋陳、李與僕者一人，妹及妻等，争下手屠割。如是年月極深，今偶記得者，試略言之。

先有二人貨絲者，相見於塼門之下，誘之曰：「吾家織錦，甚要此絲，固不争價矣。」遂俱引至家，雙斃而没其貨。又曾於内黄納一風聲人，尋亦斃於此屋之下。又有持鉢僧一人，誘入而死之。又於趙家菓園，見一貧官人，有破囊劣驢，繫四跨銅帶，哀而誘之至家，亦斃于此屋。又有二軍人，言往定州去，亦不廣有緇囊，遂命入酒肆飲之，告曰：「某有親情在彼，欲達一緘。」數內請，一人同至其家取書，至則點湯一甌，啜呷未已，繩篰已在項矣。未及剉截之間，其伴呼于門外，急以布幕蓋屍于牆下，令李郎出應之，曰：「修書未了，且屈入來。」陳執鐵鎚於扉下候之，後脚纔逾〔二〕門限，應鎚而殕于地。後款曲剉斫而瘞之。其膏粱子弟及富商之子，死者甚衆，不一一記之。洎令所由發撅之，則積屍不知其數。

有母在河東，密差人就擒之。老嫗聞之愕然，嗟歎曰：「吾養此子大不肖，渠父殺數千人，舉世莫能有知者，竟就枕而終。此不肖子殺幾箇人，便至敗露。」遂搜索其家，見大瓮內鹽浥人腿〔三〕數隻，嫗恒啗之。囚至鄴下，見其子，不顧而唾之。自言其向來所殺，不知其數，此敗偶然耳。時盛夏，一家並釘于衙門外，旬日于〔四〕殂。（據韓國學古房影印朝鮮成任編《太平廣記詳節》卷二二引《王氏見聞》校録）

〔一〕旬　此字原脱，據談愷刻《廣記》後印本、《永樂大典》卷九一三引《太平廣記》補。

〔二〕逾　此字原脱，據後印本、《大典》補。

〔三〕腿　原作「腿」。按：腿，脚腫。據後印本、《大典》改。

〔四〕于　後印本、《大典》作「而」。

按：《廣記》談愷初印本卷二六九卷首目録有此條，正文闕，後印本有。張國風《太平廣記會校》據後印本録入。

伊風子

王仁裕　撰

熊皦〔一〕補闕説：頃年有伊用昌者，不知何許人也。其妻甚少，有殊色，音律女工之事，皆曲盡其妙。夫雖饑寒丐食，終無愧意。或有豪富子弟，以言笑戲調，常有不可犯之色。其夫能飲，多狂逸，時人皆呼爲「伊風子」。多遊江左、廬陵、宜春等諸郡。出語輕忽，多爲衆所毆擊。愛作《望江南詞》，夫妻唱和。或宿於古寺廢廟間。遇物即有所詠，其詞皆有旨。熊只記得《詠鼓詞》云：「江南鼓，梭肚兩頭欒。釘着不知侵骨髓，打來只是没心肝。空腹被人漫。」餘多不記。

江南有芒草，貧民採之織屨。緣地土卑濕，此草耐水，而貧民多着之。伊風子至茶陵縣門，大題云：「茶陵一道好長街，兩畔栽柳不栽槐。夜後不聞更漏鼓，只聽鎚芒織草鞋。」時縣官及胥吏，大爲不可，遭衆人亂毆，逐出界。江南人呼輕薄之詞爲「覆窠」，其妻告曰：「常言小處不要覆窠，而君須〔二〕要覆窠之。譬如騎惡馬，落馬足穿鐙，非理傷墮一等。君不用苦之。」如是夫妻俱有輕薄之態。

天祐癸酉年，夫妻至撫州南城縣〔三〕所。有村民斃一犢〔四〕，夫妻丐得牛肉一二十觔，於鄉校内烹炙，一夕俱食盡。至明，夫妻爲肉所脹，俱死于鄉校内。縣鎮吏民以蘆〔五〕蓆裹尸，於縣南路左百余〔六〕步而瘞之。其鎮將姓丁，是江西廉使劉公親隨。一年後得替歸府，劉公已薨。忽一旦，於北市棚下，見伊風子夫妻，唱《望江南詞》乞錢。既相見甚喜，便叙舊事。執丁手上酒樓，三人共飲數㪷。丁大醉而睡，伊風子遂索筆題酒樓壁，云：「此生生在此生先，何事從玄不復玄。已在淮南雞犬後，而今便到〔七〕玉皇前。」題畢，夫妻連臂高唱而出城。

遂渡江，至遊帷觀，題真君殿後，其銜云「定億萬兆恒沙軍國主、南方赤龍神王伊用昌」。詞云：「日日祥雲瑞氣連，應儂家作〔八〕大神仙。筆頭灑起風雷力，劍下驅馳〔九〕造化權。更與戎夷添禮樂，永教胡虜〔一〇〕絶烽烟。列仙功業只如此，直上三清第一天。」題罷，連臂入西山，時人皆見躡虚而行。自此更不復出。

其丁將於酒樓上醉醒，懷内得紫金一十兩，其金並送在淮海南城縣。後人開其墓，只見蘆蓆兩領，裹爛牛肉十餘觔，臭不可近，餘更無別物。熊言六七歲時，猶記識伊風子，或着道服，稱伊〔二〕尊師。熊嘗於項〔三〕上患一癰癤，疼痛不可忍。伊尊師含三口水噀，其癰便潰，並不爲患，至今尚有痕在。熊言親覩其事，非〔三〕謬説也。（據中華書局版汪紹楹點校本《太平廣記》卷五五引《玉堂閑話》校録）

〔一〕熊皦　《永樂大典》卷六六二引《太平廣記·玉堂閑話》作「熊皎」。《廣記》卷三九七引《玉堂閒話·上霄峰》亦云「補闕熊皎云」。按：《唐才子傳》卷一〇《熊皎》：「皎，九華山人。唐清泰二年進士。劉景巖節度延安，辟爲從事。」周祖譔、賈晉華《校箋》云：「熊皦、熊皎本爲一人，皦、皎字通。……但其名當從《新五代史》、《郡齋》、《直齋》，以皦爲是。」（《唐才子傳校箋》第四册）

〔二〕須　孫校本作「頊」。按：須，却也。頊，同「傾」，偏也。

〔三〕撫州南城縣　元趙道一《歷世真仙體道通鑑》卷四六《伊用昌》「撫州」作「建昌」。按：此改用宋元地名，宋元時南城縣（今屬江西）爲建昌軍治所。

〔四〕斃一犢　孫校本作「死却犢」。

〔五〕蘆　明鈔本、孫校本作「菅」，下同。

〔六〕余　孫校本、黄本、《四庫》本、《筆記小説大觀》本作「餘」，《會校》據孫校本改。余，通「餘」。

〔七〕到　南宋洪邁《萬首唐人絶句》卷六四伊用昌《題酒樓壁》作「在」。

〔八〕應儂家作　《全唐詩》卷八六一伊用昌《題遊帷觀真君殿後》作「儂家應作」。

〔九〕馳　孫校本作「成」。

〔一〇〕胡虜　《四庫》本改作「邊塞」，《全唐詩》改作「邊徼」。

〔一一〕伊　《大典》作「伊業」。

〔一二〕項　原作「頂」，據孫校本、《大典》改。

〔一三〕非　孫校本前有「初」字。初，本來。

按：王仁裕《玉堂閑話》十卷，著録於《崇文總目》傳記類、《通志·藝文略》雜史類。《宋史·藝文志》小説類作三卷，疑爲殘本。今本《遂初堂書目》小説類只有書名。原帙不存，《太平廣記》引用極多，達一百六十餘條。《紺珠集》卷一二摘三條，《類説》卷五四摘二十四條。《重編説郛》卷四八自《廣記》輯録九條，署唐撰人闕。清王仁俊據《廣記》輯《玉堂閑話佚文》三條，載《經籍佚文》。《五代史書彙編》乙編（杭州出版社，二〇〇四）收有陳尚君輯校本，輯一百八十二條，編爲五卷。又蒲向明《玉堂閑話評注》（中國社會出版社，二〇〇七）輯一百八十六條，有漏輯誤輯及重輯者。朝鮮成任編《太平廣記詳節》卷一〇引有《玉堂閑話》三條（《蓄中六畜》、《耶孤兒》、《胡王》），爲今本《廣記》所無，陳輯本、蒲輯本均輯入。張國風《太平廣記會校》卷一四〇亦據以輯録。佚文可確定百八十一條。

檢本書佚文，如《麥積山》（《廣記》卷三九七）云自辛未年（後唐乾化元年）于今三十九載，今者後漢乾祐二年，《斗山觀》（同上）云「漢乾祐中翰林學士王仁裕云」，《隨母》云（《説郛》卷九《該聞録》引）「范丞相質言」，范任丞相在後周廣順初，《劉皡》（《廣記》卷三一四）事在廣順二年，《玄宗聖容》（《廣記》卷三七四）稱高祖，《崔練師》（《廣記》卷三一四）稱周高祖（按：「周」字蓋《廣記》編者所加），高祖即周太祖郭威，卒於顯德元年。仁裕顯德三年卒，是則本書作於漢、周時，隨時而記，成書約在顯德二三年（九五五、九五六）間。《通志略》注稱「漢王仁裕撰」，不確。仁裕漢時官翰林學士承旨，學士院唐稱玉堂（宋葉夢得《石林燕語》卷七引李肇《翰林志》），此名書之義也。

原書用第一人稱，南宋何汶《竹莊詩話》卷二引「余嘗待月納涼」云云可證。《廣記》凡遇作者自稱一律改作「王仁裕」或「仁裕」，以致或誤謂他人所作。又者，《趙聖人》（《廣記》卷八〇）、《高輦》（《廣記》卷一八四）、《范質》（《廣記》卷四六一）、《隨母》（《紺珠集》）等皆稱范質云，人或以爲范質作（范質《宋史》卷二四九有傳），如南宋吴曾《能改齋漫録》卷一四云「國初范質《玉堂閒話》」，李元綱《厚德録》卷二引范資《玉堂閑話》賀氏事（按：《説郛》卷九四《厚德録》作「范質」），皆爲此誤。檢本書佚文，凡作者述及仕履聞見者，與仁裕鑿枘皆合，其例甚夥，不遑枚舉焉。

本篇《廣記》題《伊用昌》，今改作《伊風子》。

灌園嬰女

王仁裕　撰

頃有一秀才，年及弱冠，切於婚娶。經數十處，託媒氏求問〔一〕，竟未諧偶。乃詣善《易》者以決之，卜人曰：「伉儷之道，亦繫宿緣。君之室，始生二歲矣。」又問當在何州縣，是何姓氏，卜人曰：「在滑州郭之南，其姓某氏，父母見灌園爲業，只生一女，當爲君嘉偶。」其秀才自以門第才望，方求華族，聞卜人之言，懷抱鬱怏，然未甚信也，遂詣滑質其事。至則於滑郭之南尋訪，果有一蔬圃，問老圃〔二〕姓氏，與卜人同。又問有息否，則曰：「生一女，始二歲矣。」秀才愈不樂。一日，伺其女嬰父母出外，遂就其家，誘引女嬰使前，即以細針内於顖〔三〕中而去。尋離滑臺，謂其女嬰之〔四〕死矣。

是時，女嬰雖遇其酷，竟至無恙。生五六歲，父母俱喪。本鄉縣以孤女無主，申報廉使，廉使即養育之。一二〔五〕年間，廉使憐其黠慧，育爲己女，恩愛備至。廉使移鎮他州，女亦成長。其問卜〔六〕秀才，已登科第，兼歷簿官，與廉使素不相接。因行李經由，投刺謁廉使，一見慕其風采，甚加禮遇。問及婚娶，答以未婚。廉使知其衣冠子弟，且慕其爲人，乃以幼女妻之，潛令道達其意，秀才欣然許之。未幾成婚，廉使資送甚厚。其女亦有殊色，秀才深過所望。且憶卜者之言，頗有責其謬妄耳。

其後每因天氣陰晦，其妻輒患頭痛，數年不止。爲訪名醫，醫者曰：「病在頂腦間。」即以藥封腦上。有頃，内〔七〕潰出一針，其疾遂愈。因潛訪廉使之親舊，問女子之所出，方知圃者之女，信卜人之不謬也。襄州從事陸憲嘗話此事。（據中華書局版汪紹楹點校本《太平廣記》卷一六〇引《玉堂閑話》校録）

〔一〕問　原作「間」，據黄本、《四庫》本、《筆記小説大觀》本、《太平廣記詳節》卷一一、《太平通載》卷一九引《太平廣記》改。

〔二〕圃　明鈔本、孫校本作「人」。

〔三〕顖　明吴大震《廣豔異編》卷一七《灌園女》作「腦」。按：顖，同「囟」。

〔四〕之　《廣豔異編》作「必」。

〔五〕一二　明鈔本、孫校本作「三」。

〔六〕問卜　《會校》：「問，原作『間』，據《詳節》卷一一改。」按：《廣記詳節》實作「問」，《太平通載》亦同。問卜指前文「詣善《易》者以决之」之事。

〔七〕内　《廣記詳節》、《太平通載》作「肉」。

按：《廣記》原題《灌園嬰女》。《廣豔異編》卷一七題《灌園女》，輯自《廣記》，删末句。

劉崇龜

王仁裕　撰

劉崇龜〔一〕鎮南海之歲，有富商子，少年而白皙，稍殊於裨販〔二〕之伍。泊船於江。岸上有門樓〔三〕，中見一姬，年二十餘，豔態妖容，非常所覩。亦不避人，得以縱其目逆。乘便復言：「某黄昏當詣宅矣。」無難色，頷之微哂而已。既昏暝，果啓扉伺之。此〔四〕子未及赴約，有盜者徑入行竊。見一房無燭，即突入之，姬即欣然而就之。盜乃謂其見擒，以庖刀刺之，遺刀而逸。其家亦未之覺。商客之子旋至，方入其户，即踐其血，汰〔五〕而仆地。初謂其水，以手捫之，聞鮮血之氣〔六〕未已。又捫着有人卧，遂走出。徑登船，一夜解維。比明，已行百餘里。

其家跡其血〔七〕至江岸，遂陳狀之主者訟。窮詰岸上居人，云：「其〔八〕日夜，有某客船一夜徑發。」即差人追及，械於圉室〔九〕，拷掠備至，具實吐之，唯不招殺人。其家以庖刀納于府主矣，府主乃下令曰：「某日大設〔一〇〕，合境庖丁，宜集于毬場，以候宰殺。」屠者既集，乃傳令曰：「今日既已〔一一〕，可翌日而至。」乃各留刀於廚而去。府主乃命取諸人刀，以殺人之刀，換下一口。來早，各令詣衙請刀，諸人皆認本刀而去，唯一屠最在後，不肯持刀去。府主乃詰之，對曰：「此非某刀。」又詰以何人刀，即曰：「此合是某乙者。」乃問其住止之處，即命擒之，則已竄矣。

於是乃以他囚之合處死者，以代商人之子，侵夜斃之於市。竄者之家，旦夕潛令人伺之。既斃其假囚，不一兩夕，果歸家，即擒之。具首殺人之咎，遂置於法。商人之子，夜入人家，以姦罪杖背而已。彭城公之察獄，可謂明矣。（據中華書局版汪紹楹點校本《太平廣記》卷一七二引《玉堂閒話》校録）

〔一〕劉崇龜　明馮夢龍《智囊補》卷一〇智察部《劉宗龜》，「崇」譌作「宗」。按：劉崇龜，《舊唐書》卷一七九、《新唐書》卷九〇有傳。唐末大順元年至乾寧二年（八九〇—八九五），爲廣州刺史、清海軍節度使、嶺南東道觀察使（《唐方鎮年表》卷七）。

〔二〕裨販　汪校本改作「稗販」，談本原作「裨販」，今改。稗販、裨販義同，小販也。五代和凝《疑獄集》卷三《崇龜集屠刀》作「負販」。

〔三〕門樓　《疑獄集》、宋鄭克《折獄龜鑑》卷一《劉崇龜》、桂萬榮《棠陰比事》卷下《崇龜認刀》、《智囊補》作「高門」。

〔四〕此　原作「比」，據《四庫》本、《筆記小説大觀》本、《疑獄集》改。

〔五〕汰 《疑獄集》作「滑」。按:汰,滑也。《折獄龜鑑》作「洿」,義同「污」,連上讀。

〔六〕鮮血之氣 《疑獄集》作「逗血之聲」,《折獄龜鑑》作「脰血聲」,脰,頸項。

〔七〕血 《棠陰比事》作「蹤」。

〔八〕其 原作「某」,據黄本、《四庫》本、《筆記小説大觀》本、《棠陰比事》改。《疑獄集》作「近」。

〔九〕圄室 《疑獄集》作「圓室」,「圓」當作「圜」。按:圜室、圄室義同,獄室也。

〔一〇〕設 《疑獄集》作「設會」,《棠陰比事》作「教」。按:設,宴飲。教,練兵,演武。

〔一一〕今日既已 《疑獄集》作「今日已晚」,《棠陰比事》作「已晚」。

安道進

王仁裕 撰

有安道進者,即故雲州帥重霸季弟〔一〕,河東人也,性凶險。莊宗潛龍時,爲小校,常佩劍列於翊衛。忽一日拔而玩之,謂人曰:「此劍也,可以劇鍾切玉,孰敢當吾鋒鋩?」旁有一人曰:「此又是何利器,妄此誇譚?假使吾引頸承之,安能快斷乎?」道進曰:「真能引頸乎?」此人以爲戲言,乃引頸而前,遂一揮而斷。旁人皆驚散。道進攜劍,日夜南馳,投于梁主。梁主壯之,俾隸淮〔二〕之鎮戍。

有掌庾吏,進謂曰:「古人謂洞其七札爲能,吾之銛鏃,可徹其十札矣,爾輩安知之？」吏輕之曰：「使我開襟俟之，能徹吾腹乎？」安曰：「試敢開襟否？」吏即開其襟，道進一發而殪之，利鏃逕〔三〕過，植于牆上。安蓄一犬一婢，遂挈〔四〕而南奔。晝則伏于蘆荻中〔五〕，夜則望星斗而竄。又時看眼中神光，光多處爲利方，光少處爲不利。既能伏氣〔六〕，遂絶粒，經時抵江湖間。左挈婢，右攜犬，而輒〔七〕浮渡，殊無所損。淮帥得之，擢爲裨將，賜與甚豐。

時兄重霸事蜀，亦爲列校，聞弟在吴，乃告王。蜀主〔八〕嘉其意，發一介以請之。迨至蜀，亦爲主將。後領兵戍于天水營長道縣，重霸爲招討馬步使，駐于秦亭縣。民有愛子，託之于安，命之曰廳子。道進適往户外，廳子偶經行於寢之前，安疑之，大怒，遂腰斬而投于井。其家號訴於霸，傳送招討使王公，至于南梁，王公不忍加害，表救活之。及〔九〕憾其元昆，又欲害其家族，兄家閉户防之〔一〇〕。蜀破，道進東歸，明宗補爲諸州馬步軍都指揮使。後有過，鞭背卒。（據中華書局版汪紹楹點校本《太平廣記》卷二六九引《玉堂閒話》校録）

〔一〕故雲州帥重霸季弟　《太平廣記詳節》卷二二「故」作「古」，誤。按：《舊五代史》卷六一《安重霸傳》：「安重霸，雲州人也。……清泰初，移授西京留守、京兆尹。……其年冬，改雲州節度。居無何，以病求代。時家寄上黨，及歸而卒。」

〔二〕淮　《廣記詳節》無此字。

〔三〕逕　《廣記詳節》作「勁」。

〔四〕掔　原作「掣」，據《四庫》本、《廣記詳節》改。

〔五〕伏于蘆荻中　「伏」原譌作「從」，據《廣記詳節》改。「蘆」原作「盧」，據《四庫》本、《廣記詳節》改。

〔六〕既能伏氣　「既」《筆記小説大觀》本作「方」。「伏」《四庫》本作「服」。按：伏氣，道教吐納修煉之術。《敦煌曲子詞集》上卷《謁金門》其一：「長伏氣，住在蓬萊山裏。」啓功、孫貫文校：「『伏』應作『服』。」非也。《悟真篇注疏》卷中宋翁葆光注：「夫真服氣者，先伏而後服氣也。經曰：『伏氣不服氣，服氣須伏氣，服氣不長生，長生須伏氣。』是也。」

〔七〕輒　原譌作「轍」，據《四庫》本、《筆記小説大觀》本、《廣記詳節》改。

〔八〕蜀主　下原有「王」字，據《廣記詳節》删。

〔九〕及　《四庫》本改作「反」。

〔一〇〕閉户防之　原譌作「閑卜户防之」，據《廣記詳節》改。《四庫》本改「卜」爲「小」，妄也。

唐五代傳奇集第五編卷十一

趙畚相公墳

何光遠 撰

何光遠，字輝夫，號晞陽（一作暘）子。東海（治今江蘇連雲港市海州區）人。好學嗜古。後蜀主孟昶廣政初，官普州軍事判官。撰有《賓仙傳》三卷、《廣政雜録》三卷，佚。（據《十國春秋》卷五六《後蜀九·何光遠傳》、《四庫闕書目》神仙類、《宋史·藝文志》神仙類）

西川高相公駢版築羅城日，遣諸指揮分擘地界，開掘古塚，取塼甃城。獨滄州〔一〕守禦指揮使姜知古卓旗，占得西南肖波塊，苦屮〔二〕反。蜀人呼老弱爲波，墳塚爲塊。其塊即趙畚相公墳也，年代深遠，碑文磨滅，走脚損缺〔三〕，「肖」字存焉。姜君號令將健，俟曉開之。

是夜二更以來，忽聞墓上清嘯數聲。良久有人云：「冥司趙相公遣使送書。」姜君驚曰：「既是聖者送書，容某穿靴祇候。」鬼使曰：「冥司小鬼，何敢當之！」姜君呼其僕，使鋪排浄席，焚香於庭，匍匐拜迎，虔心祝曰：「某負何罪，聖者降臨？」鬼使出曰：「雖顯晦有殊，奉命差遣，欲陳之懇，願〔四〕面咨祈。」乃持〔五〕出一緘，展開數幅，並無文字。鬼使曰：「但挑燈半滅，燈影看之，即〔六〕可見也。」既而細視之，果見文翰流美，徵古述今，詞旨感傷〔七〕。書盡復有一篇，比諷悽惻。因召鬼使就席，談吐分明。自云姓何名滅没，黄衣束帶，骨瘦喙長〔八〕，與姜君對飲數巡，對食數味。乃贈錢十千，退讓再三曰：「人間重錢，陰府何用？希阜錢一帖，即敢捧當〔九〕。」姜君遣僕立買阜錢，仍修迴狀。鬼使倏然不見，酒食並已存焉。

姜君至曉，持神鬼使所送到書并詩，面聞元戎。遽絶諸軍開劚古塚，仍差大將往彼祭焉。其詩與慕容垂所吟事皆相似，王蜀韋文靖莊，嘗與著作房鷫悲歎此詩，歷觀史書，未之聞也。其書曰：「冥司趙畚，謹以幽昧，致書於守禦指揮端公〔一〇〕閤下。切〔一一〕以趙氏之冤，搏膺入夢；良夫之枉，披髪叫天。是以有怨〔一二〕必讎，無道則見，此則流於往史〔一三〕，載自前文。如畚者，一介遊魂，九泉罔象，德不勝享，禱不勝人。無廟貌於世閒，遂堙沈於泉壤。自蒙天譴，使〔一四〕掌冥司，雖叨正直之官，未達聰明之理。未嘗以威服衆，唯知以禮依人。頃在本朝，叨爲上相，不無濫德，敢有害盈。今者伏審渤海高公令君毁畚墳闕。況畚謫〔一五〕居幽府，天賜佳城，平生無戰伐之讎，邂逅起誅夷之釁〔一六〕，得不撫銘旌而憤志，託觚染以申懷。伏希端公俯念無依，迴垂有鑒，特於萬雉〔一七〕，免此一坏。儻全馬鬛之封，敢忘龍頭之庇！謹吟絶句，後幅上聞，不勝望德之至。謹白。」其詩曰：「我昔勝君昔，君今勝

我今。人生一世事〔一八〕，何用苦相侵？」（據清鮑廷博《知不足齋叢書》二十二集《鑒誡録》卷二校録）

〔一〕滄州　按：「滄」字當誤。高駢爲劍南西川節度使，西川無滄州，滄州屬河北道，治今河北滄州市滄縣東南東關鎮。

〔二〕苦凷　《學海類編》本、《説庫》本「凷」作「因」，《四庫全書》本作「若困」，並譌。按：凷，同「塊」。

〔三〕走脚損缺　「缺」字《四庫》本作「斂」。按：走脚損缺謂「趙」字「走」旁缺失，斂則收也。

〔四〕願　《四庫》本作「容」。《學海》本、《説庫》本譌作「頌」。

〔五〕持　《學海》本、《學津討原》本、《説庫》本作「特」，當譌。

〔六〕即　《學海》本、《四庫》本、《崇文書局彙刻書》本作「其」。

〔七〕感傷　南宋扈仲榮等編《成都文類》卷一五《鬼謡》、明周復俊《全蜀藝文志》卷二四《鬼謡》作「哀切」。

〔八〕骨瘦喙長　《詩話總龜》前集卷四八鬼神門（《四部叢刊初編》景印明月窗道人校刊本）引作「瘦骨長卓」（無出處），繆荃孫校本「卓」作「身」，是也。周本淳校點本卷五〇鬼神門下據繆校本補「身」字而保留「卓」字，未當。

〔九〕即敢捧當　《學海》本、崇文本「敢」作「取」。《四庫》本作「即當取奉」。

〔一〇〕端公　原作「靖公」，據《學海》本、《四庫》本、《學津》本、崇文本、《成都文類》、《全蜀藝文志》改。下文作「端公」。按：端公，唐代對侍御史之尊稱。《通典》卷二四《職官六·御史臺》：「侍御史之職……臺内之事悉主之，號爲臺端。他人稱之曰端公，其知雜事者，謂之雜端，最爲雄劇。」指揮使姜知古在西川節度使屬下，當帶職侍御史。

〔一一〕切　《四庫》本、《成都文類》、《全蜀藝文志》作「竊」。按：切，同「竊」。

〔一二〕怨　《四庫》本作「冤」。

〔一三〕往史　《學海》本、《四庫》本作「杜史」。

〔一四〕使　原作「便」，據《學海》本、《四庫》本、崇文本、《成都文類》、《全蜀藝文志》改。

〔一五〕謫　《四庫》本作「靖」。

〔一六〕釁　《四庫》本作「骨」，誤。

〔一七〕萬雉　《四庫》本「萬」作「方」。《鑒誡録校注》作「方」，引《資治通鑑·魏明帝景初元年》胡三省注曰：「方，穴土爲方也。」以爲指墓穴。按：墓無方雉之説。雉指城牆單位。《禮記·坊記》：「古制國不過千乘，都城不過百雉。」鄭玄注：「雉，度名也。高一丈，長三丈爲雉。百雉爲長三百丈。」萬雉乃指高駢所築成都羅城，言其長也。諸本及《成都文類》、《全蜀藝文志》皆作「萬雉」。作「方雉」誤也。

〔一八〕事　《詩話總龜》作「第」，當譌。

按：《祕書省續編到四庫闕書目》小説類著録何光遠《鑒戒録》三卷，《遂初堂書目》小説類作《鑒誡録》，無撰人卷數。《郡齋讀書志》小説類作《鑑誡録》十卷，云：「右後蜀何光遠撰，字輝夫，東海人。唐證中纂輯唐以來君臣事迹可爲世鑒者。前有劉曦度序。李獻臣云不知何時人，考之不詳也。」衢本、袁本均作「唐證」，《文獻通考·經籍考》小説家類引晁氏曰亦同。明曹學佺《蜀中廣記》卷九二《著作記第二·史部》乃作「證聖」。按本書首篇《瑞應讖》云「孟蜀高祖」，高祖乃後蜀主孟知祥廟號，年號明德。子昶繼位爲後主，仍用明德年號，止於明德四年，次年改元廣政。「唐證」必是「廣政」之誤，證聖則武周年號。孫猛《郡齋讀書志校證》據清沈巖録何焯批校本改作「廣政」。《宋史·藝文志》小説類著録劉曦度《鑑誡録》三卷及何光遠《鑑誡録》三卷，劉曦度乃作序者，誤也。

書今存，十卷，六十六則，無序。有清曹溶《學海類編》、《四庫全書》、鮑廷博《知不足齋叢書》、張海鵬《學津討原》、湖北《崇文書局彙刻書》、民國王文濡《説庫》等叢書本。知不足齋本最爲流行，《叢書集成初編》據知不足齋本排印，校以《學海類編》本。二〇〇〇年遼寧教育出版社《新世紀萬有文庫》收焦傑點校本，二〇〇四年杭州出版社劉石點校本，二〇一一年巴蜀書社鄧星亮、鄔宗玲、楊梅《鑒誡録校注》，皆以知不足齋本爲底本。諸校本皆不佳。

又《説郛》卷九摘録《鑑戒録》五則，題注十卷，署僞蜀何光遠，注「字輝夫，東海人」。《五朝小説·宋人百家小説》偏録家、《重編説郛》卷二七亦收《鑑戒録》十則，題宋何光遠。五則取自

《説郛》，另五則則取自《説郛》同卷之黄朝英《湘素雜記》（按：應作《緗素雜記》），編在《鑑戒録》之前），遂成僞書。

本書今本皆三字標目，《説郛》無標目，疑爲後人所加，若《雲溪友議》然。本篇原題《鬼傳書》，今改如題。

時太師溥

何光遠　撰

唐末，徐州廉使時太師溥，忽於公暇設寢，夢到太山府君殿前。見領出一人，云是許州押衙秦宗權。府君曰：「君爲國賊否？」宗權對曰：「職小力微，慮違天道。」府君怒曰：「運數使爾，夫何違耶？」遂令壯士拉〔一〕之，宗權亦云不得〔二〕。遂呼一鬼將曰：「取鐵汁來。」俄頃之間，鐵汁即至，有鬼數輩，頓〔三〕宗權坐，分其髮，以鐵汁自頂門灌，其聲爆烈，煙燄勃然。灌訖，又問之，宗權大叫「反」字者三。府君遂捨之，令時公相見。府君謂溥曰：「異日宗權作亂，卿可助之。」時與秦一齊拜謝次〔四〕，颯然寤焉。溥於是以其夢有異，書於密室楹上。

後數年，許州差秦宗權持禮而至，溥因覩所申入境狀中姓名，與往年夢中冥契，因厚迎待之。從容之閒，屏去左右問之，各符所夢。遂引宗權密室，楹上觀所記之事，因歃血爲盟。後值上蔡爲叛，蔡是許支郡。許帥委都押衙劉火頭，失其名。差大將一人，往彼安慰。火頭遂差宗權充使，元戎以爲不可，火頭堅有保持。宗權既蒙差行，喜遂其志，矯其軍制，遂滅蔡人，卻起狂謀，自據城壘。時太師發兵三萬，勁〔五〕入蔡州，兼助糧儲，以副其夢。旌旗一舉，剋復許田。其後宗權兵勢轉强，與梁太祖日有相持。數年之閒，方遂擒得。太祖遣通引官寇彦卿諭之〔六〕，宗權對曰：「英雄不兩立，彼勝則我敗。故君子禍至不懼，福至不喜，公何喜耶？」太祖甚嘉其言，因檻送上都，津致頗厚。

時太師既而失利，卻歸徐州。然常有好道之心，接士略無厭倦。忽一日，有一道士，姓郭名端，直詣公衙，自云玄州而至〔七〕。溥延迎數日，問有何求，端曰：「知君道情，故來相謁。」溥曰：「本非好道，别有愚誠，蓋緣所據藩方，封圻不遠，養兵數萬，闕少贍軍，欲求利術一門，以裨帑藏。」端曰：「道在其中矣。」遂索一鐵杵，杵至，可重三十餘斤。端於衣帶閒取藥一粟許〔八〕，碾碎，以酒調之，塗於兩頭，以大人〔九〕百斤已來鍛之。自午至申，水沃取出。其杵一頭則赤色，然麗水〔一〇〕，一頭雪爾樂平〔一一〕。中心五寸以來，宛然是鐵。溥甚忻訝，敬爲上仙。端遂請朱砂一斤，泥爐於大廳養藥〔一二〕，令太師自看火候，約一月而成。端則請命一賓相伴，出市飲酒。溥乃差藥院官元邵南，齎其〔一三〕酒價，朝夕隨之。端飲百杯，邵南只禁〔一四〕十盞。至夜酩酊，所在宿焉。端謂邵南曰：「我與爾開其酒户，匪唯飲酒，兼益壽齡。」邵南因餌其丹，逐日陪奉，飲至五十餘盞，所患疝氣亦痊。端至一月歸衙，開爐取藥，結成一塊，香氣馥人，透掌光明，如紅玉之狀。謂溥曰：「此藥所須在意，號曰太乙〔一五〕丹砂。知太師不住人間，遂來救護。」溥但悲感而已，却未知救護因由。忽見一猧兒，遂敲藥少許，搵〔一六〕餅與食，其犬須臾之閒，化爲烈燄一團，騰空而去。

是歲，梁太祖舉四鎮之衆，攻伐其城。堅守數旬，闕乏糧料。端與時公一宅骨肉二百餘口，俱上燕子樓。元邵南亦欲隨之，端不令上樓，謂邵南曰：「子未合登此。」須臾，樓中發火，紅燄亘天，色若虹蜺，段段飛去。及至火歇，灰燼亦無。軍民異之，謂之火〔一七〕解也。燕子樓至今存焉。元邵南雖不得上樓，顔色轉少，行如説〔一八〕馬，終日醺酣。至梁末帝之時〔一九〕，猶在翰林院祇應，其時年九十，後亦不知存亡。感德之祚祚，長官備知其事〔二〇〕。

（據清鮑廷博《重雕足本知不足齋叢書》二十二集《鑒誡録》卷二校録）

〔一〕拉　《學海》本、《四庫》本、《學津》本、《説庫》本、崇文本作「掠」。按：拉、掠義近，打也。

〔二〕亦云不得　《四庫》本作「終云不爲」。

〔三〕頓　《學海》本、崇文本作「掠」。

〔四〕次　《四庫》本作「之」。

〔五〕勁　《學海》本、崇文本作「助」，《四庫》本作「徑」。

〔六〕諭之　《學海》本、崇文本「諭」作「詰」。《四庫》本作「與語」。

〔七〕自云玄州而至　「自云」《學海》本、《學津》本、《説庫》本、崇文本作「云自」。「玄州」《學海》本、《四庫》本作「亥州」。按：唐無亥州，「玄」形譌爲「亥」字也。《舊唐書·地理志二·河北道·幽州大都督府》：「隋爲涿郡，武德元年，改爲幽州總管府，管幽、易、平、檀、燕、北燕、營、遼等八州。幽州領薊、良鄉、潞、涿、固安、雍奴、安次、昌平等八縣。二年又分潞縣置玄州，領一縣。……貞觀元年廢玄州。」潞縣在今北京市通州區東營子。後又僑置，《新唐書·地理志七下·羈縻州·河北道·契丹州十七》云：「玄州，貞觀二十年以紇主曲據部落置，僑治范陽之魯泊村。縣一，静蕃。」其地在今河北涿州市。然文中玄州實指玄洲，道教神仙之地也。《十洲記》：「漢武帝既聞王母説八方巨海之中，有祖洲、瀛洲、玄洲、炎洲、長洲、元洲、流洲、生洲、鳳麟洲、聚窟洲等十洲，乃人跡所希絶處。」玄洲又寫作玄州。《真誥》卷一〇《協昌期》：「昔有道士王仲甫者……白日升天。今在玄州，受書爲中嶽真人，領九玄之司，于今在也。」道士郭端自稱來自玄州，乃故爲大言耳。《學津》本、《説庫》本避清諱改作「元州」。

〔八〕一粟許　《學海》本、崇文本「粟」作「粒」。按：一粟許即約莫一顆小米粒大小，作「粒」誤。

〔九〕大人　《學海》本、《四庫》本、《學津》本、《説庫》本、崇文本「人」作「火」。按：「大人」、「大火」均不可解，疑誤，當作「大錘」之類。

〔一〇〕一頭則赤色然麗水 《學海》本「赤」作「養」。《四庫》本作「一頭則藥色如麗水」。按：麗，附着。

〔一一〕一頭雪爾樂平 《學海》本、崇文本「樂」作「藥」。《四庫》本作「一頭則如雪色」。按：以上兩句當有譌誤。

〔一二〕於大廳養藥 《學海》本「大廳」作「火中」，《説庫》本作「大片」，《四庫》本作「以大片丹藥」，並誤。

〔一三〕其 《學海》本、崇文本作「具」。

〔一四〕禁 《四庫》本作「飲」。禁，禁受。

〔一五〕乙 《四庫》本作「一」。

〔一六〕揾 原作「榅」，據《學海》本、《四庫》本、《學津》本、《説庫》本、崇文本改。

〔一七〕火 《學海》本、崇文本作「火宅」。

〔一八〕説 原作「兑」，據《學津》本改。説，通「脱」。《學海》本、《説庫》本、崇文本作「馳」，《四庫》本作「奔」。

〔一九〕至梁末帝之時 原作「至梁邵於帝之時」，據《學海》本、崇文本改。《四庫》本作「邵南至梁帝之時」。

〔二〇〕感德之祚祚長官備知其事 「祚祚」《學海》本、《學津》本、《説庫》本、崇文本作「祈祚」。鮑本校：「『祚祚』二字有誤。」按：此十一字意思不明，當有脱譌。《四庫》本删去。

按：原題《灌鐵汁》，頗不恰切，今擬如題。

大明神

劉崇遠　撰

劉崇遠，號金華子。河南洛陽（今屬河南）人。唐昭宗時户部侍郎、嶺南東道觀察使劉崇龜從弟。生於唐亡之前。年逾三十入仕，在京畿屬縣任職，繼爲晉陵等二縣縣令。南唐中主李璟時爲大理司直。後事南漢末主劉鋹，大寶二年（九五九），爲都監容州管内製置鹽鐵發運等務并白州永資院、點檢義勝等。撰《金華子雜編》三卷。（據《金華子雜編》、《全唐文》卷八六一劉崇遠《新開宴石山記》、清陸增祥《八瓊室金石補正》卷八〇、《太平廣記》卷八五引《稽神録》、《郡齋讀書志》小説類、《直齋書録解題》小説家類）

天祐初〔一〕，有儒者夫〔二〕李甲，本常山人。逢歲饑饉，徙家邢臺西南山谷中，樵採鬻薪，以給朝夕。曾夜至大明山下〔三〕，值風雨暴至，遂入神祠以避之。俄及中宵，雷雨方息，甲即寢於廟宇之間松柏之下。須臾，有呵殿之音，自遠而至，見旌旗閃閃，車馬闐闐，或擐甲冑者，或執矛戟〔四〕者，或危冠大履者，或朝衣端簡者，揖讓升階，列坐於堂上者十數輩，方且命酒進食，歡語良久。其東榻之長，即大明山神也。體貌魁梧，氣岸高邁。其西榻之首，即黄澤〔五〕之神也。其狀疏而瘦，其音清而朗。更其次者，云是漳河之伯，餘即不知其名。四〔六〕坐談論，商搉〔七〕幽明之事。

其一曰：「稟命玉皇，受符金闕。太行之面，清漳之湄，數百里間，幸爲人主。不敢逸豫怠惰也，不敢曲法而狥私也，不敢恃尊而害下也，兢兢惕惕，以承〔八〕上帝，用治一方。故歲有豐登之報，民無札瘥〔九〕之疾，我之所治，今茲若是。」其一曰：「清泠之域，泱漭之區，西聚大巔，東漸巨浸，連陂湊澤，千里而遥。余奉帝符，宅茲民庶，雖雷雹之作由己也，風波之起由己也，鼓怒馳驟，人罔能制予，予亦非其詔命，不敢〔一〇〕有爲也，非其時會，不敢沿泝也。正而御之，静而守之，遂致草木茂焉，魚鼈蕃焉，鹹鹵磊塊而滋殖，萑蒲蓊鬱而發生。上天降鑒，亦幸無横沴爾。」又一曰：「岑崟之地，岝崿之都，分坱圠之一隅，總飛馳之衆類。熊羆虎豹，烏鵲鶥鶚，動止咸若，罔敢害民。此故予之所職耳，何假乎備言！」座上僉曰：「唯唯。」

大明之神忽揚目盱衡，咄嗟〔一一〕長歎，而謂衆賓曰：「諸公鎮撫方隅，分〔一二〕理疆野，或水或陸，各有所長。然而天地運行之數，生靈厄會之期，巨盜將興，大難方作。雖群公之善理，其奈之何！」衆咸〔一三〕問：「言何謂也？」大明曰：「余昨上朝帝所，竊聞衆聖論將來之事〔一四〕，三十年間，兵戎大起，黄河之北，滄海之右，合屠害人民六十餘萬人。當是時也，若非積善累仁、忠孝純至者，莫能免焉。兼聞〔一五〕西北方有華胥、遮毘二國，待兹人衆，用實彼土焉。豈此生民寡祐，當其殺戮乎？」衆皆嚬蹙相視曰：「非所知也。」食既畢，天亦將曙，諸客各登車而去，大明之神亦不知所在。

及平旦，李甲神思怳然，有若夢中所遇。既歸，具以始末書而誌〔一六〕之，言於鄰里之賢者。自後三十餘載〔一七〕，莊皇與梁朝對壘河岸，戰陣相尋。及晉末〔一八〕，戎虜亂華，干戈不息，被其塗炭者，何啻乎六十萬焉！今詳李生所説，殆天意乎？非人事乎〔一九〕？（據中華書局版汪紹楹點校本《太平廣記》卷一五八引《劉氏耳目記》校録，又《説郛》卷三四《耳目記》）

〔一〕天祐初　前原有「唐」字，《説郛》同。按：唐五代人行文，於唐帝年號前一般不加「唐」字。劉崇遠生於唐，其《金華子雜編》卷上「我唐烈祖高皇帝」條云：「始天祐閒，江表多故。」「崔魏公鎮淮海」條云：「天祐末，故老猶存，喜論其餘愛，或戲之爲九年老。」皆不言唐天祐。《廣記》及《説郛》之「唐」字，疑爲後人所加，今刪。

〔二〕儒者夫　此三字原無，據《説郛》補。

〔三〕下　明沈與文野竹齋鈔本、清孫潛校本作「中」，張國風《太平廣記會校》據改。按：《永樂大典》卷二九四八引《太平廣記》亦作「下」。

〔四〕戟　《説郛》作「盾」。

〔五〕澤　朝鮮成任編《太平廣記詳節》卷一一及其《太平通載》卷一九引《太平廣記》作「潭」。《大典》作「澤」。

〔六〕四　此字原無，據《説郛》補。

〔七〕商推　《廣記詳節》、《太平通載》、《説郛》作「商確」。確，通「推」、「榷」。

〔八〕承　《大典》作「事」。

〔九〕札瘥　「札」原作「扎」，據《大典》、《廣記詳節》、《太平通載》改。按：《左傳》昭公十九年：「鄭國不天，寡君之二三臣札瘥夭昏，今又喪我先大夫偃。」杜預注：「大死曰札，小疫曰瘥，短折曰夭，未明曰昏。」

〔一〇〕敢　明鈔本、孫校本作「復」，《大典》作「敢」。

〔一一〕咄嗟　孫校本作「嗟吁」。

〔一二〕分　原譌作「公」，據《大典》、《廣記詳節》、《太平通載》、《説郛》改。

〔一三〕咸　《大典》作「或」。

〔一四〕余昨上朝帝所竊聞衆聖論將來之事　《説郛》作「余昨上天廷，所聞衆聖博論將來之事」。

〔一五〕聞　此字原無，據《説郛》補。

〔一六〕誌　《大典》作「識」。識，音義同「誌」。

〔一七〕自後三十餘載　《説郛》作「自後至今，已二十餘載」，明抄殘本「二」作「三」。按：自天祐初（九〇四）至唐莊宗滅梁（九二三）才二十年，三十年亦包括後唐戰亂事。

〔一八〕末　原譌作「宋」，據孫校本、《大典》、《廣記詳節》、《太平通載》、《説郛》改。

〔一九〕乎　《説郛》作「也」。

按：《崇文總目》小説類著録《耳目記》二卷，劉氏撰，《通志·藝文略》雜史類不著撰人，注：「記唐末五代以來事。」《遂初堂書目》小説類作《耳目志》，無卷數、撰人。《郡齋讀書志》雜史類云：「右題云劉氏，未詳何時人。雜記唐末五代事。」《直齋書録解題》小説家類作一卷，云：「無名氏，《邯鄲書目》云劉氏撰，未詳其名。記唐末以後事。」《文獻通考·經籍考》以二卷本入傳記類，一卷本入小説家類，誤爲二書。《宋史·藝文志》小説類作《劉氏耳目記》二卷，注「不知名」。《補侍兒小名録》、《姬侍類偶》卷下引轉轉事，《姬侍類偶》卷下引雪兒事，均作劉崇遠《耳目記》或《耳目志》，乃知劉氏者劉崇遠也。

原書不存。《説郛》卷三四節録《耳目記》六條（按：張宗祥校本五條，然《李記室》「五千騎也」之下「常山王開幕」一節，據張宗祥《説郛校勘記》，明抄殘本提行别爲一條，題《徐佛子》，是也），注二卷，未署撰名。《太平廣記》引十條。又南宋王銍《補侍兒小名録》、周守忠《姬侍類偶》引一事，金刊本《地理新書》卷九《史傳事驗》引二事。總佚文十七條。《五朝小説·唐人百家小説》紀載家、《廣百川學海》丁集、《重編説郛》卷三二收有《耳目記》二十三條，題唐張鷟，實全取《古今説海》之《朝野僉載》，與劉書了不相干。《唐人説薈》四集（或卷五）之題唐張鷟撰《耳目記》，乃又據《廣記》輯入《耳目記》五條，遂成非驢非馬之書矣。

本書《温璉》（《廣記》卷一六五引，《説郛》本題《銀燈檠》）云「瀛王馮道」（《説郛》作「瀛王馮中令」），據《舊五代史》卷一二六《馮道傳》，後周太祖廣順初（九五一）馮道拜太師、中書令。顯德元年（九五四）四月卒，世宗追封瀛王。然則本書之成在後周顯德元年之後。顯德元年當南唐中主保大十二年、南漢劉晟乾和十二年。劉崇遠大寶二年（九五九）仕於南漢，本書之作在唐在漢，未易確定。

本篇《廣記》題曰《李甲》，《説郛》涵芬樓張宗祥校本無標目，明抄殘本作《大明神示亂兆》，今擬題《大明神》。

墨崑崙

劉崇遠　撰

真定墨君和，幼名三旺。世代寒賤，以屠宰爲業。母懷姙之時，曾夢胡僧攜一孺子，面色光黑，授之曰：「與爾爲子，他日必大得力。」既生之，眉目棱岸，肌膚若鐵。年十五六，趙王鎔初即位，曾見之，悦〔一〕而問曰：「此中何得崑崙兒也？」問其姓，與形質相應，即呼爲「墨崑崙」，因以皂衣賜之。

是時常山縣邑屢爲并州〔二〕中軍所侵掠，趙之將卒疲於戰敵，告急於燕王李匡威〔三〕，率師五萬來救之。并人攻陷數城。燕王聞之，躬領五萬騎〔四〕，徑與晉師戰於元氏，晉師敗績。趙王感燕王之德，椎牛釃酒，大犒於稾城，輦金二十萬以謝之。燕王歸國，比及境上，爲其弟匡儔所拒。趙人以其有德於我，遂營東圃以居之。燕主自以失國，又見趙主之方幼，乃圖之。遂以伏甲，俟趙王旦至，即使擒之〔五〕。趙王請曰：「某承先代基構，主此山河，每被鄰寇侵漁〔六〕，困於守備。賴大王武略，累挫戎鋒，獲保宗祧，實資恩力。顧惟幼懦，夙有卑誠，望不忽忽，可伸交讓。願與大王同歸衙署，即軍府必不拒違。」燕王以爲然，遂與趙王並轡而進。

俄有大風並黑雲起於城上，俄而大雨，雷電震擊。至東角門内，有勇夫袒臂旁來，拳毆燕之介士，即挾負趙主，踰垣而走，遂得歸公府。王問其姓名，君和恐其難記，但言曰：「硯中之物，王心志之。」左右軍士，既見主免難，遂逐燕王。燕王退走於東圃，趙人圍而殺之。

明日，趙王素服哭於庭，兼令具以禮斂。仍使告於燕主。匡儔忿其兄之見殺，即舉全師，伐趙之東鄙，將釋其憤氣，而致十疑之書。趙王遣記室張澤以事實答之，其略曰：「營中將士，或可追呼；天上雷霆，何人計會？」詞多不載。

趙主既免燕主之難，召墨生以千金賞之，兼賜上第一區，良田萬畝，仍恕其十死，奏授光禄大夫。終趙王之世，四十年間，享其富貴。當時閭里，有生子或顏貌黑醜者，多云：「無陋，安知他日不及墨崑崙耶？」（據中華書局版汪紹楹點校本《太平廣記》卷一九二引《劉氏耳目記》校録）

〔一〕悦　明鈔本、孫校本作「俛」。

〔二〕并州　明佚名《五朝小説·唐人百家小説》傳奇家《墨崑崙傳》、清蓮塘居士《唐人説薈》第十集《墨崑崙傳》作「晉」。按：并州、晉均指河東節度使李克用，河東節度使治太原府，太原府原稱并州。唐昭宗乾寧二年（八九五）十二月，進封晉王，見《舊五代史》卷二六《武皇紀下》。

〔三〕燕王李匡威　按：據《舊唐書》卷一八〇《李匡威傳》，匡威光啓二年（八八六）繼其父全忠爲盧龍節度使，景福二年（八九三）爲成德軍鎮兵所殺。匡威生前未封燕王，死後亦未見有追封燕王之記載。下文云「燕主自以失國」，「趙主既免燕主之難」，似「王」乃「主」字之譌。然於王鎔亦「趙王」、「趙主」互見，則似未必譌「燕主」爲「燕王」，或劉崇遠誤記耳。

〔四〕躬領五萬騎　「萬」明鈔本、孫校本作「千」，《會校》據改。按：《舊唐書》卷一四二《王鎔傳》：「晉將李存孝侵鎔南部，鎔求援於幽州。幽帥李匡威率衆三萬赴之，存孝退去。景福元年，鎔乘存孝有間於其帥，乃出兵攻堯山。晉帥遣大將李存質來援，大敗鎮人於堯山，死者萬計。晉人乘勝至趙州，鎔復求援於燕。二年，匡威率衆數萬來援。」《舊五代史》卷五四《王鎔傳》：「景福二年春，匡威帥精騎數萬，再來赴援。」作「千」誤也。

〔五〕遂以伏甲俟趙王旦至即使擒之　「遂以伏甲」原作「遂從下矣上伏甲」，據孫校本删改。明鈔本作「遂矣伏兵」，「矣」字誤。《唐人百家小説》、《唐人説薈》作「乃伏甲誘而擒之」。

〔六〕某承先代基構主此山河每被鄰寇侵漁　《唐人百家小説》作「某幼懦被侵」。

按：《五朝小説·唐人百家小説》傳奇家《墨崑崙傳》，當採《廣記》，文有删節，而妄題唐馮延巳。《唐人説薈》第十集（同治八年刊本卷一二）《墨崑崙傳》，亦題唐馮延巳録，文完未删。《廣記》題《墨君和》，今擬作《墨崑崙》。

王中散

劉崇遠　撰

乾符〔一〕之際，黄巢盜據兩京，長安士大夫避地北遊者多矣。時有前翰林待詔王敬傲〔二〕，長安人，能碁善琴，風骨清峻。初自蒲坂歷於并，并帥鄭從讜，以相國鎮汾晉，傲謁之，不見禮。後又之鄴，時羅紹威〔三〕新立，方撫士卒，務在戰争。敬傲在鄴中數歲。時李山甫文筆雄健，名著一方，適於道觀中，與敬傲相遇。又有李處士，亦善撫琴。

山甫謂二客曰：「《幽蘭緑〔四〕水》，可得聞乎？」敬傲即應命而奏之，聲清韻古，感動神思〔五〕。曲終，敬傲潸〔六〕然返袂云：「憶在咸通，玉庭〔七〕秋夜，供奉至尊之際，不意流離於此也。」李處士亦爲《白鶴之操》。山甫援毫抒思，以詩贈曰：「幽蘭緑水耿清音，歎息先生枉用心。世上幾時曾好古，人前何必苦霑襟〔八〕。」餘句未成，山甫亦自黯〔九〕然，悲其未遇也。王生因别彈一曲，坐客彌加悚敬〔一〇〕，非尋常之品調。山甫遂命酒停絃，各引滿數杯，俄而玉山俱倒。洎酒醒，山甫方從容〔一一〕問曰：「向來所操者何曲？他處未之有也。」王生曰：「某家習正音，奕世傳受。自由德、順、穆以來〔一二〕，待詔金門之下，凡四世矣。其常所操弄，人衆共知〔一三〕，唯嵇中散所受伶倫之曲，人皆謂絶於洛陽東市，而不知密有傳者〔一四〕。余得自先人，名之曰《廣陵散》，或傳於世〔一五〕也。」山甫早疑其音韻，殆似神工，又見王生之説，即知古之《廣陵散》，或傳於世矣。遂成四韻，載於詩集。今山甫集中只摽〔一六〕李處士，蓋寫録之誤耳。由是李公常目待詔爲王中散也。

王生後又遊常山。是時節帥王鎔，年在幼齡，初秉戎鉞，方延多士，以廣令名。時有李夐郎中、莫又玄〔一七〕祕書、蕭珦員外、張道古，並英儒才學之士，咸自四方集於文華館〔一八〕，故待詔之琴碁，亦見禮於賓榻，歲時供給，莫不豐厚。王或命揮絃動軫，必大加錫〔一九〕遺焉。在常山十數年，甚承禮遇。敬傲每戴危冠，着高屐，優遊嘯詠而已。冬月亦葛巾單衣，體無綿纊，日醺酣於市，人咸怪異之。

聞昭宗返正，辭歸帝里。以藝得待詔翰林。上退朝之暇，多召於别殿，撫琴作三兩弄而罷，未嘗不歎賞。又以《新九絃琴五絃阮譜》三十七卷藏於祕閣。翰林學士、祕書監、知制誥及三館學士，以新增琴阮絃，各獻歌詩賦頌，以美其事。上謂宰相曰：「近日朝廷文物甚盛，前代有所不及矣〔二〇〕。」後不知所終。

敬傲又能衣袖中翦紙爲蜂蝶，舉袂令飛，滿於四座，或入人之襟袖，以手攬之，即復於故所也。當時咸疑有神仙之術。張道古與相善，每欽其道藝，曾著《王逸人傳》，爲此也。

道古名睍，博學，善古文，讀書萬卷，而不好爲詩。曾在張楚夢座上，時久旱，忽大雨，衆賓皆喜而詠之。道古最後方成絶句曰：「亢暘今已久，喜〔二二〕雨自雲傾。一點不斜去，極多時下成。」坐客重其文學之名，而哂其詩之拙也。（據中華書局版汪紹楹點校本《太平廣記》卷二〇三引《耳目記》校録）

〔一〕乾符　前原有「唐」字，今删。

〔二〕王敬傲　明鈔本「傲」作「敖」。《唐詩紀事》卷七〇《李山甫》作「王遨」。《永樂琴書集成》卷一七引《耳目記》作「王欽遨」，「欽」當爲宋人避諱改。

〔三〕羅紹威 「威」原譌作「戚」，據明鈔本、孫校本、《四庫》本改。按：羅紹威，《新唐書》卷一一〇有傳，魏博節度使。
〔四〕緑 《琴書集成》作「淥」，下同。
〔五〕感動神思 「思」字原脱，據孫校本補。許自昌刻本作「爽」。《四庫》本改作「感心動神」。《琴書集成》作「感物動神」。
〔六〕潸 原譌作「潸」，據《四庫》本、《筆記小説大觀》本、《唐詩紀事》、《琴書集成》改。
〔七〕玉庭 「玉」原作「王」，據孫校本改。《唐詩紀事》、《琴書集成》作「玉亭」。
〔八〕人前何必苦霑襟 《琴書集成》「前」作「間」。明鈔本、孫校本、《唐詩紀事》、《萬首唐人絶句》卷六九「苦」作「獨」，《會校》據明鈔本、孫校本改。
〔九〕黯 明鈔本作「默」。
〔一〇〕敬 《琴書集成》作「服」。
〔一一〕容 原譌作「客」，據明鈔本、清黄晟校刊本、《四庫》本、《筆記小説大觀》本、《琴書集成》改。
〔一二〕自由德順穆以來 原無「穆」字，孫校本作「自德由順、穆以來」，《琴書集成》作「自德宗、順、穆以來」，據補「穆」字。
〔一三〕人衆共知 《琴書集成》作「與衆共之」。
〔一四〕不知密有傳者 「密」字原無，據明鈔本、《琴書集成》補。《琴書集成》無「不」字。

〔一五〕或傳於世　此四字原無，據《琴書集成》補。

〔一六〕摽　明鈔本作「標」，《會校》據改。按：摽，通「標」。

〔一七〕莫又玄　明鈔本、孫校本無「又」字，《琴書集成》「玄」作「元」。

〔一八〕咸自四方集於文華館　「方」字原脱，據《琴書集成》補。《琴書集成》無「文」字。

〔一九〕錫　明鈔本、孫校本作「賜」，《會校》據改。按：錫，賜也。

〔二〇〕「以藝得待詔翰林」至「前代有所不及矣」　此節原無，據《琴書集成》補。前云：「在常山隨李煜歸闕。」

〔二一〕喜　《唐詩紀事》卷七一《張道古》、《全唐詩》卷六九四張道古《咏雨》作「嘉」。

五明道士

劉崇遠　撰

長慶之代，鄴中有五明道士者，不知何許人，善陰陽曆數，尤攻卜筮。成德軍節度田弘正御下稍寬，而冒於財賄，誅求不息，民衆怨咨。時王庭湊〔一〕爲部將，遣使於鄴。既至，忽有微恙，數日求醫未能愈，因詣五明，究平生否泰。道士即爲卜之，卦成而三錢並舞，良久方定，而六位俱重。道士曰：「此卦純《乾》，變爲《坤》。坤，土也，地也。大夫將來秉旄不遠，兼有土地山河之分。事將集矣，宜速歸乎！」庭湊聞其言，遽自掩其耳。是夜，又夢白鬚翁，形容偉異，侍從十餘人，皆手持小玉斧，召王公而前，謂曰：「患難將及，不可久留。」既覺，庭湊疑懼，即辭魏帥而迴。

比及還家，未踰旬，值軍民大變，弘正爲亂兵所害。士大夫將校，共推庭湊。庭湊再三退讓，衆不聽，擁脅而立之。翌日，飛章上奏。朝廷聞之大駭，徵兵攻討，以裴度爲元帥。趙人拒命二年，王師不能下。俄而敬宗即世，文皇帝嗣位，詔曰：「念彼生靈，久罹塗炭，雖元兇是罪，而赤子何辜！宜一切赦而宥之。」就加節制，仍詔庭湊子元逵入侍，因以壽安公主〔二〕妻焉。庭湊既立，甚有治聲，朝廷稱之。在位十三年卒，贈太師。子元逵繼立，官至太尉，二十六年薨。長子紹懿立二年，荒淫暴亂，衆議廢而殺之，立其弟紹鼎。紹鼎立六年卒，子景崇立十三年，官至中書令，爵常山王，卒。子鎔立，即趙王也。後恣横不道，爲下所殺，立四十一年。自庭湊至鎔，凡五世六主〔三〕，一百餘年滅。

初庭湊之立也，遣人詣鄴，取五明置於府，爲營館舍，號五明先生院。公曾從容問曰：「某今已忝藩侯，將來禄壽，更爲推之。」道人曰：「三十年。願明公竭節勤王，愛民恤物，次則保神嗇氣，常以清儉爲心，必享殊壽。後裔兼有二王，皆公餘慶之所致也。《春秋》所謂『五世其昌，八世之後，莫之與京』。」公曰：「幸事已多，素無勳德，此言非所敢望。」因以數百金爲壽，道士固辭不受。公亦固與之，載歸其室。數日盡施之，一無留焉。

二王，景崇封常山王，鎔爲趙王也。（據中華書局版汪紹楹點校本《太平廣記》卷二一七引《耳目記》校録）

〔一〕王庭湊　《舊唐書》卷一四二、《新唐書》卷二一一《王廷湊傳》「庭」均作「廷」。

〔二〕壽安公主　原作「壽春公主」，誤。按：《舊唐書》卷一四二《王元逵傳》：「開成二年，詔以壽安公主出降，加駙馬都尉。」《新唐書》卷二一一《王元逵傳》：「帝悦，詔尚絳王悟女壽安公主。」《舊唐書》卷一七下《文宗紀下》、卷一九上《懿宗紀》均亦作「壽安公主」。壽春公主爲武宗女，見《舊唐書》卷一八上《武宗紀》及《新唐書》卷八三《諸帝公主傳》。今改。

〔三〕主　明鈔本作「王」，明陳耀文《天中記》卷四〇引《耳目記》作「姓」，並譌。按：《舊唐書·王廷湊傳》載：長慶元年（八二一），王廷湊殺成德軍節度使田弘正，次年詔授成德軍節度使。太和三年（八二九），封太原郡開國公。八年卒，子元逵繼之，因功封太原郡開國公。大中十一年（八五七）卒，子紹鼎繼之。其年紹鼎卒，弟紹懿繼之，封太原縣開國伯。卒後紹鼎子景崇繼代，封趙國公，尋進封常山王。中和二年（八八二）卒，子鎔代之，入梁封趙王。王氏五世六主，封王者二。

董賀

劉崇遠　撰

昭宗〔一〕時，有董〔二〕賀者，自云鞏、洛人也，因避地來，涉河遊趙，家於常山，以卜筮爲業，而言吉凶必效。時趙王鎔方在幼沖，而燕軍寇北鄙，王方選將拒之。有勇士陳立、劉幹，投刺於軍門，願以五百人嘗寇，必面縛戎首，王壯而許之。翌日，二夫率師而出，夜擊燕壘，大振捷音。燕人駭而奔退，立卒於鋒刃之下，幹即凱唱而還。王悦，賜上廐馬數匹，金帛稱是。俄爲閹人所譖曰：「此皆陳立之功，非幹之效。」王母何夫人聞之曰：「不必身死爲君〔三〕，未若全身爲國。」即賜錦衣銀帶，加錢二十萬，擢爲中堅尉。

初，幹曾詣賀卜，卦成而謂幹曰：「是卦也，火水未濟，終有立也。九二之動，曳輪貞吉，以正救難，往有功也。變而之《晉》，明出地中，奮發光揚，恩澤相接。子今行也，利用禦戎，大獲慶捷，王當有車馬之賜。其間小釁，不足憂之。」

行軍司馬路晏，曾夜適厠，有盜伏焉。晏忽心動，取燭照之，盜即告言：「請無驚懼。某禀命有自，察公正直，不忍傳刃。」即匣劍而去。晏由是晝夜警惕，以備不虞。召董生筮之，卦成，賀曰：「惕號暮夜，有戎勿恤，察象徵辭，人有害公之意，然難已過矣。但守其中正，請釋憂心。」晏亦終無患也。

又贊皇縣尉張師曾，卧病經年，日覺危殆。良醫不復進藥，請賀卜之。卦就，董生告曰：「无妄之疾，勿藥有喜，請停理療，五日必大瘳也。」師果應期而愈。又數十年，師夢白鳥飛翔，墜於雲際。既覺，心神恍惚，召賀卜筭之。賀即決卦，慘然而問師曰：「朝來寢息，不有夢乎？必若有夢，其飛禽之象乎？且雷震山上，鳥墮雲間，聲跡兩消，不可復見。願加保愛，樂天委命而已。」張竟不起，時年七〔四〕十一也。

又有段誨者，任藁城鎮將。曾夜宿郵亭，馬斷韁而逸，數日不知所適。使人詣肆而筮之，賀曰：「據卦暌也，初九動者，應有亡失之事，無乃喪馬乎？勿逐自復，必有縶而送之者也。」迴未及舍，已有邊鄙惡少〔五〕，牽而還之。

賀所占卜，皆此類也，時人謂之「易聖公」。劉巖曾詣之，生謂曰：「君他日必成偉器，然勿以春日爲恨。」初不曉其意，及老悟，蓋遲遲之謂也。（據中華書局版汪紹楹點校本《太平廣記》卷二一七引《耳目記》校録）

〔一〕昭宗　前原有「唐」字，今删。

〔二〕董　原作「黄」，據明鈔本改。按：下文俱作「董」，此處當譌。《四庫》本及汪校本、《會校》均改作「黄」。

〔三〕君　明鈔本作「忠」。

〔四〕七　明鈔本作「六」。

〔五〕少　明鈔本作「子」。

紫花梨

劉崇遠　撰

清泰中，薄遊京輦，曾與盧泳巡官、鄭𡪞博士、僧季雅及三五知友，夜會於越波隄僧院。是時，清秋欲杪〔一〕，明月方高，句聯五字之奇，酒飲八仙之美。柿新紅脯〔二〕，茗醶緑芽，一詠一觴，或醒或醉。座上因相與徵引古今，遂及果實之事。有叙及紫花梨者，衆云真定有之。雅公獨顰蹙而言曰：「此微僧先祖之遺恨。」衆驚而問之，雅曰：「昔武宗皇帝御天下之五載，萬國事殷，聖情不懌，忽患心熱之疾。名醫進藥，厥疾罔瘳，遂博詔良能，遐徵和、緩。時有言青城山邢道士者，妙於方藥，帝即召見之。道士以肘後緑囊中青丹兩粒，及取梨數枚，絞汁而進之，帝疾尋愈。旬日之内，所賜萬金，仍加廣濟先生之號。帝從容問其丹爲何物，先生曰：『赤城山頂，有青芝兩株。太白南溪，有紫花梨一樹。臣之昔歲曾遊二山，偶獲兩實〔三〕，合練成丹。五十年來，服食殆盡，唯餘兩粒，幸逢陛下服之。更欲此丹，須求二物也。』

「經數月，邢生辭帝歸山。後疾復作，再詔邢先生於青城，則不知何適也。帝遂詔示天下，有紫花梨，即時奏上。時恒州節度太尉公王元逵〔四〕，尚壽安公主〔五〕，即會昌之女弟。聞真定李令種梨數株，其一紫花梨，即遣寺人〔六〕，就加封檢。剪其旁樹，匝以朱欄，寶惜纖枝，有同月桂。當花發之時，防蜂蝶之窺耗，每以輕綃紗縠，遠加籠罩焉。守樹者不勝艱苦。洎及秋實，公主必手選而進之。比〔七〕達帝廷，十得其六七。帝多食此梨，雖不及邢氏者，亦粗解其煩躁耳。

「是時有李遵來侍御，任恒州記室，作《進梨表》云：『紫花開處，擅美春林，縹〔八〕蒂懸時，迴光秋景〔九〕。離離玉潤，落落珠圓，甘不待嘗，脆難勝口。』表達闕下，公卿見者，多大笑之，曰：『常山公何用進殘梨於天府也？』蓋以其表有『脆難勝口』之字。明年，武宗崩，公主亦相次薨〔一〇〕逝。此梨自後以爲貢賦之常物，縣官歲久，亦漸怠於寶守焉。至天祐末年〔一一〕，趙王爲德明之所篡弑，其後縣邑公署，多歷兵戎，紫花之梨，亦已枯朽。今之真定，無復繼種者焉。當武宗時，縣宰李公，名尚，即雅之祖也。嘗以守樹不謹，曾風折一枝，降爲冀州典午，由是追感而顰蹙〔一二〕也。」（據中華書局版汪紹楹點校本《太平廣記》卷四一一引《耳目記》校録）

〔一〕杪　《唐人説薈》第九集《紫花梨記》作「眇」。按：杪，末也。眇，微也，少也。

〔二〕脯　明鈔本作「脯」，誤。

〔三〕偶獲兩實 「偶」黄本、《四庫》本、《筆記小説大觀》本作「獨」。「實」原作「寶」，據孫校本、《太平廣記詳節》卷三五、《蜀中廣記》卷七七引《唐雅》改。

〔四〕恒州節度太尉公王元逵 「王元逵」原譌作「王達」。按：恒州節度即成德軍節度使，治恒州，恒州治真定縣（今河北正定縣）。《舊唐書》卷一四二《王元逵傳》：「（王廷湊）子元逵，爲鎮州右司馬兼都知兵馬使。廷湊卒，三軍推主軍事。請命於朝，乃起復檢校工部尚書、鎮州大都督府長史、成德軍節度使，累遷檢校左僕射。……開成二年，詔以壽安公主出降，加駙馬都尉。……累遷檢校司徒、同中書門下平章事。以破劉稹功，加太傅、太原郡開國公，食邑二千户，食實封二百户。大中十一年二月卒，册贈太師，謚曰忠。」《新唐書》卷二一一《王元逵傳》：「詔尚絳王悟女壽安公主。……累遷檢校司徒、同中書門下平章事。稹平，加兼太子太師，封太原郡公，食實封户二百，進至兼太傅。大中八年死，年四十三，贈太師，謚曰忠。」「達」乃「逵」字之譌，又脱「元」字。王元逵加太尉，不見史籍記載，或史籍有遺，或作者誤記。

〔五〕壽安公主 原作「壽春公主」，誤。按：王元逵所尚乃絳王悟女壽安公主，壽春乃武宗第二女。《舊唐書·武宗紀》：「皇長女爲昌樂公主，第二女爲壽春公主，第三女爲永寧公主。」《新唐書·諸帝公主傳·武宗七女》：「昌樂公主，壽春公主，長寧公主，薨大中時。……」下文云「即會昌之女弟」，會昌指武宗李炎。武宗乃穆宗李恒子，絳王李悟乃穆宗弟，則其女壽安公主爲武宗堂妹。

〔六〕其一紫花梨即遺寺人 孫校本「梨即」作「王」。

〔七〕比 原作「此」，據《四庫》本、《廣記詳節》、《唐人説薈》改。

〔八〕縹　宋孔傳《後六帖》卷九九引《耳目記》作「緑」。

〔九〕迴光秋景　《唐人説薈》「迴」作「迴」。《孔帖》、《天中記》卷五二引《耳目記》作「回光秋浦」。

〔一〇〕薨　此字原無，據明鈔本、孫校本、清陳鱣校本、《廣記詳節》補。

〔一一〕年　原譌作「焉」，據明鈔本、孫校本、《四庫》本、《廣記詳節》、《唐人説薈》改。

〔一二〕顰蹙　明鈔本作「顰沮」，孫校本、陳校本、《廣記詳節》作「頻沮」。

按：《唐人説薈》第九集《紫花梨記》，據《廣記》輯録，妄題唐許默撰。

唐五代傳奇集第五編卷十二

賣藥翁

隱夫玉簡 撰

隱夫玉簡，或作隱夫王簡，則疑隱夫其號，王簡姓名也。其人不詳，唯知爲五代人。

蒲洲賣藥翁者，於蒲州手攜一藥囊賣藥，不顯其姓名，人皆呼爲賣藥翁。人買藥不得者〔一〕，其疾必不愈。蒲州富人王諭者，性恬静好道〔二〕，復長於醫術。見此翁賣藥有異常流，因具酒〔三〕炙命之，欲問焉。

賣藥翁既至諭家，不揖諭而反揖一蒼頭。諭以爲山野性，不怪訝之。因酌一杯酒，自起獻之，賣藥翁大笑而接飲之。訖，乃謂諭曰：「君欲問我夫〔四〕？便問，勿待多禮也。」諭因問翁曰：「翁不顯姓名，何人也？」翁曰：「天覆地載之人也。既稟天地之氣爲人，即姓人也名人也，又何妄爲姓名也？」諭曰：「攜一藥囊而治衆病，何藥也？」賣藥翁曰：「人之病一也，何衆病也？人假氣託體而生，氣和即體和，體和即無病。氣不和即體不和，體不和即有病。病本唯〔五〕一也，世人强名之，是不達也。我藥一也，蓋達人之病由一也，故但以一治之。」諭曰：「有買藥不得者，何也？」翁曰：「人之生實難，死實易。常救之即生，待病而救已難矣。復又病久方救，焉得生也？我每人買藥不與之者，蓋救之不及也。夫我之藥者，人間之藥也。生發於人間，而欲餌之長生久視，即不可不察也。知生死以治人之病，即亦有功矣。亦〔六〕我自幼好餌藥，因〔七〕頗識藥之性。藥之性識即可使，不識即必反害人。」諭知其異，因復問曰：「適者翁不揖我而揖蒼頭，何也？」翁曰：「蒼頭是我輩之人也。我見我輩，固不覺揖也。」諭曰：「今便以此蒼頭奉君爲一弟子，可乎？」翁曰：「若能捨之與我，我亦與君一卷書。」諭因授〔八〕此書，令蒼頭隨賣藥翁去，蒼頭忻然而去，尋皆不知所在。

諭讀此書，大達醫術。後有一道人詣之，堅求此書一觀。諭既與觀之，道人與此書忽然俱滅。（據《叢書集成初編》排印光緒刊《琳琅祕室叢書》本《疑仙傳》卷上校録）

〔一〕者 《道藏》本作「則」，連下讀。

〔二〕道 《道藏》本作「善」。

〔三〕酒 《道藏》本作「殯」，疑爲「膾」字之譌。

〔四〕夫　董金鑑校：「疑當作『乎』。」按：夫，語氣助詞，用於句末表疑問，與「乎」同。

〔五〕唯　《寶顔堂祕笈》本作「爲」。

〔六〕亦　徐立方校：「『亦』字疑衍。」

〔七〕因　《道藏》本、明鈔本作「固」，寶顔堂本作「故」。

〔八〕授　寶顔堂本作「受」。授，通「受」。

按：本書始著録於《崇文總目》道書類，一卷，不著撰人。《通志·藝文略》道家類作三卷。《遂初堂書目》道家類無卷數。自序云三卷，作一卷者疑合其卷帙。明正統《道藏》洞真部記傳類收此書，題隱夫玉簡撰，前有自序，凡二十二人，無標目。《道藏精華録》收入此本。萬曆中刊陳繼儒《寶顔堂祕笈》續集亦有《疑仙傳》，作一卷，題唐隱夫王簡撰，缺《韓業》、《吹笙女》二傳。國家圖書館藏明鈔本，《四庫全書存目叢書》影印，有自序，無標目，題署卷數同《藏》本。清胡珽咸豐三年活字排印《琳琅祕室叢書》所收者，乃據明末毛晉汲古閣所刊《道藏》本，徐立方作《校譌》。光緒中董金鑑重新活字排印，董氏復作《補校》。琳琅祕室本前列《疑仙傳目録》，各有標目，後爲「臣等謹案」云云，乃四庫館臣進書提要，此書列爲《四庫全書》存目。《叢書集成初編》收入董本。

自序云：「夫神仙之事，自古有之。其間混迹，固不可容易而測也。僕偶於朋友中録得此事，輒非潤色，不敢便以神仙爲名。今以諸傳搆成三卷，目之爲《疑仙傳》爾。」（按：徐氏校：

「『輒非』應作『輒加』。」非是。輒非潤色，謂實録所聞，不加潤色也。）未具年代撰名。陳繼儒以爲唐人。《四庫提要》云：「中卷朱子真趙穎一條，稱鑾輿將幸蜀，忽失子真，穎服其藥，果得二百餘歲。考唐元（玄）宗、僖宗皆嘗幸蜀，即以元宗幸蜀計之，自天寶十四歲乙未，下推二百餘年，亦當乾德、開寶之間，知爲宋人所撰矣。」按趙穎服藥時爲少年，古者少年與老年相對，三十左右猶得稱少年。朱子真賜藥云「服此且更遊人間二百年」，下乃云「果得二百餘歲」，則謂其年二百餘歲，非服藥後又歷二百年也。本書凡記年代者皆在玄宗時，幸蜀者必爲玄宗。自天寶十四載（七五五）下推一百七十年，爲後唐同光三年（九二五）；而以趙穎二十歲服藥計，則爲後唐清泰二年（九三五）。又者，書中多有「敬」字。據《宋史·太祖紀一》，趙匡胤祖父名敬，即位後即於建隆元年（九六〇）九月，册謚祖曰簡恭皇帝，廟號翼祖。而早在是年三月，下詔改天下郡縣之犯御名、廟諱者，「敬」字即爲廟諱，必須避之。是則此書之作絶非在宋。其實二百年之説，在作者本隨意而言，未必精確計算，故亦不必刻意以究。要之本書當作於五代，是無疑焉。

張鬱

隱夫玉簡　撰

張鬱者，燕人也，客於京洛，多與京洛豪貴子弟遊，狂歌醉舞近十載。忽因獨步沿洛川，鬱既覩是時也，風景恬和，花卉芬馥，幽鳥翔集於喬木，佳魚踴躍於長波，因高吟曰：

「浮生如夢能幾何，浮生復更憂患多。無人與我長生術，洛川春日且狂〔一〕歌。」吟纔罷，忽舉目見一翠幄臨水，絃管清亮，鬱驚歎曰：「是何人之遊春也？」言未絶，有一女郎自幄中而出，緩步水濱，獨吟獨歎。鬱性放蕩，不可羈束，不覺徑至女郎前問之曰：「是何神仙之女，下陽臺邪？來蓬瀛邪？獨吟而又獨歎邪？」女郎駭然變色，良久，乃斂容而言曰：「兒自獨吟獨歎，何少年疏狂，不拘之甚也！安得容易來問！」鬱曰：「我天地間不羈之流也，少耽詩酒。適披麗質詠歎，固願聞一言耳。」女郎微笑，指翠幄而言曰：「可同詣此也。」

鬱因同至翠幄内，女郎乃命張綺席，復舉絃管，與鬱談笑，共酌芳樽。及日之夕也，女郎曰：「人世信短促邪？春未足，秋又來。纔紅顔，遽白髮。設或知人世之不可居而好道之者〔二〕，實可與言也。」鬱低頭不對。女郎乃歌曰：「彩〔三〕雲入帝鄉，白鶴又佪翔。久留深不可，蓬島路遐長。」又歌曰：「空愛長生術，不是長生人。今日洛川别，可惜洞中春。」俄與鬱别，乘洛波而去。鬱大驚，亦疑是水仙矣。（據《叢書集成初編》排印光緒刊《琳琅祕室叢書》本《疑仙傳》卷上校録）

〔一〕狂　《全唐詩》卷八六三作「長」。

〔二〕好道之者　徐立方校：「『之者』二字應乙轉。」按：寶顔堂本作「好道者之」，亦欠通，疑衍「之」字。

〔三〕彩　原譌作「形」，據《道藏》本、明鈔本、寶顔堂本、《全唐詩》改。

負琴生

隱夫玉簡　撰

負琴生者，遊長安數年，日在酒肆乞酒飲之。常負一琴，人不問即不語，人亦以爲狂。或臨水，或月下，即援琴撫弄，必悽切感人。

李太白聞焉，就酒肆，攜手同出坰野，臨水竹藉草，命之對飲。因請撫琴，生乃作一調弄，太白不覺愴然。生乃謂太白曰：「人間絲竹之音，盡樂於人心，唯琴之音，而傷〔一〕人心。我本謂爾不傷心，不知爾亦傷心邪？足知爾放曠拔俗是身也，非心之放曠拔俗也。」太白本疑是異人，復聞此語，乃拜而問之曰：「丈者奚落魄之甚也？心落魄也？身落魄也？」生曰：「我心不落魄，身亦不落魄。但世人以此爲落魄，故我有落魄之迹。」太白曰：「丈者知世人惡此落魄，何不知而改之？」生曰：「我惡之，即當改之。世人惡之，我奚改邪？」太白又曰：「丈者負此琴，衹欲自撫之以爲樂也？欲人樂之也？」生曰：「我此琴，古琴也。負之者，我自好古之音也，又孰欲人之樂也？我琴中之音雅而純，直而哀，知音者〔二〕，聞之即爲樂，不知音者，聞之但傷耳。亦猶君之爲文也，輕浮若蝶舞花飄，豔冶如處子佳人，王孫公子以爲麗詞，達士即不以爲文也。」太白曰：「我之文即輕浮豔冶不足觀，我之風骨氣概豈不肯〔三〕仙才邪？」生曰：「君骨凡肉異，非真仙也，止一貴人耳。復況體穢氣卑，亦貴不久。但愛惜其身，無以虚名爲累。」言罷，與太白同醉而回。

明日，太白復欲引之於酒肆共飲，不復見。後數日，太白於長安南大樹下見之，方忻喜，欲就問之，忽然而滅。（據《叢書集成初編》排印光緒刊《琳琅祕室叢書》本《疑仙傳》卷上校録）

〔一〕而傷　徐立方校：「當作『不傷』。」胡珽按：「『而』字必誤，然作『不傷』則與『盡樂』句不相應。」按：「而」字不誤，諸本皆作「而」。

〔二〕知音者　「者」上原有「之」字，據寶顔堂本删。

〔三〕肯　董金鑑校：「疑作『有』。」

彭知微女

隱夫玉簡　撰

西川彭知微者，卓、鄭〔一〕之流也，家累千金。唯生一女，自幼好道。嘗白知微，求讀道書，仍欲奉道之教，知微不聽。至年十六，忽有一童兒乘一白鶴，飛入知微家，謂其女曰：

「我是道家人，聞爾好道，故來教爾。」女驚喜見之，且又聞欲教焉，乃密藏此童兒及白鶴。

後數日，一侍婢知其事，問女曰：「何妖也，爭可密藏？設或父知其事，得不以爲私乎？」女曰：「但勿泄，我當速問道後遣之。」因至深夜，齋戒捧香，以禮童兒。童兒謂曰：「爾好道之心不退，必當得道。」女謂童兒曰：「夫人學道，必先讀道書，授法籙，我且處閨闈間，父不容，如何也？」童兒曰：「爾能以心好道，自然與好道之迹不殊也。至於自古白日昇青天者，又豈關讀道書、授法籙也？夫神仙之道，本必在自然之神性，亦在自然之骨氣，故昔西王母言漢武非仙骨而神慢〔二〕也。」女又問曰：「處人之世，衣人之衣，食人之食，欲歸神仙之道，不亦難也？」童兒曰：「不然。但能以心慕神仙之道，其心一，則已感動神仙也。既感動而必録之，録之者，神仙録其名氏焉。知此則必潛有命，故有餌朮卻粒而得之者。苟修仙之侶深入空山，遠離人寰，艸爲衣裳，日夜勤苦于焚修，而其心乍進而乍退不一焉，又雖餌朮卻粒，亦何望哉！」女復禮而言曰：「然如是，當以何教我？」童兒曰：「爾之神性，已達神仙也。爾之骨氣，又非凡俗也。爾今心若誓死而一，必不久昇仙。」童兒言訖，乃起辭曰：「神仙之道，盡在此言也，恭敬修之，我今卻去。」乃乘鶴飛去。

其女謂侍婢曰：「我達道也，當得道耳。」尋絶滋味，去鮮華，常默然而坐。忽一日失之，不知所在。（據《叢書集成初編》排印光緒刊《琳琅祕室叢書》本《疑仙傳》卷上校録）

〔一〕卓鄭　董金鑑校：「『卓鄭』當作『卓程』，《史記·貨殖傳》有卓氏、程鄭。」按：董校誤，「卓、鄭」連稱本張衡《蜀都賦》：「侈侈隆富，卓鄭埒名。」《史記》卷一二九《貨殖列傳》司馬貞《索隱》亦稱：「素封千户，卓鄭齊名。」

〔二〕慢　寶顔堂本作「漫」。

劉簡

隱夫玉簡　撰

劉簡者，齊人也，家富而好道。每聞天下名山有神仙之迹，必自策杖以一遊。至於山中之藥，無不服餌。開元初，遊八公山，觀其異迹。忽逢一人，自稱虚無子，謂簡曰：「我亦好道之流也，偶此相遇，當與君遊此後，别遊一名山。」簡得其侶，深喜，乃曰：「我好遊神仙之山，不期逢君迹如是邪？」虚無子乃謂簡曰：「自此東不遠一名山，甚有神仙之迹，去遊乎？」簡因曰：「願隨之一遊。」

尋與簡東行數日，但見山川，杳絶人迹。及至一大山，息之於山下。虚無子謂簡曰：「已出塵世萬餘里也。今與君俱入此山，君至此山，必知與人間之山有殊也。」乃同前行，遽見一大橋，甚高峻。及登陟之，見兩邊欄檻，竝飾以珠翠。俄至一宅，四面皆山峰如畫，門上有牌，題之曰「虛無子宅」。簡謌然，謂虛無子曰：「何題吾子之名也？」虛無子笑曰：「但且入此宅。」及同入其門，見樓閣臺榭，非世間所有。遽〔一〕又引簡臨一流水，閣内共坐。須臾，有青衣童子數人侍立，尊俎間唯珠果香醪而已。虛無子指水次一艸謂簡曰：「只此艸食之，已與人間諸山之藥不同矣。」簡乃切求之，虛無子令侍童撥一小艇過其水，就水次取此艸子以賜簡。簡因藏於懷中，起謂虛無子曰：「吾子必此住，我當回。」虛無子起别，謂簡曰：「君休遊名山，訪神仙之迹，但以此艸子種之，而以其苗食之，當得長生，不必須待作神仙也。」虛無子仍曰：「君其訪來路以歸，庶不迷悮。」

簡乃依其言訪舊路，得還其鄉。乃以此艸子臨水種之，自採其苗服餌。後百餘歲，髮不白。一日，忽與家人及鄉黨别而去，不知所之。（據《叢書集成初編》排印光緒刊《琳琅祕室叢書》本《疑仙傳》卷上校録）

〔一〕遽　董金鑑校：「疑作『遂』。」

東方玄

隱夫玉簡　撰

東方玄者，荆州人也，結一茅廬於南山下居之。與其妻范氏俱好道。忽因一道流過於山中，玄與妻俱請至茅廬中。玄乃削竹爲脯，汲水爲酒，以禮待道流，道流甚驚之。范氏又叱一竹杖爲一大飛禽，乘之而飛。俄頃間復至，攜一棊局來，謂道流曰：「我欲與玄對棊。」道流大怪，因問曰：「何處去取此棊局邪？」范氏曰：「我往南海邊女伴家取此棊局來。」道流曰：「女伴何人也？」范氏曰：「此女伴亦有小術，往往來與我戲。吾師能暫伺之，即當至矣。」道流因又問玄曰：「此皆何術也？ 君與妻何得此事？」玄曰：「我昔偶娶得此范氏爲妻，傳我以其術，即終不知此范氏始自何傳之也。」

道流方與玄語，空中有絲竹之聲。須臾，見一女子，容質佳麗，自空而下，笑謂范氏曰：「何又招他俗流也？」范氏曰：「此道流過於山前，我偶命之，不似東方玄也。」其女子曰：「何未對棊也？」玄乃曰：「女伴但自去遊戲，我且與此道流談論。」其女子即便于面前以手畫地，變爲一大池，周回皆長松翠竹隈其岸，即芰荷芬郁，中有一畫舸，其女子即自登之。范氏遽以一隻屐投於池中，又變爲一畫舸，各自游泳，仍自鼓棹而歌。其歌聲清切，甚傷感人。道流乃泣下而歎曰：「我學道來五十〔二〕餘年，遊山訪藥，未嘗敢怠，終不遇人。豈知此女郎皆有此神仙之事邪？」女子與范氏見之，俱出畫舸而登岸，似有不悦之色。相顧良久，其女子乃叱其池，其池與松竹芰荷及畫舸皆應聲不見，便仍與范氏俱各乘一竹，昇空而去。玄笑謂道流曰：「吾師且歸，勿久住此。」道流乃謝而去之。

及來年，道流又過此，因訪焉。山下人皆曰：「東方玄已移家入遠山也。」（據《叢書集成初編》排印光緒刊《琳琅祕室叢書》本《疑仙傳》卷中校録）

〔一〕五十 《道藏》本、寶顔堂本、明鈔本作「十五」。

李陽

隱夫玉簡 撰

李陽者，蜀人也。學道十餘年，志不退。嘗於江邊見一大龜，白色如玉，異之，收養焉。後三載，此龜忽乘虚而去。七日復來，陽乃祝之曰：「神仙之道，玄之又玄，固不可鑽仰也。余一自聞三清之景，覽十洲之事，知塵世不可以依倚，已十餘年苦心於虔禱也，其如無髣髴之迹，以堅我心。忽一日江邊見爾龜，其色潔白如玉，本異之收養，何今日忽昇空去又復來？爾是仙家之龜也，當每去而復來。若不然，其永去，勿復住。」其龜遽又昇空而去。經七日又復至。

陽深疑是神仙變化，因引之徐行，於江邊遊賞。忽有一老叟遽問陽曰：「此龜我所失也，君何得？」陽曰：「我昔年於此水濱收得養之。」老叟曰：「此龜能乘虚空而遊，又能入水底而不濡濕。人若乘之，可以遊萬里之外，入四海之内也。君既收養已久，我今與君，君當試乘之，但自訪神仙，乘此即可以周遊八極矣。」陽拜謝之，其老叟忽然不見。陽乃以一足試踏龜背，龜乃漸漸變身，大如一牛。陽因乘之，龜負陽走入江中，陽見水皆自分流，略不濡濕。乘之數日，或入水，或乘空，約行萬里。陽懼，乃祝龜曰：「爾當負我歸。」須臾之間，舉目已見，卻復舊隱也。

陽既知此龜有異，因乘虚西邁。又數日，至一山上，有瓊林瑶樹，仍見一玉池，聞山頂上有人歌聲。陽不測其事，又祝龜而回。後又思仙境，因乘此龜東邁。倏忽間至一大川，四望無際，中有山，山上有樓閣入雲。陽又懼，不敢入水，而祝龜回。

蜀人頗怪陽去而復來，有訪之以問者，陽曰：「我多在山中取藥耳。」人又問其龜者，陽曰：「此龜長生之物也，我昔日在江邊見之，收得以養。雖色奇，而别無他異。」其問者又因至夜竊此龜去。陽乃遠遊，不知所之。（據《叢書集成初編》排印光緒刊《琳琅祕室叢書》本《疑仙傳》卷中校録）

唐五代傳奇集第五編卷十三

管革

隱夫玉簡 撰

管革者，趙人也，少好道，不事耕鑿，多遊趙、魏之間。性不好謙恭而復辯慧〔一〕。忽因遊，偶遇張果先生。先生招之曰：「來，管革。」革謂張果曰：「爾誰邪？」張果曰：「我張果先生也。」革乃曰：「張果何呼我也？」果因謂曰：「爾非不知人間之禮，人間帝王尚敬我也，爾奚不敬我也？」革曰：「我且非人間帝王，又焉能敬爾也？」

果因命之同遊恒山，革從之。果乃令革閉目，革曰：「閉目即可去遊，不閉目即不可去遊也？」果曰：「奈爾凡體邪？」革曰：「爾凡體尚可去，我又豈不能去？」果擲所策之杖，變一青牛，令革乘之。革既乘之，與果同入恒山。果因引革登絶頂，坐而問之曰：「人間之囂雜，塵中之苦惱，春秋之榮謝，少老之逼促，爾盡察之也。何久遊趙、魏，不遠遊四極？趙、魏戎馬之郊也，非道人宜遊。若夫滌慮蕩煩，欲先潔其形，趙、魏之地不可。」革對曰：「爾何爲出於趙、魏之間也？唯道人也不可隨土地而化。我遊趙、魏之間，與遊玉清、蓬瀛不殊矣。若其以他帝王而爲尊，以我匹夫而爲賤，呼我之名氏，談帝王之敬待，即朝在玉清、蓬瀛，夕屈趙、魏，亦俗之情生矣，我又奚遠遊？爾當遠遊，以蟬蜕俗事，苟不遠遊，必死人間，必不能同我也。」果笑而不對。革又曰：「爾命我遊恒山者，止欲一示我策杖爲青牛邪？爾豈不知何物不可變化？物之變化不可奇，自人而化仙者，尚世世有之。」遽起，不辭果而下絶頂，因便結艸於山中居之。後不知其終，人或有見之於嵇山〔二〕。

（據《叢書集成初編》排印光緒刊《琳琅祕室叢書》本《疑仙傳》卷中校録）

〔一〕慧　《道藏》本、明鈔本作「恚」，當譌。

〔二〕嵇山　寶顔堂本作「稽山」，誤。按：《元和郡縣圖志》卷七《亳州・臨涣縣》：「嵇山，在縣西三十里。晉稽康家於銍嵇山之下，因改姓嵇氏。」

艸衣兒

隱夫玉簡　撰

艸衣兒者，自稱魯人也。美容儀，年可十四五，冬夏常披一艸衣，故人號爲艸衣兒。於泗水邊垂釣數年，人未嘗見其得魚，尤異之。或問曰：「魚可充食乎？」對曰：「我不食魚，但釣之也。」又或問其姓氏，即對曰：「我自幼不識父，亦猶方朔也，故亦不能作一姓氏也。」泗水邊皆潛察其舉止，艸衣兒知之，逃往漢江濱，又垂釣江濱。

人初以爲漁者，及又不見獲魚，雖炎燠凜冽，但一艸衣，數年不易，亦甚疑之。又有問之者曰：「爾何姓名也？爲釣在江濱已數年，寒暄但一艸衣，又不見得魚，何也？」艸衣兒曰：「我是艸衣兒也〔二〕，人呼我爲艸衣兒。來垂釣也，釣不必在魚也。況我自得之，又焉知我不得也？我既號爲艸衣兒，又安能更須姓名也？」江濱人亦潛察之，艸衣兒知之，又逃往渭水，垂釣水濱。

人見其容貌美，又唯披一艸衣，深以爲隱者。後見其不獲魚，乃疑之。又有問之者曰：「君何隱也？來渭水何也？欲繼呂望之名邪？」艸衣兒對曰：「我性好釣魚，自幼便以垂釣爲樂。嘗亦釣于數水，皆不可釣，故來此水。人亦見我披艸衣，呼我爲艸衣兒。呂望者，是他見紂不可諫，欲佐西伯，來此而待，非釣魚也。方今明主有天下，無西伯可待，又何繼呂望之名也？」問者曰：「爾不待西伯，待何人也？」艸衣兒曰：「我待一片石耳。」其人笑而不復問。

後數日，有一片白石，可長丈餘，隨渭水流至。艸衣兒見之，忻喜踴躍，謂水邊人曰：「我本不釣魚，待釣此石也。數年間一身無所容，今日可容此身也。」乃上此石，乘流而去，

不知所之。（據《叢書集成初編》排印光緒刊《琳琅祕室叢書》本《疑仙傳》卷中校録）

〔一〕也 《道藏》本、寶顔堂本、明鈔本皆譌作「曰」。

姜澄

隱夫玉簡 撰

姜澄者，不知何鄉人也。常策一杖，杖頭唯有一卷書。客長安近一年，每與輕薄之流遊處，自稱得道人。

葉静〔一〕先生知之，訪而責曰：「君何自稱得道人？既不潔其身，滌其神，而又塵雜其遊處焉，何哉？」澄曰：「我身無穢，又奚潔也？我神無撓，又奚滌也？不得道，稱之即非；得道，稱之又何非也？」葉静曰：「何謂身無穢？何謂神無撓？何謂得道邪？」澄曰：「夫荆玉温潤，自然也，雖與衆石同處，故不穢，又何異我身也？濟水澄清，本異也，雖與濁河共流，亦不撓，又何異我神也？大道也，固無欺詐，我既得道，言之即達大道也。」葉静又曰：「何謂達大道？」澄曰：「可道之道，非常道也，常道即大道也。我若以貴者爲貴，以富者爲富，以賤者爲賤，以貧者爲貧，即非道也。我知天地間人自區别，殊不識道之本也。道之本而生一氣，一氣而生天地人及萬物。今三才備，萬物覩，其由道也。我達之，是以狎富貴不以爲尊，處塵雜不以爲卑，但兀然混同而在人間，此豈不謂達也？」葉静笑曰：「我以爲君久在人間，不復能論道矣。君其出塵寰，塵寰不出，隳君之迹。」澄曰：「我出塵寰，非待君之言，我已出之三百年也。」葉静曰：「君既出塵寰，何在塵寰也？」澄曰：「我暫來塵寰，非不出也。」

葉静揖而退，澄牽其衣而謂曰：「君與今天子友也，而友爲人主，君不教人主之道，而反以仙家之事誘之，必欲使不治人而好仙也。君之非，故不得以我之爲非也。」葉静復笑曰：「休飾狂詞。」澄曰：「君休信狂迹，我當休飾狂詞焉。」言罷，俱笑而分手。後數日不知所在，人有見之乘鶴度關而去者。（據《叢書集成初編》排印光緒刊《琳琅祕室叢書》本《疑仙傳》卷下校録）

〔一〕葉静　疑當作「葉静能」，脱「能」字。按：唐人小説中，葉静能乃唐玄宗時道士。如《太平廣記》卷三〇〇引《廣異記》：「開元初，玄宗以皇后無子，乃令葉静能道士奏章上玉京。」卷四七〇引《獨異記》：「道士葉静能，自羅浮山赴玄宗急詔，過洞庭。」「静」又作「浄」，敦煌變文中有《葉浄能詩》。

蕭寅

隱夫玉簡　撰

蕭寅，吳人也，儀貌瓌偉，常遊天下之名山。自幼食松柏，仍餌生朮。不交世人，性復孤孑。

忽因遊終南山，山中有一少女來問之曰：「我亦學道之人也，今欲少問道中之事，君其爲我一剖析焉。」寅曰：「奚問邪？」少女曰：「我聞之，自古修道之輩，皆言去聲色，而獨彭祖述陰陽交接之事，何是何非邪？」寅曰：「我平生未嘗接一女子言論，何逢女子此問也？」少女曰：「昔彭祖得道之人，猶容采女之問，今君何不容我一問邪？」寅乃曰：「昔黃帝令采女以問彭祖陰陽交會之道，彭祖之對亦不非也，蓋知黃帝未能去聲色，故因而對之，亦實非彭祖有九妻也。自古學道者，未有不云上士别牀，中士别被，服藥百裹，不如獨卧也。如此則豈獨彭祖之一言可信也？夫神聖尚待至一而感，況神仙之道，未捨世慾而欲求也？」少女曰：「古之有全家昇青天者，有與妻俱之仙者，又豈無世慾也？」寅曰：「此即是神仙之家降於世，而復歸神仙也，非是百世修之而昇天之仙也。」少女曰：「知〔一〕其然也，我一女子，可修習而得道乎？」寅曰：「可。爾之身稟陰之氣而生，託陰之氣而活，如自守陰之道而不犯陽，自然得其道也。」少女謝而去之。

寅遽出終南山，以入蜀山。山中人見其儀貌有異，多來問之。寅又惡之，而出以遠遊，終不知所在。（據《叢書集成初編》排印光緒刊《琳琅祕室叢書》本《疑仙傳》卷下校録）

〔一〕知　原譌作「如」，據《道藏》本、明鈔本改。

吹笙女

隱夫玉簡　撰

吹笙女者，常遊漢水邊。容貌美麗，年約十七八，著碧衣，手常捧一笙。或凌晨薄暮，即自吹之，聲調感人。但維一小艇於漢水，人或就之，即遽入小艇而去。在漢水邊數年，或去之經歲而返，或月餘而復來，水邊人呼爲吹笙女。

天寶初，王懿者，放蕩之子也。自長安聞，專往訪焉。及至水邊，數日不覩，乃悵恨而歎曰：「我於長安中，聞有神仙之女，吹笙於此水，故遠來，欲一覿玉容，少聽鳳笙。不期水邊寂寂，杳無人迹，何今日不出蓬島而暫來此邪？」方欲盡興而回，俄見此女獨乘小艇，吹笙自遠而至。俄又出小艇，遊於水邊。懿乃漸前進而言曰：「神仙女數年此遊，何待也？」吹笙女回顧懿，微笑而言曰：「待君也。」懿因謂之曰：「我常多憂患，不喜人間，欲遊物外，又不知爾數年待我也。」吹笙女曰：「人間何足戀！少年樂未極，已老矣，老又有終，争如他仙家僻在蓬萊，處金銀宫闕之内，駕鶴乘鸞以自嬉遊，息芝田，會瑶池，而又本不老，亦無終，何憂患之能關慮也？」懿因戲之曰：「爾能容我爲一攜笙奴乎？」吹笙女笑曰：「君猶未省爲老奴，已〔一〕多年也。」吹笙女即命懿同入小艇去之。

後經數日，吹笙女與懿復同來此水邊遊。水邊人有見之者，懿謂人曰：「寄語長安中少年，我今被吹笙女攜挈而遠遊，不復遊長安也。」言訖，與吹笙女復共入小艇，吹笙而去。自後不復來，故不知所之也。（據《叢書集成初編》排印光緒刊《琳琅祕室叢書》本《疑仙傳》卷下校録）

〔一〕原譌作「己」，據《道藏》本、明鈔本改。

景仲

隱夫玉簡　撰

景仲者，鄭人也。幼好道，但遊諸山，以採藥服之，未嘗寧處。後過陝州，欲西訪藥焉。陝州有一老父問之曰：「君何遊也？」仲曰：「我平生好服餌神仙之藥，常遊名山以採藥，今亦欲西訪藥也。」老父曰：「君不知神仙之藥在十洲也？ 非人間之山内有之也？ 奚訪之？」仲曰：「老父自不知古昔有餌朮餌黄精而得道者。朮與黄精，豈自十洲採得也？ 夫人間諸山之内，神仙之藥無限，但人自不識，復又不能一其志而服之。且十洲之地，争如中華也？ 中華在天地之中，有天地中正之氣，故萬物華而人不蠻夷。中華之人得道，世世有之，且不聞蠻夷世世有得道之人也。足以知十洲之事，是漢武之時人妄説也，又何信哉？ 我誓於中華諸山内採藥餌之耳。」遂西行訪藥。

後二十年，復東過陝州，仲已鬢髮斑白，未獲靈藥。又有一老父問之，仲曰：「我前西行過此，一老父問我採藥之事，今復有老父欲問我邪？」老父曰：「前老父問爾之藥，今老父欲問爾鬢髮斑白，又何怪。」仲曰：「我幼而好道，爲天地間人四十九年矣。訪山尋藥，力倦心疲，未能出人間，故鬢髮斑白。老父又奚問邪？」乃不顧而東行。

入泰山，餌茯苓，十餘年不出。一夜忽鬢髮俱黑，又體輕殊常，因出山西行。不覺一日至陝州，乃復訪二老父，尋皆遇之。二老父俱笑曰：「訪藥老人已〔二〕復少也。」仲方欲言，遽不見二老父。仲亦遠遊，不知所之也。（據《叢書集成初編》排印光緒刊《琳琅祕室叢書》本《疑仙傳》卷下校録）

〔一〕已　原譌作「己」，據《道藏》本、寶顔堂本、明鈔本改。

姚基

隱夫玉簡　撰

姚基者，魏人也，性奢逸不拘。少好道，因遊洞庭，逢一道人，謂之曰：「爾奢逸不自檢束，又好神仙之道，何也？」基拜而言曰：「我好奢逸者身，好道者心。我終求奢逸之事，以樂我身，亦求神仙之道，以副我心。」道人曰：「我今俱授之與爾，爾當俱勿授人。」基再拜之。道人因袖中取一小玉匣，内有書一卷，以授基，曰：「讀此盡得之也。」基因跪受以讀，見九轉神丹之法，復有燒金之術。基問道人曰：「神丹服之得道，信有之。變銅鐵爲金，有之邪？」道人曰：「銅鐵皆可爲金者，亦猶人之賢與不肖皆可爲仙，况銅鐵純一之物也。君但鍊藥服餌以燒金焉。」

基因復魏以居，鍊藥燒金，數年間家大富，仍卻老而少。每至花時月夜，即以旨酒佳殽命賓侶，狂歌醉舞。或選幽景以出遊，即乘駿駟，以女妓絃管後隨，盡興而方返。至於家人，亦被輕暖厭百味矣。

後忽因出遊，復遇昔洞庭之道人。基遽拜而問之曰：「吾師何久不來邪？」道人曰：

「爾之奢逸未息，故不來。適過此，偶覿君之面。」基曰：「我奢逸，不見吾師來，固未息。」道人曰：「今當息之。」基笑而與道人俱至家，廣陳錦繡，出珍寶，命酒肴〔一〕絲竹，盡其懽醉。明日，道人與基皆不知所在，家人無以求尋焉。（據《叢書集成初編》排印光緒刊《琳琅祕室叢書》本《疑仙傳》卷下校録）

〔一〕肴　原譌作「有」，諸本皆譌。董金鑑校：「『有』當作『肴』。」今改。

唐五代傳奇集第五編卷十四

田達誠

徐鉉 撰

徐鉉（九一七—九九二），字鼎臣。揚州廣陵（今江蘇揚州市）人。著名文字學家徐鍇兄，時稱「二徐」。又與韓熙載齊名，江東謂之「韓徐」。十歲能屬文。初仕楊吴爲校書郎，後事南唐李昪父子，試知制誥。與宰相宋齊丘不和，貶泰州司户參軍，謫居三年，徵復舊官。後坐專殺流舒州，徙饒州。中主李璟召爲太子右諭德，復知制誥，遷中書舍人。後主李煜立，爲禮部侍郎，通署中書省事。歷尚書左丞、兵部侍郎、翰林學士、御史大夫、吏部尚書。宋太祖開寶八年（九七五）隨後主降宋，命爲太子率更令。太宗太平興國初（九七六）直學士院，四年拜給事中。八年爲右散騎常侍，端拱元年（九八八）遷左常侍。淳化二年（九九一）受誣貶静難軍（邠州）節度行軍司馬。明年八月卒官，年七十六。淳化四年七月，葬于洪州新建縣（今江西南昌市）西山鸞岡原先塋。撰《騎省集》三十卷（今存）、《雜古文賦》一卷、《質論》一卷、《江南録》十卷、《棋圖義例》一卷、《三家老子音義》一卷等。（據《宋史》卷四四一《文苑傳》、《騎省集》附《徐公行狀》及李昉《徐公墓誌銘》、《郡齋讀

書志》、《中興館閣書目》、《直齋書録解題》、《宋史·藝文志》）

廬陵有賈人田達誠，富於財業，頗以周給爲務。治第新城〔一〕。有夜扣門者，就視無人，如是再三。因呵問之：「爲人耶？鬼耶？」良久答曰：「實非人也。比〔二〕居龍泉，舍爲暴水所漂〔三〕。求寄君家，治舍畢，乃去耳。」達誠不許，曰：「人豈可與鬼同居耶？」對曰：「暫寄居耳，無害於君。且以君義氣聞於鄉里，故告耳。」達誠許之，因曰：「當止我何所？」達誠曰：「惟有廳事耳。」即辭謝〔四〕而去。數日復來，曰：「吾家已至廳中，亦無妨君賓客。然亦嚴整家中人慎火〔五〕，萬一不虞〔六〕，或當云吾等所爲也。」達誠亦虛其廳以付〔七〕之。

達誠嘗爲詩，鬼忽空中言曰：「君乃能詩耶〔八〕？吾亦嘗好之，可唱和耳。」達誠即具酒，置紙筆於前，談論無所不至。衆目視之，酒與紙筆，儼然不動。試暫迴顧，則酒已盡，字已著紙矣。前後數十〔九〕篇，皆有意趣〔一〇〕。筆迹勁健，作柳體。或問其姓字，曰：「吾儻言之，將不益於主人，可詩以寄言也。」乃賦詩云：「天然與我亦〔一一〕靈通，還與人間事不同。要識吾家真姓字，大字南頭一段紅〔一二〕。」衆不喻也。

一日，復告曰：「吾有少子，婚樟〔一三〕樹神女，以某日成禮，復欲借君後堂三日，以終君大惠，可乎？」達誠亦虛其堂，以幕帷〔一四〕之。三日，復謝曰：「吾事訖矣，還君此堂。主人之恩，可謂至矣。然君家老婢某，可笞一百也。」達誠辭謝，即召婢，笞數下，鬼曰：「使之知過，可止矣。」達誠徐問其婢，云曾穴幕竊視，見賓客男女，廚膳花燭，與人間不殊。後歲餘，乃辭謝而去。

達誠以事至廣陵，久之不歸，其家憂之。鬼復至，曰：「君家憂主人耶？吾將省之。」翌日，乃還曰：「主政〔一五〕在揚州，甚無恙，行當歸矣。新納一妾，與之同寢，吾燒其帳後幅，以戲之耳。」大笑而去。達誠歸，問其事，皆同。後至龍泉，訪其居，亦竟不獲。（據上海涵芬樓排印《宋人小説》校本《稽神録》卷二校録，又《太平廣記》卷三五四引《稽神録》）

〔一〕新城　《四庫全書》本，中華書局白化文點校本，《廣記》明沈與文野竹齋鈔本、陳鱣校本、《四庫全書》本，南宋沈氏《鬼董》卷五，明梅鼎祚《才鬼記》卷七引《稽神録》「城」均作「成」。張國風《太平廣記會校》據明鈔本、陳校本及《稽神録》改。按：《太平寰宇記》卷一〇九《江南西道七・吉州・廬陵縣》：「廬陵故城，在縣南一里，晉咸康末太守孔倫所築。」新城當對故城而言，指新建廬陵縣城。廬陵縣，今江西吉安市。

〔二〕比　《廣記》陳校本作「此」。

〔三〕漂　《廣記》、《鬼董》、《才鬼記》、明吴大震《廣豔異編》卷三四《田達誠》、清蓮塘居士《唐人説薈》第十五集《稽神録》作「毀」。

〔四〕辭謝 《廣記》、《才鬼記》、《唐人説薈》作「拜辭謝」，《廣記》清孫潛校本、陳校本無「拜」字。《鬼董》作「拜辭」。《廣豔異編》作「拜謝」。

〔五〕然亦嚴整家中人慎火 《四庫》本作「然亦嚴整家人，謹慎火燭」。《廣記》、《鬼董》、《才鬼記》、《廣豔異編》、《唐人説薈》「亦」作「可」。

〔六〕虞 《廣記》、《鬼董》、《才鬼記》、《廣豔異編》、《唐人説薈》作「意」。

〔七〕付 《廣記》、《鬼董》、《才鬼記》、《廣豔異編》、《唐人説薈》作「奉」。

〔八〕耶 《廣記》陳校本作「者」。

〔九〕十 《廣記》、《才鬼記》、《廣豔異編》、《唐人説薈》無此字。《廣記》明鈔本、孫校本、陳校本有。

〔一〇〕趣 《廣記》、《鬼董》、《才鬼記》、《廣豔異編》、《唐人説薈》作「義」。

〔一一〕亦 《廣記》、《鬼董》、《才鬼記》、《廣豔異編》、《唐人説薈》、《全唐詩》卷八六六作「一」。

〔一二〕大字南頭一段紅 「大字」《廣記》、《鬼董》、《才鬼記》、《廣豔異編》、《唐人説薈》、《全唐詩》作「天地」。「段」《廣記》明鈔本、《鬼董》作「點」，《會校》據明鈔本改。

〔一三〕樟 《廣記》明鈔本作「梓」。

〔一四〕帷 《廣記》、《鬼董》、《才鬼記》、《廣豔異編》、《唐人説薈》作「圍」。

〔一五〕主政 《廣記》、《鬼董》、《才鬼記》、《廣豔異編》、《唐人説薈》作「主人」。按：主政即主人。

按：《崇文總目》小説類著録《稽神録》十卷，徐鉉撰。《通志·藝文略》傳記冥異類、《宋史·藝文志》小説類同，《遂初堂書目》小説類只著書名。袁本《郡齋讀書志》卷三下小説類亦爲十卷，云：「右南唐徐鉉撰，記怪神之事。序稱自乙未歲至乙卯凡二十年，僅得百五十事。」衢本《郡齋讀書志》小説類乃作六卷。《直齋書録解題》小説家類亦六卷，云：「元本十卷，今無卷第，總作一卷，當是自他書中録出者。」據序所稱，此書撰於吴楊溥天祚元年乙未歲（九三五）至南唐中主李璟保大十三年乙卯歲（九五五）二十年間，編爲六卷。保大十三年完成初稿並作序後又有續增，最後定稿爲十卷。觀今本及佚文條目多達二百三十則，遠超百五十之數，又今本多有保大十三年後事。如卷五「張懷武」條，據徐鉉《廬山九天使者廟張靈官記》（《全唐文》卷八八三），建隆二年辛酉歲（九六一），於廬山九天使者廟得沈彬所作傳，此條即據沈作而記。最晚記事乃卷一《陸洎》，在乙丑歲，即乾德三年（九六五）：此皆可證也。開寶八年（九七五）唐亡入宋時其書已編定，具體時間不詳。太平興國二年（九七七）徐鉉參與編纂《太平廣記》，於《稽神録》多有採擷（見袁褧《楓窗小牘》卷上）。衢本《讀書志》之六卷本係初稿，袁本作十卷，當誤。六卷本、十卷本南宋即散佚，而世行六卷輯本，《書録解題》所著録者即是輯本，目作六卷而叙稱一卷者，蓋陳氏所藏本不分卷，而與世行六卷輯本同，故著録作六卷。

今存《津逮祕書》、《學津討原》、《四庫全書》、《宋人小説》等本。六卷，附《拾遺》一卷。前六卷共一百七十五條，《拾遺》十三條，總一百八十八條。此本當即南宋輯本，全據《太平廣記》

輯録而成。無名氏輯本不佳，多有遺漏，且有誤輯者（卷一《董昌》實出《會稽録》，卷六《豫章人》實出《搜神記》），後人復輯《拾遺》，但仍未備。上海涵芬樓《宋人小説》排印本係校本，末有夏敬觀己未（一九一九）跋。扉頁題「據陳仲魚校《太平廣記》舊鈔、曾慥《類説》並補遺」，知此本係據清陳鱣校宋本《太平廣記》及《類説》校勘並輯補佚文。底本爲何，校補者爲誰，夏跋未交待，或即夏氏所爲。《補遺》一卷，四十六條，多有濫誤，且亦有遺。清末陸心源亦曾輯《稽神録校補》二卷，三十四條，載《潛園總集·群書校補》。中華書局一九九六年出版白化文點校本，以《宋人小説》本爲底本，再補佚文五條。二〇〇一年上海古籍出版社出版《宋元筆記小説大觀》收入此書，亦以《宋人小説》本爲底本點校。

《廣記》所引本書多達二百二十餘條，採録幾盡，實賴參與編纂《廣記》之便。《類説》卷一二刪摘二十二條，出今本之外者八條，一條見《廣記》，《類説》似據十卷本原書摘録。天啓刊本不著撰人，嘉靖伯玉翁舊鈔本題南唐徐鉉撰。《説郛》卷三《談壘》自《類説》取二條，又卷一四録入七條，題下注：「十卷，今本六卷。」署僞唐徐鉉。《重編説郛》卷一一七、《五朝小説·唐人百家小説》傳奇家收入《説郛》本。《重編説郛》題宋徐鉉，《唐人百家小説》妄題唐雍陶。按《合刻三志》志幻類有雍陶《稽神録》一卷，六條，全輯自《廣記》，無一事出徐書，乃純僞之書。《唐人説薈》第十五集（民國石印本，或卷一八）亦收一卷，題南唐徐鉉撰，乃《説郛》本七條加《廣記》二十一條而成。

本篇宋末爲《鬼董》採入（卷五），《才鬼記》卷七、《廣豔異編》卷三四、《唐人説薈》十五集《稽神録》亦據《廣記》録入。《才鬼記》題《田達誠家鬼》，末注《稽神録》。

劉鷟

徐鉉 撰

洪州高安人劉鷟，少遇亂，有姊曰〔一〕糞掃，爲軍將孫金所虜。有妹曰烏頭，生十七年而卒。卒後三歲，孫金爲常州團練副使，糞掃從其女君會葬於大將陳氏〔二〕，乃見烏頭在焉。問其所從來，云：「頃爲人所虜至岳州〔三〕，與劉翁媪爲女，嫁得北來軍士任某，任即陳所將卒也，從陳至此爾。」因通信至其家。

鷟時爲縣手力，後數年因事至都，遂往毗陵省之。晚〔四〕止逆旅。翌日，先謁孫金，即詣任營中。先遣小僕覘之，方見灑掃庭内，曰：「吾阿兄〔五〕將至矣。」僕良久扣門，問爲誰，曰：「高安劉家使來。」乃曰：「非兄〔六〕名鷟，多髯者乎？昨日晚當至，何爲遲也？」即自出營門迎之，容貌如故，相見悲泣，了無小異。頃之，孫金遣其諸甥持酒食至任之居，撫〔七〕叙良久。烏頭曰：「今日乃得二兄來，證我爲人，向來恒爲諸兄〔八〕輩呼我爲鬼也。」任亦言其舉止輕健，女工敏速，恒夜作至旦，若有人爲同作者。飲食必待冷而後食。鷟因密問：「汝昔已死，那得至是？」對曰：「兄無爲如此問我，將不得相見矣。」鷺乃不敢言。久之任卒，再適軍士羅氏，隸〔九〕江州。陳承昭爲高安制置使，召鷺問其事，令發墓視之。墓在米嶺，無人省視數十年矣。伐木開路而至，見墓上有穴，大如碗，測其甚深〔一〇〕。衆懼不敢發，相與退坐大樹下，筆疏其事，以白承昭。

是歲，烏頭病，鷺往省之，乃曰：「頃爲鄉人百〔一一〕十餘輩，持刀仗劍〔一二〕，幾中我面，故我大責罵，力拒之。乃退坐大樹下，作文書而去。今至〔一三〕舉身猶痛。」鷺乃知恒出入墓中也，因是亦懼而疏之。羅後移隸晉王城戍，顯德五年，周有淮南之地，羅陷没，不知所在，時年六十二歲矣。（據上海涵芬樓排印《宋人小説》校本《稽神録》卷三校録，又《太平廣記》卷三五五引《稽神録》）

〔一〕曰　《廣記》孫校本上有「人」字。

〔二〕會葬於大將陳氏　「葬」《廣記》作「宴」，孫校本、陳校本作「葬」。「大將陳氏」明鈔本作「大將軍陳某之宅」。

〔三〕岳州　《廣記》明鈔本作「彬州」。按：唐無彬州，疑爲「郴州」之譌。

〔四〕晚　《廣記》明鈔本作「既」。

〔五〕吾阿兄　《廣記》作「我兄弟」，明鈔本作「我二兄」。

〔六〕兄　《廣記》作「二兄」，孫校本、陳校本無「二」字。按：下文作「二兄」。

〔七〕撫　《廣記》作「譃」。

〔八〕兄　《廣記》作「甥」，孫校本作「兒」。

〔九〕隸　原譌作「李」，據《廣記》改，《四庫》本作「時」。

〔一〇〕測其甚深　《廣記》作「其深不測」。

〔一一〕百　《廣記》無此字。

〔一二〕持刀仗劍　《廣記》作「持刀杖劫我」。

〔一三〕今至　《廣記》作「至今」。

吴延瑫

徐　鉉　撰

廣陵有倉官〔一〕吴延瑫者，其弟既冠，將爲求婦。鄰有某嫗〔二〕，素受吴氏之命。一日，有人詣門云：「張司空家使召。」隨之而去，在正勝寺〔三〕之東南，宅甚雄壯。嫗云：「初不聞有張公在是。」其人云：「公没於臨安之戰，故少人知者。」及至〔四〕其家，陳設炳焕，如王公家。見一老姥，云是縣君。及〔五〕坐，頃之，其女亦出。姥謂嫗曰：「聞媪爲〔六〕吴家求婚，吾欲以此女事之。」嫗曰：「吴氏小吏貧家，豈當與貴人爲婚耶？」女因自言曰：「兒以母老，無兄弟，家業既大，事〔七〕託善人。聞吴氏子孝謹可事，豈求高門耶？」媪曰：「諾，將問〔八〕之。」歸以告，延瑫異之，未敢言。

數日，忽有車輿數乘，詣鄰媪之室，乃張氏女與二老婢俱至。使召延瑫之妻即席，具酒食甚豐，皆張氏所備也。其女自議婚事。瑫妻内思之：「此女雖極端麗，然可年三十餘，其小郎年却〔九〕少，未必歡也。」其女即言曰：「夫妻皆係前定義合〔一〇〕，豈當嫌〔一一〕老少耶？」瑫妻聳然，不敢復言。女即出紅白羅二匹，曰：「以此爲禮。」其他贈遺甚多。至暮，邀鄰媪俱歸其家，留數宿。謂媪曰：「吾家至富，人不知爾，他日皆吴郎所有也。」室中三大廚，其廚高至屋，因開示之。一廚實以金，二廚實以銀〔一二〕。又指地曰：「此中皆錢也。」即命掘之，深尺餘，即見錢充積。又至外廳，庭中繫朱鬣白馬，傍有一豕，曰：「此皆禮物也。」廳之西復有廣廈，百工製作畢備，曰：「此亦造〔一三〕禮物也。」至夜就寢，聞豕有被驚聲〔一四〕，呼諸婢曰：「此豕不宜在外，是必爲蛇所囓也。」媪曰：「蛇豈食猪者耶？」女曰：「此中常有之。」即相與秉燭視之，果見大赤蛇自地出，縈繞其豕，復入地去，救之得免。

明日，方與媪別〔一五〕，忽召二青衣，夾侍左右，謂媪曰：「吾有故近出，少選當還。」即與青衣凌虚而去。媪大驚，其母曰：「吾女暫之天上會計，但坐，無苦也。」少頃，乃見自外而入，微有酒氣，曰：「諸仙留飲，吾以媒媪在此，固辭得還。」媪回，益駭異而不敢言。

又月餘，復召嫗云〔一六〕：「縣君疾亟。」及往，其母已卒。因〔一七〕嫗至，遂〔一八〕葬於楊子縣北徐氏村中，盡室往會。徐氏有女可十餘歲，張氏撫之曰：「此女有相，當爲淮北一武將之妻，善視之。」既葬，復厚贈嫗，舉家南去，莫知所之，婚事亦竟不成。嫗歸，訪其故居，但里〔一九〕舍數間。問其里中，云住此已久，相傳云張司空之居〔二〇〕，竟不得其實〔二一〕。後十年，廣陵亂妖〔二二〕，吴氏之弟歸于建業，亦竟無恙。（據上海涵芬樓排印《宋人小説》校本《稽神録》卷六校録，又《太平廣記》卷三一五引《稽神録》）

〔一〕有倉官　《廣記》「有」作「豆」。按：豆倉乃貯藏豆類之官倉。

〔二〕某嫗　《廣記》作「媒嫗」。明鈔本「嫗」作「媪」，下同。

〔三〕正勝寺　《廣記》、《廣豔異編》卷二《吴延瑫》「正」作「政」。按：《法苑珠林》卷八六引《梁高僧傳》（按：書名誤，見《續高僧傳》卷五）：「梁揚都宣武寺沙門法寵，姓馮，南陽冠軍人也。年三十八，正勝寺法願道人善通樊、許之術，謂寵曰……」作「政」誤。

〔四〕及至　原作「久之」，《廣記》明鈔本、孫校本同，談愷刻本作「久知」，據《四庫》本、《廣豔異編》改。

〔五〕及　《廣記》作「之」，明鈔本作「命」。

〔六〕媪爲　「媪」原作「君」，《廣記》、《廣豔異編》同，據《廣記》明鈔本改。「爲」《廣記》作「謂」，明鈔本作「爲」。

〔七〕事 《廣記》明鈔本作「願」,《廣豔異編》作「思」。

〔八〕問 《津逮祕書》本、《四庫》本作「聞」。聞,使之知,告知。

〔九〕却 《廣記》作「節」,明鈔本作「反」。

〔一〇〕皆係前定義合 《廣記》、《廣豔異編》作「皆繫前定,義如有合」。

〔一一〕當嫌 《廣記》無此二字,明鈔本、《廣豔異編》作「在」。

〔一二〕一廚實以金二廚實以銀 原作「一廚實以銀」,據《廣記》、《廣豔異編》補五字。

〔一三〕造 《四庫》本改作「送」。按:造,建造,謂造廣廈爲禮物。

〔一四〕有被驚聲 《廣記》、《廣豔異編》作「有如驚」,明鈔本作「有聲,女郎驚」。

〔一五〕别 《四庫》本作「坐」。《廣記》明鈔本作「語次」。

〔一六〕云 原作「去」,據《四庫》本、《廣記》明鈔本、《廣豔異編》改。

〔一七〕因 原作「同」,據《廣記》、《廣豔異編》改。

〔一八〕遂 原作「葬」,據《廣記》明鈔本改。

〔一九〕里 《廣記》明鈔本作「空」。

〔二〇〕張司空之居 《廣記》明鈔本作「張氏之空宅」。

〔二一〕實 原作「處」,《廣記》作「是」,明鈔本、孫校本、《廣豔異編》作「實」,據改。

〔二二〕妖 原爲闕字,《學津討原》本同,《津逮》本、《四庫》本作「妖」,據補。按:唐僖宗乾符六年(八七九）高駢爲淮南節度使，惑溺神仙之説，部將吕用之等以左道誘之，頗受信任。將士思亂，光啓三年（八八七），部將畢師鐸等攻破揚州，駢被囚殺。見《舊唐書》卷一八二《高駢傳》。郭廷誨作《廣陵妖亂志》三卷（《廣記》有引）記其事。

按：《廣艷異編》卷二據《廣記》輯入，題同。

貝禧

徐鉉 撰

義興人貝〔一〕禧，爲邑之鄉胥。乾寧甲寅歲十月，宿於茭瀆〔二〕别業。夜分，忽聞扣門者，人馬之聲甚衆。出視之，見一人緑衣秉簡，西面而立，從者百餘。禧攝衣出迎，自通曰：「某姓周，隆名〔三〕，弟十八〔四〕。」即延入坐，問以來意，曰：「余身爲地府南曹判官，奉王命，召君爲北曹判官爾。」禧初甚驚，隆徐謂曰：「此乃陰府要職，何易及此？君無〔五〕辭也。」俄有從者持牀褥、食案、帷幕，陳設畢，置〔六〕酒食對飲。

良久，一吏趨入白：「殷〔七〕判官至。」復有一緑衣秉簡，二從者捧箱隨之，箱中亦緑衣。殷揖禧曰：「命賜君，兼同奉召。」即以緑裳爲禧衣之，就坐共飲。將至五更，曰：「王命不可留矣。」即與偕行。禧曰：「此去家不遠，暫歸告别，可乎？」皆曰：「君今已死，縱復歸，安得與家人相接耶？」乃出門，與周、殷各乘一馬，其疾如風，行水上〔八〕。至暮，宿一村店〔九〕，店中具酒食，而無居人，雖設燈燭，如隔帷幔。云已行二千〔一〇〕餘里矣。

向曉復行，久之，至一城，門衛〔一一〕嚴峻。周、殷先入，復出召禧。凡經三門，左右吏卒皆趨拜。復入一門，正北大殿垂簾，禧趨走參謁，一同人間禮〔一二〕。既出，周隆〔一三〕謂禧曰：「此〔一四〕曹闕官多年，第宅曹署皆須整緝，君可暫止吾家也。」即自殿門東行，可一里，有大宅，止禧於東廳。頃之，有同官可三十餘人，皆來造請〔一五〕慶賀。遂置讌，讌罷醉卧。至曉〔一六〕，徧詣諸官曹報謝。

復有朱衣吏，以王命致泉帛車馬廩〔一七〕餼，甚豐備。翌日，周謂禧曰：「可視事矣。」又相與向王殿之東北，有大宅，陳設甚嚴，止禧於中。有典吏可八十餘人，參請給使。廳之南空屋數十間〔一八〕，即曹局，簿書充積其内。廳之北别室兩間，有几案及有數廚〔一九〕，皆寶玉〔二〇〕飾之。周以金鑰授禧曰：「此廚簿書最爲祕要，管鑰恒當自掌，勿輕委人也。」周既去，禧開視之，書册積疊，皆方尺餘。首取一册，金題其上作「陝州」字〔二一〕，其中字甚細密，諦視之乃可見，皆世人之名簿也。禧欲知其家事，復開一廚，乃得常州簿。閱其家籍，見身及家人世代名字甚悉，其已死者，以墨鉤之。

至晚，周隆判官復至，曰：「王以君世壽未盡，遣暫還，壽盡當復居此職。」禧即以金鑰還授於周。禧始閲簿時，盡記其家人及己禍福壽夭之事，將歸〔二二〕，昏然盡忘矣。頃之，官吏俱至告别，周、殷二人送之歸。翌日夜，乃至茭瀆村中。入室，見己卧于牀上，周、殷與禧各就寢〔二三〕。俄而驚悟，日正午時。問其左右，云死殆〔二四〕半日，而地府已四日矣。禧即愈，一如常人，亦無小異。又四十餘年乃卒。（據上海涵芬樓排印《宋人小説》校本《稽神録》卷六校録，又《太平廣記》卷三七八引《稽神録》）

〔一〕貝　《廣記》孫校本作「具」。按：有具姓。

〔二〕茭瀆　《廣記》明鈔本作「其瀆」，誤。按：明張國維《吴中水利全書》卷六《水名·常州府·宜興縣》有茭瀆。

〔三〕某姓周隆名　「隆」原作「殷」。按：《廣記》作「隆，姓周」，則名「隆」。另一判官姓殷，疑涉此而誤，似當作「隆」，據改，下同。

〔四〕弟十八　此三字原無，據《廣記》補。明鈔本「弟」作「第」，《會校》據改。按：弟，義同「第」，行第，排行。唐人習慣以行第相稱。

〔五〕無　《津逮》本、《四庫》本作「何」。

〔六〕置　《廣記》上有「滿」字，明鈔本作「復」，孫校本作「備」。

〔七〕殷　此字原無，據《廣記》補。

〔八〕行水上　《廣記》作「涉水不溺」。
〔九〕店　原作「居」，據《廣記》改。
〔一〇〕千　《津逮》本、《四庫》本作「十」。
〔一一〕門衛　《廣記》明鈔本作「甚」。
〔一二〕禮　此字原無，據《廣記》孫校本補。
〔一三〕周隆　《廣記》作「周」，下同。
〔一四〕此　《廣記》作「北」。
〔一五〕請　《廣記》明鈔本作「詣」，《會校》據改。按：請，謁也。
〔一六〕曉　原作「晚」，據《廣記》改。
〔一七〕廩　《廣記》作「饗」。
〔一八〕空屋數十間　《廣記》「空」作「大」，《津逮》本、《四庫》本「數」作「殿」。
〔一九〕有數廚　《津逮》本、《四庫》本「數」作「書」，《廣記》作「數書廚」。
〔二〇〕寶玉　《廣記》作「雜寶」。
〔二一〕字　《廣記》明鈔本作「簿」，《會校》據改。
〔二二〕將歸　《廣記》作「至是」。
〔二三〕就寢　《津逮》本、《四庫》本作「視寢」，誤。按：就寢，走近牀邊。

〔二四〕殆 《廣記》作「始」。

張謹

徐鉉 撰

道士張謹者，好符法，學雖苦而無成。嘗客遊至華陰市，見賣瓜者，買而食之。旁有老父，謹覺其飢色，取以遺之，累食百〔一〕餘。謹知其異，奉之愈敬。將去，謂謹曰：「吾土地之神也，感子之意，有以相報。」因出一編書，曰：「此禁狐魅之術也，宜勤行之。」謹受之，父亦不見。

爾日，宿近縣村中，聞其家有女子啼呼，狀若狂者。以問主人，對曰：「家有女，近得狂疾，每日昃，輒靚粧盛服，云召胡郎來。非不療理，無如之何也。」謹即爲書符，施簷户間。是日晚間，簷上哭泣且駡曰：「何物道士，預他人家事？宜急去之。」謹怒呵之。良久，大言曰：「吾且爲奴矣〔二〕。」遂寂然。謹復書數符，病即都差，主人遺絹數十疋以謝之。

謹嘗獨行，既有重齎，須得傔力。停數日，忽有二奴詣謹，自稱曰：「德兒、歸寶，嘗事崔氏，崔出官，因見捨棄，今無歸矣，願侍〔三〕左右。」謹納之。二奴皆謹願黠利，尤可憑信。

謹東行，凡書囊、符法、過所〔四〕、衣服，皆付歸寶負之。將及關，歸寶忽大駡曰：「以我爲奴，如役汝父。」因絶走。謹駭怒逐之，其行如風，倏忽不見。既而德兒亦不見，所齎之物，皆失之矣。

時秦隴用兵，關禁嚴急，客行無驗，皆見刑戮。既不敢東度，復還主人，具以告之。主人怒曰：「寧有是事？是無厭，復將撓我耳。」因止於田夫之家，絶不供給。遂爲耕夫邀與同作，晝耕夜息，疲苦備至。因憩大樹下，仰見二兒曰：「吾德兒、歸寶也。汝之爲奴苦否？」又曰：「此符法，我之書也，失之已久，今喜再獲，吾豈無情於汝乎？」因擲過所還之，曰：「速歸，鄉人待爾書符也。」即大笑而去。謹〔五〕得過所，復詣主人，方異之，更遺絹數疋，乃得去。自爾遂絶書符矣。（據中華書局版汪紹楹點校本《太平廣記》卷四五五引《稽神録》校録）

〔一〕百　明鈔本作「十」。

〔二〕矣　談本原作「矣」，汪校本據明鈔本改作「去」，今回改。

〔三〕侍　明鈔本、孫校本作「事」，《會校》據改。

〔四〕過所　原作「行李」，據孫校本改，下同。按：南宋洪邁《容齋四筆》卷一〇《過所》引徐鉉《稽神録》

亦作「過所」，且云：「然『過所』二字，讀者多不曉，蓋若今時公憑引據之類。」明鈔本作「資貨」，下文作「其資」。

〔五〕謹　原譌作「景」，據明鈔本、孫校本改。

按：明憑虛子《狐媚叢談》卷四據《廣記》輯入，題《狐變爲奴》。

引用與參考書目

周易正義　〔唐〕孔穎達疏，《十三經注疏》本，中華書局影印，一九八三
周易乾鑿度　〔漢〕鄭玄注，《景印文淵閣四庫全書》本
周易口義　〔宋〕胡瑗撰，《景印文淵閣四庫全書》本
漢上易傳　〔宋〕朱震撰，《景印文淵閣四庫全書》本
尚書正義　〔漢〕孔氏傳，〔唐〕孔穎達疏，《十三經注疏》本，中華書局影印，一九八三
尚書大傳　〔漢〕伏勝撰，〔漢〕鄭玄注，《四部叢刊初編》景印左海文集本
尚書精義　〔宋〕黄倫撰，《叢書集成初編》排印《經苑》本
儀禮注疏　〔漢〕鄭玄注，〔唐〕賈公彦疏，《十三經注疏》本，中華書局影印，一九八三
禮記正義　〔漢〕鄭玄注，〔唐〕孔穎達疏，《十三經注疏》本，中華書局影印，一九八三
大戴禮記　〔漢〕戴德撰，《景印文淵閣四庫全書》本
毛詩正義　〔漢〕毛亨傳，鄭玄箋，〔唐〕孔穎達疏，《十三經注疏》本，中華書局影印，一九八三
韓詩外傳集釋　〔漢〕韓嬰撰，許維遹校釋，中華書局，一九八〇
詩總聞　〔宋〕王質撰，《武英殿聚珍版叢書》本

春秋左傳正義　〔晉〕杜預注，〔唐〕孔穎達疏，《十三經注疏》本，中華書局影印，一九八三
御定〔康熙〕孝經衍義　〔清〕葉方藹、張英等撰，《景印文淵閣四庫全書》本
爾雅注疏　〔晉〕郭璞注，〔宋〕邢昺疏，《十三經注疏》本，中華書局影印，一九八三
小爾雅　〔漢〕孔鮒撰，〔宋〕宋咸注，《顧氏文房小説》本
方言　〔漢〕揚雄撰，〔晉〕郭璞注，《四部叢刊初編》景印宋刊本
説文解字注　〔漢〕許慎撰，〔清〕段玉裁注，經韻樓刊本，上海古籍出版社影印，一九八一
釋名疏證補　〔漢〕劉熙撰，〔清〕王先謙疏證補，光緒二十二年刊本，上海古籍出版社影印，一九八四
廣雅　〔魏〕張揖撰，《叢書集成初編》排印《小學彙函》本，中華書局，一九八五
廣雅疏證　〔清〕王念孫撰，上海古籍出版社影印嘉慶刻本，一九八三
古今注　〔晉〕崔豹撰，《顧氏文房小説》本
玉篇　〔梁〕顧野王撰，〔唐〕孫强增補，〔宋〕陳彭年等重訂，《四部叢刊初編》景印元刊本
經典釋文　〔唐〕陸德明撰，《四部叢刊初編》景印通志堂刊本
一切經音義　〔唐〕釋玄應撰，《叢書集成初編》影印《海山仙館叢書》本
新修龍龕手鑑　〔遼〕釋行均撰，《四部叢刊續編》景印宋刊本
類篇　〔宋〕司馬光撰，汲古閣影宋鈔本，上海古籍出版社影印，一九八八

集韻　〔宋〕丁度等撰，《四部備要》排印《楝亭五種》本

鉅宋重修廣韻　〔宋〕陳彭年等撰，宋乾道五年刻本，上海古籍出版社影印，一九八三

埤雅　〔宋〕陸佃撰，《叢書集成初編》影印《五雅全書》本

爾雅翼　〔宋〕羅願撰，《學津討原》本

駢雅訓纂　〔明〕朱謀㙔撰，〔清〕魏茂林訓纂，清道光有不爲齋刊本

通雅　〔明〕方以智撰，清康熙姚文燮浮山此藏軒刻本，中國書店影印，一九九〇

康熙字典　〔清〕張玉書、陳廷敬等編纂，《景印文淵閣四庫全書》本

義府　〔清〕歙縣黃生撰，《景印文淵閣四庫全書》本

説文通訓定聲　〔清〕朱駿聲撰，臨嘯閣刊本，武漢市古籍書店影印，一九八三

逸周書（汲冢周書）　〔晉〕孔晁注，《四部叢刊初編》景印明嘉靖刊本

逸周書彙校集注（修訂本）　黃懷信、張懋鎔、田旭東撰，上海古籍出版社，二〇一一

戰國策箋注　張清常、王延棟箋注，南開大學出版社，一九九三

史記　〔漢〕司馬遷撰，〔南朝宋〕裴駰集解，〔唐〕司馬貞索隱，〔唐〕張守節正義，中華書局點校本，一九七五

漢書　〔漢〕班固撰，〔唐〕顏師古注，中華書局點校本，一九八七

東觀漢記　〔漢〕劉珍等撰，《叢書集成初編》排印《聚珍版叢書》本，中華書局，一九八五
越絶書　〔漢〕袁康、吴平撰，《四部叢刊初編》景印明雙柏堂刊本
襄陽耆舊記校補　〔晉〕習鑿齒撰，黄惠賢校補，中州古籍出版社，一九八七
後漢書　〔南朝宋〕范曄撰，〔唐〕李賢等注，中華書局點校本，一九八七
三國志　〔晉〕陳壽撰，〔南朝宋〕裴松之注，中華書局點校本，一九八七
晉書　〔唐〕房玄齡等撰，中華書局點校本，一九八七
宋書　〔梁〕沈約撰，中華書局點校本，一九八七
南齊書　〔梁〕蕭子顯撰，中華書局點校本，一九八七
梁書　〔唐〕姚思廉撰，中華書局點校本，一九八七
陳書　〔唐〕姚思廉撰，中華書局點校本，一九八七
魏書　〔北齊〕魏收撰，中華書局點校本，一九八七
北齊書　〔唐〕李百藥撰，中華書局點校本，一九八七
周書　〔唐〕令狐德棻等撰，中華書局點校本，一九八七
南史　〔唐〕李延壽撰，中華書局點校本，一九八七
北史　〔唐〕李延壽撰，中華書局點校本，一九八七
隋書　〔唐〕魏徵等撰，中華書局點校本，一九八七

通典　〔唐〕杜佑撰，商務印書館《萬有文庫》本，中華書局影印，一九八四
唐六典　〔唐〕李林甫等撰，陳仲夫點校，中華書局，二〇〇五
大業雜記輯校　〔唐〕韋述、杜寶撰，辛德勇輯校，三秦出版社，二〇〇六
建康實録　〔唐〕許嵩撰，張忱石點校，中華書局，一九八六
順宗實録　〔唐〕韓愈撰，《叢書集成初編》排印《海山仙館叢書》本
重修承旨學士壁記　〔唐〕丁居晦等撰，《知不足齋叢書》本
蠻書校注　〔唐〕樊綽撰，向達校注，中華書局，一九六二
舊唐書　〔後晉〕劉昫等撰，中華書局點校本，一九八六
舊唐書疑義　〔清〕張道撰，《正覺樓叢刻》本
新唐書　〔宋〕歐陽修、宋祁撰，中華書局點校本，一九八六
唐會要　〔宋〕王溥撰，武英殿聚珍版本，中華書局影印，一九九〇；《景印文淵閣四庫全書》本
郎官石柱題名　〔清〕趙魏録，《讀畫齋叢書》本
唐大詔令集　〔宋〕宋敏求編，商務印書館，一九五九
舊五代史　〔宋〕薛居正等撰，中華書局點校本，一九八六
新五代史　〔宋〕歐陽修撰，中華書局點校本，一九八六
五代史補　〔宋〕陶岳撰，《豫章叢書》本

吴越備史　舊題〔宋〕范垌、林禹撰，《四部叢刊續編》景印吴枚菴手鈔本
蜀檮杌　〔宋〕張唐英撰，《學海類編》本
馬氏南唐書　〔宋〕馬令撰，《四部叢刊續編》景印明刊本
陸氏南唐書　〔宋〕陸游撰，《四部叢刊續編》景印明鈔本
江南野史　〔宋〕龍衮撰，《豫章叢書》本
十國春秋　〔清〕吴任臣撰，徐敏霞、周瑩點校，中華書局，一九八三
資治通鑑　〔宋〕司馬光撰，〔元〕胡三省音注，清胡克家刊本，上海古籍出版社影印，一九八七；古籍出版社點校本，一九五六
資治通鑑考異　〔宋〕司馬光撰，《四部叢刊初編》景印宋刊本，《景印文淵閣四庫全書》本
續資治通鑑長編　〔宋〕李燾撰，中華書局點校本，一九九五
通志　〔宋〕鄭樵撰，商務印書館《萬有文庫》本，中華書局影印，一九八七
通志略　〔宋〕鄭樵撰，上海古籍出版社影印，一九九〇
路史　〔宋〕羅泌撰，羅苹注，《四部備要》本，《景印文淵閣四庫全書》本
六朝事迹編類　〔宋〕張敦頤撰，張忱石點校，上海古籍出版社，一九九五；《景印文淵閣四庫全書》本
古今考　〔宋〕魏了翁撰，明崇禎九年刻本
三國史記　〔高麗〕金富軾撰，〔韓國〕李丙燾校勘，韓國乙酉文化社，一九八〇

三國遺事　〔高麗〕一然撰，《大正新脩大藏經》本
新訂三國遺事　〔高麗〕一然撰，〔韓國〕崔南善新訂，韓國三中堂書店，一九四三
宋史　〔元〕脱脱等撰，中華書局點校本，一九七七
文獻通考　〔元〕馬端臨撰，商務印書館《萬有文庫》本，中華書局影印，一九八六
安南志略　〔越〕黎崱撰，武尚清點校，中華書局，一九九五
浦陽人物記　〔明〕宋濂撰，《知不足齋叢書》本
增修毗陵人品記　〔明〕吴亮撰，毗陵毛氏重刊本，一九三六
吴中人物志　〔明〕張昶撰，明隆慶刻本
三國史節要　〔朝鮮〕徐居正、盧思慎等撰，韓國亞細亞文化社影印，一九七三
青莊館全書　〔朝鮮〕李德懋撰，韓國民族文化促進會，一九八三
明史　〔清〕張廷玉等撰，中華書局點校本，一九八六
繹史　〔清〕馬驌撰，王利器整理，中華書局，二〇〇二
三輔黄圖校釋　何清谷校釋，中華書局，二〇〇六
水經注　〔北魏〕酈道元撰，陳橋驛點校，上海古籍出版社，一九九〇
洛陽伽藍記校箋　〔北魏〕楊衒之撰，楊勇校箋，中華書局，二〇一〇

元和郡縣圖志　〔唐〕李吉甫撰，賀次君點校，中華書局，一九八三
吴地記　〔唐〕陸廣微撰，《古今逸史》本
桂林風土記　〔唐〕莫休符撰，《叢書集成初編》排印《學海類編》本，《景印文淵閣四庫全書》本
北户録　〔唐〕段公路撰，《叢書集成初編》排印《十萬卷樓叢書》本
嶺表録異　〔唐〕劉恂撰，魯迅校勘，廣東人民出版社，一九八三
太平寰宇記　〔宋〕樂史撰，王文楚等點校，中華書局，二〇〇七；《景印文淵閣四庫全書》本
長安志　〔宋〕宋敏求撰，《叢書集成初編》排印《經訓堂叢書》本
長安志圖　〔元〕李好文撰，《叢書集成初編》排印《經訓堂叢書》本
類編長安志　〔元〕駱天驤撰，黄永年點校，中華書局，一九九〇
岳陽風土記　〔宋〕范致明撰，《百川學海》本，《景印文淵閣四庫全書》本
元豐九域志　〔宋〕王存撰，王文楚、魏嵩山點校，中華書局，一九八四
廬山記　〔宋〕陳舜俞撰，《守山閣叢書》本
輿地廣記　〔宋〕歐陽忞撰，《叢書集成初編》排印《士禮居叢書》本
雍録　〔宋〕程大昌撰，黄永年點校，中華書局，二〇〇二
南嶽總勝集　〔宋〕陳田夫撰，《宛委别藏》本
吴郡志　〔宋〕范成大撰，陸振岳校點，江蘇古籍出版社，一九九九

輿地紀勝 〔宋〕王象之撰，道光二十九年刊本，中華書局影印，二〇〇三

輿地碑記目 〔宋〕王象之撰，《景印文淵閣四庫全書》本

輿地紀勝補闕 〔清〕岑建功輯，道光二十九年懼盈齋刻本

方輿勝覽 〔宋〕祝穆撰，祝洙增訂，施和金點校，中華書局，二〇〇三

新安志 〔宋〕羅願撰，清嘉慶十七年刻本，《宋元方志叢刊》影印，中華書局，一九九〇

剡録 〔宋〕高似孫撰，清道光八年刻本，《宋元方志叢刊》影印，中華書局，一九九〇

雲間志 〔宋〕朱端常等撰，清嘉慶十九年刻本，《宋元方志叢刊》影印，中華書局，一九九〇

淳熙三山志 〔宋〕梁克家撰，明崇禎十一年刻本，《宋元方志叢刊》影印，中華書局，一九九〇

嘉泰會稽志 〔宋〕施宿等撰，清嘉慶十三年重刊本

寶慶會稽續志 〔宋〕張淏撰，清嘉慶十三年刊本，《宋元方志叢刊》影印，中華書局，一九九〇

嘉定鎮江志 〔宋〕盧憲撰，清道光二十二年刻本，《宋元方志叢刊》影印，中華書局，一九九〇

至順鎮江志 〔元〕俞希魯撰，清道光二十二年刻本，《宋元方志叢刊》影印，中華書局，一九九〇

嘉泰吴興志 〔宋〕談鑰撰，《吴興叢書》本，《宋元方志叢刊》影印，中華書局，一九九〇

嘉定赤城志 〔宋〕陳耆卿撰，清嘉慶二十三年刊本，《宋元方志叢刊》影印，中華書局，一九九〇

淳祐玉峰志 〔宋〕凌萬頃等撰，清宣統元年刻本，《宋元方志叢刊》影印，中華書局，一九九〇

景定建康志 〔宋〕周應合撰，清嘉慶六年刊本，《宋元方志叢刊》影印，中華書局，一九九〇

咸淳毗陵志 〔宋〕史能之撰，清嘉慶二十五年刊本，《中國方志叢書》影印，台北成文出版社有限公司，一九八三

咸淳臨安志 〔宋〕潛説友撰，清道光十年錢塘汪氏振綺堂刊本，《宋元方志叢刊》影印，中華書局，一九九〇

至元嘉禾志 〔元〕徐碩撰，清道光十九年刻本，《宋元方志叢刊》影印，中華書局，一九九〇

至正崑山郡志 〔元〕楊譓撰，宣統元年刻本，《宛委别藏》本

至正金陵新志 〔元〕張鉉撰，《景印文淵閣四庫全書》本

河朔訪古記 〔元〕納新撰，《武英殿聚珍版書》本

齊乘校釋 〔元〕于欽撰，劉敦願等校釋，中華書局，二〇一二

明一統志 〔明〕李賢等撰，《景印文淵閣四庫全書》本

弘治八閩通志 〔明〕陳道撰，明弘治刻本

京口三山志 〔明〕張萊撰，明正德七年刊本

正德袁州府志 〔明〕嚴嵩撰，明正德刊本，上海古籍書店影印，一九六三

正德姑蘇志 〔明〕王鏊撰，明正德刻嘉靖續修本

正德松江府志 〔明〕顧清撰，明正德七年刊本

嘉靖池州府志 〔明〕王崇撰，明嘉靖刊本，上海古籍書店影印，一九六二

蜀中廣記　〔明〕曹學佺撰，《景印文淵閣四庫全書》本
閩書　〔明〕何喬遠撰，福建人民出版社，一九九四
桂勝　〔明〕張鳴鳳撰，《景印文淵閣四庫全書》本
桂故　〔明〕張鳴鳳撰，《景印文淵閣四庫全書》本
赤雅　〔明〕鄺露撰，《知不足齋叢書》本
吴興備志　〔明〕董斯張撰，《吴興叢書》本
天台山全志　〔明〕張聯元輯，清康熙刻本
吴中水利全書　〔明〕張國維撰，廣陵書社，二〇〇六
大清一統志　〔清〕乾隆敕撰，《景印文淵閣四庫全書》本
江南通志　〔清〕趙宏恩等修，《景印文淵閣四庫全書》本
浙江通志　〔清〕嵇曾筠等修，《景印文淵閣四庫全書》本
山西通志　〔清〕覺羅石麟等修，《景印文淵閣四庫全書》本
陝西通志　〔清〕劉於義等修，《景印文淵閣四庫全書》本
江西通志　〔清〕謝旻等修，《景印文淵閣四庫全書》本
湖廣通志　〔清〕邁柱等修，《景印文淵閣四庫全書》本
湖南通志　〔清〕曾國荃等撰，光緒十一年刊本

重修寶應縣志　〔清〕孟毓蘭修，清道光二十年刊本，《中國方志叢書》，台北成文出版社有限公司，一九八三

寶應縣圖經　〔清〕劉寶楠撰，清道光二十八年刊本，《中國方志叢書》，台北成文出版社有限公司，一九七〇

民國寶應縣志　趙邦楨等修纂，一九三二年鉛印本，《中國地方志集成·江蘇府縣輯》，鳳凰出版社，二〇〇七

歲時廣記　〔宋〕陳元靚編，《叢書集成初編》排印《十萬卷樓叢書》本

老子　〔晉〕王弼注，《諸子集成》本，中華書局影印，一九八六

管子校正　〔唐〕尹知章注，〔清〕戴望校正，《諸子集成》本，中華書局影印，一九八六

晏子春秋校注　張純一校注，《諸子集成》本，中華書局影印，一九八六

論語正義　〔清〕劉寶楠正義，《諸子集成》本，中華書局影印，一九八六

莊子集釋　〔晉〕郭象注，〔唐〕成玄英疏，陸德明釋文，〔清〕郭慶藩集釋，《諸子集成》本，中華書局影印，一九八六

列子　〔晉〕張湛注，《諸子集成》本，中華書局影印，一九八六；〔唐〕盧重玄解，清嘉慶九年秦恩復石

研齋刻本

孟子正義　〔漢〕趙岐注，〔清〕焦循正義，《諸子集成》本，中華書局影印，一九八六

孟子纂疏　〔宋〕趙順孫撰，《景印文淵閣四庫全書》本

孟子集注　〔宋〕朱熹注，世界書局本，上海古籍出版社影印，一九八七

荀子集解　〔戰國〕荀卿撰，〔唐〕楊倞注，〔清〕王先謙集解，《諸子集成》本，中華書局影印，一九八六

慎子　〔戰國〕慎到撰，〔清〕錢熙祚校，《諸子集成》本，中華書局影印，一九八六

吕氏春秋　〔戰國〕吕不韋撰，〔漢〕高誘注，《諸子集成》本，中華書局影印，一九八六

韓非子集解　〔戰國〕韓非撰，〔清〕王先慎集解，《諸子集成》本，中華書局影印，一九八六

新語　〔漢〕陸賈撰，《諸子集成》本，中華書局影印，一九八六

淮南子　〔漢〕劉安撰，高誘注，《諸子集成》本，中華書局影印，一九八六

鹽鐵論　〔漢〕桓寬撰，《諸子集成》本，中華書局影印，一九八六

白虎通德論（白虎通義）　〔漢〕班固撰，《四部叢刊初編》景印元刊本

中論　〔漢〕徐幹撰，《四部叢刊初編》景印明刊本

孔子家語　〔三國魏〕王肅注，《四部叢刊初編》景印明翻宋本

人物志　〔三國魏〕劉邵撰，〔西涼〕劉昞注，《四部叢刊初編》景印明正德刊本

顔氏家訓　〔隋〕顔之推撰，《諸子集成》本，中華書局影印，一九八六

文中子中説　〔隋〕王通撰，《四部叢刊初編》景印宋刊本
意林　〔唐〕馬總編，《四部叢刊初編》景印武英殿聚珍版本
疑獄集　〔五代〕和凝、和㠓撰，〔明〕張景補撰，《景印文淵閣四庫全書》本
折獄龜鑑　〔宋〕鄭克撰，《墨海金壺》本
棠陰比事　〔宋〕桂萬榮撰，〔明〕吴訥删補，《四部叢刊續編》景印景元鈔本
棠陰比事附録　〔明〕吴訥撰，《景印文淵閣四庫全書》本
補疑獄集　〔明〕張景撰，《景印文淵閣四庫全書》本
北堂書鈔　〔唐〕虞世南編，光緒十四年南海孔廣陶校刊本
藝文類聚　〔唐〕歐陽詢編，汪紹楹校，上海古籍出版社，一九八二
龍筋鳳髓判　〔唐〕張鷟撰，《學津討原》本
初學記　〔唐〕徐堅等編，中華書局點校本，一九八〇
白孔六帖　〔唐〕白居易編，闕名注，〔宋〕孔傳續編（名後六帖），《景印文淵閣四庫全書》本，上海古籍出版社影印，一九九二
太平廣記　〔宋〕李昉等編，汪紹楹點校本，中華書局，一九八一；民國景印嘉靖談愷刻本；乾隆十八

年黄晟校刊袖珍本；《景印文淵閣四庫全書》本，上海古籍出版社影印，一九九〇；《筆記小説大觀》本，江蘇廣陵古籍刻印社影印，一九八三

太平廣記鈔　〔宋〕李昉等編，〔明〕馮夢龍評纂，陳朝暉、鍾錫南點校，團結出版社，一九九六

太平廣記校勘記　嚴一萍校勘，台北藝文印書館，一九七〇

太平廣記詳節　〔朝鮮〕成任編，〔韓國〕金長焕、朴在淵、李來宗編，韓國首爾學古房影印，二〇〇五

太平廣記會校　〔宋〕李昉等編，張國風會校，北京燕山出版社，二〇一一

太平御覽　〔宋〕李昉等編，中華書局影印宋刊本，一九八五；《景印文淵閣四庫全書》本

事類賦注　〔宋〕吴淑撰，冀勤等校點，上海古籍出版社，一九八九

物類相感志　〔宋〕贊寧撰，明鈔本

册府元龜　〔宋〕王欽若等編，明崇禎十五年刊本，中華書局影印，一九六〇

晏元獻公類要　〔宋〕晏殊編，四世孫晏袤補闕，《四庫全書存目叢書》影印清鈔本

海録碎事　〔宋〕葉廷珪編，李之亮校點，中華書局，二〇〇二

錦繡萬花谷　〔宋〕闕名編，《北京圖書館古籍珍本叢刊》影印宋刻本，配明刻本，一九八七；明嘉靖丙申刻本，台北新興書局影印，一九六九；上海古籍出版社影印《景印文淵閣四庫全書》本，一九九一

錦繡萬花谷別集　〔宋〕闕名編，《續修四庫全書》影印宋刊本

姬侍類偶　〔宋〕周守忠編，《四庫全書存目叢書》影印明鈔本，齊魯書社，一九九五

記纂淵海　〔宋〕潘自牧編，中華書局影印宋刻本，一九八八；《景印文淵閣四庫全書》本（明萬曆重編百卷本）

莆陽比事　〔宋〕李俊甫撰，《宛委別藏》本

事林廣記　〔宋〕陳元靚編，元刻本、日本元禄翻刻本，中華書局影印，一九九九

新編古今事文類聚　〔宋〕祝穆、〔元〕富大用、祝淵編，明萬曆甲辰金谿唐富春精校補遺重刻本，日本京都市中文出版社景印，一九八二；乾隆二十八年重刻本；《景印文淵閣四庫全書》本

古今合璧事類備要　〔宋〕謝維新編，明嘉靖三十五年摹宋刻本，台北新興書局有限公司影印，一九七四；《景印文淵閣四庫全書》本

六帖補　〔宋〕楊伯嵒編，《景印文淵閣四庫全書》本

全芳備祖　〔宋〕陳景沂編，日藏宋刻本、徐氏積學齋鈔本，《中國農學珍本叢刊》影印，農業出版社，一九八二

玉海　〔宋〕王應麟撰，《景印文淵閣四庫全書》本

韻府群玉　〔元〕陰幼遇（勁弦）、陰幼達（復春）編，《景印文淵閣四庫全書》本

群書通要　〔元〕闕名編，《宛委別藏》本

永樂大典　〔明〕解縉、姚廣孝等編，中華書局影印本，一九八六

海外新發現永樂大典十七卷　上海辭書出版社，二〇〇三
群書類編故事　〔明〕王罃編，《宛委别藏》本，江蘇廣陵古籍刻印社影印，一九九〇
天中記　〔明〕陳耀文編，光緒四年聽雨山房重刻本，江蘇廣陵古籍刻印社影印，一九八八；《景印文淵閣四庫全書》本
太平通載　〔朝鮮〕成任編，〔韓國〕李來宗、朴在淵主編，韓國首爾學古房影印，二〇〇九
新編古今奇聞類紀　〔明〕施顯卿編，明萬曆四年刊本，《四庫全書存目叢書》影印，齊魯書社，一九九五
大東韻府群玉　〔朝鮮〕權文海編，朝鮮正祖二十二年丁範祖序刻本
榕陰新檢　〔明〕徐𤊹編，明萬曆三十四年刻本，《四庫全書存目叢書》影印，齊魯書社，一九九五
圖書編　〔明〕章潢撰，明萬曆刻本
駢志　〔明〕明陳禹謨編，明萬曆三十四年刻本
山堂肆考　〔明〕彭大翼編，明萬曆三十二年刻本，《景印文淵閣四庫全書》本
廣博物志　〔明〕董斯張編，明萬曆四十五年蔣禮高暉堂刻本，岳麓書社影印，一九九一
淵鑑類函　〔清〕張英等編，《景印文淵閣四庫全書》本
格致鏡原　〔清〕陳元龍編，《景印文淵閣四庫全書》本
五色線集（五色線）　〔宋〕闕名編，明弘治刻本，《四庫全書存目叢書》影印，齊魯書社，一九九五；《津

逮祕書》本

續談助　〔宋〕晁載之編，清光緒十三年序刻本

紺珠集　〔宋〕朱勝非編，明天順刻本，《景印文淵閣四庫全書》本

類説　〔宋〕曾慥編，明天啓六年刻本，文學古籍刊行社影印，一九五五；嚴一萍校訂本（以天啓六年刊本爲底本，以明嘉靖伯玉翁舊鈔本校訂），台灣藝文印書館，一九七〇；《景印文淵閣四庫全書》本

補侍兒小名録　〔宋〕王銍編，《叢書集成初編》排印《稗海》本

續補侍兒小名録　〔宋〕温豫編，《叢書集成初編》排印《稗海》本

侍兒小名録拾遺　〔宋〕張邦幾編，《叢書集成初編》排印《稗海》本

説郛　〔元〕陶宗儀編，涵芬樓張宗祥校明鈔本，中國書店影印，一九八六

説郛校勘記　張宗祥撰，據休寧汪季清家藏明抄殘本校，張宗祥校明鈔本《説郛》附，《説郛三種》，上海古籍出版社，一九八八

虞初志（八卷本）　〔明〕陸采編，明弦歌精舍如隱草堂刻本，《續修四庫全書》影印；明刻本，《四庫全書存目叢書》影印

虞初志（凌性德刊七卷本）　〔明〕陸采編，上海掃葉山房排印本，中國書店影印，一九八六

古今説海　〔明〕陸楫等編，清道光元年邵松岩重刊嘉靖二十三年刊本，《景印文淵閣四庫全書》本

顧氏文房小説　〔明〕顧元慶編刊，上海涵芬樓影印本，一九二五

廣四十家小説　〔明〕顧元慶編刊，上海文明書局石印本，一九一五

説郛（重編説郛）　舊題〔明〕陶珽編，清順治四年宛委山堂刊本，《説郛三種》影印，上海古籍出版社，一九八八

豔異編（四十五卷本）　明刊本

豔異編（四十卷本）　舊題〔明〕王世貞編，明刊本，《古本小説集成》影印，上海古籍出版社，一九九〇

廣豔異編　〔明〕吴大震編，明刊本，《續修四庫全書》影印

續豔異編　明刊本，《古本小説集成》影印，上海古籍出版社，一九九〇

劍俠傳　〔明〕闕名編，《古今逸史》本；明隆慶三年履謙子刻本，《四庫全書存目叢書》影印，齊魯書社，一九九五

合刻三志　〔明〕冰華居士編，明刊本

剪燈叢話　〔明〕自好子編，明刊本

續百川學海　〔明〕吴永編，明刊本

廣百川學海　〔明〕馮可賓編，明刊本

五朝小説　〔明〕闕名編，清刊本

五朝小説大觀　上海掃葉山房石印本，一九二六

緑窗女史　〔明〕秦淮寓客編，明刊本，《明清善本小説叢刊初編》景印，台灣天一出版社，一九八五

逸史搜奇　〔明〕汪雲程編，明刊本，《四庫全書存目叢書》影印，齊魯書社，一九九五

唐宋叢書　〔明〕鍾人傑、張遂辰編，明刊本

青泥蓮花記　〔明〕梅鼎祚編，明萬曆三十年鹿角山房刻本，《四庫全書存目叢書》影印，齊魯書社，一九九五

才鬼記　〔明〕梅鼎祚編，明萬曆三十三年蟫隱居刻《三才靈記》本，《四庫全書存目叢書》影印，齊魯書社，一九九五

新刻稗家粹編　〔明〕胡文焕編，《胡氏粹編》五種，萬曆二十二年刊本，《北京圖書館古籍珍本叢刊》影印，書目文獻出版社，一九八八；向志柱點校本，中華書局，二〇一〇

新刻公餘勝覽國色天香　〔明〕吴敬所編輯，萬曆刊本

新刻芸窗彙爽萬錦情林　〔明〕余象斗纂，萬曆刊本

新刻增補燕居筆記　〔明〕林近陽增補，明刊本，《古本小説集成》影印，上海古籍出版社，一九九〇

重刻增補燕居筆記　〔明〕何大掄增補，明刊本，《古本小説集成》影印，上海古籍出版社，一九九〇

增補批點圖像燕居筆記　〔明〕馮夢龍增補，明刊本，《古本小説集成》影印，上海古籍出版社，一九九〇

唐荆川先生稗編（稗編）　〔明〕唐順之編，明萬曆九年刻本，《景印文淵閣四庫全書》本

古今逸史　〔明〕吴琯編，上海涵芬樓景明刻本

歷代小史　〔明〕李栻編，上海涵芬樓景明刻本

稗海　〔明〕商濬編刊，清康熙振鷺堂據萬曆商濬半埜堂刊本重刊本

蟫衣生劍記　〔明〕郭子章編，《寶顔堂祕笈》本

蟫衣生馬記　〔明〕郭子章編，《寶顔堂祕笈》本

虎苑　〔明〕王穉登輯，《續修四庫全書》影印萬曆十二年吴氏蕭疏齋刻本

虎薈　〔明〕陳繼儒輯，《寶顔堂祕笈》本

狐媚叢談　〔明〕憑虚子編，明萬曆刊本

情史類略　〔明〕詹詹外史輯，明刊本，《馮夢龍全集》影印，上海古籍出版社，一九九三

古今譚概（古今笑）　〔明〕馮夢龍編，明葉昆池刊本，文學古籍刊行社影印，一九五五；河北人民出版社點校本，一九八五

智囊補　〔明〕馮夢龍輯，明積秀堂刻本，《四庫全書存目叢書》影印

雪窗談異　託名〔明〕楊循吉輯，宗文、吴岩、若遠點校，山西人民出版社，一九九二

删補文苑楂橘　〔朝鮮〕闕名選編，韓國成和大學校中文系影印朝鮮活字本，一九九四

唐人説薈（唐代叢書）　〔清〕蓮塘居士（陳世熙）編，同治八年連元閣刻本，民國二年上海掃葉山房石印本

龍威秘書　〔清〕馬俊良編，乾隆五十九年石門馬氏刊本

藝苑捃華　〔清〕顧之逵編，同治七年序刊本

無一是齋叢鈔　〔清〕闕名編，宣統元年夢梅仙館刊本
香豔叢書　〔清〕蟲天子編，宣統中國學扶輪社排印本，上海書店影印，一九九一
唐開元小説六種　〔清〕葉德輝編校，宣統三年葉氏觀古堂刊本
古今説部叢書　上海國學扶輪社編，宣統民國中國學扶輪社排印本
晉唐小説六十種　俞建卿編訂，上海廣益書局民國四年石印本
説庫　王文濡編，上海文明書局民國四年石印本，浙江古籍出版社影印，一九八六
筆記小説大觀　上海進步書局石印本，江蘇廣陵古籍刻印社影印，一九八三
宋人小説　上海涵芬樓編印，上海書店影印，一九九〇
舊小説　吴曾祺編，商務印書館，一九五七
唐宋傳奇集　魯迅校録，《魯迅輯録古籍叢編》第二卷，人民文學出版社，一九九九
唐宋傳奇集校記　文學古籍刊行社，一九五六
唐人小説　汪辟疆校録，上海古籍出版社，一九八三
唐宋傳奇選　張友鶴選注，人民文學出版社，一九七九
唐代小説選　徐士年選注，中州書畫社，一九八二
唐人小説校釋上集　王夢鷗校釋，台灣正中書局，一九九四
唐人小説校釋下集　王夢鷗校釋，台灣正中書局，一九九六

全唐五代小説　李時人編校，陝西人民出版社，一九九八

穆天子傳　〔清〕洪頤煊校，《四部備要》本
山海經廣注　〔清〕吴任臣撰，清康熙刻本
山海經校注　袁珂校注，上海古籍出版社，一九八〇
新序詳注　〔漢〕劉向撰，趙仲邑注，中華書局，一九九七
新序校釋　〔漢〕劉向撰，石光瑛校釋，陳新整理，中華書局，二〇〇一
西京雜記校注　〔漢〕劉歆撰，〔晉〕葛洪集，劉克任校注，上海古籍出版社，一九九一
海内十洲記（十洲記）　〔漢〕闕名撰，《顧氏文房小説》本
拾遺記　〔晉〕王嘉撰，〔梁〕蕭綺録，齊治平校注，中華書局，一九八一
搜神記　〔晉〕干寶撰，汪紹楹校注，中華書局，一九七九
新輯搜神記　新輯搜神後記　李劍國輯校，中華書局，二〇一二
異苑　〔南朝宋〕劉敬叔撰，范寧校點，中華書局，一九九六
世説新語箋疏　〔南朝宋〕劉義慶撰，〔梁〕劉孝標注，余嘉錫箋疏，中華書局，一九八三
述異記（新述異記）　〔梁〕任昉撰，《隨盦徐氏叢書》本
搜神記　〔唐〕句道興撰，《敦煌變文集》，王重民等編，人民文學出版社，一九八四；《敦煌零拾》，羅振

玉編輯印行，一九二四

搜神記（八卷本）　《稗海》本，《搜神後記》附録，中華書局，一九八一

冥報記　〔唐〕唐臨撰，《大正新脩大藏經》卷五一排印本；《大藏新纂卍續藏經》卷八八排印本；《前田家尊經閣叢刊》影印本；方詩銘輯校，中華書局，一九九二

冥報記輯書　〔日本〕佐佐木憲德輯，《大藏新纂卍續藏經》卷八八，台北市白馬精舍印經會印本

遊仙窟　〔唐〕張鷟撰，日本金剛寺藏舊鈔殘本，醍醐寺藏舊鈔本，真福寺藏舊鈔本，陽明文庫藏舊鈔本，慶安五年刻本，元禄三年刻本（《遊仙窟鈔》五卷），《續修四庫全書》影印清鈔本，一九二八年陳乃乾《古佚小説叢刊》初集本，一九二九年北新書局排印川島（章廷謙）校點本，汪辟疆《唐人小説》校録本，一九五五年上海中國古典文學出版社方詩銘校注本，一九九〇年商務印書館《近代漢語語法資料彙編·唐五代卷》劉堅校本

遊仙窟校注　〔唐〕張鷟撰，李時人、詹緒左校注，中華書局，二〇一〇

朝野僉載　〔唐〕張鷟撰，《寶顔堂祕笈》本；趙守儼點校本，中華書局，一九七九

隋唐嘉話　〔唐〕劉餗撰，程毅中點校，中華書局，一九七九

教坊記　〔唐〕崔令欽撰，古典文學出版社，一九五七

廣異記　〔唐〕戴孚撰，方詩銘輯校，中華書局，一九九二

大唐新語　〔唐〕劉肅撰，許德楠、李鼎霞點校，中華書局，一九八四

唐國史補　〔唐〕李肇撰，上海古籍出版社，一九七九
集異記　〔唐〕薛用弱撰，《顧氏文房小説》本；《景印文淵閣四庫全書》本；中華書局點校本，一九八〇
次柳氏舊聞　〔唐〕李德裕撰，《顧氏文房小説》本
定命録　〔唐〕鍾輅撰，《百川學海》本
大唐傳載　〔唐〕闕名撰，中華書局上海編輯所，一九五八
玄怪録　〔唐〕牛僧孺撰，明陳應翔刊本，《四庫全書存目叢書》影印；程毅中點校本，中華書局，一九八二
玄怪録（新版）　〔唐〕牛僧孺撰，程毅中點校，中華書局，二〇〇六
續玄怪録　〔唐〕李復言撰，宋尹家書籍鋪刊行本，《四庫全書存目叢書》影印；程毅中點校本，中華書局，一九八二
續玄怪録（新版）　〔唐〕李復言撰，程毅中點校，中華書局，二〇〇六
博異志　〔唐〕鄭還古撰，《顧氏文房小説》本；《景印文淵閣四庫全書》本；中華書局點校本，一九八〇
卓異記　舊題〔唐〕李翱撰，《顧氏文房小説》本
因話録　〔唐〕趙璘撰，上海古籍出版社，一九七九
明皇雜録　〔唐〕鄭處誨撰，田廷柱點校，中華書局，一九九四
松窗雜録　〔唐〕李濬撰，《顧氏文房小説》本

酉陽雜俎 〔唐〕段成式撰，《四部叢刊初編》景印明李雲鵠刊本；方南生點校本，中華書局，一九八一

羯鼓録 〔唐〕南卓撰，《守山閣叢書》本

樂府雜録 〔唐〕段安節撰，《守山閣叢書》本

劉賓客嘉話録 〔唐〕韋絢撰，《顧氏文房小説》本

集異志 舊題〔唐〕陸勳集，《寶顔堂祕笈》本；上海圖書館藏明鈔本，《四庫全書存目叢書》影印

甘澤謡 〔唐〕袁郊撰，《津逮祕書》本，《景印文淵閣四庫全書》本，《學津討原》本

宣室志 〔唐〕張讀撰，張永欽、侯志明點校，中華書局，一九八三；《稗海》本；《景印文淵閣四庫全書》本；《叢書集成初編》排印《稗海》本

獨異志 〔唐〕李冗（伉）撰，張永欽、侯志明點校，中華書局，一九八三

幽閑鼓吹 〔唐〕張固撰，中華書局上海編輯所，一九五八

杜陽雜編 〔唐〕蘇鶚撰，《稗海》本；中華書局上海編輯所，一九五八；陽羨生校點，《唐五代筆記小説大觀》，上海古籍出版社，二〇〇〇

蘇氏演義 〔唐〕蘇鶚撰，商務印書館，一九五六

裴鉶傳奇 〔唐〕裴鉶著，周楞伽輯注，上海古籍出版社，一九八〇

資暇集 〔唐〕李匡文撰，《顧氏文房小説》本

尚書故實 〔唐〕李綽撰，蕭逸校點，《唐五代筆記小説大觀》，上海古籍出版社，二〇〇〇

雲溪友議　〔唐〕范攄撰，《四部叢刊續編》景印明刊本，《稗海》本，《嘉業堂叢書》本，《景印文淵閣四庫全書》本

闕史　〔唐〕高彦休撰，《知不足齋叢書》本

本事詩　〔唐〕孟棨（啓）撰，《顧氏文房小説》本；《津逮祕書》本；《四庫全書》本；《歷代詩話續編》本；李學穎標點本，上海古籍出版社，一九九一

劇談録　〔唐〕康軿撰，《稽古堂叢刻》本；《景印文淵閣四庫全書》本；《貴池先哲遺書》本；古典文學出版社排印本，一九五八

南楚新聞　〔唐〕尉遲樞撰，《唐人説薈》本

桂苑叢談　〔唐〕嚴子休撰，民國石印《寶顔堂祕笈》本；《廣四十家小説》本；中華書局上海編輯所校點本，一九五八

史遺　〔唐〕闕名撰，《桂苑叢談》附，中華書局上海編輯所校點本，一九五八

東觀奏記　〔唐〕裴庭裕撰，田廷柱點校，中華書局，一九九四

三水小牘　〔唐〕皇甫枚撰，《宛委别藏》本，台灣商務印書館影印，一九八一；《雲自在龕叢書》本；中華書局上海編輯所校點本，一九五八

玉泉子　〔唐〕闕名撰，中華書局上海編輯所，一九五八

雲仙雜記（雲仙散録）　舊題〔唐〕馮贄撰，《四部叢刊續編》影印明刊本；張力偉點校本，中華書局，一

九九八

録異記　〔五代〕杜光庭撰，明正統《道藏》本，《津逮祕書》本

録異記輯校　王斌、崔凱、朱懷清校注，巴蜀書社，二〇一三

鐙下閑談　〔五代〕闕名撰，《適園叢書》本，《宋人小説》本

唐摭言　〔五代〕王定保撰，中華書局上海編輯所，一九五九；《景印文淵閣四庫全書》本

開元天寶遺事　〔五代〕王仁裕撰，《顧氏文房小説》本；《景印文淵閣四庫全書》本；曾貽芬點校本，中華書局，二〇〇六

王氏聞見録　〔五代〕王仁裕撰，陳尚君輯校，《五代史書彙編》（丙編）第十册，傅璇琮、徐海榮、徐吉軍主編，杭州出版社，二〇〇四

玉堂閑話　〔五代〕王仁裕撰，陳尚君輯校，《五代史書彙編》（乙編）第四册，傅璇琮、徐海榮、徐吉軍主編，杭州出版社，二〇〇四

玉堂閑話評注　蒲向明著，中國社會出版社，二〇〇七

鑑誡録　〔五代〕何光遠撰，《學海類編》本，《景印文淵閣四庫全書》本，《知不足齋叢書》本，《學津討原》本

鑒誡録校注　鄧星亮、鄔宗玲、楊梅校注，巴蜀書社，二〇一一

金華子雜編　〔五代〕劉崇遠撰，《叢書集成初編》排印《讀畫齋叢書》本

中朝故事　〔五代〕尉遲偓撰，中華書局上海編輯所，一九五八
北夢瑣言　〔五代〕孫光憲撰，林艾園校點，上海古籍出版社，一九八一
稽神録　〔五代〕徐鉉撰，《學津討原》本；上海涵芬樓《宋人小説》排印本；白化文點校本，中華書局，一九九六
清異録　舊題〔宋〕陶穀撰，《寶顔堂祕笈》本
南唐近事　〔宋〕鄭文寶撰，《寶顔堂祕笈》本
江淮異人録　〔宋〕吴淑撰，明正統《道藏》本，《廣四十家小説》本，《知不足齋叢書》本
廣卓異記　〔宋〕樂史撰，《筆記小説大觀》本，江蘇廣陵古籍刻印社，一九八三
茅亭客話　〔宋〕黄休復撰，《學津討原》本
賈氏談録　〔宋〕張洎撰，《守山閣叢書》本
南部新書　〔宋〕錢易撰，黄壽成點校，中華書局，二〇〇二
宋景文筆記　〔宋〕宋祁撰，《景印文淵閣四庫全書》本
角力記　〔宋〕調露子撰，《叢書集成初編》排印《琳琅祕室叢書》本
近事會元　〔宋〕李上交撰，《守山閣叢書》本
友會談叢　〔宋〕上官融撰，《宛委别藏》本
續世説　〔宋〕孔平仲撰，《守山閣叢書》本

唐語林校證　〔宋〕王讜撰，周勛初校證，中華書局，一九八七

文昌雜録　〔宋〕龐元英撰，中華書局上海編輯所，一九五八

夢溪筆談校證　〔宋〕沈括撰，胡道静校注，中華書局，一九六二

湘山野録　〔宋〕文瑩撰，鄭世剛、楊立揚點校，中華書局，一九八四

東坡志林　〔宋〕蘇軾撰，《稗海》本（十二卷本）；王松齡點校（五卷本），中華書局，一九八一

仇池筆記　〔宋〕蘇軾撰，明天啓六年刊《類説》本，文學古籍刊行社影印，一九五五

漁樵閒話録　舊題〔宋〕蘇軾撰，《寶顔堂祕笈》本

青瑣高議　〔宋〕劉斧撰輯，上海古籍出版社，一九八三；《四庫全書存目叢書》影印清紅藥山房鈔本

冷齋夜話　〔宋〕惠洪撰，《學津討原》本

東觀餘論　〔宋〕黄伯思撰，《津逮祕書》本

賓賓録　〔宋〕馬永易撰，《景印文淵閣四庫全書》本

鐵圍山叢談　〔宋〕蔡絛撰，馮惠民、沈錫麟點校，中華書局，一九八三

楓窗小牘　〔宋〕袁褧撰，袁頤續，《寶顔堂祕笈》本

甕牖閒評　〔宋〕袁文撰，李偉國校點，上海古籍出版社，一九八五

雞肋編　〔宋〕莊綽撰，蕭魯陽點校，中華書局，一九八三

侯鯖録　〔宋〕趙令畤撰，孔凡禮點校，中華書局，二〇〇二；《知不足齋叢書》本

綠窗新話　〔宋〕皇都風月主人編，周夷（周楞伽）點校，上海古典文學出版社，一九五七；周楞伽箋注，上海古籍出版社，一九九一

墨莊漫録　〔宋〕張邦基撰，孔凡禮點校，中華書局，二〇〇四

避暑録話　〔宋〕葉夢得撰，《學津討原》本

懶真子　〔宋〕馬永卿撰，《筆記小説大觀》本，江蘇廣陵古籍刻印社，一九八三

雲谷雜紀　〔宋〕張淏撰，《景印文淵閣四庫全書》本

能改齋漫録　〔宋〕吴曾撰，上海古籍出版社，一九七九

肯綮録　〔宋〕趙叔向撰，《叢書集成初編》排印《學海類編》本

厚德録　〔宋〕李元綱撰，《百川學海》本

考古編　〔宋〕程大昌撰，《學津討原》本

西溪叢語　〔宋〕姚寬撰，孔凡禮點校，中華書局，一九九七

老學庵筆記　〔宋〕陸游撰，李劍雄、劉德權點校，中華書局，一九七九

雲麓漫鈔　〔宋〕趙彦衛撰，傅根清點校，中華書局，一九九六

投轄録　〔宋〕王明清撰，汪新森、朱菊如校點，上海古籍出版社，一九九一

揮麈録　〔宋〕王明清撰，上海書店出版社，二〇〇一

樂善録　〔宋〕李昌齡編，宋紹定刻本，《續古逸叢書》影印

緯略　〔宋〕高似孫撰，《守山閣叢書》本

新編分門古今類事　〔宋〕委心子（宋氏）編，金心點校，中華書局，一九八七；《景印文淵閣四庫全書》本

續博物志　〔宋〕李石撰，《古今逸史》本

澗泉日記　〔宋〕韓淲撰，《説庫》本

密齋筆記　〔宋〕謝采伯撰，《叢書集成初編》排印《琳琅祕室叢書》本

容齋隨筆　〔宋〕洪邁撰，上海師範大學古籍整理組校點，上海古籍出版社，一九九八

夷堅志　〔宋〕洪邁撰，何卓點校，中華書局，一九八一

野客叢書　〔宋〕王楙撰，王文錦點校，中華書局，一九八七

閑窗括異志　〔宋〕魯應龍撰，《稗海》本

鼠璞　〔宋〕戴埴撰，《學津討原》本

鬼董　〔宋〕沈氏撰，《知不足齋叢書》本；《説庫》本，浙江古籍出版社影印，一九八六

佩韋齋輯聞　〔宋〕俞德鄰撰，《學海類編》本

藏一話腴　〔宋〕陳郁撰，《適園叢書》本

江行雜録　〔宋〕廖瑩中撰，《古今説海》本

新編醉翁談録　〔宋〕羅燁撰，上海古典文學出版社，一九五七；宋刻本，《續修四庫全書》影印

武林舊事　〔宋〕周密撰，上海古典文學出版社，一九五六

志雅堂雜鈔　〔宋〕周密撰，《粤雅堂叢書》本

席上腐談　〔元〕俞琰撰，《寶顔堂祕笈》本

湖海新聞夷堅續志　〔元〕闕名撰，金心點校，中華書局，一九八六

異聞總録　〔元〕闕名撰，清康熙振鷺堂據明《稗海》本重編補刻本，《四庫全書存目叢書》影印；《筆記小説大觀》本，江蘇廣陵古籍刻印社影印，一九八三

南村輟耕録　〔元〕陶宗儀撰，中華書局點校本，一九八〇

瑯嬛記　舊題〔元〕伊世珍撰，《學津討原》本

大明仁孝皇后勸善書　〔明〕仁孝皇后徐妙雲撰，明永樂五年内府刻本，《四庫全書存目叢書》影印

蟫精雋　〔明〕徐伯齡撰，《景印文淵閣四庫全書》本

南園漫録　〔明〕張志淳撰，明嘉靖刻本

西湖遊覽志　〔明〕田汝成撰，上海古籍出版社，一九八〇

西湖遊覽志餘　〔明〕田汝成撰，浙江人民出版社，一九八〇

琅邪代醉編　〔明〕張鼎思輯，《四庫全書存目叢書》影印萬曆二十五年陳性學刻本

玉芝堂談薈　〔明〕徐應秋撰，《筆記小説大觀》本，江蘇廣陵古籍刻印社影印，一九八三

江漢叢談　〔明〕陳士元撰，《湖北叢書》本

粤劍編　〔明〕王臨亨撰，凌毅點校，上海古籍出版社，一九八七
堅瓠集　〔清〕褚人穫撰，《筆記小説大觀》本
柳南隨筆　〔清〕王應奎撰，王彬、嚴英俊點校，中華書局，一九八三

董解元西廂記　〔金〕董解元撰，凌景埏校注，人民文學出版社，一九八〇
清平山堂話本　〔明〕洪楩編，明刊本，文學古籍刊行社影印，一九八七
古今小説　〔明〕馮夢龍編，許政揚校注，人民文學出版社，一九七九
醒世恒言　〔明〕馮夢龍編著，顧學頡校注，人民文學出版社，一九七九
拍案驚奇　〔明〕凌濛初撰，章培恒整理，王古魯注釋，上海古籍出版社，一九八五
醉醒石　〔明〕東魯古狂生撰，古典文學出版社，一九五七
訓世評話　〔朝鮮〕李邊編著，〔韓國〕朴在淵校點，韓國鮮文大學校翻譯文獻研究所，一九九七

日本國見在書目録　〔日〕藤原佐世撰，《古逸叢書》本
崇文總目　〔宋〕王堯臣等撰，〔清〕錢東垣等輯釋，《粤雅堂叢書》本，《中國歷代書目叢刊》影印，現代出版社，一九八七
四庫闕書目　〔宋〕祕書省編，〔清〕徐松輯，《宋史藝文志附編》，商務印書館，一九五七

祕書省續編到四庫闕書目　〔宋〕祕書省編，〔清〕葉德輝考證，《觀古堂書目叢刊》本，《中國歷代書目叢刊》影印，現代出版社，一九八七
郡齋讀書志（衢本）　〔宋〕晁公武撰，〔清〕王先謙校，光緒十年刊本，《中國歷代書目叢刊》影印，現代出版社，一九八七
昭德先生郡齋讀書志（袁本）　〔宋〕晁公武撰，《續古逸叢書》本，《中國歷代書目叢刊》影印，現代出版社，一九八七
郡齋讀書志校證　〔宋〕晁公武撰，孫猛校證，上海古籍出版社，一九九〇
遂初堂書目　〔宋〕尤袤撰，《海山仙館叢書》本，《中國歷代書目叢刊》影印，現代出版社，一九八七
中興館閣書目　〔宋〕陳騤撰，趙士煒輯考，《中國歷代書目叢刊》影印本，現代出版社，一九八七
直齋書録解題　〔宋〕陳振孫撰，徐小蠻等點校，上海古籍出版社，一九八七
文獻通考經籍考　〔元〕馬端臨撰，華東師大古籍研究所標校，華東師範大學出版社，一九八五
文淵閣書目　〔明〕楊士奇等撰，《叢書集成初編》排印《讀畫齋叢書》本
寶文堂書目　〔明〕晁瑮撰，上海古籍出版社，二〇〇五
百川書志　〔明〕高儒撰，上海古籍出版社，二〇〇五
萬卷堂書目　〔明〕朱睦㮮撰，《玉簡齋叢書》本
國史經籍志　〔明〕焦竑撰，《粵雅堂叢書》本

會稽鈕氏世學樓珍藏圖書目　〔明〕鈕石溪撰，《明代書目題跋叢刊》下册，馮惠民、李萬健選編，書目文獻出版社，一九九四
紅雨樓書目　〔明〕徐𤊹撰，上海古籍出版社，二〇〇五
趙定宇書目　〔明〕趙用賢撰，上海古籍出版社，二〇〇五
世善堂藏書目録　〔明〕陳第撰，《知不足齋叢書》本
道藏目録詳注　〔明〕白雲霽撰，《景印文淵閣四庫全書》本
汲古閣珍藏祕本書目　〔明〕毛扆撰，《士禮居叢書》本
四明天一閣藏書目録　〔清〕闕名撰，《玉簡齋叢書》本
千頃堂書目　〔清〕黄虞稷撰，上海古籍出版社，一九九〇
奕慶藏書樓書目　〔清〕祁理孫撰，古典文學出版社，一九五八
絳雲樓書目　〔清〕錢謙益撰，陳景雲注，《粤雅堂叢書》本
也是園藏書目　〔清〕錢曾撰，《玉簡齋叢書》本
述古堂藏書目　〔清〕錢曾撰，《粤雅堂叢書》本
讀書敏求記　〔清〕錢曾撰，書目文獻出版社，一九八四
文瑞樓藏書目録　〔清〕金檀撰，《讀畫齋叢書》本
上善堂宋元板精鈔舊鈔書目　〔清〕孫從添撰，湫漻齋刊本

稽瑞樓書目　〔清〕陳揆撰，《叢書集成初編》排印《滂喜齋叢書》本
愛日精廬藏書志　〔清〕張金吾撰，道光六年刊本
孫氏祠堂書目　〔清〕孫星衍撰，《叢書集成初編》排印《岱南閣叢書》本
四庫全書總目　〔清〕紀昀等撰，中華書局影印，一九六五
蕘圃藏書題識　〔清〕黄丕烈撰，繆荃孫輯，民國八年刻本
鄭堂讀書記　〔清〕周中孚撰，吴興劉氏嘉業堂刻本
揅經室外集　〔清〕阮元撰，《四部叢刊初編》景印原刊初印本
郘亭知見傳本書目　〔清〕莫友芝撰，上海西泠印社排印本
經籍訪古志　〔日〕澁江全善、森立之撰，光緒十一年排印本
藝風藏書記　〔清〕繆荃孫撰，光緒二十七年藝風堂刻本
藝風藏書續記　〔清〕繆荃孫撰，民國二年藝風堂刻本
皕宋樓藏書志　〔清〕陸心源撰，光緒八年刊本
鐵琴銅劍樓藏書目録　〔清〕瞿鏞撰，光緒二十四年瞿氏刊本
善本書室藏書志　〔清〕丁丙撰，光緒二十七年錢唐丁氏刊本
萬卷精華樓藏書記　〔清〕耿文光撰，山西省文獻委員會鉛印本
日本訪書志　〔清〕楊守敬撰，光緒二十七年宜都楊氏刻本

海東文獻總録 〔朝鮮〕金烋撰，韓國學文閣，一九六九

增補文獻備考 〔朝鮮〕朴容大等撰，韓國東國文化社影印本，一九五七

藏園群書題記初集 傅增湘撰，一九四三年排印本

藏園群書題記續集 傅增湘撰，一九三八年排印本

涵芬樓燼餘書録 上海涵芬樓編，商務印書館，一九五一

北京圖書館善本書目 北京圖書館編，綫裝本，中華書局，一九五九

四庫提要辨證 余嘉錫著，中華書局，一九八〇

續四庫提要三種 胡玉縉撰，吴格整理，上海書店出版社，二〇〇二

敦煌古籍叙録 王重民著，中華書局，一九七九

敦煌遺書總目索引 商務印書館編，商務印書館，一九六二

敦煌出土文學文獻分類目録附解説 〔日本〕金岡照光編，東洋文庫敦煌文獻研究委員會出版，一九七一

古小説簡目 程毅中著，中華書局，一九八一

文心雕龍注 〔梁〕劉勰撰，范文瀾注，人民文學出版社，一九六二

史通通釋 〔唐〕劉知幾撰，〔清〕浦起龍釋，上海古籍出版社，一九七八

優古堂詩話　〔宋〕吴幵撰，《歷代詩話續編》，丁福保輯，中華書局，一九八三

詩話總龜　〔宋〕阮閱編，明月窗道人校刊本，《四部叢刊初編》景印；周本淳校點本，人民文學出版社，一九九八

苕溪漁隱叢話　〔宋〕胡仔編，廖德明校點，人民文學出版社，一九六二

許彦周詩話　〔宋〕許顗撰，《百川學海》本

石林詩話　〔宋〕葉夢得撰，《歷代詩話》本

竹莊詩話　〔宋〕何汶撰，常振國、絳雲點校，中華書局，一九八四

韻語陽秋　〔宋〕葛立方撰，宋刊本，上海古籍出版社影印，一九八四

唐詩紀事　〔宋〕計有功撰，明嘉靖洪楩刊本，《四部叢刊初編》景印；上海古籍出版社點校本，一九八七

唐詩紀事校箋　〔宋〕計有功撰，王仲鏞校箋，中華書局，二〇〇七

詩人玉屑　〔宋〕魏慶之撰，上海古籍出版社，一九七八

觀林詩話　〔宋〕吴聿撰，《歷代詩話續編》，丁福保輯，中華書局，一九八三；《景印文淵閣四庫全書》本

後村詩話　〔宋〕劉克莊撰，《適園叢書》本

升庵詩話箋證　〔明〕楊慎撰，王仲鏞箋證，上海古籍出版社，一九八七

詩女史　〔明〕田藝蘅撰，明嘉靖三十六年刻本

詩評密諦　〔明〕王良臣輯，明天啓刻本

詞律　〔清〕萬樹撰，《景印文淵閣四庫全書》本

列仙傳校正　〔漢〕劉向撰，〔清〕王照圓校正，《郝氏遺書》本

太上黄庭内景玉經　明正統《道藏》本

上清金真玉光八景飛經　明正統《道藏》本

神仙傳　〔晉〕葛洪撰，《景印文淵閣四庫全書》本

抱朴子　〔晉〕葛洪撰，《諸子集成》本，中華書局影印，一九八六

抱朴子内篇校釋（增訂本）　〔晉〕葛洪撰，王明校釋，中華書局，一九八五

桓真人升仙記　〔梁〕闕名撰，明正統《道藏》本

真誥　〔梁〕陶弘景撰，明正統《道藏》本，《道藏要籍選刊》影印，上海古籍出版社，一九八九

神機制敵太白陰經　〔唐〕李筌撰，《守山閣叢書》本

黄帝陰符經疏　〔唐〕李筌疏，《宛委别藏》本

玄珠心鏡注　〔唐〕長孫滋傳，〔唐〕王損之章句，明正統《道藏》本

續仙傳　〔五代〕沈汾撰，明正統《道藏》本，商務印書館影印，一九二四；《景印文淵閣四庫全書》本

歷代崇道記　〔唐〕杜光庭撰，明正統《道藏》本，商務印書館影印，一九二四

道教靈驗記　〔唐〕杜光庭撰，明正統《道藏》本，商務印書館影印，一九二四
神仙感遇傳　〔唐〕杜光庭撰，明正統《道藏》本，商務印書館影印，一九二四
墉城集仙録　〔五代〕杜光庭撰，明正統《道藏》本，商務印書館影印，一九二四
太上洞淵神呪經序　〔五代〕杜光庭撰，明正統《道藏》本，商務印書館影印，一九二四
續仙傳　〔五代〕沈汾撰，明正統《道藏》本，商務印書館影印，一九二四；《景印文淵閣四庫全書》本
疑仙傳　〔五代〕隱夫玉簡撰，《琳琅祕室叢書》本
仙苑編珠　〔五代〕王松年編，明正統《道藏》本，《道藏要籍選刊》影印，上海古籍出版社，一九八九
雲笈七籤　〔宋〕張君房編，李永晟點校，中華書局，二〇〇三；明正統《道藏》本；《四部叢刊》初印本景印明張萱清真館本
悟真篇注疏　〔宋〕張伯端撰，翁葆光注，〔元〕戴起宗疏，《景印文淵閣四庫全書》本
道門通教必用集　〔宋〕吕太古編，明正統《道藏》本
三洞群仙録　〔宋〕陳葆光撰，明正統《道藏》本，《道藏要籍選刊》影印，上海古籍出版社，一九八九
洞霄圖志　〔元〕鄧牧撰，《知不足齋叢書》本
齋戒籙　明正統《道藏》本，商務印書館影印，一九二四
歷世真仙體道通鑑　〔元〕趙道一撰，明正統《道藏》本，《道藏要籍選刊》影印，上海古籍出版社，一九八九

繪圖三教源流搜神大全　〔元〕闕名撰，清刊本，上海古籍出版社影印，一九九〇
新編連相搜神廣記　〔元〕秦晉撰，元刊本，《繪圖三教源流搜神大全（外二種）》影印，上海古籍出版社，一九九〇
青城山記　〔清〕彭洵撰，《道藏輯要》，巴蜀書社影印，一九九五
焦氏易林　舊題〔漢〕焦贛撰，無名氏注，《四部叢刊初編》影印元刊本
開元占經　〔唐〕瞿曇悉達撰，李克和校點，岳麓書社，一九九四
玉管照神局　舊題〔唐〕宋齊丘撰，《十萬卷樓叢書》本
太清神鑑　舊題〔後周〕王朴撰，《守山閣叢書》本
地理新書　〔宋〕王洙等撰，〔金〕畢履道、張謙校正，金刻本
雜譬喻經　〔漢〕月支沙門支婁迦讖譯，《大正新脩大藏經》本
舊雜譬喻經　〔三國吴〕天竺三藏康僧會譯，《大正新脩大藏經》本
佛説須摩提長者經　〔三國吴〕支謙譯，《大正新脩大藏經》本
金剛般若波羅蜜經　〔後秦〕鳩摩羅什譯，《大正新脩大藏經》本
十住除垢斷結經　〔後秦〕竺佛念譯，《大正新脩大藏經》本

佛說長阿含經　〔後秦〕佛陀耶舍、竺佛念譯，《大正新脩大藏經》本

金光明經　〔北凉〕曇無讖譯，《大正新脩大藏經》本

雜阿含經　〔南朝宋〕求那跋陀羅譯，《大正新脩大藏經》本

過去現在因果經　〔南朝宋〕求那跋陀羅譯，《大正新脩大藏經》本

賢愚經　〔北魏〕慧覺等譯，《大正新脩大藏經》本

信力入印法門經　〔北魏〕曇摩流支譯，《大正新脩大藏經》本

佛本行集經　〔隋〕闍那崛多譯，《大正新脩大藏經》本

不空羂索神變真言經　〔唐〕菩提流志譯，《大正新脩大藏經》本

大乘本生心地觀經　〔唐〕般若譯，《大正新脩大藏經》本

高僧傳　〔梁〕釋慧皎撰，《高僧傳合集》影印磧砂藏本，上海古籍出版社，一九九一

弘明集　〔梁〕釋僧祐編，《四部叢刊初編》景印明汪道昆本

大乘義章　〔隋〕慧遠撰，《大正新脩大藏經》本

菩薩戒義疏　〔隋〕天台智者大師説，門人灌頂記，《大正新脩大藏經》本

大唐西域記校注　〔唐〕玄奘、辯機撰，季羨林等校注，中華書局，二〇〇四

大般若波羅蜜多經　〔唐〕玄奘譯，《大正新脩大藏經》本

廣弘明集　〔唐〕釋道宣編，《四部叢刊初編》景印明汪道昆本

大唐内典録　〔唐〕釋道宣撰，清順治十八年嘉興楞嚴寺刻徑山寺藏本

法苑珠林（百二十卷本）　〔唐〕釋道世撰，《四部叢刊初編》景印明徑山寺本，《景印文淵閣四庫全書》本

集神州三寶感通録　〔唐〕釋道宣撰，《大正新脩大藏經》本

法苑珠林（百卷本）　〔唐〕釋道世撰，《大正新脩大藏經》本

法苑珠林校注（百卷本）　〔唐〕釋道世撰，周叔迦、蘇晉仁校注，中華書局，二〇〇〇

持誦金剛經靈驗功德記　〔唐〕闕名撰，敦煌藏卷伯二〇九四號，《大正新脩大藏經》本

弘贊法華傳　〔唐〕慧祥撰，《大正新脩大藏經》本

金剛般若經集驗記　〔唐〕孟獻忠撰，《大藏新纂卍續藏經》卷八七，台北市白馬精舍印經會印

法華傳記　〔唐〕僧祥撰，《大正新脩大藏經》本

宋高僧傳　〔宋〕贊寧撰，范祥雍點校，中華書局，一九八七

三寶感應要略録　〔遼〕非濁撰，《大正新脩大藏經》本

五燈會元　〔宋〕普濟撰，蘇淵雷點校，中華書局，一九八四

神僧傳　〔明〕朱棣撰，《大正新脩大藏經》本

海東高僧傳　〔高麗〕僧覺訓撰，韓國乙酉文化社影印鈔本，一九七五；《大正新脩大藏經》本

金剛經受持感應録　〔日本〕闕名編，《大藏新纂卍續藏經》卷八七，台北市白馬精舍印經會印

金剛般若經靈驗傳　〔日本〕妙幢編，《大藏新纂卍續藏經》卷八七，台北市白馬精舍印經會印
佛教大辭典　任繼愈主編，江蘇古籍出版社，二〇〇二

傷寒論　〔漢〕張仲景撰，文棣校注，中國書店，一九九三
備急千金要方　〔唐〕孫思邈撰，魯兆麟等點校，遼寧科學技術出版社，一九九七
重修政和經史證類備用本草　〔宋〕唐慎微撰，《四部叢刊初編》景印金刊本
醫説　〔宋〕張杲撰，上海文明書局宣統三年排印本
壽親養老新書　〔宋〕陳直撰，〔元〕鄒鉉續編，上海朝記書莊一九一九年排印本
仁齋直指　〔宋〕楊士瀛撰，〔明〕朱崇正附遺，明嘉靖新安黄鍍刻本
醫學啓源　〔金〕張元素撰，明刻本
婦人大全良方　〔宋〕陳自明撰，田代華等點校，天津科技出版社，二〇〇三
本草綱目　〔明〕李時珍撰，人民衛生出版社，二〇〇五
名醫類案　〔明〕江瓘編，人民衛生出版社影印《知不足齋叢書》本，一九八三
法書要録　〔唐〕張彦遠撰，《津逮祕書》本；范祥雍點校《津逮祕書》本，人民美術出版社，一九八四；《王氏書畫苑》本；《景印文淵閣四庫全書》本；《學津討原》本

歷代名畫記　〔唐〕張彦遠撰，《津逮祕書》本
益州名畫録　〔宋〕黄休復撰，《湖北先正遺書》本
畫史　〔宋〕米芾撰，《津逮祕書》本
墨池編　〔宋〕朱長文撰，《津逮祕書》本
廣川畫跋　〔宋〕董逌撰，《十萬卷樓叢書》本
書苑菁華　〔宋〕陳思撰，《翠琅玕館叢書》本，北京圖書館出版社影印，二〇〇三
蘭亭考　〔宋〕桑世昌集，《知不足齋叢書》本
書小史　〔宋〕陳思撰，《武林往哲遺著》本
宣和書譜　〔宋〕闕名撰，《學津討原》本
圖繪寶鑑　〔元〕夏文彦撰，《津逮祕書》本
書史會要　〔元〕陶宗儀撰，一九二九年武進陶氏逸園景刊明洪武本，上海書店影印，一九八四
六藝之一録　〔清〕倪濤撰，《景印文淵閣四庫全書》本
金石録　〔宋〕趙明誠撰，《四部叢刊初編》景印吕無黨鈔本
石刻鋪叙　〔宋〕曾宏父撰，《知不足齋叢書》本
寶刻叢編　〔宋〕陳思撰，《十萬卷樓叢書》本

寶刻類編　〔宋〕闕名撰，《粤雅堂叢書》本
金石萃編　〔清〕王昶編，民國十年掃葉山房石印本，陝西人民出版社影印，一九九〇
關中金石記　〔清〕畢沅撰，《叢書集成初編》排印《經訓堂叢書》本
山右石刻叢編　〔清〕胡聘之撰，光緒二十七年刻本
八瓊室金石補正　〔清〕陸增祥編，一九二五年刻本
楚州金石録　羅振玉録，《嘉草軒叢書》本
千唐誌齋藏誌　河南省文物研究所等編，文物出版社，一九八四
唐代墓誌彙編　周紹良主編，上海古籍出版社，一九九二
唐代墓誌彙編續集　周紹良、趙超主編，上海古籍出版社，二〇〇一
新中國出土墓誌（河南叁）　趙跟喜、張建華主編，文物出版社，二〇〇八

南方草木狀　〔晉〕嵇含撰，《百川學海》本
齊民要術　〔北齊〕賈思勰撰，《叢書集成初編》排印《漸西村舍叢刊》本
筍譜　〔宋〕贊寧撰，《百川學海》本
文房四譜　〔宋〕蘇易簡撰，《十萬卷樓叢書》本
洞天清録　〔宋〕趙希鵠撰，《景印文淵閣四庫全書》本

揚州芍藥譜　〔宋〕王觀撰，《百川學海》本
香譜　〔宋〕洪芻撰，《百川學海》本
新纂香譜　〔宋〕陳敬撰，《適園叢書》本
竹譜　〔元〕李衎撰，《知不足齋叢書》本
王氏農書　〔元〕王禎撰，《景印文淵閣四庫全書》本
相馬書　題徐咸撰，宛委山堂刊《説郛》本
永樂琴書集成　〔明〕成祖朱棣敕撰，台北新文豐出版公司影印明内府寫本，一九八三
錢通　〔明〕胡我琨撰，《景印文淵閣四庫全書》本
禽蟲述　〔明〕袁達德撰，明萬曆《山居雜誌》刊本
御定佩文齋廣群芳譜　〔清〕汪灝等撰，《景印文淵閣四庫全書》本
蟲薈　〔清〕方旭撰，清光緒刊本
續茶經　〔清〕陳廷燦撰，《景印文淵閣四庫全書》本
倦圃蒔植記　〔清〕曹溶撰，清鈔本

元和姓纂　〔唐〕林寶撰，岑仲勉校記，中華書局，一九九四
姓氏急就篇　〔宋〕王應麟撰，《玉海》本

新編排韻增廣事類氏族大全　〔元〕闕名撰，元刻本
萬姓統譜　〔明〕凌迪知撰，明萬曆刻本

謝宣城詩集　〔南齊〕謝朓撰，《四部叢刊初編》景印明依宋鈔本
江文通集　〔梁〕江淹撰，《四部叢刊初編》景印明繙宋刊本
庾子山集　〔北周〕庾信撰，《四部叢刊初編》景印明屠隆合刻評點本
東皋子集（三卷本）　〔唐〕王績撰，《四部叢刊續編》景印明鈔本
王無功文集五卷本會校　〔唐〕王績撰，韓理洲校點，上海古籍出版社，一九八七
王子安集　〔唐〕王勃撰，《四部叢刊初編》景印明刊本
駱賓王文集　〔唐〕駱賓王撰，《四部叢刊初編》景印明翻元刊本
楊盈川集　〔唐〕楊炯撰，《四部叢刊初編》景印明刊本
張燕公集　〔唐〕張説撰，《景印文淵閣四庫全書》本
張説之文集　〔唐〕張説撰，《四部叢刊初編》景印明嘉靖伍氏龍池草堂刊本，《嘉業堂叢書》本
唐丞相曲江張先生文集　〔唐〕張九齡撰，《四部叢刊初編》景印明成化刊本
王右丞集箋注　〔唐〕王維撰，〔清〕趙殿成箋注，上海古籍出版社，一九八四
王維集校注　〔唐〕王維撰，陳鐵民校注，中華書局，一九九七

分類補注李太白詩　〔唐〕李白撰，〔宋〕楊齊賢集注，〔元〕蕭士贇補注，《四部叢刊初編》景印明刊本
李太白全集　〔唐〕李白撰，〔清〕王琦注，中華書局編輯部點校，中華書局，一九七七
唐儲光羲詩集　〔唐〕儲光羲撰，《景印文淵閣四庫全書》本
分門集注杜工部詩　〔唐〕杜甫撰，〔宋〕王洙編，王洙等注，《四部叢刊初編》景印宋刊本
王十朋集百家注杜陵詩史　〔唐〕杜甫撰，〔宋〕王十朋集注，貴池劉氏影宋本
九家集注杜詩　〔唐〕杜甫撰，〔宋〕郭知達編注，上海古籍出版社，一九八五
杜工部草堂詩箋　〔唐〕杜甫撰，〔宋〕魯訔編，蔡夢弼會箋，《古逸叢書》本
補注杜詩　〔唐〕杜甫撰，〔宋〕黄希、黄鶴注，上海古籍出版社，一九八七
杜少陵集詳注　〔唐〕杜甫撰，〔清〕仇兆鰲注，文學古籍刊行社，一九五五
元次山集　〔唐〕元結撰，孫望校，中華書局上海編輯所，一九六〇
岑嘉州詩　〔唐〕岑參撰，《四部叢刊初編》景印明正德刊本
劉隨州詩集　〔唐〕劉長卿撰，《四部叢刊初編》景印明正德刊本
錢仲文集　〔唐〕錢起撰，《景印文淵閣四庫全書》本
吴興晝上人集（皎然集）　〔唐〕皎然撰，《四部叢刊初編》景印景宋寫本
顧華陽集　〔唐〕顧況撰，清同治元年雙峰堂重刊本
顔魯公文集　〔唐〕顔真卿撰，《四部叢刊初編》景印明刊本

呂和叔文集　〔唐〕呂温撰，《四部叢刊初編》景印述古堂景宋鈔本
陸宣公翰苑集　〔唐〕陸贄撰，《四部叢刊初編》景印宋刊本
毘陵集　〔唐〕獨孤及撰，《四部叢刊初編》縮印趙氏亦有生齋校刊本
歐陽行周文集　〔唐〕歐陽詹撰，《四部叢刊初編》景印明刊本
權載之文集　〔唐〕權德輿撰，《四部叢刊初編》景印清嘉慶刊本
河東先生集　〔唐〕柳宗元撰，〔宋〕廖瑩中輯注，《韓柳二集》本
五百家注音辨柳先生文集　〔唐〕柳宗元撰，〔宋〕魏仲舉編，《景印文淵閣四庫全書》本
增廣注釋音辯唐柳先生集　〔唐〕柳宗元撰，〔宋〕童宗説注釋，《四部叢刊初編》景印元刊本
詁訓柳先生文集　〔唐〕柳宗元撰，〔宋〕韓醇音釋，《景印文淵閣四庫全書》本
唐柳河東集　〔唐〕柳宗元撰，〔明〕蔣之翹輯注，《四部備要》本
柳宗元集　〔唐〕柳宗元撰，柳宗元集校點組校點，中華書局，一九七九
五百家注昌黎文集　〔唐〕韓愈撰，〔宋〕魏仲舉編，《景印文淵閣四庫全書》本
昌黎先生集　〔唐〕韓愈撰，〔宋〕廖瑩中校注，《四部備要》本
朱文公校昌黎先生集　〔唐〕韓愈撰，〔宋〕朱熹校，《四部叢刊初編》景印元刊本
別本韓文考異　〔唐〕韓愈撰，〔宋〕朱熹考異，王伯大重編，《景印文淵閣四庫全書》本
韓文類譜　〔宋〕魏仲舉輯，《粤雅堂叢書》本

韓昌黎詩繫年集釋　〔唐〕韓愈撰，錢仲聯集釋，上海古典文學出版社，一九五七

韓集舉正　〔宋〕方崧卿撰，《景印文淵閣四庫全書》本

孟東野詩集　〔唐〕孟郊撰，《四部叢刊初編》景印明弘治刊本

李文公集　〔唐〕李翱撰，《四部叢刊初編》景印明成化刊本

皇甫持正文集　〔唐〕皇甫湜撰，《四部叢刊初編》景印宋刊本

張司業詩集　〔唐〕張籍撰，《四部叢刊初編》景印明刊本

元稹集（元氏長慶集）　〔唐〕元稹撰，冀勤點校，中華書局，一九八二；《四部叢刊初編》景印明嘉靖董氏刊本

元稹集編年箋注（詩歌卷）　楊軍箋注，三秦出版社，二〇〇二

白氏長慶集　〔唐〕白居易撰，《四部叢刊初編》景印日本翻宋大字本

白居易集　〔唐〕白居易撰，顧學頡校點，中華書局，一九七九

劉夢得文集（劉賓客文集）　〔唐〕劉禹錫撰，《四部叢刊初編》景印宋本，《景印文淵閣四庫全書》本

劉夢得外集　〔唐〕劉禹錫撰，《四部叢刊初編》景印宋本

李賀歌詩編　〔唐〕李賀撰，《四部叢刊初編》景印金刊本

沈下賢文集（沈下賢集）　〔唐〕沈亞之撰，《四部叢刊初編》景印明翻宋本；《景印文淵閣四庫全書》本；葉德輝《觀古堂彙刻書》本，台灣文海出版社有限公司影印，一九七一

賈浪仙長江集　〔唐〕賈島撰，《四部叢刊初編》景印明翻宋本
李文饒文集　〔唐〕李德裕撰，《四部叢刊初編》景印明刊本
會昌一品集　〔唐〕李德裕撰，《畿輔叢書》本
樊川文集　〔唐〕杜牧撰，《四部叢刊初編》景印明刊本；上海古籍出版社，一九七八
李義山文集　〔唐〕李商隱撰，《四部叢刊初編》景印稽瑞樓鈔本
李義山詩集注　〔唐〕李商隱撰，〔清〕朱鶴齡注，《景印文淵閣四庫全書》本
李群玉詩集　〔唐〕李群玉撰，《四部叢刊初編》景印宋刊書棚本
李群玉詩後集　〔唐〕李群玉撰，《景印文淵閣四庫全書》本
文標集　〔唐〕盧肇撰，胡思敬輯，《豫章叢書》本
曹祠部詩集　〔唐〕曹鄴撰，《唐詩百名家全集》本
温飛卿詩集箋注　〔唐〕温庭筠撰，〔明〕曾益箋注，〔清〕顧嗣立補注，上海古籍出版社，一九八〇
温庭筠全集校注　劉學鍇撰，中華書局，二〇〇七
白蓮集　〔唐〕齊己撰，《四部叢刊初編》景印明鈔本
禪月集　〔唐〕貫休撰，《四部叢刊初編》景印宋寫本
司空表聖文集　〔唐〕司空圖撰，《四部叢刊初編》景印涵芬樓舊鈔本
唐李推官披沙集　〔唐〕李咸用撰，《四部叢刊初編》景印宋本

黄御史集　〔唐〕黄滔撰，《景印文淵閣四庫全書》本
甲乙集　〔唐〕羅隱撰，《四部叢刊初編》景印宋刊本
羅昭諫集　〔唐〕羅隱撰，〔清〕張瓚輯，《景印文淵閣四庫全書》本
羅隱集　〔唐〕羅隱撰，雍文華校輯，中華書局，一九八三
桂苑筆耕集　〔唐〕新羅崔致遠撰，《韓國文集叢刊》影印徐有榘刊活字本，一九九〇；《四部叢刊初編》景印高麗舊刊本
孤雲先生文集　〔新羅〕崔致遠撰，《韓國文集叢刊》影印崔國述輯刊本，一九九〇
廣成集　〔五代〕杜光庭撰，明正統《道藏》本
徐公文集（騎省集）　〔宋〕徐鉉撰，《四部叢刊初編》景印校宋本
安陽集　〔宋〕韓琦撰，明正德九年刻本
景文集　〔宋〕宋祁撰，《叢書集成初編》本排印《聚珍版叢書》本及《佚存叢書》本
錢塘集　〔宋〕韋驤撰，《景印文淵閣四庫全書》本
武夷新集　〔宋〕楊億撰，福建人民出版社，二〇〇七
丹淵集　〔宋〕文同撰，《四部叢刊初編》景印明汲古閣刊本
范文正集　〔宋〕范仲淹撰，《景印文淵閣四庫全書》本
宛陵先生集　〔宋〕梅堯臣撰，《四部叢刊初編》景印明萬曆刊本

雲溪居士集　〔宋〕華鎮撰，《景印文淵閣四庫全書》本

南豐類藁　〔宋〕曾鞏撰，《四部叢刊初編》景印元刊本

二程文集　〔宋〕程顥、程頤撰，《叢書集成初編》排印《正誼堂全書》本

王荆公詩箋注　〔宋〕王安石撰，〔宋〕李壁注，乾隆六年清綺齋刊本

經進東坡文集事略　〔宋〕蘇軾撰，〔宋〕郎曄注，《四部叢刊初編》景印宋刊本

東坡全集　〔宋〕蘇軾撰，《景印文淵閣四庫全書》本

東坡先生詩集注　〔宋〕蘇軾撰，王十朋集注，明刊本

施注蘇詩　〔宋〕蘇軾撰，〔宋〕施元之、顧禧、施宿注，〔清〕邵長蘅删補，《古香齋袖珍十種》本；清康熙三十八年宋犖刻本

王令集　〔宋〕王令撰，沈文倬校點，上海古籍出版社，一九八〇

淮海集　〔宋〕秦觀撰，《四部叢刊初編》景印明嘉靖刊本

淮海居士長短句　〔宋〕秦觀撰，徐培均校注，上海古籍出版社，一九八五

張右史文集　〔宋〕張耒撰，《四部叢刊初編》景印舊鈔本

山谷詩集注　〔宋〕黄庭堅撰，〔宋〕任淵、史容、史季温注，黄寶華點校，上海古籍出版社，二〇〇三

后山詩注　〔宋〕陳師道撰，〔宋〕任淵注，《四部叢刊初編》景印高麗活字本

鴻慶居士文集　〔宋〕孫覿撰，《常州先哲遺書》本

參寥子詩集　〔宋〕僧道潛撰，《四部叢刊三編》景印宋刊本
片玉集　〔宋〕周邦彦撰，〔宋〕陳元龍集注，《四部備要》本
梁谿集　〔宋〕李綱撰，《景印文淵閣四庫全書》本
唯室集　〔宋〕陳長方撰，《景印文淵閣四庫全書》本
知稼翁集　〔宋〕黄公度撰，道光九年重刻本
北山集　〔宋〕鄭剛中撰，《景印文淵閣四庫全書》本
增廣箋注簡齋詩集　〔宋〕陳與義撰，〔宋〕胡穉箋注，《四部叢刊初編》景印宋刊本
澹齋集　〔宋〕李流謙撰，《景印文淵閣四庫全書》本
梅山續藁　〔宋〕姜特立撰，《景印文淵閣四庫全書》本
渭南文集　〔宋〕陸游撰，《四部叢刊初編》景印明活字本
放翁詩選　〔宋〕陸游撰，〔宋〕羅椅編，《景印文淵閣四庫全書》本
誠齋集　〔宋〕楊萬里撰，《四部叢刊初編》景印景宋寫本
羅鄂州小集　〔宋〕羅願撰，《景印文淵閣四庫全書》本
西山真文忠公文集　〔宋〕真德秀撰，《四部叢刊初編》景印明正德刊本
四六標準　〔宋〕李劉撰，〔明〕孫雲翼箋釋，《景印文淵閣四庫全書》本
臞軒集　〔宋〕王邁撰，《景印文淵閣四庫全書》本

後山先生大全集　〔宋〕劉克莊撰，《四部叢刊初編》景印舊鈔本
淵潁吴先生文集　〔元〕吴萊撰，《四部叢刊初編》景印元刊本
伊濱集　〔元〕王沂撰，《景印文淵閣四庫全書》本
唫囈集　〔元〕宋无撰，明嘉靖丙戌秀水知縣趙章刊本
芻蕘集　〔明〕周是修撰，《景印文淵閣四庫全書》本
文憲集　〔明〕宋濂撰，《景印文淵閣四庫全書》本
倪文僖公集　〔明〕倪謙撰，明弘治六年刻本
升菴集　〔明〕楊慎撰，《景印文淵閣四庫全書》本
弇州四部稿　〔明〕王世貞撰，明萬曆刻本
洞麓堂集　〔明〕尹臺撰，《景印文淵閣四庫全書》本
石倉文稿　〔明〕曹學佺撰，明萬曆刻本
曝書亭集　〔清〕朱彝尊撰，《四部叢刊初編》景印康熙刊本
面城樓集鈔　〔清〕曾釗撰，《學海堂叢刻》本
藝風堂文續集　〔清〕繆荃孫撰，《藝風堂全集》本
楚辭補注　〔漢〕王逸注，〔宋〕洪興祖補注，白化文等點校，中華書局，一九八三

山帶閣注楚辭 〔清〕蔣驥撰，上海古籍出版社，一九八四
文選 〔梁〕蕭統編，〔唐〕李善注，中華書局影印清嘉慶十四年胡克家刊本，一九七七
六臣注文選 〔梁〕蕭統編，〔唐〕李善、吕延濟等注，《四部叢刊初編》景印宋刊本
玉臺新詠 〔陳〕徐陵編，吴兆宜注，北京市中國書店影印世界書局一九三五年版，一九八六
中興間氣集 〔唐〕高仲武編，《唐人選唐詩十種》，上海古籍出版社，一九七八
極玄集 〔唐〕姚合編，《唐人選唐詩十種》，上海古籍出版社，一九七八
又玄集 〔唐〕韋莊編，《唐人選唐詩十種》，上海古籍出版社，一九七八
才調集 〔五代〕韋縠編，《唐人選唐詩十種》，上海古籍出版社，一九七八
唐文粹 〔宋〕姚鉉編，《四部叢刊初編》景印明嘉靖刊本
文苑英華 〔宋〕李昉等編，周必大、彭叔夏等校，中華書局影印明刊本配宋刊本，一九八二；《景印文淵閣四庫全書》本
文苑英華辨證 〔宋〕彭叔夏撰，中華書局影印廣東翻刻《武英殿聚珍版書》本，一九八二
萬首唐人絶句 〔宋〕洪邁編，文學古籍刊行社影印明嘉靖刊本，一九五五
樂府詩集 〔宋〕郭茂倩編，中華書局，一九九一
天台續集 〔宋〕林師葴等編，《景印文淵閣四庫全書》本
成都文類 〔宋〕扈仲榮等編，《景印文淵閣四庫全書》本

唐詩鼓吹　〔金〕元好問編，〔元〕郝天挺注，清順治十六年刻本
梅花百詠　〔元〕馮子振、釋明本撰，《景印文淵閣四庫全書》本
唐詩品彙　〔明〕高棅編，上海古籍出版社影印本，一九八二
新安文獻志　〔明〕程敏政撰，明萬曆四十二年刻本
吴都文粹續集　〔明〕錢穀編，明鈔本，《景印文淵閣四庫全書》本
全蜀藝文志　〔明〕周復俊編，明嘉靖刻本
古詩紀　〔明〕馮惟訥編，明萬曆刻本
古樂苑　〔明〕梅鼎祚編，明萬曆刻本
隋文紀　〔明〕梅鼎祚編，《景印文淵閣四庫全書》本
石倉歷代詩選　〔明〕曹學佺編，《景印文淵閣四庫全書》本
古詩鏡　〔明〕陸時雍編，明刻本
文章辨體彙選　〔明〕賀復徵編，《景印文淵閣四庫全書》本
吴興藝文補　〔明〕董斯張輯，明崇禎六年刻本，《續修四庫全書》影印
粤西叢載校注　〔清〕汪森編，黄振中等校注，廣西民族出版社，二〇〇七
全上古三代秦漢三國六朝文　〔清〕嚴可均校輯，中華書居影印光緒刊本，一九九五
全唐詩　〔清〕彭定求等編，中華書局點校本，一九八五

全唐詩録　〔清〕徐倬編，《景印文淵閣四庫全書》本
全唐詩補編　陳尚君輯校，中華書局，一九九二
全五代詩　〔清〕李調元編，《函海》本
四庫全書考證　《景印文淵閣四庫全書》本
粤西叢載　〔清〕汪森編，《景印文淵閣四庫全書》本
全唐文　〔清〕董誥等編，上海古籍出版社影印本，一九九〇
唐文拾遺　〔清〕陸心源編，上海古籍出版社影印本，一九九〇
全唐文補遺（第一輯）　吴鋼主編，三秦出版社，一九九四
全唐文補遺（第三輯）　吴鋼主編，三秦出版社，一九九六
全唐文補遺（第五輯）　吴鋼主編，三秦出版社，一九九八
全唐文補遺（第七輯）　吴鋼主編，三秦出版社，二〇〇〇
全唐文補遺（第八輯）　吴鋼主編，三秦出版社，二〇〇五
全唐文補遺·千唐誌齋新藏專輯　吴鋼主編，三秦出版社，二〇〇六
全唐文新編　周紹良總主編，吉林文史出版社，二〇〇〇
全唐文補編　陳尚君輯校，中華書局，二〇〇五
全宋文　曾棗莊、劉琳主編，上海辭書出版社，安徽教育出版社，二〇〇六

經籍佚文　〔清〕王仁俊輯，《玉函山房輯佚書續編三種》，上海古籍出版社影印，一九八九
敦煌曲子詞集　王重民輯，商務印書館，一九五四
敦煌零拾　羅振玉輯，上虞羅氏印行，一九二四
敦煌變文集　王重民等編，人民文學出版社，一九八四

仕學規範　〔宋〕張鎡撰，《景印文淵閣四庫全書》本
丹鉛總録　〔明〕楊慎撰，清乾隆五十九年九思堂刻本
正楊　〔明〕陳耀文撰，《景印文淵閣四庫全書》本
少室山房筆叢　〔明〕胡應麟撰，上海書店出版社點校本，二〇〇一
日知録集釋　〔清〕顧炎武撰，〔清〕黄汝成集釋，秦克誠點校，岳麓書社，一九九六
讀書雜志　〔清〕王念孫撰，江蘇古籍出版社影印王氏家刻本，一九八五

二十史朔閏表　陳垣著，中華書局，一九九一
金明館叢稿初編（陳寅恪集）　陳寅恪著，生活·讀書·新知三聯書店，二〇〇一
唐人行第録　岑仲勉著，上海古籍出版社，一九七八
岑仲勉史學論文集（岑仲勉著作集）　岑仲勉著，中華書局，二〇〇四

唐史餘瀋（岑仲勉著作集）　岑仲勉著，中華書局，二〇〇四
金石論叢（岑仲勉著作集）　岑仲勉著，中華書局，二〇〇四
蝸叟雜稿　孫望著，上海古籍出版社，一九八二
登科記考　〔清〕徐松撰，趙守儼點校，中華書局，一九八四
登科記考補正　孟二冬補正，北京燕山出版社，二〇〇三
唐尚書省郎官石柱題名考　〔清〕勞格、趙鉞撰，徐敏霞、王桂珍點校，中華書局，一九九二
郎官石柱題名新考訂（外三種）　岑仲勉著，上海古籍出版社，一九八四
唐方鎮年表　吴廷燮著，中華書局，一九八〇
唐方鎮文職僚佐考　戴偉華著，天津古籍出版社，一九九四
唐僕尚丞郎表　嚴耕望撰，中華書局，一九八六
唐刺史考全編　郁賢皓著，安徽大學出版社，二〇〇〇
中國歷史大辭典（隋唐五代史卷）　中國歷史大辭典·隋唐五代史編纂委員會編，上海辭書出版社，一九九五
中國歷史大辭典（歷史地理卷）　譚其驤主編，上海辭書出版社，一九九七
唐兩京城坊考　〔清〕徐松撰，中華書局，一九八五
增訂唐兩京城坊考（修訂版）　〔清〕徐松撰，李健超增訂，三秦出版社，二〇〇六

隋唐兩京叢考　辛德勇著，三秦出版社，一九九一
兩京城坊考補　閻文儒、閻萬鈞編著，河南人民出版社，一九九二
唐代交通圖考（一）　嚴耕望著，台灣崇寶彩藝印刷股份有限公司，一九八五
中國歷史地圖集（八册）　譚其驤主編，中國地圖出版社，一九九六
唐五代佛寺輯考　李芳民著，商務印書館，二〇〇六
永靖文史資料選輯第一輯黄河三峽考古調查記　甘肅永靖縣政協編，一九九八
碑林集刊（十）　西安碑林博物館編，陝西人民美術出版社，二〇〇四

唐宋詞人年譜　夏承燾著，上海古籍出版社，一九七九
唐代詩人叢考　傅璇琮著，中華書局，一九八一
新增千家唐文作者考　韓理洲著，三秦出版社，一九九五
唐才子傳校箋（四册）　〔元〕辛文房撰，傅璇琮主編，中華書局，一九八七—一九九〇
唐才子傳校箋補正（第五册）　傅璇琮主編，中華書局，一九九五
全唐詩人名彙考　陶敏著，遼海出版社，二〇〇六
全唐詩作者小傳補正　陶敏著，遼海出版社，二〇一〇
劉禹錫年譜　卞孝萱著，中華書局，一九六三

元稹年譜　卞孝萱著，齊魯書社，一九八〇
白居易年譜　朱金城著，上海古籍出版社，一九八二
羅隱年譜　江德振著，商務印書館，一九三七
唐代文學與宗教　劉楚華主編，香港中華書局，二〇〇四
太平廣記版本考述　張國風著，中華書局，二〇〇四
唐人小説研究（纂異記與傳奇校釋）　王夢鷗著，台北藝文印書館，一九七一
唐人小説研究二集（陳翰異聞集校補考釋）　王夢鷗著，台北藝文印書館，一九七三
唐人小説研究三集（本事詩校補考釋）　王夢鷗著，台北藝文印書館，一九七四
唐人小説研究四集　王夢鷗著，台北藝文印書館，一九七八
唐代傳奇研究　劉瑛著，台北正中書局，一九八二
唐代傳奇研究續集　劉瑛著，台北正中書局，一九九九
唐人傳奇　李宗爲著，中華書局，一九八五
唐五代志怪傳奇叙録　李劍國著，南開大學出版社，一九九八
宋代志怪傳奇叙録　李劍國著，南開大學出版社，二〇〇〇
新羅殊異傳輯校와譯註　李劍國、崔環著，韓國嶺南大學校出版部，一九九八
新羅殊異傳考論　李劍國、崔環著，韓國大邱中文出版社，二〇〇〇

唐人筆記小説考索　周勛初著，江蘇古籍出版社，一九九六
唐代筆記小説叙録　周勛初著，鳳凰出版社，二〇〇八
唐傳奇箋證　周紹良著，人民文學出版社，二〇〇〇
唐傳奇新探　卞孝萱著，江蘇教育出版社，二〇〇一
唐人小説與政治　卞孝萱著，鷺江出版社，二〇〇三
唐代小説史　程毅中著，人民文學出版社，二〇〇三
程毅中文存　程毅中著，中華書局，二〇〇六
程毅中文存續編　程毅中著，中華書局，二〇一〇
初唐傳奇文鈎沉　陳珏著，上海古籍出版社，二〇〇五
杜光庭道教小説研究　羅争鳴著，巴蜀書社，二〇〇五
隋唐小説研究　〔日本〕内山知也著，查屏球編，益西拉姆等譯，復旦大學出版社，二〇一〇
唐詩本事研究　余才林著，上海古籍出版社，二〇一〇
詞詮　楊樹達著，中華書局，一九七九
詩詞曲語辭匯釋　張相著，中華書局，一九七九
漢語大字典（縮印本）　漢語大字典編輯委員會，四川辭書出版社、湖北辭書出版社，一九九三

漢語大詞典（縮印本）　漢語大詞典編輯委員會、漢語大詞典編纂處編纂，羅竹風主編，上海漢語大詞典出版社，一九九七
唐宋筆記語辭匯釋（修訂本）　王鍈著，中華書局，二〇〇一
近代漢語語法資料彙編唐五代卷　劉堅、蔣紹愚主編，商務印書館，一九九〇
敦煌變文字義通釋（修訂本）　蔣禮鴻著，上海古籍出版社，一九八一
敦煌語言文學研究　中國敦煌吐魯番學會語言文學分會編纂，北京大學出版社，一九八八
敦煌變文集校議　郭在貽、張涌泉、黄徵著，岳麓書社，一九九〇
敦煌文學叢考　項楚著，上海古籍出版社，一九九一
英國收藏敦煌漢藏文獻研究　宋家鈺、劉忠編，中國社會科學出版社，二〇〇〇
敦煌吐魯番學論稿　柴劍虹著，浙江教育出版社，二〇〇〇
敦煌本佛教靈驗記校注並研究　楊寶玉著，甘肅人民出版社，二〇〇九

唐五代傳奇集索引

目　録

説　明

一、本索引收録《唐五代傳奇集》中所有作者（包括闕名）以及篇目。

二、索引條之後用兩組數字，分别表示該作者、篇目在《唐五代傳奇集》中的册數、頁數。作者條，如：

段成式　四 / 1833

即表示段成式收録在《唐五代傳奇集》第四册、第一八三三頁。篇目條，如：

虬鬚客傳　五 / 2453

即表示《虬鬚客傳》收録在《唐五代傳奇集》第五册、第二四五三頁。

三、本索引分音序、筆畫兩種。音序索引以首字爲序，首字相同者按其第二字、第三字的音序順序排列；筆畫索引以首字爲序，首字以起筆横豎撇點折爲序，首字相同者按其第二字、第三字的筆畫順序排列。

作者音序索引

Z

作者筆畫索引

四畫

五畫

六畫

七畫

八畫

九畫

十畫

十一畫

十二畫

十四畫

十五畫

十六畫

十七畫

十八畫

十九畫

二十一畫

篇目音序索引

E

F

G

H

J

K

P

Q

R

S

T

W

Y

Z

篇目筆畫索引

一畫

二畫

三畫

四畫

五畫

六畫

七畫

八畫

九畫

十畫

十一畫

十二畫

十三畫

十四畫

十五畫

十六畫

十七畫

十八畫

十九畫

二十畫

二十一畫

二十三畫

二十四畫

二十五畫

二十八畫